作者 1996 年夏于北戴河

吴宓与胡适的《红楼梦》研究

王锦厚 著

四川大学出版社
SICHUAN UNIVERSITY PRESS

图书在版编目（CIP）数据

吴宓与胡适的《红楼梦》研究 / 王锦厚著 . -- 成都：
四川大学出版社，2024.6
ISBN 978-7-5690-6087-4

Ⅰ．①吴… Ⅱ．①王… Ⅲ．①《红楼梦》研究 Ⅳ．
① I207.411

中国国家版本馆 CIP 数据核字 (2023) 第 079039 号

书　　名：吴宓与胡适的《红楼梦》研究
　　　　　Wu Mi yu Hu Shi de《Hongloumeng》Yanjiu
著　　者：王锦厚

选题策划：张宏辉　欧风偓
责任编辑：荆　菁
责任校对：周　颖
装帧设计：李　野
责任印制：王　炜

出版发行：四川大学出版社有限责任公司
　　　　　地址：成都市一环路南一段 24 号（610065）
　　　　　电话：(028) 85408311（发行部）、85400276（总编室）
　　　　　电子邮箱：scupress@vip.163.com
　　　　　网址：https://press.scu.edu.cn
印前制作：四川胜翔数码印务设计有限公司
印刷装订：四川省平轩印务有限公司

成品尺寸：170 mm×240 mm
印　　张：25
插　　页：8
字　　数：452 千字

版　　次：2024 年 7 月 第 1 版
印　　次：2024 年 7 月 第 1 次印刷
定　　价：98.00 元

扫码获取数字资源

本社图书如有印装质量问题，请联系发行部调换

四川大学出版社
微信公众号

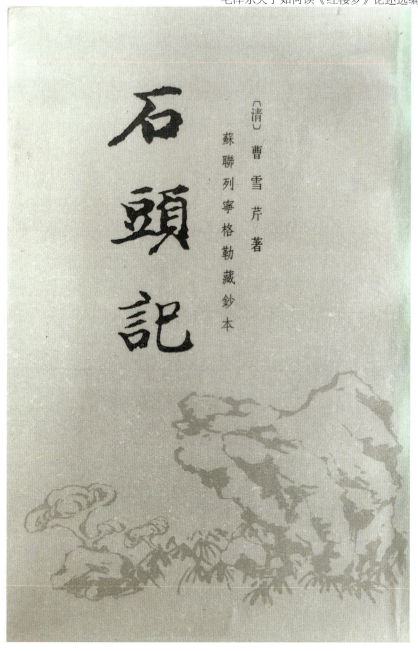

石頭記

〔清〕曹雪芹 著

蘇聯列寧格勒藏鈔本

中国艺术研究院红楼梦研究所、苏联科学院东方研究所列宁格勒分所编定
"苏联列宁格勒藏钞本"《石头记》(全六册,1986年4月中华书局出版)的封面。
该钞本具有极高的收藏和研究价值。吴宓和胡适生前都未曾见过,
特介绍于此、供研究者与吴、胡二人的研究对比。

吴宓与周汝昌谈《红楼梦》研究手迹

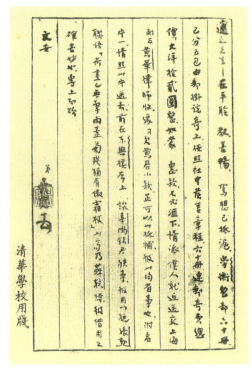

胡适谈俞平伯《红楼梦辨》手迹　　　　　吴宓 1929 年 2 月写给胡适的信

1972~1974

吴宓日记

续编

个人每日所思所行所见所闻的忠实记录（1915 年起到 1974 年止）

吴宓认定自己的四大事业

（一）《学衡》

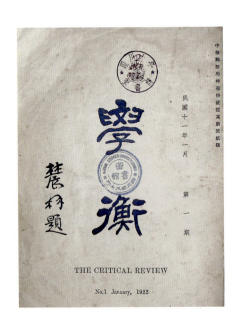

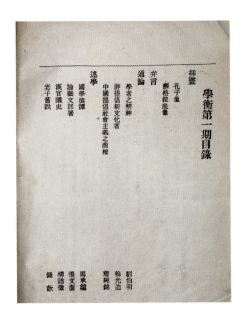

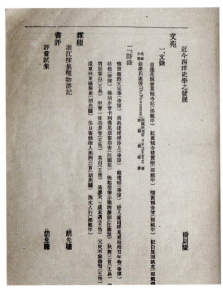

总编十一年共出七十九期

（二）《大公报·文学副刊》

（1928.1.2—1934.1.1）

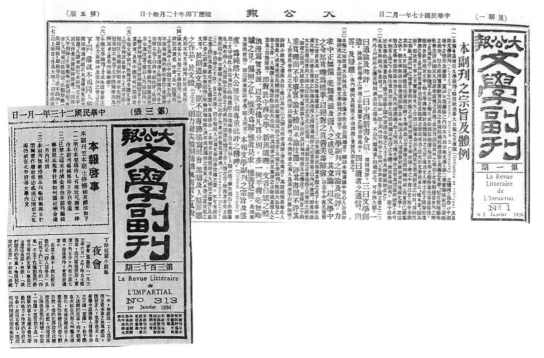

主编六年共出三百一十三期

（三）《吴宓诗集》

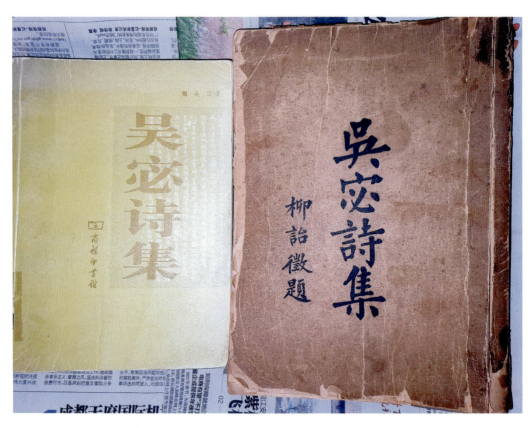

吴宓著　吴学昭整理
2004年北京商务印书馆

民国二十四年（1935）五月
上海中华书局印行

（四）《红楼梦》研究

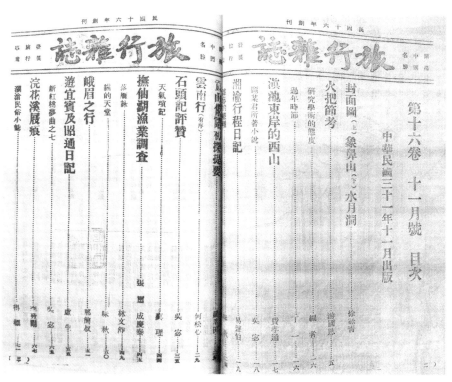

异乎寻常地发表吴宓红学作品的《旅行杂志》第十六卷十一期

市政协文艺组举办讲座

纪念我国伟大作家曹雪芹逝世200周年

（一）曹雪芹的生平和"红楼梦"的人物
　　形象及艺术特点

主讲人：西师中文系古典文学教授林昭德

（二）"红楼梦"与世界文学

主讲人：西师进修班外国文学教授吴 宓

时　间：1963年4月13日（星期六）下午2时

地　点：戴家巷市政协俱乐部

最后一次公开演讲
《红楼梦》入场券

纪念吴宓在西南大学
（原西南师范学院）

雨僧楼

吴宓旧居

吴宓轩

宓园——吴宓纪念园地

（以上关于吴宓旧居、纪念园地图片均由骆秀琼同志供给）

按古今作者之成就及其为人之真价值，每需经
数百年而论始定。并世评判，未必悉中毫厘，永久
之毁誉，决不系于一人或数人之褒贬。然见仁见智，
各应畅其言。苟非恶意之批评，以应一体质示
公众。①

——吴宓

---

① 《本刊编者引言》，《大公报·文学副刊》1932年1月11日第209期。

目　录

❧ 附　录 ❧

序　我们对挑战者的回应①

　　我们正生活在一个世界大变革的时代，面临着国内外前所未有的诸多挑战，特别是意识形态领域的挑战，情形更为复杂、微妙……近三十年来，有人就不断挑战毛泽东、鲁迅、郭沫若，美化胡适，吹捧胡适。

　　夏志清就是其中重要的一员。他是什么样的人，大家都很清楚的。他为唐德刚先生的《胡适杂忆》一书所写的序文中说：

　　　　……我完全同意德刚给他的盖棺定论：

　　　　胡适之先生的了不起之处，便是他原是我国新文化运动的开山宗师，但是经过五十年之考验，他既未流于偏激，亦未落伍。始终一贯地保持了他那不偏不倚的中流砥柱的地位。……开风气之先，据杏坛之首，实事求是，表率群伦，把我们古老的文明，导向现代化之路。

　　　　熟读近百年中国文化史，群贤互比，我还是觉得胡老师是当代第一人。②

　　在"纪念胡适先生诞辰120周年国际学术研讨会"上，一位叫吴根友的教授竟然说：

　　　　在大陆的学术与文化语境下，大家都知道，新文化旗手被毛泽东指定了，那就是鲁迅。通过这次会议的论文与会议上大家的报告，再包括我个

---

　　① 本文发表于《郭沫若学刊》2021年第1期，收入本书时有改动。

　　② 夏志清：《〈胡适杂忆〉夏志清先生序》，见唐德刚：《胡适杂忆》，广西师范大学出版社2015年2月第2版，第24页。

人以往零零星星地看了一些有关胡适研究的资料，我个人感觉，未来作为新文化旗手，胡适的形象可能更加鲜明。①

真希望吴教授把他看到的能得出那样的结论的材料公之于众，让大家也见识见识。

另一位叫王汎森的教授则在"致辞"中说：

> 很高兴能有这个机会在今天这个研讨会上说几句祝贺的话。我们大多同意胡适是近代中国文艺复兴之父，他的影响方面之广与程度之深，在近代世界各国转型时期的文化人物中都很少见，充分印证了他在《留学日记》中引荷马史诗所作的宣言："如今我们已回来，你们请看分晓。"②

王教授所说"我们大多"，指的是参会的人呢，还是说中国学术界的人？参会的，我不清楚，如果说是中国学术界"大多"，那就未免过于自信了。

……

近年来有那么几个"喜欢独立思考"的人，效法胡适"不愿意被别人牵着鼻子走"，"热心于胡适研究"，自诩"重新发现胡适"了，顶礼膜拜，甚至想把胡适打扮成"人神共钦"的"圣人"：什么"引领文学革命""建立学术新典范""当代第一人""文艺复兴之父"……说什么：

> 至于胡适的小说考证文字，不但为中国文学史的研究开辟新路，而且以其新的方法，新的研究范式，启迪了一代青年学子。③
> 胡适的《〈红楼梦〉考证》，是把对这部小说的研究带上了正当的学术的轨道。这一点至关重要。……

---

① 耿云志、宋广波主编：《纪念胡适先生诞辰120周年国际学术研讨会专辑》，社会科学文献出版社2012年4月第1版，第36页。
② 耿云志、宋广波主编：《纪念胡适先生诞辰120周年国际学术研讨会专辑》，社会科学文献出版社2012年4月第1版，第9页。
③ 耿云志：《胡适研究十论》，复旦大学出版社2019年7月第1版，第19页。

胡适作文学史，作古典小说考证都是紧紧抓住作者、时代、小说的社会内容来做系统的研究（**恰恰没有抓住小说的社会内容来做系统研究**），结果创开了中国文学史研究的崭新模式。以后的中国文学史，没有不是沿着这个路径走的。① （**从 1929 年 4 月中华书局出版陈子展先生的《中国近代文学之变迁》到本世纪以来出版的王瑶、唐弢、钱理群等先后所编的《中国现代文学史》，据不完全统计，至少也在 100 种左右，不知耿先生读了多少种？作出"没有不是沿着胡适路径走的"结论，恐怕是太武断了吧！没有沿着胡适路径走的多着呢！**）

这种说法显然缺少事实根据。
有人还向青年发出学习胡适的号召。说：

作为"新红学"的开山大师，胡适是二十世纪红学史上影响最大的一个人。······

胡适在"新红学"方面的成就和贡献，是将杜威的实验主义思想和方法引入《红楼梦》研究之中，从而将"红学"纳入学术轨道，开创了《红楼梦》研究的新纪元。从此，"红学"才真正成为一门现代学术。这种研究具有"新典范"的意义，（**的确如此。"胡适自己说过，他谈政治只是实行我的实验主义，如我谈白话文也只是实行我的实验主义"。应该说，研究《红楼梦》，更是完全实行他的实验主义。怎么能将"红学"纳入学术轨道，具有"新典范"意义呢???**）"为中国青年学者运用科学的态度与方法进行考证与研究提供了活生生的教本"。众所公认的，"新红学"的影响与贡献，不限于《红楼梦》研究领域，其对中国现代学术之建立，亦具有深远影响。② （**黑点为引者所加**）

这完全是被胡适的研究牵着鼻子走，是希望青年像胡适一样去推广杜威的实验主义!?······

---

① 耿云志：《胡适研究十论》，复旦大学出版社 2019 年 7 月第 1 版，第 142 页。
② 宋广波：《胡适批红集·前言》，北京大学出版社 2009 年 10 月第 1 版，第 5 页。

这难道不是向毛泽东、鲁迅、郭沫若挑战吗？难道不是向我们这些搞文学史研究的人挑战吗？

对这种挑战，在那个会议上，陈方正教授作了回应。他说：

> 胡适研究至今已经有二三十年的历史，我们现在看胡适，似乎不再应该只用颂扬、景仰的心态，不再应该总是仰视他，而应该用平等的心态来平视、逼视他了。胡适自己最讲究实事求是，经常要求我们把事物"还他一个本来面目"。所以我们也应该还胡适一个本来面目。[1]

可惜，到如今，用"平等的心态来平视、逼视"胡适的研究者太少。也不是没有人"逼视"胡适，但"逼视"的目的仍然是挑战。一位叫钱锁桥的华人学者所撰写的《林语堂传》就是如此。他在"引言"中用了这样一个博取眼球的标题：**"我们要鲁迅还是胡适"**。他说：

> 从现代知识思想史角度看，胡适的功绩在于其为整个现代中国知识领域开创了新的"典范"。此典范主要有两个层面：对传统儒家政治文化体系的批判，使其解构溃散，再也无法为"本"，同时允诺通过尽可能"西化"来创建一个"新的文明"。胡适和鲁迅对此心有灵犀，不过侧重点明显不同。在现代中国知识思想史上，恐怕没有人像鲁迅那样对传统中国文化有如此尖锐与透彻的批判，而胡适为建立"新的文明"几乎在所有知识领域都有开拓性的贡献。面对西方现代文化的挑战，新一代中国学人勇于自我批评，拥抱他者，这种开放胸怀在人类历史上也不多见。就凭这一点，胡适和鲁迅都是中国现代性的典范人物，甚至是全球现代性的典范人物。从某种意义上说，中国现代性经验要比西方早一个世纪，亦更为丰富，因为西方还有待于真正接受他者的文化，进行跨文化实践。
>
> ……胡适、鲁迅所崇尚的"新的文明"新文化典范也都需要重审与调

---

[1] 陈方正教授的发言，见耿云志、宋广波主编：《纪念胡适先生诞辰120周年国际学术讨论会专辑》，社会科学文献出版社2012年4月第1版，第29页。

适。……鲁迅的文化批评，借助尼采式的"权力意志"，对中国文化一味采取解剖式的嘲弄与解构。除此之外，几乎没有什么建设性导向。……相比而言，胡适就很难被意识形态所借用，因为胡适的文化批评有破有立，确有很强的建设性导向。鲁迅……他除了相信进化论，坚信中国传统文化之"吃人"性，加上后期若即若离受了点马克思主义意识形态影响，真说不出有什么自己的系统"思想"。

其实，胡适也一样，也说不出有什么自己的思想系统。……最根本上说，胡适是"五四""德先生"和"赛先生"最佳的阐释者和实践者。鉴于胡适对西方现代文化娴熟通透，他把"科学的方法"引入中国，（**所谓科学方法就是杜威的实验主义方法**。）不仅其适用中国学问，而且要在中国人生活各个方面都用"科学的方法"。（**这不是又在美化胡适吗**?）胡适一辈子都孜孜不倦提倡中国要"西化"，总是担心儒家保守势力太顽固，时时妨碍中国的现代化。

这里，作者运用了一种全新隐晦而曲折的手法：褒贬结合，先褒后贬。其目的正是为了挑战鲁迅，抬出林语堂。他还特别用了一个小标题"林语堂：面向二十世纪的中国与世界"，说：

作为结语，或作为引言。我们可以说林语堂、胡适、鲁迅代表中国现代知识思想的三个坐标。他们的遗产都是二十世纪中国的重要思想资源。但我有预感，在二十一世纪，中国必将崛起成为世界强盛大国，而林语堂的"遗产"会对二十一世纪的中国乃至世界特别有用，更有启发。[①]

林语堂的"本来面目"到底如何？笔者曾在《郭沫若和这几个文学大师——闻一多、梁实秋、郁达夫、林语堂》（四川大学出版社 2011 年 6 月版）一书中作过简要论述。日后有时间再作详细论述，请教国人。本书，只就"胡适的本来面目"作一透视。

胡适的"本来面目"到底是怎样的呢？

---

① 钱锁桥：《林语堂传：中国文化重生之道》，广西师范大学出版社 2019 年 1 月第 1 版。

比较是医治受骗的好方子。

在研究吴宓与沈从文"纠葛"的过程中，我发现两个非常有趣的现象：

一、吴宓只要谈到自己受压迫遭打击时，总是把沈从文与胡适视为一伙。

二、吴宓和胡适都非常看重自己的《红楼梦》研究，视为事业的重要部分。胡适甚至自称他对国家贡献最大的是"文学"这"玩意儿"。"文学这玩意儿"，指的不是白话文的提倡，而是他的《红楼梦》研究，即《红楼梦考证》。吴宓则一直反对胡适的《红楼梦考证》。

我们如果将两人作一个比较，应该是一件多么有趣而有益的研究。

我便开始搜寻材料。不搜不知道，一搜吓了一跳。关于胡适的材料，可谓铺天盖地：选集、文集、全集、书信、日记、年谱、自传、评传，应有尽有……比比皆是。单就《红楼梦》而言，至少也不下于一二十种：《胡适〈红楼梦〉研究论述全编》《胡适〈红楼梦〉研究全编》《胡适红学年谱》《胡适与红学》《胡适与〈红楼梦〉》《胡适论红学》《胡适点评〈红楼梦〉》《胡适批红集》……吴宓呢？其资料可谓少得可怜，在笔者写作本文之时，既无选集，也无文集，更无关于《红楼梦》的论编，仅有一本《自编年谱》，一部诗话，一本诗集，二十本日记，一本评传，五本吴宓学术讨论会论文选集。敬请读者注意：吴宓与胡适一样，都曾被时人公认为"红学大师""红学权威"，吴宓更是受到群众，特别是青年学生的欢迎。他的《红楼梦》研究从上世纪初延续到上世纪末，从未间断，著述、演讲、编辑。他自己亲手编有《红楼梦讲演集》（据不完全统计，演讲至少在八十次以上）、《红楼梦研究集》、《宓与同时代人研究红楼梦资料汇编》三种，其数量是可观的，可如今，一种也找不着了……觅找起来，真是难于上青天，要将他和胡适作一点比较，困难是可以想象的。但我并没有被困难吓倒，还是决心撰写一本《吴宓与胡适的〈红楼梦〉研究》。经过几年的艰苦努力，在众多朋友的支持和帮助下，总算弄出来了，至于有用、无用，读者去评论吧！但我敢肯定地说：吴宓的《红楼梦》研究绝不逊色胡适，许多地方还是胡适望尘莫及的。

我把书稿带到"鲁迅、郭沫若、茅盾高端论坛"去请教，结果得到一些意想不到的收获，真叫人高兴！

本书写作过程中，得到马识途、王火的关心，以及何事忠、苟宗泽、骆秀琼、桑逢康、罗泽勋、张铁荣、徐庆平、王兴、王立、李怡、曾绍义、李

斌、刘奎、冯超、刘明华、梁胜、郑少东、金彩虹、王飞朋、向珂等同志的大
力帮助。

在此，我要向他们表示我发自内心的感谢之情。

上 篇

吴宓讲演《红楼梦》追踪

关于吴宓这个人

吴先生真是举世无双，只要见他一面，就再也忘不了。[①]

是啊！吴宓就是这样一个"举世无双"的人。他的学生、他的读者、他的同事，乃至他的"敌人"……在他生前死后，写了不少关于他的文章，从相貌到性格，从婚姻到恋爱，从教育到办学，从写作到翻译……一切的一切，都有过生动地描绘和确凿地述说：

吴先生的面貌呢，却是千金难买，特殊又特殊，跟一张漫画丝毫不差。他的头又瘦又削，又苍白，形如炸弹，而且似乎就要爆炸。胡须时有进出毛孔欲蔓近全脸之势，但每天早晨总是被规规矩矩地刮得干干净净，他脸上七褶八皱，颧骨高高突起，双腮深深陷入，两眼盯着你，跟烧红了的小煤块一样——这一切，都高踞在比常人高半倍的颈脖之上；那清瘦的身躯，硬邦邦，直挺挺，恰似一根钢棍。

他品评别人总是扬长避短，对自己则从严，而且严格得要命。他信奉孔子，在人们眼中是一位不折不扣的孔门学者。他严肃认真，对人间一切事物都过于一丝不苟，采取自以为是的固执态度。[②]

他的一生就是一串大矛盾，有些人似乎不满意他的矛盾，所以很爱挖苦他。但我却偏喜欢他的矛盾，因为他愈矛盾时，便也愈显得出他的真率。

---

① 温源宁：《一知半解》，转引自许渊冲：《追忆逝水年华——从西南联大到巴黎大学》，生活·读书·新知三联书店，1996年11月第1版。

② 同上。

世界上跟吴先生一样地真率的人实在太少了。①

吴先生是我生平所见最为稀奇古怪的一个人，他的身上充满着种种矛盾，其尖锐的程度似乎只有塞万提斯笔下的堂吉诃德差可比拟。（郑朝宗：《忆吴宓先生》，《随笔》1987年第5期）

20世纪80年代，曾作为吴宓学生的季羡林在为《回忆吴宓先生》一书所写的序文中这样说：

雨僧先生是一个奇特的人，身上也有不少的矛盾。他古貌古心，同其他教授不一样，所以奇特。他言行一致，表里如一，同其他教授不一样，所以奇特。别人写白话文，写新诗；他偏写古文，写旧诗，所以奇特。他反对白话文，但又十分推崇用白话写成的《红楼梦》，所以矛盾。他看似严肃、古板，但又颇有一些恋爱的浪漫史，所以矛盾。他能同青年学生来往，但又凛然，俨然，所以矛盾。

总之，他是一个既奇特又矛盾的人。②

在我看来，吴先生是古典主义的外表，却包含着浪漫主义的内心。

……

吴先生沟通了东方的孔子和西方白璧德人文主义思想，陈先生（指当年清华外文系主任）却主要是向东方传播了西方的人道主义世俗思想。③

吴宓确是一位不应忽略的人物：诗人、教育家、作家、批评家、翻译家……在各个领域，都有建树，留下了十分丰富宝贵的遗产。可惜，这些遗产尚未得到很好地开发、利用。特别难能可贵的是：他能"虚怀若谷，慧眼识英"，给文化界发掘和培养了一批顶尖的文化人，使中外文化得以不断地融会贯通，传统文化得以发扬光大。于此，大名鼎鼎的钱钟书、许渊冲、贺麟、杨

---

① 郑朝宗：《怀吴雨僧先生》，《宇宙风》乙刊第二期，1939年3月16日。
② 黄世坦编：《回忆吴宓先生》，陕西人民出版社1990年7月第1版。
③ 许渊冲：《追忆逝水年华——从西南联大到巴黎大学》，生活·读书·新知三联书店1996年11月第1版。

周翰、李健吾、曹禺、季羡林……都曾以自己的亲身感受，用不同方式告诉了我们。

有趣的是"他和胡适都特别喜欢《红楼梦》"，且各有成果，但"所讲大不相同"，"不是一个路数，难说优劣"。[①] 这一论断，我赞成，又不赞成。赞成的，说两人"都特别喜欢《红楼梦》"，"不是一个路数"，不赞成的，是"难说优劣"。其实只要认真加以比较，优劣自见，且异常分明，进而将"优劣"再加以剖析，对认识两人的本来面目，对《红楼梦》研究都会大有益处。

这是一件非常非常有趣的事情。我尝试着做一做，看如何？

先从吴宓对《红楼梦》的"兴趣"和"路数"说起吧。他的特点是：

一、"嗜好"《红楼梦》终生不衰

从吴宓自编年谱，我们知道他研究《红楼梦》很早。1907 年，14 岁的时候就开始阅读《红楼梦》。他说：

> 仲旗公带回之行李中，有《增评补图石头记》（此书俗称为《红楼梦》一部，铅印本，十六册，本书第一回，由第二册起，与后来商务印书馆所出版之《增评补图石头记》，分订上下两册者，完全相同）……宓见之大喜，赶即阅读，并于夜间，伏衾中枕上，燃小煤油灯读之。每昼夜可读五回至六回。故得于明年正月中旬（宏道下学期开学前）读毕全书。[②]

吴宓从小到老喜爱的书

不但阅读《红楼梦》很早，而且与作者曹雪芹能够心心相印也很早。吴宓年轻时在和友人讨论小说时就说：

---

① 金克木：《胡适、吴宓和〈红楼梦〉》，引自《文化危言》，上海文艺出版社 1996 年 8 月第 1 版。

② 吴宓：《吴宓自编年谱（1894—1925）》，生活·读书·新知三联书店 1995 年版。

　　昔人评《石头记》，谓语语从我心中拔剔而出。金圣叹论《西厢》，则谓《西厢》非王实甫之作，特天下万世人心中所有，而王实甫从之窃取来者。此二语，余极服膺。（吴宓著，吴学昭整理注释：《吴宓日记》第二册，生活·读书·新知三联书店）

他后来在其红学论著《石头记评赞》中又说：

　　旧评或问曰："《石头记》伊谁之作？曰：我之作。何以言之？曰：语语自我心中爬剔而出"。此一语，实能道出《石头记》的真价值。

　　他从小便以其"极服膺"之二语——"从我心中拔剔而出""窃取来者"——的态度去阅读《红楼梦》、理解《红楼梦》，以资心灵相通，心灵契合，从而获取智慧，汲取力量。从他的日记中，不难读到这类的话语："恒爱诵""酣读""久读""默诵""背诵"……

　　毛主席曾对身边的工作人员说："读《红楼梦》至少要读五遍。"吴宓读《红楼梦》岂止五遍，据他自己说，至少也在百遍以上。这从他能够背诵《红楼梦》全部诗词、全书一百二十回的回目、好多章节可证。他阅读的时候几乎都是心身投入，往往"泪下极多""流泪甚多""泪如雨下""涕泪交流""泪如泉涌""涕泣""涕泣不止""落泪不止""宓自伤如石头记""流泪，甚觉舒适（宓此情形至老不异）"……他与曹雪芹心相通了，与《红楼梦》中人物情相连了，简直成了《红楼梦》的一员。沈从文在写给朋友的女儿的信中便讲过这样一件有趣的轶事。说：

　　我城里住的地方，附近约有廿个小馆子，全是联大教师学生照顾。教师中最出色的应数吴宓。这个人生平最崇拜贾宝玉，到处讲演《红楼梦》，照例听众满座。隔壁有个饭馆，名"潇湘馆"。他看到就生气，以为侮辱了林黛玉，提出抗议（当真抗议）！馆子中人算尊重教授，便改名为"潇湘"。你想想看这个人多有趣！你问问妈妈，她会告诉你这人故事的。①

----

　　① 沈从文：《给小莹的信》，重庆版《文化先锋》第4卷1期，1944年8月11日。

另一位方兰汝在其文《吴雨僧与〈文学副刊〉》写道：

　　吴氏极爱读《红楼梦》，抗战期间在昆明西南联大还在开着"红楼梦讲座"，自比贾宝玉而恨世无林黛玉。他又喜读《儿女英雄传》，尝言"想我吴宓才貌都不亚于安龙媒，奈何竟没有何玉凤"。在昆明西仓坡，同学曾开设茶馆，名"潇湘馆"（其地即闻一多先生遇刺之左近）开幕之前，吴曾亲去劝说不可用此名，以免唐突了林妹妹。这一些都被认为极怪谬可笑，然而我却觉得他那真实的态度是极为难得的，正是非二十世纪所有的了。如果说吴宓是诗人，他起码是有着诗人的真诚的。①

　　这两则轶事告诉我们，吴宓如何生活在《红楼梦》中，以《红楼梦》为工具、为武器去生活、去斗争。他一生没离开过《红楼梦》。诚如他在《忏情诗·二十》里所写：

　　　　平生爱读石头记，瀛海一编载箧随。
　　　　千骑华堂齐拥贺，有谁焚稿慰颦儿。②

　　难怪挚友姚文青说："雨僧嗜读《红楼梦》，终生不衰，为现代研究《红楼梦》最早之学者。其研究摒弃索引，不事考证，专以人生讲《红楼》。其论亲朋故旧，亦好以《红楼》中人喻之。""余赠以诗曰：'异国微言万象收，早年群羡紫骅骝。周情孔思黄虞志，白眼青山嵇阮俦；一代文章矜玉海，半生骚愿寄红楼。才人老去风流在，艳绝东南七宝州'"。此诗很好地概括了吴宓对《红楼梦》的"嗜好"及其所受影响。

　　他确实好以《红楼梦》中人喻亲朋故旧，喻自己，且常戏改《石头记》曲子、诗、词，甚至以《石头记》占卦，求知友人和自己的祸福命运。其日记中多有记载，略举二三，即可见一斑。

---

① 方兰汝：《时与文》周刊第 2 卷第 7 期，1947 年 10 月 24 日。
② 吴宓：《吴宓诗集·故都集下》，中华书局，1935 年 5 月初版，第 33 页。

……末后燕君论及部聘教授，不无忌嫉讥讽之意。宓答言甚为愤激，谓联大同人如视宓为教育部之"汉奸"，宓即可离校他适云云。夫宓自觉此事得与寅恪、彤并列，正如探春受命陪钗、黛谒见南安太妃（七十一回）。而教授同人之忌嫉刻薄，乃过于怡红院中诸婢之不满于小红、五儿等之偶获倒茶侍应宝玉也。……①

夫宓既怜爱雪，则自当望其进步而得安全，亦如望其他与宓有关系之人，岂愿其遭诛灭？惟寅恪与宓等，不幸而不同碧柳之早死，又弗克上追王静安先生之自沉，在今实难自处，痛苦万状。雪焉能了解与同情耶？《石头记》中人物唯黛从不劝宝玉作八股求科名，钗一切悉明白而仍劝之，湘云附钗而未必能了了。香菱等则更不知注意及此，余可类推。而书中人物之结局，亦正可与宓并世诸友，如冯友兰、钗沈有鼎、香菱萧公权探春等，相比较。而宓恒自拟妙玉，从兹更可进一解矣。②

晚，与榆瑞谈林语堂之为人可比探春。今者载誉回国，如探春之远嫁归来，比前更为超逸俊爽。而适逢家难，未免伤心。又见惜春道姑打扮，尤觉难以为怀。惜春者即宓也。③

60年代，哈军工因内迁需设址于西师，上级便决定将西南师范学院迁往梁平，吴宓在日记中写道：

悲痛之余，乃取《石头记》四十六七八回（鸳鸯女誓绝鸳鸯偶……）读之，以资消遣。11时寝。临寝，默祷，求　父指示，以《石头记》一册卜，请问：宓今后应奠居何地，卜得一空白页，上画一小儿。　父不肯示宓行止所向，无行亦无留止。窃意宓当在1968年六月底以前（必须迁离此地之前，亦即宓得及　父世寿七十五岁之上半年毕之前）即死去矣，谨书

---

① 《日记》Ⅷ 374 页，1942 年 9 月 3 日。
② 《日记》续集 Ⅰ 317—328 页，1952 年 3 月 28 日。
③ 《日记》Ⅶ 174 页，1940 年 5 月 30 日。

以待验。①

……

这都寄托了他的"骚愿"。所以他说：

> 试细释吾个人每次读《石头记》时之情景，则可历睹此三四十年中，世界中国政治社会思想文化之变迁，兼可显映吾个人幼少壮老悲欢离合之遭遇焉。②

二、为《石头记》"赞颂和辩护"从不懈怠

（一）演讲

这是吴宓公开《石头记》研究成果最主要的载体，是借以"倾诉""渲泄"内心感受的手段，是他"无形中"受"感化"的表白。他说过：

> 凡真正之伟大文学作品，皆能于无形中施感化之功，使全体读者之性情得以根本改善。③

他自己受《红楼梦》中人物的感化，性情就多有改善。

自应美国哈佛大学中国学生会之邀，1919 年 3 月 2 日在波士顿（Boston）对中国留美学生作题为《红楼梦新谈》的演讲开始，到应重庆市政协文艺组的邀请，1963 年 4 月 3 日在重庆市戴家巷市政协俱乐部为纪念伟大作家曹雪芹逝世 200 年所作题为《〈红楼梦〉与世界文学》报告止，期间吴宓先后在昆明、遵义、成都、乐山、武汉、长沙、广州、西安……除了向青年学生、教职员工，还向工厂职工、医院护士、银行职员、剧团演员、讲习班、现役军人讲演，所到之处，无不引起轰动……座无虚席，场场爆满，人们洗耳恭听……特

---

① 《日记》续集Ⅶ 362 页，1966 年 2 月 3 日。
② 《"石头记"评赞》，《旅行杂志》1942 年 11 月 16 卷 11 月号。
③ 吴宓：《红楼梦人物典型》1945 年 3 月 25 日《成都周刊》第 3 期。

别是抗战时期，他更是大讲特讲，并与各界人士座谈《红楼梦》，向"红迷"、粉丝答疑解难，关于次数，虽有人作过统计，最少在八十次以上，但那绝不是个准确的数字。有人写过一首《解红楼》的竹枝词来形容他演讲《红楼梦》，说"一领风骚评《红楼》，红楼解梦门庭稠。独辟蹊径析义理，别具慧眼识哲情"。[1] 现将吴宓部分《红楼梦》讲座列表于后：

吴宓"红学"讲座一览表

年份	月/日	时段	地点或对象	内　容
1919	3/02	不详	曼哈顿哈佛大学中国学生会	《红楼梦》新谈
1940	10/17	晚上	西南联大赵紫宸宅	《石头记》一书对我之影响
—	4/11	—	西南联大文林食堂	林黛玉之精神（陪同陈铨）
1942	4/29	—	西南联大南区第十教室	《石头记评赞》中六、七两段
—	5/06	—	昆明国际广播电台	《红楼梦》之文学价值
—	7/29	上午	西南联大南区 8 教室	读者为何喜爱《红楼梦》
1942	—	不详	西南联大北区 5 甲教室	《〈红楼梦〉与现代生活》
—	8/05	—	西南联大北区 5 甲教室	《〈红楼梦〉与现代生活》
—	8/12	—	西南联大	注重爱情之人生观及爱情之实况
—	8/18	—	西南联大地质系教室	《石头记》与《金瓶梅》之比较
—	8/26	—	南区 2 甲教室	甄士隐与贾雨村为<u>重一重多</u>两种人之代表
1942	—	—	联大地质系所管南区 2 教室	作第四次《红楼梦讲演》
—	9/02	—	南区 2 甲教室	作第六次《红楼梦讲演》
—	9/09	—	南区 2 甲教室	第七次《红楼梦》新谈
—	4/19	—	西南联大	《红楼梦》与爱情观
—	10/29	晚上	西南联大南开办事处	—
1943	3/19	—	中央电器工厂	《红楼梦》索引及考证
—	4/01	下午	中法大学文史系办公室	不详

---

① 沈树森：《念吴宓竹枝词十八首》，李赋宁等编：《第一届吴宓学术讨论会论文选集》，陕西人民教育出版社 1992 年 3 月第 1 版。

续表

年份	月/日	时段	地点或对象	内　容
—	4/20	晚上	迤西会馆大工学院会馆	不详
—	7/08	—	资源委员会化工材料厂	《石头记》之作成及历史考证
—	9/08	下午	云南省行政干部训练团	不详
—	10/21	晚上	川滇铁路公司	考证、作成与爱情
—	11/12	下午	昆明职业妇女会	《石头记》中爱情之大旨
—	12/11	晚上	昆明炼钢厂新礼堂	（一）读之理由（二）考据（三）作成
—	12/30	—	中法大学文史系	漫谈旧小说
1944	2/02	下午	云南省行政干部训练团	中国旧小说评论
—	4/06	晚上	云南大学文史系	《红楼梦》人物评论
—	7/03	—	云南锡业公司	《红楼梦》人物分析
—	8/21	—	西南联大南开十一学会	一多之理论与实用
—	10/02	—	戏剧班学生	《石头记》人物
—	10/04	—	现代文学班	《石头记》考证
—	10/06	—	浙江大学外文系	《红楼梦》人物分析
—	10/08	—	贵州省遵义酒精厂	谈《红楼梦》的价值
—	12/25	—	燕大友谊室社会学师生	人与人相处之道
—	11/28	—	四川大学中文外文国文系	讲《红楼梦》并讨论
—	11/29	—	燕京大学教室	恋爱与悲剧
—	12/02	—	燕大三教室	文学与人生要义：如何读书，如何做人
—	12/04	—	华西大学体育馆	文学与道德
—	12/10	下午	燕京大学大礼堂	《红楼梦》评论（一）
—	12/23	下午	燕大礼堂	贾宝玉之性格及人生观恋爱观
—	12/30	下午	礼燕大礼堂	贾宝玉及薛宝钗之性格
1945	1/06	下午	燕大礼堂	薛宝钗之性格
—	1/13	下午	燕大礼堂	王熙凤之性格
—	3/24	下午	燕京大学大礼堂	论紫鹃、论妙玉

续表

年份	月/日	时段	地点或对象	内　容
—	3/25	正午	青年会	讲《红楼梦》
—	3/31	—	燕京大学大礼堂	探春之性格
—	4/07	下午	燕大礼堂	晴雯与袭人
—	12/6	—	乐山武大分校礼堂	石头记
1946	3/07		金女大学生自治会	随所问而谈
—	5/10	—	空军参谋学校	讲《红楼梦》
—	5/30	下午	四川省艺术专科学校	讲《红楼梦》
—	7/28	—	江上村茶座	讲《红楼梦》
—	9/15	下午	田德望　钱宝琮	谈《石头记》
1947	10/01	晚上	何宅客厅，华中大学国文系	讲《红楼梦》
—	12/20	下午	武大学术委员会	《石头记》评论
1948	—	上午	平汉联谊社会堂	对《红楼梦》的三种看法
—	1/11	下午		座谈《红楼梦》及男女爱情故事
—	2/01	上午	民众教育民众会堂	《红楼梦》人物评论
—	2/06	晚上	华中大学瑞宅	讲《红楼梦》并答座客问
—	3/15	晚上	空军文化会堂新生社	《希腊罗马史诗》《三国演义》及《荡寇志》，播音机讲《红楼梦》
—	—	不详	校园游人	戚蓼生评钞本八十回《红楼梦》
—	4/14	下午	西北大学李仲昌	《石头记》如何作成
—	4/23	—	西北大学	槛外人——妙玉
—	4/30		西北大学	秦可卿
—	5/17	上午	石牌中大中文研究会	《红楼梦》"学术讲演"
—	10/09	下午	希里达女校	讲《红楼梦》
1948	11/27	上午		回宅讲《石头记》
—	11/28	—		朱介凡来，为讲《石头记》一书作成之步骤
1954	2/20	晚上	凌道新中与周汝昌	谈秦可卿评论
1957	5/26	晚	西南中文系三、四年级学生	《红楼梦》新谈

续表

年份	月/日	时段	地点或对象	内　容
—	8/28	晚	西师学生	漫谈旧小说
1963	—	—		《红楼梦》与世界文学
—	—	不详	重庆市川剧团	如何改编《晴雯》剧本

注：此表参照西南大学吴宓纪念馆所制修改补充而成，也只能说是一大略。

（二）著译

吴宓回国办《学衡》《大公报·文学副刊》《武汉日报·文学副刊》，任教于东南大学、清华大学等校，不时发文为《红楼梦》"赞颂和辩护"。

《学衡》杂志创刊号便刊发了吴宓翻译的萨克雷的《纽康氏家传》，在序文中将《红楼梦》与萨克雷等人的作品作了比较，并引用英国剑桥大学英国学者论《石头记》，说：

> 今英国剑桥大学汉文主教 Herbert A. Giles 所著《中国文学史》一书，中论《石头记》。谓其结构之佳，可媲美费尔丁。吾则以《石头记》一书，异常宏大而精到，以小说之法程衡之，西洋小说中，实罕见其匹。若必欲于英文小说中，求其最肖而差近者，则惟萨克雷之《纽康氏家传》*The Newcomes* 一书，足以当之。故先译之，以飨国人。

1925 年 3 月《学衡》第三期发表了《评杨振声〈玉君〉》。文中论述了中国小说和西洋小说的短长，以及杨振声《玉君》所受《石头记》的影响。他写道：

> 吾国旧小说《石头记》等，不但篇幅之长，论其功力艺术，实足媲美且凌驾欧美而无愧。

掌管《大公报·文学副刊》不久，便于 1928 年 4 月 23 日在该刊第 16 期上发表了《评〈歧路灯〉》。这是一篇比较文学的重要著作。作者把《歧路灯》

与《石头记》的比较放在中英文学史的背景下进行，直言《红楼梦》伟大，绝非淫书。他明确指出：

> 《石头记》为中国小说登峰造极之作，决无能与之比并者。此已为世所公认。吾人尝以西洋小说之技术法程按之《石头记》，无不合拍，因叹曹雪芹艺术之精，才力之大，实堪惊服。又尝本西洋文学批评之原理及一切文学创造之定法，以探索《石头记》，觉其书精妙无上，义蕴靡穷。简言之，《石头记》描写人生之全体而处处无不合于真理，兹即不论内容，但观技术，《石头记》亦非他书……文学家之道德观念，正确与否，高尚与否，不在其所描写者为某种之人，某类之学，而在其描写方法如何，使读者所生之观念为何也。例如《石头记》写林黛玉如此高尚，又写多姑娘如此卑贱。则《石头记》决非淫书矣。……

抗日战争时期，吴宓更是发表了《红楼梦的文学价值》《红楼梦的教训》，以及关于《红楼梦》中的贾宝玉、王熙凤、紫鹃等人物的评论分析文章，不断"赞颂和辩护"《红楼梦》的伟大。

（三）课堂讲授

值得我们特别注意的是：吴宓把《红楼梦》公开搬进了中国高等学府的课堂。这应该是有史以来第一人。

他执教清华大学，并领导国学院之后，聘请了国内四大顶尖教授——梁启超、王国维、陈寅恪、赵元任，同时自己开设了"文学与人生"这一崭新课程，引导学生更好地理解文学与人生的种种关系、中外文学的特点……《红楼梦》成为他赞颂和辩护的主要内容。他首先从哲学上对"太虚幻境"作了讲解，然后从艺术上分析。他说：

> 太虚幻境之意义：
> Philosophically，从哲学上看，

太虚幻境＝理想世界（World of Ideas and Values 理想与价值的世界）。

贾府；大观园＝现实世界（World of Sense-Experience and Actuallife

感知经验与实际生活的世界）。

木石（前盟）＝Reality；Essential；True dispensation of God.

现实；本质的；神的安排。

金玉（良缘）＝Appearance；Accidental；Chance assignment in life.

现象；偶然的；生活中偶然的分配。

Artistically 从艺术上看（in Creative process 创造过程中），

太虚幻境＝The World of Fiction（Art）；Illusion（higher reality）；

Life reduced to the logic and value of Art.

小说（艺术）世界；憧憬（更高的现实）；

人生归结为艺术的逻辑与价值。

贾府；大观园＝The World of Actual Experience（Life）；

Actuality（low reality）；Life which is confused,

mysterious, and meaningless.

实际生活的世界；实际上（低现实）；

混乱、神秘，和无意义的生活。

贾宝玉＝Ideal Personality of Fiction；Converted Spirits＝Werther

小说的理想人物；接受皈依的人物＝维特

甄宝玉＝Real People found in Life；Unregenerated Man＝Goethe.

生活中的真实人物，未经改造的人＝歌德（曹雪芹，如像宝玉本身，

并未出家为僧＝Goethe 歌德并未自杀）

警幻仙姑＝the Novelist 小说家（曹雪芹）；

the Supreme Artist 崇高的艺术家，

who is supposed to be 他应该是：

（i）Omniscient 全知的；

and（ii）Fore-seeing and directing Events；

并且能　预见和指导事件；

but（iii）Powerless to do anything against the

但　　　　laws and requirements of Art.

无力去做任何事违抗艺术的法则与要求的事。

　　接着他又和世界名著《名利场》作比较，证明"小说比历史更真"，"小说高于历史"。

　　吴宓还在《阅读萨克雷〈英国 18 世纪幽默作家〉札记》一节中，从萨克雷"谈论人的生活与感情"入手，用道德上的理想与社会（交）上的理想的对比，分析了萨克雷及其作品，并将之与英国作家康格里夫、艾迪生等人的作品反复比较，而且将自己融入其中，说：

　　但　道德上的理想（本质；精神；性格；等等）
　　　　社会上的理想（形式；外表；举止；等等）　此二者并不常相一致，也不常同时存在；自然，一个道德上理想的上等人比一个社会上理想的上等人实为重要。为了表明这一点，萨克雷使得他的主要人物都宾和钮克姆上校有点粗俗笨拙；但是他的乔治·奥斯本和克来夫·钮克姆都是心地善良，精神高尚（外表聪明伶俐，善与人交，为人喜爱）。换言之，萨克雷的赫克托耳＝荷马的赫克托耳；但萨克雷的帕里斯则比荷马的帕里斯更好。（以下英文均略）
　　以上所谈关于男士们的意见也适用于女士们。道德上的理想与社会（交）上的理想对比；心地善良（爱心）与美和天才（智力）对比。同样，萨克雷的劳拉，爱米丽亚，等人物，也有她们的弱点与缺点（在美丽和天才方面），但在爱情方面很为出色。只有爱瑟·钮克姆具备了两方面的理想；然而也有一定的局限。他的蓓基·夏泼（天才多于美丽）不是一个主角或女主角。（以下英文均略）
　　在中国文学与社会中，（i）对上帝之爱与（ii）对妇女的爱与尊敬都不存在；因此，也缺乏理想主义与浪漫主义。中国社会＝罗马（和法国）社会，≠英国或美国社会。我们的传统的对于妇女的尊敬是社会性的，而不是个人的；如贤母良妻，而不是作为才女、智媛、美人、巧匠、交际家（因此"女子无才便是德"）。参阅林语堂：《吾国与吾民》。在近代中国（自 1600 以后）我们看到这种对于妇女的新理想之逐步发展（道德上的，西方骑士传统对于妇女的尊敬）：始于唐，而再起于明末，大盛于清——如《石头记》中所表现。（以下英文均略）

曹雪芹先生（贾宝玉谓当时所见诸女子，一切皆在我之上，等）＝萨克雷，在其经历方面，及其对于贤而美的女性以及所有值得尊敬的女性的概念方面。事实上曹雪芹先生把各种程度的价值观（阅我的价值等级表）倾注到"爱"里，从而描写了、创造了高级的高贵的各型女性，他们在道德方面与社会方面都引人注目。曹雪芹先生的——

{ 意淫（想像中的爱；审美的或艺术的爱）
  体淫（肉体的爱；感官上的满足） }　——这是斯汤达在

《论爱情》中也表示过的区别；但曹雪芹（贾宝玉）的对女性的态度＝萨克雷的，≠卢梭的。（以下英文均略）

吴宓先生在他的生活经验中，以及他的文学作品中，曾想继承与介绍，表现与创造这种对女性、对爱情的概念与理想，正如萨克雷所设想与表述的那样。所以，他（吴宓先生）必然会被两方面的人所误解与攻击——他的朋友（如吴芳吉先生）和他的敌人（如沈从文先生）；既被实际的社会人士误解与攻击，也被传统的和保守型的道德理想主义者误解与攻击。（以下英文均略）

吴宓先生的生活≠萨克雷的生活。吴宓先生也喜爱孩子，虽然有人认为他与此相反（这就是他生活中的一个讽刺）。（以下英文均略）

但是吴宓先生很清楚地懂得，吴宓先生的个人性格及其在人生中的作用＝赫克托尔≠帕里斯；＝都宾，≠乔治·奥斯本；＝（乔治·艾略特《亚当·比德》中的）亚当·比德，≠阿瑟；＝（乔治·艾略特《米德尔马契》中的）里德盖特≠威尔·赖底斯罗。（以下英文均略）

吴宓先生在爱情上的失败及在生活中缺乏幸福，因此是注定了的；而

他自己对此也是知道并理解得很清楚的。他的浪漫主义＝他的道德的理想主义（殉情即是殉道）；他的爱情＝宗教精神。（以下英文均略）

吴宓先生在道德上比在社交上更有资格做一个"君子人"（虽然在社交方面他也受到称赞）。他的性格和他对于生活与艺术（小说）的概念＝萨克雷的。例如他早年对阅读和翻译《名利场》及《纽克姆一家》很有兴趣（为什么？）（以下英文均略）

吴宓先生（空轩诗7）把他自己比做堂·吉诃德（参阅《纽克姆一家》第4章）。他≠浪荡子（如《克莱丽莎·哈娄》中的勒甫雷斯）。他≠一个学究（如《米德尔马契》中的卡索本）。（以下英文均略）

上面的讨论也是对《石头记》的赞颂和辩护，以显示小说家（曹雪芹先生）的人生观不仅是严肃的，也是高尚的，理想主义的。曹雪芹先生的巨大成就不仅在于（i）写了一部具有完美艺术与技巧的伟大小说，还在于（ii）把一种新的、较高级的、对人生和爱情的概念引入中国文学与社会。（其它对于《石头记》的赞扬俟后另详）。

我们必须承认：吴宓对《红楼梦》的讨论、赞颂和辩护，充分显示了自己的人生观是严肃的、高尚的、理想主义的。他以极其严谨的态度，把《红楼梦》置于世界四大文明交融会合的背景下，用比较的方法，将《红楼梦》与但丁的《神曲》、塞万提斯的《唐·吉诃德》、萨克雷的《名利场》、莎士比亚的《哈姆雷特》、托尔斯泰的《战争与和平》等一系列世界公认的名著一一进行多方面、多角度的比较，经过反复的比较从而得出结论。可以武断地说：到目前为止，中国没有人像他那样围绕《红楼梦》进行过如此广泛而深入的比较，显示了自己的奇特。甚至连胡适也望尘莫及，毕竟其人懂得的外语品种太少啊！

统观吴宓的《红楼梦》研究，无论是讲演，还是译著，或课堂讲授，无不具有鲜明特色，始终贯穿着两条线索：

一条是《民心周刊·发刊宣言》所宣示的：

根据吾国固有文明特长处，以发挥而光大之，使人人知道吾国文明有其真正之价值。知本国文明之所以可爱，而后国民始有与之生死存亡之决心，始有振作奋发之精神，遇外敌有欲凌辱此文明者，始有枕戈待旦之慨。①

一条是对胡适、沈从文等人的"文字相讥""精神压迫"的"抗争"。
他曾计划将胡适之这些敌人写入他的长篇小说《新旧姻缘》。他说：

> 宓之亲戚关系，不同林黛玉，宓自幼读《石头记》，以胡德厚堂为我之荣国府，大观园。近之详记宓幼年所知，所见胡适之种种人物、事实，不厌其烦琐者，正犹宓在撰作我之长篇小说《新旧姻缘》，故先草出"冷子兴演说荣府""大观园试才题对额"两回，将其中人物及地理之大要，综合叙述，交待清楚而已。②

他还曾于中宵枕上仿《石头记》，拟定过如下回目：

> (1) 梅迪生艰逝播州城，胡适之荣长北大校。
> (2) 吴雨僧情道齐亏损，冯友兰名利两双收。
> (3) 陈寅恪求医飞三岛，俞大维接轨联九洲。
> 　　亦可见宓之志矣。③

三、怀抱"使中国文化有以贡献于世界"的雄心

早年，筹办《民心周刊》时，吴宓就在其"发刊宣言"中明确地宣示，要使吾国固有文明特长处，发挥而光大之，使人人知吾国文明之可爱，而后有与之生死存亡之决心，遇敌有欲凌辱此文明者，有枕戈待旦之慨。归国后，无论是办《学衡》《大公报·文学副刊》《武汉日报·文学副刊》，还是主持清华大学国学研究院，执教西南联合大学、武汉大学、西南师范学院……他无不致力

---

① 《民心周刊·发刊宣言》。
② 吴宓：《吴宓自编年谱（1894—1925）》，生活·读书·新知三联书店1995年版。
③ 《日记》1946年11月26日，第174页。

于对中国固有文明的守望。他不囿于一国一时，举凡西洋各国古今文化与文学皆在评介视野中，强调分析比较西洋古今文化与文学，择其善者而从之，同时还将西洋文化和文学与中国文化和文学加以比较，从而决定取舍……因此，他在办刊、办学的实践中不管遇到什么阻力或挑战，总是直面应对，他深信自己看清了世界文化发展潮流。他说：

> 世之誉宓毁宓者，恒指宓为儒教孔子之徒，以维持中国旧礼教为职志。不知宓所资感发及奋斗之力量，实来自西方。质言之，宓爱读《柏拉图语录》及《新约圣经》。宓看明（一）希腊哲学（二）基督教，为西洋文化之二大源泉，及西洋一切理想事业之原动力，而宓亲受教于白璧德师及穆尔先生，亦可云，宓曾间接承继西洋之道统，而吸收其中心精神。宓持此所得之区区以归，故更能了解中国文化之优点与孔子之崇高中正。宓重此以行，更参以西人之注重效率之办事方法，以及浪漫文学、唯美艺术，遂有为《学衡》，为《文学副刊》。①

正因为如此，他看清了世界文化发展的潮流，因而深信：

> 将来世界文化必为融合众流（eclectic），而中国文化之特质，厥为纳<u>理想</u>于<u>实际</u>之中之<u>中道</u>（Ideal in the Real）。吾侪就此发挥光大，使中国文化得有以贡献于世界，是为吾侪之真正职责，亦不朽之盛业。②

在中国传统文化中，他最看重并大力向世界推荐的是：《红楼梦》，孔子及其学说。

关于《红楼梦》，前面我们已有论述，下面再简单地谈谈他对孔子的推崇与守望。

对于孔子，吴宓是一个坚定的守望者，可谓不怕牺牲。他早在与胡适"鏖战"时所撰写的《论新文化运动》一文中就指出：

---

① 《吴宓诗集·卷末》《空轩诗话》162 页，上海中华书局 1935 年版。
② 《日记》Ⅶ 194 页，1940 年 7 月 18 日。

中国之文化以孔教为中枢，以佛教为辅翼；西洋之文化以希腊罗马之文章哲理与耶教融合孕育而成。今欲造成新文化……则当以上所信之四者，首当着重研究，方为正道。①

由此，他一方面向国人介绍"欧洲之人，今始受中国古圣贤之教化"的书籍，一方面详细介绍阐述孔子、孔教的精义。先后撰写了以下文章：

《孔子老子学说对于德国青年之影响》（译文）刊《学衡》1926 年 6 月 54 期；

《论孔教之价值》1926 年第 3 卷第 40 期《国闻周报》；

《孔子、儒教，中国与今日世界》（"Confucious，Corfucianism，China & the World of Today"）英文，刊《北京导报》1922 年 1 月，又译为法文，刊 1927 年 1 月 30 日《北京政闻报》；

《孔子之价值及孔教之精义》1927 年 9 月 17 日《大公报》《学衡》第 27 期；

《孔诞小言》1932 年 9 月 26 日《大公报》；

《孔子圣诞感言》1949 年 8 月 27 日《重庆日报》；

德国雷赫宪 A. Reichwein 撰《十八世纪中国与欧洲文化交通史略》一书，J. C. Powell 译为英文，于 1925 年出版。吴宓译出了该书的绪论"东方圣贤学说对于今世青年之影响"，并特别写了"编者识"：

中国哲学之精华，为孔子礼治之教，而非孔子无为之论。平心而论，孔老固为中国思想之两大中枢，对立共存，相反相存。然其中究以孔子为正，老子为辅。孔子近于西洋上古希腊亚里士多德之学说。老子则近于近世浪漫主义之卢梭、托尔斯泰等。美国白璧德先生论之详尽。参阅本志各期译文。……欧洲青年，始能讲明希腊哲学及耶教中之人生道德之精义，琢磨发挥而实用之，则所得结果，与受我国孔子之感化相同，固不必以好奇之心，远寻旁鹜，徒事呼号激扰也。由是推之，则我国之青年，与彼欧西之青年，其道德精神问题，实为一而非二，而中西真正之文化，在今实

---

① 《论新文化运动》，《学衡》第 4 期。

有共休戚，同存亡之形势者也。

在《论孔教之价值》一文中说：

> 予意孔子不但为代表中国国民性及中国文化最高之人物，且为世界古今三数圣贤之一，其学说，至平实而至精微，不特为中国之人所宜保守奉行而勿失，且为凡欲以人文主义救今日世界物质精神之病者最良之导师。其人格，则于公于私，在家在国，处动处静，遇穷遇达，无往而不足为吾人立身行事之师表，若孔子而不足受吾人崇拜，则世界古今竟无可崇拜之人。若中国人而不知尊礼孔子，且加诋毁，则中国人可谓邻于丧心病狂，中国之前（途）决无可望。故中国人至应崇敬孔子，此层决无可疑。①

不久，吴宓又撰写了《孔子之价值及孔教之精义》的长文。文章多角度、多层次地反复阐述了孔子之价值及孔教之精义。他非常坚定而明确地指出：

> 今日之要务，厥在认识孔子之价值，发明孔子之义理。使知孔子之为人，如何而当尊。其教人之学说，如何而可信。由于我之良心，我当尊孔。本于我之智慧思考，我坚信孔子之学说。故今虽举世皆侮孔谩孔，虽以白刃手枪加于我身，我仍尊孔信孔。毫无迟惑之情、游移之态。必使世人对孔子及孔教之态度能至如此，则孔子方得为尊。而我对于孔教之责任，乃为已尽。吾夙抱此志。

最后将孔子纳入世界三大宗教之内加以阐述，指出孔子及其教义对世界的贡献：

> 孔子之价值及孔教之精义，既如上述。则吾中国人之当尊孔祀孔。复何容疑，窃谓祀者所以致其诚敬也。既尊之，则当祀之。然则今日之纪念放假，方不虚矣。惟兹尤欲言者。则孔子已成为世界之人物。孔教今亦为

---

① 吴宓：《论孔教之价值》，《国闻周报》1926 年 11 月第 59 期。

世界之公产。孔子不但为中国国民性及中国文化最高之代表。且为世界古今三教圣贤之一。其教人之学说。至平实而至精微。不特为中国人所宜保存奉行而勿失。且为凡欲以人文主义（一作人本主义）救今日世界物质精神之病者，最良之导师。孔子所赐与人类之功德。孔教对于世界之贡献。方且日增未艾。惟西方人文主义之运动。

1932 年 9 月 26 日，吴宓又在《大公报·文学副刊》编排了专版以纪念孔子诞辰，发表了《孔诞小言》，并介绍了张昌圻的《洙泗考信录评议》和美国人顾理雅的《顾理雅论中国人之宇宙观》，阐述关于孔子的问题。

明日为阴历（八月二十七日）孔子圣诞。孔子为吾国人所崇敬者二千余年。吾国之文化精神，寄托于孔子一身。今虽时移世异，然孔子仍为中华民族之模范代表人物，非任何人所能否认。关于孔子之人格及其立教之旨，中外名贤学者已多论列。吾人今所欲申明者，即世间万事成于模仿，而每人一生之功业成就亦视其平日所倾心模仿者为何等人。所模仿者或中、或西、或左、或右、或新、或旧、或圣、或狂，虽各不同，然其不能自脱于模仿则一。当今中西交通，文明合汇，在精神及物质上，毫无国种之界，但有选择之殊。是故中国少年尽可模仿释迦、耶稣、苏格拉底、葛德、白璧德，以及马克斯、列宁等等，而欧美人士亦不少模仿孔子、孟子、司马光、朱熹、王守仁、曾国藩者。中国人今欲挽救国难振起人心，必须每人取法乎上精勤奋勉。所取法者不必为孔子。苟能自立自达、益国益世，虽不知有孔子之名可也。反之，西国学者研究孔子及中国古学者日众。若美国白璧德先生等，其所提倡之新人文主义，盖欲融汇世界圣贤之教化及人类经验智慧之结晶，更用实证批评之方法，针对近世社会之需要，本兹立言，以为全世界全人类中国亦在其内，受用之资，其所取于孔子者亦不少焉。是故孔子已成为世界的人物，而中国之精神文明从兹亦非中国人之私产，可以自豪而不能独占者，势为之也。又按近世研究古人古事，首重了解与同情，而其法不外（一）考证（二）批评二者。顾考证事实必求其精确，而批评义理必求其允当。否则未能了解，安有同情。专就孔子而论，近若干年来，吾国人士之立说动众者，大都由于感情之刺激，

为过度之反动，对于孔子，一切归狱，惟事诋諆。众亦未察，欣然响从。当试静心细究之，则知此种诋毁孔子之说，考证既未精确，批评尤非允当。一因未能洞悉中国之历史，二因未能周知世界之文化。故其说似信而多误，似新而实陋。若本期所介绍之二书，可资启发，可促反省，其裨益吾人者实多。

1949 年 8 月 27 日吴宓又发表了他为孔子诞生 2500 年所作题为《孔子圣诞感言》。这可以说是吴宓对孔子认识的一个总结，不长，全文照录：

民国以阳历代阴历，故定今日（八月二十七日）为至圣先师孔子诞生二千五百年纪念。孔子为中华民族之真正代表人物，为中国文化集大成，造极峰，继往开来，天与人归之圣哲，且为世界古今最伟大真实之四五教三哲人之一。窃以今日纪念之期，欧美诸国尤其日本博学宏识之人士，必不少撰文述学以志，以表扬孔子之学德，而鸣其崇敬之沈者，更无论于我中国也。

宓昔幼时，即闻普通社会，不读书不识字之一般人口中辄道"孔圣人"云云。及入塾，恭肃跪拜，每次背书亦必再揖，尔时心目想象中，实觉"至圣先师"常监临我之上，在我之左右，而经中之语意文字皆圣贤之所口述笔书。于是尊圣而亲师，由亲师而好学，由好学而听书，由听书而觉读书为唯一乐事。又由尊圣而时时自律自责。重以家教，谨慎诚实，忠厚宽仁，早成习惯。迨年长自觉，通习世事，益复兢兢业业，事业分明，不敢苟且，对公私小大义务职责，一一黾勉履行。又不敢骄妄自是，效古今文士为快意之论，作武断之言。生平为文必字句斟酌，惟恐其中引据之事实不确，评断之语意过重。虽尝与人辩论，不免急激。但从不为谩骂或刻薄之言。数十年中所行之事，亦因多第，然绝不怨天尤人，嫉时愤世。对人恒为恕辞。论事不作译文周纳，不敢先意他人之不善，广座之有骂人者，已惟力守缄默。自廿六年对日抗战以来，流离各地，更得习劳苦，涉贫困，安居斗室，有案有床，蔬食饮水，便为至乐。不忮不求，一切惟心自足。不假外物，深信眼前即是幸福，儒佛一理。而功名富贵，事业斗争，甚至男女爱情，天伦乐事，在我观之皆为痛苦，为义务，但期他人努力从事，而我则避去不遑，自乐自适于书卷之中，宁为伯夷叔齐之清，愧少被发缨冠之救。至于寿命修短，明知早已注定，到时便死，无可逃避，但必日日修身以俟之。曰正己、曰善生，他非所知所论。兹仅举宓为例，非敢自夸。宓之性行，大略如此。若宓不生中国，未尝读孔子之书，及今当必不同。以上乃孔子之教对宓个人之影响也。

及宓留学美国，至哈佛大学，幸蒙亡友梅光迪先生介引，得受学于美国白璧德师，略识东西学术思想之本原及文明教化之精意，乃知孔子亦为西方有识者所崇敬。而与希腊三哲（苏格拉底、柏拉图、亚里士多德），及释迦我佛、耶稣基督，同为世界之先觉，人类之明灯。其教至深广亦至平实，至高尚亦至有用。历史悠长，社会进化，事物繁迹，制度变改，世运升降，人道苦乐，忽而晴明煦和，忽而晦冥风雨，又复王霸杂陈，分合异势，尚德尚刑，主义主利。有时歧兵教战，有时偃武修文，甲方踵事增华，乙欲归真返朴。更有思想学说，千歧百异，此攻彼辩，纷淆并陈，或重一，或重多，或唯心，或唯物，或遵天志，或明人性，或阐物理，或说群情，或主兼容瓦摄，或主独立武断，或达成圆融之智慧，或取得亿兆之信徒。然在此种种纷纭变化之中，无论何时何地，孔子（兼孟荀）与希腊三哲，释迦我佛、耶稣基督所言所教之道理，皆未尝试，皆必有用，惟其名有异同，其迹有隐显耳。此在当时（民国七八年间）已为宓所深信不疑。其后卅年中，读书有悟。益能明见东西古今根本道理之相通，及此诸圣哲设教立说之同异（所谓异亦只轻重先后之差）焉。举一例言之：诸圣哲教人之目的与方法，皆主仁智合一，情理兼到。然（一）东方之佛教主由智以得仁，而（二）东方之孔子儒教主由仁以成智；（三）西方之基督教主由仁以成智，而（四）希腊三哲主由智以得仁。其间又如此互相错综。由仁以成智，即中庸所云"诚则明矣"：由智以得仁，即中庸所云"明则诚矣"。二途虽分，同达一地。譬如石磴路分成两半圆，或左或右，苟拾级以登，均可到厅堂之门而会合。以上乃宓所了解孔子立教之大旨，与其在世界文化史中之地位。其详非今仓促所能说矣。

其时正当五四运动时代。国内之新文化运动者，以"打倒孔家店"为号召。举凡"中国之固有伦理道德信仰，乃至风俗文艺，一切失其信赖，皆被视为粪土。……将来十年二十年之后，虽反省回头，而老成凋谢，典型已尽。"（节录吾友某君图中语）孔子之在中国。亦遂如苏格拉底之饮鸩于雅典，耶稣基督之钉死于十字架，岂所谓"凡先知先觉，在其本邦本土皆不受人尊礼"者耶！此后国内各种变革，吾不必言，亦不忍言。凡各派之所以痛诋孔子者，其事皆孔子当年之所不及知。即知之，亦绝不能负责。随后世利用孔子者或误解孔子者，其言其行，是彼利用误解者之言行，而非孔子之言行。倘必问罪，请直捕罪人。而勿归狱于孔子。孔子初不冀他人之崇敬，又岂能禁后世之利用与误解？凡被崇敬孔子，利用孔子，误解孔子者，皆当自己负责。吾尤盼世人明白率直，自言其所主张："吾主张如何如何，吾反对某事某事……"，而不必集矢于孔子，或以孔子为护符，徒使孔子受累，而淆惑世人之视听亦何益哉！

指正五四运动缺失，而在当时敢为孔子作辩护者，有梅光迪先生民国九年在南京所创立之《学衡杂志》。该志民国十一年一月始发刊。月出一期，上海中华书局印行。至民国廿二年停刊。共出七十九期。宓虽被命为总编辑，然此志之宗旨义法皆梅光迪先生所制定。其中发挥孔子的立教立说之精义之文（有撰有译）甚多。以宓所见，近世论述孔子其人与其学说价值，最明显公允正确者，莫如柳诒徵先生的《中国之文化》中孔子之一章。此书先刊布于学衡杂志中。后出专书，上下二册，南京钟山书局（用中华书局《学衡》原纸版）印行。

五四运动之另一主要主张，亦即五四运动领导者之一大功罪，厥为废文言而立白话。此举既成功，中国之青年男女以及全国人民，皆不复能读文言书，不复能写文言信，不复能阅文言报纸杂志。于是而中国政治统一之基础失，于是而中国历史文化之统系亡，于是而中国人之生活及教育全失其理想之成分，而美术文学专门之损失不与焉。尽废文言而专用白话之危险，《学衡》杂志中曾反复痛切言之。而汉学家瑞典人高本汉（B. Karlgren）氏，于其《中国之语言与文字》一书（一九二三年牛津出版）中，亦畅论之。此书有张世录教授译本，民国十九年开明版，读者可取览焉。自文言始废，白话初兴，迨仿正三十年，而我中国之大多数男女国民，以不解文言之故，皆未尝读孔子之书。举凡孔子所删述之群经，记载孔子言行最真切之《论语》，以及译孔子之书自大学中庸孟子以下，试问今之学生曾读过者几人？平日但习闻近人有意无意诋毁孔子之语，而盲从途说。彼将视今日之隆重纪念孔子为多事，为无意义。吾凤认为中国政治可以改革，社会可以改革，然废除文言推行白话，实万万不可，而为中国近五十年中最不幸之事。经此以后，孔子固仍为世界之圣哲，然与中国人之特殊关系（譬如家人父子受业师生）即断绝矣。

忆昔民国十六年八月廿七日，宓曾为天津《大公报》撰孔诞纪念文，甚长，备述所见，并选列当时诸多人士之言论。今忽忽廿二年，值此二千五百年重要纪念，宓愧未能有所表明，仅抒个人之一二感想，以求质证于崇敬孔子之人士云尔。

该文章不但告诉我们，他所受孔子影响及过程，其尊孔的行动，而且明确地指出他认为五四运动所存在的缺点：打倒孔家店、废文言、倡白话……其正确与否，当待讨论。可以肯定，这是人们研究吴宓乃至《学衡》派的不可或缺的历史文献。

最为难得的是，在"文化大革命"期间"四人帮"横行之际，他誓死守望孔子及孔教的初心始终不变。看看他所写的所谓"交待"材料吧，其日记中记载：

1967 年 1 月 22 日　　星期日
下午 2—6 及晚 7—12 撰成《交待我的罪行：第五篇　崇仰孔子，宣扬孔孟之道，且为此来汙碴。》凡三页满（原含目录中的两题）。中宵 12：30 寝。

这个"交待"，虽然我们已无从觅得了，但他"崇仰孔子，宣扬孔孟之道"却是明确的、一贯的。20 世纪 70 年代初，"四人帮"为夺权而发动的"意在沛公的'批林批孔'"运动是何等猖狂……面对逆流，吴宓曾多次直言："批林我没有意见，因为我不了解，但批孔，绝不可以""全盘否定孔子，批周恩来，宓极不赞成。""没有孔子，中国还在混沌之中"……甚至大声疾呼："余坚决反对所谓'批孔'之无赖行径。倘为此而如耶稣之钉上十字架，亦所心甘"，

"宁可杀头，也不批孔"，为此，他付出了沉重代价，几乎被打成现行反革命，① 送掉老命。这是他的又一奇特。

吴宓的一生，可以说是为《红楼梦》赞颂和辩护的一生，也是为孔子守望的一生。

他对《红楼梦》的研究总是和对孔子的认识与守望联系着的。他的《红楼梦》研究又一直是作为与胡适《红楼梦》研究的对立面而存在的。

吴宓就是这样一个奇特的人。其著作、行事，虽不可完全肯定——受时代的限制，难免有缺点和错误，但只要用一分为二的观点去认真研究，去其糟粕，取其精华，肯定会有益于今天社会主义文化的繁荣。

---

① 1968 年 8 月 12 日西南师范学院"春雷造反兵团 5·28 部队"整理了一个《关于处理反共老手、反动学术权威、漏网右派、现行反革命分子吴宓的请示报告》。此报告，上级部门均未受理。

为红学研究探索途径的《〈红楼梦〉新谈》

吴宓于 1917 年 8 月 18 日赴美留学，先入弗吉尼亚州立大学英文系学习文学，1918 年秋转入哈佛大学文学院比较文学系，师从著名新人文主义者白璧德。

在这里，他研读西洋小说时，十分注意将《石头记》和他阅读的西洋小说作比较。他的日记中有这样的记载：

近读 Richardson's Pamela 及 Clarissa 二书（理查生森，全名 Samiel Richardson 塞缪尔·理查森英国小说家。《帕米拉》又名《美德有报》及《克丽莎》。）甚喜之。以为颇肖《石头记》（1918 年 9 月 26 日）

自入夏校以来，学课而外，则读 Paul E. More 先生之 Shelburne Essays（保罗·埃尔默·穆尔 1864—1937，美国学者，文学评论家，与白璧德同道齐名。《谢尔盖论文集》）。凡九册，是日全毕，获益无限。此君为巴师至友，在今日美国，并为学德山斗。其书卷卷皆至理名言，精思藻采。兹惟记其直裨益于宓身心者一二则于此。（1919 年 7 月 24 日）

读 Thackeray 之 Newcomes（英国小说家萨克雷，著小说《纽康氏家传》）毕，绝佳。英国近世小说巨子，每以 Dickens 林译迭更司。与 Thackeray 并称，其实 Dickens 不如 Thackeray 远甚。约略譬之，Dickens 之书，似《水浒传》，多叙倡优仆隶，凶汉棍徒，往往纵情尚气，刻画过度，至于失真，而俗人则崇拜之。见 P. E. More "Shelburne Essays" 论 Dichens 之文。（P. E. 穆尔《谢尔本论文集》）而 Theckeray 则酷似《红楼梦》，多叙王公贵人，名媛才子，而社会中各种事物情景，亦莫不遍及，处处合窍。又常用含蓄，褒贬寓于言外，深微婉挚，沉着高华，故上智之人独推尊之。乃Dickens全集，几皆译成中文，而Thackeray之书，则尚无一译本，宁非憾事？宓读Newcomes竟，决有暇即必译之。每日译一页半，约五百字。三年可毕。译笔当摹仿《红楼梦》体裁；于书中引用文学美术之字面，则详为考证，并书中之外国人名、地名、史事，均另加注解，以便吾国人之领悟。宓尝有志著小说，或著或译，不久必将着手也。（1919年8月31日）

吴宓说到做到，果然于1921年译出萨克雷的《纽康氏家传》，1922年刊于《学衡》创刊号。

吴宓很快成为学校中研究《石头记》的知名人物。1919年3月2日，应哈佛大学中国学生会之请，他作了一次关于《石头记》的演讲，即，后来所刊出的《〈红楼梦〉新谈》，使听者耳目一新，思索不尽，还得到导师白璧德的称赞。

留学德国柏林大学、瑞士苏黎世大学、法国巴黎高等政治学校的陈寅恪这时也来到美国哈佛大学学习，听了吴宓关于《石头记》的演讲之后，立即以诗见赠。

《〈红楼梦〉新谈》题辞

陈寅恪

等是阎浮①梦里身，梦中谈梦②倍酸辛③。

---

① 阎浮：即阎浮提，梵语，泛指阎浮提。指中华及东方诸国，实则佛经指印度。
② 梦中谈梦：即梦中梦，喻幻影。唐李群玉诗《自遣》："浮生暂寄梦中梦，世事如闻风里风。"梦中梦：佛教语，喻虚无。梦本虚幻，梦中之梦，更不足为凭。
③ 倍酸辛：《石头记》第一回写道，曹雪芹于悼红轩中，披阅十载，增删五次。纂成目录，分出章回，又题曰金陵十二钗；并题一绝。即此便是《石头记》的缘起。诗云："满纸荒唐言，一把辛酸泪。都云作者痴，谁解其中味。"

青天碧海①能留命，赤县黄车更有人②。*虞初号黄车使者*

世外文章归自媚，灯前啼笑已成尘。

春宵絮语③知何意，付与劳生④一怆神。

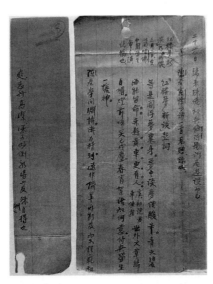

吴宓先生 1919 年 3 月 26 日日记手迹，
记录陈寅恪先生《〈红楼梦〉新谈》题辞⑤

　　赠诗用了多个中外典故，既写了吴宓演讲的动机和情景，又给了吴宓以赞扬和鞭策。

---

　　①　青天碧海：《李义山诗集·嫦娥》："嫦娥应悔偷灵药，碧海青天夜夜心。"
　　②　黄车更有人：原注"虞初号黄车使者"。周汝昌在为朱一玄《红楼梦资料汇编》所写"序言"中说："四部四库，经、史、子、集，囊括了中华文化典籍，而'小说家'的著录属于史部（也称'乙部'）的一支。《汉志》著录虞初，号'黄车使者'，人皆尊为小说之祖——故陈寅恪先生题吴宓先生《红楼梦新谈》即有'赤县黄车更有人'之句，用此典也。然则史者是记载从政者的功名勋业、名言嘉行、治乱兴衰……皆大事也；而小说者，乃是相对其'大'而言，市井家庭、细事闲情、新闻异态……以至个人性情、时代风尚……咸在其间。此二者相对而观之，则虽一巨一细，却又一'死'一'活'——历史社会一切情状，在'正史'中是不及也不屑写的。于是'小说'承担了此一职责。我称之为'活历史'，缘由此义。是以研究小说，并非消闲解闷之俗义，实乃求历史文化的一重大途径。"（周汝昌、朱一玄编《红楼梦资料汇编·序言》，南开大学出版社 2012 年版）
　　③　絮语：连续不断的说话。
　　④　劳生：辛劳的一生。
　　⑤　吴宓著，周绚隆编：《红楼梦新谈：吴宓红学论集》，人民文学出版社 2021 年 9 月版。

　　难怪吴宓得赠诗后，喜悦之情溢于言表，不仅将诗恭录在自己 3 月 26 日的日记里，且在日记中写道：

　　　　陈君学问渊博，识力精到。远非侪辈所能及。而又性气和爽，志行高洁，深为倾倒。新得此友，殊自得也。

　　从此，两人经常讨论国事，切磋学问，甚至商谈婚姻……每次交谈，吴宓都收获良多。诚如他所记载：

　　　　陈君中西学问皆甚渊博，又识力精到，议论透彻，宓倾佩至极。古人"闻君一夕话，胜读十年书"。信非虚语。（1919 年 4 月 25 日）

　　　　宓按，此诗包举史事，规模宏阔，而叙记详确，造语又极工妙，诚可与王先生《颐和园词》并传矣。始宓于民国八年，在美国哈佛大学，得识陈寅恪。当时即惊其博学，而服其卓识，驰书国内诸友，谓"合中西新旧各种学问而统论之，吾必以寅恪为全中国最博学之人。"今时阅十五六载，行历三洲，广交当世之士，吾仍坚持此言，且喜众之同于吾言。寅恪虽系吾友而实吾师。即于诗一道，历年所以启迪予者良多，不能悉记。其《与刘文典教授论国文试题书》载登《学衡》杂志七十九期及近作《四声三问》一文刊登《清华学报》九卷二期，似为治中国文学者所不可不读者也。①

　　陈寅恪确是一位货真价实的畏友，值得吴宓倾倒终身。
　　陈、吴都是爱国者，十分关心祖国的命运和前途，当年就积极参与当地留学生的爱国组织即"国防会"的活动：力主创办印书局，发行刊物，"以为吾辈事业之基础，言论之机关"。吴宓不完整的日记中多有这样的记载：

　　　　民国八年三月二十日至二十五日
　　　　二十二日夕……晤明思及陈俊、朱丙炎、朱世昀兄弟，吴曾愈等诸

---

　　① 吴宓：《吴宓诗话》，商务印书馆 2005 年版。

友，及国防会长张贻志君。……又会商国防会印书局事一次。众决必办报，月出一册。定六月下旬，在 Cambridge 聚议，细定办报之策划、体例、宗旨。

六月十六日

是日午，赴新池_{大湖名}。Fresh Pond 之畔树荫中坐，会议国防会办报事。先由梅君读所拟大纲十九条，陈义高远，措词正大。惟薛君志伊_{编辑部长}。则主张办狭义之《国防报》，为会中之机关报。两方谈辩久之，卒未有成议。

六月十九日

午，尹（寰枢）、张（贻志）诸君归来，即在 Philips Brooks House（菲利浦斯·布鲁克斯楼，为纪念美国作家兼牧师菲利浦斯·布鲁克斯而命名）开会，均国防会要人，及此间能文之士，议办报事。宓主张以狭义之机关报，及广义之非机关报，分开同办。余人有主只办一种者，有主二者合办一册者。后决办广义之报，但仍为会中机关。

六月三十日

星期。是日上午，在宓室中，开国防会议事会，仍议办报事，决案如前。

……

宓已被选为驻美分会编辑部长。窃思办公事，未可尽如己意。兹既受职，必当尽力。故拟就会中现时情形，及吾所处之地位，竭诚去做，其成效之美恶，则置之度外可也。

七月四日

晚，在宓室中开国防会新旧职员交代会。驻美分会编辑部长一职，宓当场辞之。不获，而后就任。

1919 年秋，"国防会"正、副会长张贻志、尹任先先后回国，供职上海。总会也随之迁至上海。原拟议办印书局流产，仅于 1920 年由民族工业资本家聂云台、聂慎军与尹任先出资，在上海创办了《民心周报》。初由张贻志任总编辑，不久便全归尹任先所委托的瞿宣颖主撰并兼总编。

《民心周报》于 1919 年 12 月 6 日在上海正式出版，创刊号上刊发了十多位知名人士的《介绍民心周报》和《国防会启事》：

介绍民心周报

《民心周报》系留美学生及国内学者暨具言论救国之志愿者所创办，思以达其淑世惠民之蕲续，尽其为国服务之天职。同人等以其主旨健实，持论稳正，志愿坚苦，用敢乐为介绍于邦人

唐文治　严修　张謇　聂其杰　范源康　史家脩　黄炎培　王正廷
余日章　张伯苓　叶景葵

等同启

国防会启事

同人等鉴于年来吾国外交失败，内政凌夷，皆由于国民无自卫能力所致，乃于民国四年由欧美留学生发起此会，以促进国民自卫力之发展为宗旨，凡军事实业教育等种种事业直接间接可以增进国民自卫力者，皆在本会致力范围以内，本会为纯正集合，绝对不含政党性质，专为国民谋自卫，不含排外性质。向来办事机关设在美国，现以同人多已归国，乃移总办事处于上海，美国仅设办事分处。本会应办各事情皆有定程，将来次第举行，下年拟筹设印书局，经费组织，略有头绪，定于明年六月以前成文，现在通讯处设上海爱而近路二十号。

十二月六日

刊物按计划出版后，很快寄到了波士顿，吴宓在 1920 年正月初二的日记中写道：

正月二日

是日接尹任先函，知《民心周报》已出版，并促多寄稿回国。

正月十一日

下午二时，赴国防会董事会常会。《民心周报》寄到后，而刊发部长李君，厌其事之繁劳，不肯发出，故经多日，而会员等均未接到该报也。

正月十九日

连日雪仍不止。《民心》已到，急待发出，方可征收稿件。李君既不肯动手，宓不得已，乃于今日午，自行封发。先择国防会要人及编辑，共三十余人，分别寄与《民心》第一二期。现于《乾报》及《民心周报》收稿各事，随到随办，当日施行，不使留滞。费时颇不少也。

吴宓不但为刊物积极组稿、写稿，而且还帮助刊物在美征订、发行……且任劳任怨为会员分送刊物，虽然累得生病，也乐此不疲……

他在正月二十一日的日记中说：

宓为国防会《民心》报事，每日如例办公，虽自以课忙，未得作文，然于征稿发信等事，随到随办，决不搁置。其劳忙情形，自在意中。而如此行事，乃大为学识高卓之友，如陈、汤、张等所鄙笑，屡劝宓勿为此等无益之事。诸人之道理，宓尽通晓；然宓虽为俗事，确无一点俗心。宓每念国家危亡荼苦情形，神魂俱碎。非自己每日有所作为，则心不安。明知《民心》报之无益，然宓特藉此自收心，而解除痛苦而已。

爱国之情跃然纸上。

吴宓虽然很忙，还是不断供稿，最初多是他研究时事所作的读书笔记。如《近代史杂记》《论列强争夺殖民地之策略》及《记波斯之亡》《记土耳其革命之最后的内政》《记摩洛哥之亡》《记埃及近况》等，还介绍了英人 G. H. P. Belloc 著 *Elements of the Great War*（译为《欧战论略》）一书，其用意很清楚：告知国人，要从世界历史中吸取教训。

1920 年 1 月 26 日，他接到尹任先的催稿信，指名要《〈红楼梦〉新谈》，日记中写道：

雪。《民心》出版，宓未尝作文。尹君来函催索，并指明去岁所作之《红楼梦新谈》，命速寄去备登。不得已，乃费三日夜之力，重作一过，并求锡予代为删润，乃得于今晚寄去云。

《民心周刊》收到吴宓寄去的《〈红楼梦〉新谈》修改稿后，便于1920年3月27日、4月3日出版的第一卷第十七、十八期刊出。

吴宓对"新谈"十分重视，随时考虑补充修改。1919年7月29日有这样一则记载：

宓三月间，作《红楼梦新谈》，兹觉其意有未尽。因读 Shelburne Essays 中论小说巨擘应有之数事，《红楼梦》似皆具之，益符吾推崇此书之心也，爰撮记之。

（其一）天下有真幻二境，俗人所见眼前形形色色，纷挐扰攘，谓之真境；而不知此等物象，毫无固着，转变不息，一刹那间，尽已消灭散逝，踪影无存。故其实乃幻境 Illusion 也。至天理人情中之事，一时代一地方之精神，动因为果，不附丽于外体，而能自存。物象虽消，而此等真理至美，依旧存住。内观反省，无论何时皆可见之。此等陶熔锻炼而成之境界，随生人之灵机而长在，虽似幻境，其实乃惟一之真境 Disillusion 也。凡文学巨制，均须显示此二种境界，及其相互之关系。Aristotle（亚里士多德，公元前 384—322，希腊哲学家，文学家）谓诗文中所写之幻境，实乃真境之最上者。Illusion is the higher reality.（幻境为更高之现实。）《红楼梦》之甄、贾云云，即写此二境。又身在局中，所见虽幻，而处处自以为真，大观园及宝、黛、晴、袭所遭遇者是也。若自居局外，旁观清晰，表里洞见，则其所见乃无不真，太虚幻境及警幻所谈、读者所识者是也。凡小说写世中之幻境至极浓处，此际须以极淡之局外之真境忽来间断之，使读者如醉后乍服清凉之解酒汤。或如冷水浇背，遽然清醒，则无沉溺于感情、惘惘之苦，而有回头了悟、爽然若失之乐。《红楼梦》中，此例最著者，为黛玉临殁前焚稿断痴情，及宝玉出家，皆 Disillusion 之作用也。

（其二）戏曲以写一人一事，感情中剧烈之变化为主，小说则大异。故小说不宜专重一人，须描写社会全部，四面八方之形形色色，细微入理无一遗漏，使读者如身历其境。以此规则论之，《石头记》亦最合法之杰构也。戏曲宜深，小说宜广。戏曲不嫌过分，小说只贵真切。

抗战期间，他更致力于研究《石头记》时写的《石头记评赞》，可以说是对《〈红楼梦〉新谈》"未尽"之意的补充完善。我们一定要将这两篇文章连贯起来研究，才能更好地理解其中的内容。

《〈红楼梦〉新谈》到底"新"在什么地方呢？我以为有这样几个方面。

一、中国第一个以西洋小说（原理、技术）研究、衡量《石头记》

吴宓 1967 年 2 月 1 日所写的《交待我的罪行：第九篇演讲〈红楼梦〉叙述 1907—1963 宓一生有关〈红楼梦〉之事实经历》，特别提到这次演讲，说：

用西洋小说法程（原理、技术）来衡量《红楼梦》，见得处处精上，

结论是：《红楼梦》是一部伟大的小说，世界各国文学中未见其比。①

之前，王国维以叔本华的哲学、美学理论解析过《红楼梦》，让国人大开了眼界。吴宓不但运用了西洋哲学、美学理论，而且具体运用 G. H. Magnadier（梅纳迪博）在所作 "Introduction to Fielding's Tom Jones"（《〈汤姆·琼斯〉序言》）中所总结的"小说之杰构，必具六长"来衡量《红楼梦》。"六长"是：

壹、宗旨正大（serious purpose）；贰、范围宽广（large scope）；叁、结构谨严（fim plot）；肆、事实繁多（plenty of action）；伍、情景逼真（reality of scenes）；陆、人物生动（livelness of characters）。

梅博士所总结的"小说杰构""必具"的"六长"，是当时西方小说研究的最新成果、最高成就，具有指导意义。"六长"中的"宗旨正大"，是对思想内容的要求，其余"五长"，则是对艺术方面的要求。吴宓根据这"六长"来"衡量"《石头记》，实际上是作比较。但有人却指责他是"先按模式——西洋文学的模式，再把《红楼梦》的人和事往里面套的方法，不可能不任意取舍或削足适履"，这种指责简直是冤枉。吴宓明明指出了两者的异同，只要我们仔细加以分析是不难看出的。他是通过比较来衡量《红楼梦》短长，指出《红楼梦》不但完全符合而且远高于西洋小说。

二、比较文学原理和方法的自觉运用

比较文学是 20 世纪初西方兴起的一门新学科。此时，吴宓正在哈佛大学师从白璧德、穆尔学习这门学科，于是立即将其所学的最新知识运用于《红楼梦》研究。

下面，我们看看他是怎样具体运用比较文学原理的吧。

---

① 引自原件抄件。

（一）从小说作者观察世事方面作比较

吴宓在"新谈"中写道：

观察世事，无所蔽而不陷一偏，使轻重小大，各如其分，权衡至当，褒贬咸宜。《石头记》之特长，正在于此。……西国近世小说，其中价值堕落，为人诟病，而有恶劣影响者，即缘作者仅着眼一点，所叙无非此事，或专写婚姻之不美满，或专言男女情欲之不可遏抑，或专叙工人之生活，或专记流氓之得志。如 George Moore①Zola（左拉），Balzac（巴尔扎克）以及托尔斯泰，皆犯此病，读其书毕，掩卷之顷，常有一种恶感，似世界中，只是一种妖魔宰制，一种禽兽横行，一种机械绊锁，甚为懊丧惊骇，不知所为，皆由作者只见一偏之故。

（二）将《红楼梦》和西洋具体作品相比较

吴宓认为西洋小说"有三大病"：

其一，文中插入作书人之议论，连篇累牍，空言呶呶，在每回之开端处尚可，乃若杂置文中，或自诩卓识，或显示博学。……嚣俄（Victor Hugo）之《Notre-Dame》书中，述 Gypsy 族语言文字源流，则尤足令读者厌倦也。②

其二，人物之心理，考究过详，分析过细，叙说过多，而其行事之见于外者，反因之减少，几成心理学教科书，而不类叙事之小说。大家如

---

① 引者注：穆尔（1852—1933），爱尔兰小说家。曾是小说创新者，最成功的小说《埃斯特·沃特斯》。Theodore Dreise（德莱塞，1871—1945），美国现代作家。在文学史上具有重要地位。《嘉莉妹妹》《美国的悲剧》堪称文学创作上的里程碑。

② 引者注：嚣俄，现译为雨果（1802.2.26—1885.5.22），法国诗人、小说家、文艺评论家。作品丰富。这里所说的《Notre-Dame》即 1831 年出版、使雨果声名远扬的《巴黎圣母院》。该书是以中世纪巴黎为背景的浪漫主义小说。故事集中描写为圣母院敲钟的驼背人卡西莫多以及他对吉卜赛舞女爱斯梅拉达的忠诚，多叙吉卜赛语言文字源流。

George Eliot 间不免此。①

其三，风景服饰器皿等，描画精详，而与书中之人之事，无切要之关系。如 Bernardin de Saint-pierre 之《Paul and Virginie》，专写岛中物产是也。②

《石头记》均无以上之病。芜词空论，删除净尽。描画人物，均于其言谈举止，喜怒哀乐之形于外者见之。

（三）将贾宝玉与西方作家卢梭等相比较

吴宓说：

古昔柏拉图（Plato）之共和国（Republic），又 Sir Philip Sydney 之 Arcadia，又 Sir Thomas More 之乌托邦（Utopia），然此均为仁人志士，欲晓示其政见学说，特设为理想中之国家社会……本于设教之苦心。迨近世卢梭……则皆梦想一身之快乐。与宝玉之太虚幻境同，而卢梭之性行，尤与宝玉相类似云。

索士比亚云："疯人，情人，诗人，乃三而一，一而三者也"。（见《Mid-summer Nght's Dream》V. 1）卢梭晚年，即近疯癫，宝玉平日举动，常无伦次，又属入魔。……

人皆有二我，理想之我与实地之我，幻境之我与真如之我。甄贾二宝玉，皆《石头记》作者化身。书中之主人，其间差别，亦复如是。卢梭《La Nouvelle Heloise》小说，书中之主人 Saint-preux，本即卢梭，但自嫌老丑，则故将此人写作华美之少年。是卢梭亦有二我也。

卢梭以梦境为真，任用感情，诡词鼓动，激生变乱，其实至今未已。

---

① 引者注：George Eliot（乔治·艾略特，1819. 11. 22—1880. 12. 22），原名玛丽·安·埃文斯，英国维多利亚时代杰出的小说家之一，开创了现代小说通常采用的心理分析的创作方法，1860 年出版了《弗洛斯河上的磨坊》（3 卷），以心理描写著称。

② 引者注：贝尔纳丹·德·圣皮埃尔（1737. 1. 19—1814. 1. 31），法国作家，因其歌颂纯真爱情的田园恋歌式的小说《保尔和维吉妮》而名传后世。该小说 1780 年附录于《大自然的研究》出版。故事描写一对青梅竹马的海岛青年的恋爱经历，他们生活在不染世尘的大自然风光当中。但是文明的侵入导致了故事的悲惨结局。书中风景服饰器皿写得极多，冲淡人物。

姑且不论。总之，文明社会中，亦有无穷痛苦。Matthew Arnold 诗中亦云：The strange disease of modern life。此种归真返朴之思想，实古今人类所同俱者。而《石头记》亦特写之。故谓为目光及于千古，殆非虚誉也。

以卢梭其人与贾宝玉进行比较是否恰当，姑且勿论，但这种比较无疑扩大了人们的视角，而且丰富了研究的内容，能更好地认识文学的本质，探讨《红楼梦》的精神和价值，是可以肯定的。

（四）十分注重对作品"宗旨"的探寻

"宗旨"，是小说的灵魂，决定其价值的大小高低。无论作者还是批评家，首先考虑、重视的也是这点。

吴宓特别重视以小说主人翁之祸福成败探求《石头记》的"宗旨"。他说：

凡文章杰作，皆须宗旨正大。……小说只当叙述事实，其宗旨须能使读者就书中人物之行事各自领会。……但必为天理人情中根本之事理，古今东西，无论何时何地，凡人皆身受心感，无所歧异。

他还在《文学与人生》讲稿中写道：

萨克雷：《彭登尼斯》序（v-vii）："……某种真理与诚实。"这位小说家（萨克雷）"力图讲述真理"。"自从《汤姆·琼斯》的作者逝世以来，我们当中的小说作者，没有一个人曾经被允许尽其所能来描述一个'人'……社会不容许在我们的艺术中有'自然面目'存在……要是真理不总是令人愉快的；至少真理是最好的。"①

《石头记》"尽其所能来描写一个'人'"。"全书多至五百余人"，足以显示当时社会各色人物的"自然面目"。

吴宓就是以人物的"祸福成败"来阐述《红楼梦》的"主旨"：

———————————

① 吴宓：《文学与人生》，清华大学出版社 1993 年版，第 28 页。

凡小说巨制，每以其中主人之祸福成败，与一国家一团体一朝代之兴亡盛衰相连结，相倚伏。

……

《石头记》固系写情小说，然所写者，实不止男女之情。间尝寻绎《石头记》之宗旨，由小及大，约有四层，每层中各有郑重申明之义，而可以书中之一人显示之。

一	个人本身之得失（为善，作恶。向上，趋下。）	一、教育之要（外） 二、以理制欲（内）	贾宝玉
二	人在社会中之成败	一、直道而行则常失败 二、善恶报施之不公	林黛玉
三	国家团体之盛衰	一、弄权好货之贻害大局	王熙凤
四	千古世运之升降	一、物质进化而精神上快乐不增 二、归真返朴之思想	刘老老

这样以人物来显示全书的"宗旨"，虽然"未足尽意"，但还是很有创见的，至少引导人们去关注《石头记》的社会价值。"新谈"写道：

昔人谓但丁作《Divine Comedy》一卷诗中，将欧洲中世纪数百年之道德宗教，风俗思想，学术文艺，悉行归纳。《石头记》近之矣。

其结尾还特别写道：

英国大小说家 Henry Fielding 在所著《Tom Jones》论已详，后人更多阐发，而《石头记》均符其例云。①

---

① 引者注：英国作家菲尔丁所著《弃婴托姆·琼斯的故事》（全书名 The History of Tom Jones, A Foundling 1749），是描写爱情故事的小说，书中男主人公的真正身份一直到小说结尾才真相大白。他爱上了美丽的索菲亚·韦斯顿，克服了重重障碍，终于赢得了爱情。小说对后世纪中叶英国的社会描绘极为生动。（《简明不列颠百科全书》）

可以说：吴宓是红学史上最早的全面、透彻、深刻地看到《红楼梦》价值的人，至少也是其中之一。

这篇"新谈"，由于各种原因，红学界从未重视，很少谈及，直到近年来，才陆续有研究者评述。如郭豫适先生的《红楼研究小史稿》及其《续稿》（上海文艺出版社 1980 年出版正编，1981 年出版续编）；白盾先生主编的《红楼梦研究史论》（天津人民出版社 1997 年出版）；李春祥先生的《红学二百年》（河南大学出版社 2014 年出版）等，都对吴宓先生的这篇红学著述作出了自己的评述，其见解当然是仁者见仁，智者见智。这里，没有必要一一加以评述。但白盾先生主编的《红楼梦研究史论》对这篇演讲的评论，不能不有所商榷。论者的评论涉及治学态度与方法的问题。

论者认定吴宓"对《红楼梦》的思想分析不佳，艺术分析部分却有不少有见地的显出其审美能力与文学眼光的地方。这比起索隐猜谜的胡言乱语固若天渊，即与感兴式时有所悟、或有所得的评点家的'红学'来也要高出一筹。吴氏以心理视角分析贾宝玉的作法有启发想象力的作用，是《红楼梦新谈》中有价值的地方"。"吴氏用《神曲》相比，显出他的审美能力与文学眼光及对《红楼梦》的评价之高"，所作的评论，"并非他任意作出来的，而是把它列入世界文学名著之林作比较作出来的，也就更有其可贵之处"。既然如此，论者却又指责吴宓是"把《红楼梦》的人和事往""西洋文学的模式""里面套"，"用这种抽象的模式就离开了作品的具体形象"，"显得牵强，生硬而不恰当"，"其治学态度与方法是极不科学的"。还说"《红楼梦新谈》大量引用中外文论，自炫博学，未能像他说《红楼梦》作者那样将种种材料悉经十分融化过来"。试问，若真如其论，像这样一位"自炫博学"，"其治学态度与方法""极不科学的"人，怎么能对《红楼梦》的人物分析作出"有价值"的评价，能对《红楼梦》总体作出西洋小说"罕见其匹"，"实为中国小说的杰作"的结论，这种论述不是自相矛盾吗?!

吴宓的弟子杨周翰先生说得好：

> 对吴宓先生的某些看法也可能有争议，或被认为是个人欣赏趣味，甚至"迂阔"，但是不作中外比较，《石头记》的特色很难更有说服力地突出出来，甚至根本显露不出来。从历史的眼光看，早在 20 年代开始，吴先

生就有意识的比较研究应该说是给人们打开了新的眼界。①

我非常赞同杨先生的说法。这才叫历史唯物主义的研究。

最值得我们注意的是吴宓对《石头记》价值的肯定，特别是他对比较文学原理和方法的运用。正因为他用了新的观念、新的方法来解读《红楼梦》，引导人们阅读了《红楼梦》，使人们真正认识了《红楼梦》的伟大，从而热爱中国的固有文明之长处！这完全符合他坚持创办的《民心周刊》的"宗旨"。

> 根据吾国固有文明特长处，以发挥而光大之。使人人知吾国文明有其真正之价值。知本国文明之所以可爱，而后国民始有与之生死存亡之决心，始有振作奋发之精神，遇外敌有欲凌辱此文明者，始有枕戈待旦之慨。②

这是吴宓先生研究《石头记》的初心，也是吴宓先生终身坚持研究《红楼梦》的强大动力！

---

① 杨周翰：《忧郁的解剖》，天津人民出版社 1998 年版。
② 《民心周刊发刊辞》，《民心周刊》第 1 期。

"胎死腹中"的《善生周刊》

1938 年 3 月,吴宓只身去昆明,曾两宿开远大东旅店。7 月 26 日至 28 日,还曾与好友雪梅在此会晤。10 月 29 日 10 点又到开远,仍住大东旅店,特作诗《三宿开远大东旅店》一首,并当即以邮片寄给已返贵阳的雪梅。诗的后四句是:

> 国亡群痛丧家犬,身老翻成绕树乌。
> 欲解奇愁推勤勖,危言正义启凡夫。[①]

爱国激情,抗日决心,跃然纸上。他要用自己的"勤勖"发出"危言正义"之声,贡献给国家,贡献给社会,以唤醒"凡夫"。

怎样救国救世呢?

早在留学回国初期,他眼见中国社会、文化、伦理、道德方面的沉浮,感到无比焦虑……1923 年 7 月 6 日,他给恩师白璧德的信中就这样写道:

> 自从我回国后两年,中国的形势每况愈下。国家正面临一场极为严峻的政治危机,内外交困,对此我无能为力,只是想到国人已经如此堕落了,由历史和传统美德赋予我们的民族品性,在今天的国人身上已经荡然无存,我只能感到悲痛。我相信,除非中国民众的思想和道德品性完全改

[①] 吴宓:《三宿开远大东旅店 十月二十九日》,新版《吴宓诗集·昆明集》,商务印书馆 2006 年,第 342 页。

革（通过奇迹或巨大努力），否则未来之中国无论在政治上抑或是经济上都无望重获新生。我们必须为创造一个更好的中国而努力，如不成功，那么自 1890 年以来的中国历史将以其民族衰败的教训，在世界历史上留下最富启示和最耐人寻味的篇章。①

后来，他又在《落花诗（四）》中写道：

> 曾到瑶池侍宴游，千年圣果付灵修。
> 故家非是无长物，仙国从来多胜流。
> 苦炼金丹经九转，偶凭凤慧照深幽。
> 同仁普渡成虚话，瘖口何堪众楚咻。②

从 20 世纪 20 年代起，他就以强烈的焦虑，紧张地倾注全力，思考、鼓吹道德救国。1925 年 12 月 30 日在致英国人庄士敦（Sir Reginald Fleming Johnston，1874—1938）的信中，他说：

没有国家能从道德沉沦中得救。一旦人民道德沦落，任何强大的帝国必然倒塌。为此我们急切提醒我们的人民，并同样急切引起西方人的注意。我们一方面不同于肤浅的国家民族主义的煽动者，另一方面，我们也与受泰戈尔和托尔斯泰学说影响的浪漫梦想和平主义者不同。我们所要的是伦理社会和道德的政府，但我们首先要的是对待人类生活的健全和现实的观点。我们在伦理道德和宗教方面的中心信念，是美德和邪恶的二元论。在政治方面，我们的理想是权力的正确行使，并由一群有智慧及品德的精英分子掌握。③

1927 年他又在《浪漫的与古典的》书评中明确地指出道德的极端重要性：

---

① 吴学昭整理、注释、翻译：《吴宓书信集》，生活·读书·新知三联书店 2011 年版，第 19 页。
② 此言我至美洲，学于白璧德师。比较中西文明，悟彻道德之原理，欲救国救世，而新说伪学流行，莫我听也。吴宓：《吴宓诗集》卷九《京国集下》，中华书局 1935 年版，第 173 页。
③ 吴学昭整理、注释、翻译：《吴宓书信集》，生活·读书·新知三联书店 2011 年版，第 152 页。

人本主义者确信人性二元，有善恶理欲真伪是非之别。此其别为绝对的，而利害祸福荣辱得失新旧等，则为相对的，不足措意。凡人性皆二元，故皆相同。世间政治经济法律制度等之设施，以及礼俗教育文学艺术之改良，皆必当根本于人性。奖善而除恶，崇是而黜非，扶真而去伪，从理而制欲，苟反背乎人性，必失败，虽成功，亦有害。惟其注重人性与道德。……合于人性而裨益道德者，乃为良政治。……真正之革命，惟在道德之养成。真正之进步，惟在全国人民之德智体力之增高。真正之救国救世方法，惟在我自己确能发挥我之人性（即真能信仰人本主义）而实行道德。①

从这些论述和评论中可以清楚看到，他极其注重道德的宣传。在清华大学任教时，他专门开设了"文学与人生"课，不久，更是以他主持的《大公报·文学副刊》为阵地，宣扬、鼓吹新人文主义、道德救国的主张。"九一八"事变发生后，他立即在自己主编的《大公报·文学副刊》上开辟了《国难与文学》专栏，刊发《民族生命与文学》《道德救国论》的专文，阐发"道德救国"的主张。在《道德救国论》文中，他开头就明确指出：

世界历史，世界文学就昭示吾人者一事，曰惟道德足以救国。方今吾中华民族在抗敌苦战中，尤当知此，尤当信此。至于道德何以能救国，及今者吾国人应如何实行道德以图自救，非本篇所能详言。兹惟条陈大纲，粗明要旨。凡百例证，概从省略。中西古今之名言宝训义行壮举，读者亦可自忆得之，几于俯拾即是，不特吾文之著录矣。

全文分三节。

第一节，论述了"道德之势力至伟大，因道德乃根本于人性而支配万事"。

第二节，讲述"古今言道德者。莫善于亚里士多德，其次为孔子。但耶稣释迦柏拉图之教亦实与之一致"。

---

① 吴宓：《浪漫的与古典的》，《大公报》1927 年 9 月 17—19 日；又《国闻周报》第四卷第三十七期。

第三节，运用中外历史事实，结合当前抗战，详细论述"公理战胜强权"。文章指出：

> 求抗日之成功，求国命之不斩，则必军事政治经济实业教育诸端，皆有精神皆合乎道德而后可。道德非专门之业，而为凡人凡事随地随时所必需，犹燃薪炭与燃火酒煤油其中皆是热力也。自其深者远者大者言之，"公理胜强权者"，乃谓若就人类万世着眼，算全盘之总眼，则精神必超越物质，道德（仁爱）必战胜武力（残暴）。此为正理，亦可坚信。非谓一时一地，有理者必能占便宜也。试观于社会中之个人，行善得祸行恶得福者多矣，然福善祸淫之天道固终存在。此多人之罹屈枉受牺牲者，皆有维持此天道之存在之功。其中亦有个人行事骄奢偷惰因而贫困死亡者，更足以证明天道之不误。……吾所谓道德救国，及目前以道德精神作战抗敌者，其义如此。……吾人今兹抗敌作战，匪特为中华民族保存此土地财产以今后子孙生活长养之资（此为物质的经济的理由自故正当），且实为世界人类保存中华民族所创造而流传之中国之文化（此为精神的理由更为高远）。所欲保存者，有文学哲理美术工艺各端，而尤以孔孟所倡之人文主义及儒教之道德精神，为今后世界所急需，将以纳入世界新人文主义运动之潮流以救来世。吾人为保存此宝物此神品而战，任何牺牲亦甘，生命财产家室恋爱艺术功名等诚区区小事矣。①

可见，他一直在思考、探索"道德救国"，"改造民族精神"。不久，《大公报·文学副刊》这个阵地虽然被胡适、沈从文一伙抢夺，但他的思考和探索并没有停止。日本帝国主义发动卢沟桥事变后，他更深切感到道德的极端重要。日记中多有他思考、探索的记载。他的日记中写道：

> 夕5—6洪谦来，同散步。洪君以国人泄泄沓沓，隐忍苟活，屈辱退让，丝毫不图抵抗，使日本不费力而坐取华北。如斯丧亡，万国腾笑，历史无其先例，且直为西洋人士所不能了解者。故洪君深为愤激痛苦，宓亦

---

① 余生：《道德救国论》，《大公报·文学副刊》1932年2月15日第214期。

具同情。按西洋古者如 Troy 与 Carthage 之亡，皆历久苦战，即中国宋、明之亡，争战支持，以及亡后图谋恢复之往迹，皆绝异中国今日之情形。中国之科学技术物质经济固不如人，而中国人之道德精神尤为卑下，此乃致命之伤。非于人之精神及行为，全得改良，决不能望国家民族之不亡。遑言复兴？宓又按真理亦即正情。中国一般人既虚伪，又残酷，洪君深为痛恨，亦由居西洋（德国）久。即今赞同洪君者，其人亦极少也。（1937年7月15日）

宓近读《神曲》，益洞见真理而超离人事。深信天命不可违，而道德之效力最大。中国之前途，中日战争之最后胜败，悉视中日两民族道德高下之差以为定。而中国今日道德之败坏，见于实事者，无可讳言。回溯近五十年中国之历史，窃意中国之灭亡必不可免。苟竟得存，则是由于天幸与事机之偶然而已。（1939年3月25日）

呜呼，由是知（一）凡真正之爱情，真正之事业，必为失败之悲剧，而使局中人终必自残或弃世。（二）一切爱情，一切事业，其失败背由局中人仁、智之不足，于情于理有所未到。故道德实为一切爱情一切事业之基本，所不容疑。（1940年1月12日）

1941年12月10日的《大公报·战国副刊》又发表了吴宓《改造民族精神之管见》，虽然只是一篇"大纲式"的文章，但"内容却极丰富"，不妨全文引录如后。

改造民族精神之管见

如何培养及革新中华民族之精神及行为，时贤多所论列。愚见以为只应将中国及西洋历史文化之道德精神，兼收并取而融化之，受用之，使确能见诸实行，施于个人生活及日常行事。（譬如培养身体者，由各种食物中吸收多量维他命，而又运动足，消化良，则其人定必健康愉快矣。）

（壹）中国之遗产

（一）中国二千年来，实系道家握权得势。上自朝廷政治，下至社会家庭，皆为此种道德精神所支配。此道家精神，由二因素合成：（甲）黄老之道；（乙）阴阳家之五行说。解释之，（甲）权术，即权诈机变；（乙）唯物主义之身体的享乐。更解释之，（甲）麦克威里式之策略及方法，以处世待人；（乙）物质的及肉欲的得势。此（甲）（乙）二因素，实为自然主义之两方面，亦即自私自利主义之两方面也。

此种道家精神之表现，在上位，则为帝王君相之所谓"人君南面之术"。自秦用李斯，汉用公孙弘之徒，自汉之文景至清之雍乾二帝，此种治国驭众之方法迄未稍变。名相功臣如曾文正公，亦不免参用几分道家精神，其他可知已！其在下位，则为一般社会所谓"人情世故"之整套心理及方法，以为处世居家之秘诀及熟路。（按鲁迅所谓阿Q之精神者，实即为此道家精神之一部分的表现而已。）

（二）在道家精神之宰制及支配之下，中国二千年来，遂将下列各种"理想的人物"尽作惨苦之牺牲（吾所谓"殉道殉情"者是也）

（A）圣贤——以孔孟为首。孔子在中国，被帝王君相以及士夫乡愿阳奉阴违，其道实未得行于世，仅在道德精神方面有不少之影响而已。

（五四以来更一切归咎集矢于孔子，尤冤且误。）

（B）英雄——如岳飞熊廷弼袁崇焕等将帅，及一切尚气任侠直言仗义之社会中人。

（C）诗人艺术家情人——如屈原贾谊杜甫，以及《浮生六记》中之人物，又《石头记》中之林黛玉等。（薛宝钗即道家精神。）

以上被牺牲者，即所谓"殉道殉情"者，皆真能代表儒家精神者。换言之，即是理想派之人物（在实事历史与虚构文学中）也。

（贰）西洋之贡献

西洋数千年之历史及文化，其特别优异之精神的贡献，如下：

（一）古希腊——其贡献为真善美合一之精神，尤注重真（真理）之因素。

（二）古罗马——其贡献为政治道德及家庭伦理。按此为中国所固有（因中国人之精神甚似罗马人），故此点无须取自西洋。

（三）基督教——其贡献为伟大之仁爱，建立于坚实之信仰上者。换言之，即生活及行事之理想主义，恒能见之，明而勇于行者。（按中国旧文化中之佛教实已有此，但以佛教来自印度，故未列入壹项下。）

（四）欧洲中世——其贡献有二：

（甲）由封建制度而有忠。此即中国昔之所谓"忠"，包含对人之忠与非对人之忠二种。

（乙）由骑士文学而有爱。按骑士之爱，即中国昔所谓"义"。孟子言义，后人亦重义士义行仗义执言；但西洋尊崇女性之"骑士之爱"，非止为扶助弱者，其中实含有"理想之爱"之倾向，为宗教与爱情之结合体，此则为中国凤所未有，亟应输入于思想及生活中者也。

（五）欧洲近世——近世欧洲之特点，即斯宾格勒氏所谓"浮士德之精神"，即渴求无尽之知识与无尽之经验。此中包含好奇心，力学不厌，对自然详切之研究（即科学精神及科学方法）等；此中亦包含西人之勇敢及冒险性行。然而歌德诗剧中之浮士德不但前进，且亦上进，浮士德之灵魂终归天上，不堕地狱。浮士德恒与魔鬼麦菲斯多非里斯争持而卒战胜之。魔鬼盖象征消极与肉欲（错误之两极端）者。是故"浮士德之精神"兼包含于（1）消极（2）肉欲二者之反抗，而此二者正今日多数萎靡卑鄙之中国人之大病也。

（叁）结论

综上所言，今欲革新或改良中华民族之生活及精神，以为抗战建国之根本基础，其方案应如下：

（一）恢复中国旧有之儒家真精神（即历来圣贤英雄诗人艺术家情人所代表者），而铲除彼支配上下之道家精神。——即以人文主义与理想主义，代替自然主义与自私自利主义。

（二）吸收（或采取）西洋历史文化所贡献之道德精神原素（或优点）。即如下：

（1）真善美合一之精神及态度，尤注重真（真理）；即要意真，言真，行真，而同时不忘美与善。

（2）伟大之仁爱，以坚实崇高之信仰为其基础。

（3）忠。

（4）理想的，无私的，骑士式之爱。

（5）广求知识经验，使个人生活充实丰富：即所谓"浮士德之精神"是。

惟兹所谓恢复与吸收，要必每人皆能心领意会，身体力行，实现之于日常生活公私行事，乃合：非为空谈浮议。又此方案，譬如医生治病，配合上言之材料以为药方，而厚植基本，随缘灌输，期以久远，庶可有效，初非为一时一地少数人士标榜呼号之用者也。

其编者说，吴先生这篇"大纲式的文章"，内容却极丰富。"其中可以发挥讨论之处甚多。我们希望读者执笔参加。"编者希望读者执笔参加讨论，可惜，当时因种种原因，讨论未能展开，更无法尽情解读。

吴宓是一个彻头彻尾的道德救国论者，一生都在思考、探索道德救国的理论及办法，都在为实现道德救国而努力奋斗！

"道德救国"成为吴宓终生追求的目标，一心要实现的理想。他认为"人性二元之说为凡百道德之基"，人生"有善有恶"，只有"善"能抑"恶"。因此，要提倡"善"。1938年到昆明后，他即设法创办专门宣传道德救国的刊物《善生周刊》。其日记中有诸多记载。

一九三八年

十月一至四日

宓因思用其才性之所特长，以报国家社会，而有《善生》周刊 The Good Life 之计划。欲仿效《宇宙风》等之形式及其廉价广销，而易其内容。主以道德理想，指导批评一切人一切事。麟（即贺麟，时为吴宓学生）极以为当办，且自任此去随缘相机，为之游说提倡。于是四日上下午，宓撰成《创办善生周刊计划书》。前半宗旨及内容，后半组织及经费预算。交麟收藏带去。

十月二十三日　　星期日

又附函致周炳琳与麟，述《善生周刊》之希望，语多矜冀，甚不合也。

一九三九年

三月十七日　　星期五

宓所能为、所愿为之事业，厥为主编《善生》周刊，发起一种道德改良运动，以为救国救世根本之图。然如近之新生活运动及全国精神总动员，既不征聘及宓，其发表之宗旨规条，亦与宓所知所信者相去极远。此生恐无用世之望，则惟有寄身学校，勉求著作之完成。

三月二十七日　　星期一

周先生述贵阳清华中学情形，勖众捐款。宓私念此中学实可不立，乃已捐得款项至＄24000之多。而宓欲办《善生周刊》，则无人捐助经费。难矣哉！

八月九日　　星期三

而贺麟来，谈在渝一年情形，及《善生》难以举办。慨然知用世救世之无望矣！

一九四〇年

二月十二日　　星期一

晴。风。上午9—11访雪梅畅谈。宓补述爱彦情事，且告雪梅，言：宓之诗文不足称，更乏处世才。宓一生所志，惟在道德。思辩工夫在此，所竞竞力行者亦惟此。宓以宗教为道德之源泉，诗文为道德之表现。爱情尤当与道德合一。宓之些须价值在此。知宓论宓者，亦当着眼于道德方

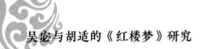

合。宓痛感世间千百男子，对女子或凶暴欺凌，或负心骗诈，始乱终弃，自纵自私。宓窃欲师法耶稣，为此等无情无义之男子担负其罪恶。故对彦惟事自责自咎，愿为彦守节终身。虽苦不息，虽劳不怨。盖欲倾注道德于爱情之中，而使爱情成为有光辉、有价值也云云。夫浪漫诗人之恋爱行事，宓犹嫌其浮纵，况今中国男女老少人之卑鄙狡诈，残暴玩弄之恋爱哉……雪梅甚以为然。自许为知宓最深之女子。雪梅又述伊与健群往事。而杨清来访，旋同辞出。宓至叶宅午饭。

一九四一年

六月二十四日　　星期二

正午送以上三函至女舍。乃邀晏荷花舍便饭。即同至大观新村访辉、琰，畅谈。宓述《学衡》往史及《善生》计划。

但在胡适、沈从文等的打击下，吴宓要想以自己的力量办《善生周刊》，结局只能是"胎死腹中"。尽管如此，他仍然未放弃他的"道德救国""改造民族精神"的主张，而是充分利用他 20 世纪 20 年代在清华大学、北平女子文理学院，抗日战争时在西南联合大学、燕京大学（成都）、四川大学，抗日胜利后在武汉大学开设的"文学与人生"课程，不断向青年学子宣讲、灌输"建立道德"的理论及做法，并以自己的现身做法引导青年实现"道德救国"。他在"文学与人生"课中给予了详细的回答：充分肯定"革命"在道德建设中的不可避免性，明确地将"传统→革命→真正的道德"描述为"正、反、合"。作为道德的重建者，他要从"传统"与"革命"两个阶段吸取合理成分，以上升到建立"真正道德"，且辟专章讲解"重建道德论"（Moral Reconstruction）。他指出重建个人道德进步之条件（conditions for the individual's moral progress）是：

1. 其人必信人生是 moral 道德的，因之亦有 immoral 不道德的之处，而决非 non−moral 与道德无关。

2. 其人兼具澄明之理性与热烈之情感（Reason 理性＋Feeling 情感），二者不可缺一。

3. 其人必 take life seriously 严肃认真对待人生。其人恒将自己之行事，与他人之行事，一律看待；而皆认为其中每一步骤皆有研究评论（from the Moral point of view 从道德的观点出发）之价值。

4. 其人有反省（reflection）及自察（self-examination）之能力。其人于自己所已作，所正作、及所欲作之事，恒细为分析体验，了解深彻，而感觉敏锐。

5. 其人不但多读书，且富于实际社会之各种生活经验——总之，所知所见他人（真假，古今）之生活及行事，甚为丰备。

cf. Bosanquet："The best of logic ＋ the best of life". quoted by Hoernlé（方法＋材料）参：博赞基特："最佳之逻辑＋最佳之人生"。引自霍恩勒。

6. 其人富于想象力及同情心（imaginative sympathy），善能设身处地，看出人与人、事与事、境与境间之根本异同（to discover the "imaginative correspondence" in characters and life-situations）。于是，其人能忠恕，且能为 disinterested service 无私的服务。

7. 其人勇于实行：凡己所认为最正最上之途径，立即趋此而行。又其人由自己之经验或他人之经验，取得道德之智慧（moral wisdom）以后，欲以此种智慧传授于世人之故，不讳言自己之失败与错误，亦不避引述他人生活中之事实——但此均藉作例证而已，对己非有矜怜，对人非欲施褒贬而快恩仇也。

按以上之资格，吴宓皆具有之：吴宓一生，即兢兢从事于此事（建立道德）；吴宓之为人及其学说文章之价值（虽甚微小），正即在此也。

Mr. Mi Wu＝a Moralist, rather than a Poet; a Realistic Moralist, or a moral realist, with a Romantic (Idealistic) Temperament.

吴宓先生＝一位道德家，不是诗人；一位现实主义的道德家，或道德的现实主义者，具有浪漫主义（理想主义）气质。

且在"道德重建序言"中指出：在上言之进程中，其情形可以（i）"楼梯"（ii）"钟摆"表示之：

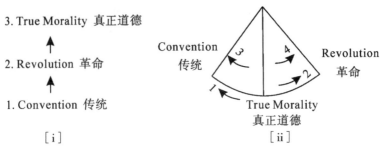

3. True Morality 真正道德

2. Revolution 革命

1. Convention 传统

[i]

Convention 传统   3   4   Revolution 革命

True Morality 真正道德

[ii]

这里，我们可以非常清楚地看到：在他眼中，道德在价值中的重要地位。他主张在实际行动中"要融合智义（Truth）与仁、情（Love），融合公正（Justice）与同情（Symathy），再用中国哲学语言，即仁智合一，情理兼到"。如果用吴先生本人的话，即：

> 宓之人生观，道德观，一生殉道殉情之行事。（1967 年 2 月 26 日，
> 《日记续编》）

这是吴宓一生道德生活的总结。他的主张、他的理论，充分反映在他的《吴宓诗集》中，特别是"文学与人生"课的讲述中。"文学与人生"可以说是吴宓智慧和人生经验的结晶。各章各节，从头至尾，处处都反映了他的人生观、道德观。这也体现在他的行动上。

吴宓讲课很受学生欢迎。学生纷纷要求他作专题讲演、讲座，如 1940 年 4 月 18 日，"受群社之邀，在联大 6 教室，专题讲了《我之人生观》。主在殉道殉情，将近二小时，听者满座"。1940 年 4 月 23 日上课，"讲殉道殉情之义理，颇为激昂"。他坚信"古贤之道德学说为颠扑不破之真理"，而自胡适将"以其说诬民，而斩断中华民族之运命，成为万劫不复之局者矣"。他的日记中有这么一段记载：

> 晚 7：00　设父及碧柳、兰芳像位，供新茗与月饼，焚香，宓行五跪十五叩礼，拜中秋节。8：00 后，杨溪来拜节，宓命溪对像位行三鞠躬礼，与对坐啜茗，共食月饼三枚。先以月饼一枚赐开桂久谈甚洽。溪愿终身从宓学，并云，近来由精读《莎士比亚集》及《圣经新旧约》，而推知宇宙

人生之公共要理，知道德为政治社会一切之本，一人之学术事功与其可敬可爱之处，亦惟在其人之道德，云云。溪能窥见及此，殊不及。溪又谓，世人多不知宓不解宓；惟与宓久处后，乃知宓之可敬可爱，且极而亲近，云云。（1962 年 9 月 13 日，《日记续编》）

吴宓日记中的这些记载，充分反映了他救国救民的主张及实践办法。他的女儿吴学昭告诉我们：1948 年冬，父亲将"文学与人生"讲义整理成文稿，并亲笔誊清、亲手装订成上下两册。1949 年 4 月，由武汉匆匆飞往重庆，想去峨眉山出家为僧，而随身携带的很少的行李中，就有"文学与人生"讲义。"可惜，'文化大革命'中，先父曾将这部讲义交给西南师范学院中文系毕业的一位学生保管，没想到这位学生后来竟不肯归还。致使我们到现在无法读到完整的书稿。"这真是天大的不幸！但也有不幸中的万幸，1989 年，"文革"中被抄走的这份讲稿，虽然经过无数人的手，弄得破损不堪，但总算归还了家属。1989 年，经过先生的几位弟子苦心整理校对，1993 年作为"清华文丛之三"，由清华大学出版社正式出版，让我们得以窥见这部巨著！

还要特别指出且值得注意的是：他一直在不断设法寻求开辟新的阵地，以便更好地宣扬新人文主义理论，以及"道德救国"的主张和办法；也曾拟出任《曙报》总编辑，以《曙报》代替"胎死腹中"的《善生周刊》。此事在他的日记中也多有记载：

一九四三年

七月二日　　星期五

另与彤、水谈《曙报》事。彤、水均劝宓就任编辑。

七月三日　　星期六

水来还书。又力劝宓就任《曙报》编辑，并指示办法。

七月四日　　星期日

11:00……至大观楼……偕程行敬，迎至大观楼三层楼上，经理员陈群楷广东合浦。所居……谈至下午 4:00。宓以《文学与人生》等稿二夹，交程兆熊以下简称熊。阅读。宓允任《曙报》已立案，不能改用《善生》名。总编辑，至 40 期为止。熊为发行人兼经理，程行敬以下简称敬。为副总编辑。

于是熊述经费来源。计川滇铁路党部、川滇铁路公司每月各出＄3000，余待广告收入，宓举孔明"定三分隆中决策"以酬昭烈帝三顾之知。……

尽管作了努力，《曙报》事仍然失败了。

吴宓的一生是"殉道殉情"的一生，其事迹值得深入发掘，其经验值得科学总结，其教训值得批判吸收。

三篇"红学"作品异乎寻常的刊发

吴宓在与胡适的"鏖战"惨败后，一度逃至"避风港"东北大学，在友人的帮助下，不久又回到北京，且任职于清华大学国学院，并执掌《大公报·文学副刊》，可谓踌躇满志，欲以更大的决心在中国推行新人文主义。1931年他去欧洲考察进修时，于8月15日在柏林给恩师白璧德的信中写道：

> 新人文主义运动过去这些年在美国取得的巨大进展和成功，极大地鼓舞了我们。我由衷遗憾没有能来美国，如您曾希望的同诺曼·福斯特君等见面。但我希望梅君能同福斯特君等谈谈，并制定一项美国和中国人文主义志士们相互协助与交流的计划。至于我自己，我一直非常认真地阅读《论坛》和《读书人》这类刊物关于人文主义的文章和新闻报道。我也购买和阅读人文主义斗士们写的书，受益匪浅。任何时候只要可能，我就经常概述和翻译这些新书新文章的主要思想，通过《学衡》杂志和《大公报·文学副刊》介绍给中国读者大众。我现在即将回中国去，一回国我一定马上全力以赴地以更大的热忱去促进传播人文主义思想和道路。[①]

正当吴宓以更大的热忱去促进传播新人文主义的时候，日本帝国主义对中国的侵略倍加猖狂，胡适、沈从文辈的阴谋也日益逼近，他苦心经营的《学衡》，由于内部矛盾加剧，而遭到"毁弃"，如他所述：

> 民国二十一年秋冬，《学衡》杂志社员在南京者，提议与中华书局解

---

① 吴学昭整理、注释、翻译：《吴宓书信集》，生活·读书·新知三联书店2011年版，第52页。

约，以本志改归南京钟山书局印行。宓当时力持反对，盖以已往十余年之经验，宓个人与中华书局，各皆变故屡经，艰苦备尝，然《学衡》迄未停刊。以昔证今，苟诸社员不加干涉，任吴宓独力集稿捐赀，仍由中华印行，必可使此志永久出版而不停。纵声光未大，而生命得长。任何改变办法，皆不免贪小利而捐大计，故宓坚持反对云云。乃诸社员卒不谅，宓不得已，于民国二十二年夏，正式辞去总编辑职务。于是诸社员举缪凤林君继任，然后与中华书局解约。但迄今一年有半，尚未见《学衡》第八十期出版。此事伤宓心至大，外人不明实情，反疑《学衡》之停刊由于宓之疲倦疏懒。宓既力尽智全，不能阻止，反尸其咎，乌得为平，故于此略述真相，以告世之爱读《学衡》杂志者。①

在吴宓"伤心"《学衡》"毁弃"之时，1932年5月9日，情同手足的挚友吴芳吉病逝于四川江津。不久，大洋彼岸又传来噩耗，恩师白璧德1933年7月15日与世长辞。他在悲伤痛苦中撰写了悼文《悼白璧德先生》。文章分四个部分，"略传，著作一览表，著作之中文译本，结论"。文章开头概括介绍了白氏的成就和影响，说：

先生与美国穆尔先生 Paul Elmer More（1864—今存）为今日世界中学德最高之人，其学术综合古今东西，其立言皆不为一时一地，其教旨在保存人性之优点与文明之精华，且发挥而光大之，以造福于来兹，为全世人类根本久远之图。虽谓白璧德与穆尔两先生乃今之孔子苏格拉底耶稣释迦，亦不为过。至于约翰生、安诺德、圣伯甫辈，则两先生有过之而无不及。两先生异日之声光，必更烈于今兹。是故白璧德先生之殂逝，实今世学术文化道德中最大之损失，匪特为一九三三年中最不幸之事也。②

---

① 吴宓：《吴宓诗集》卷末《学衡杂志论文选录》，中华书局1935年版，第46页。
② 吴宓：《悼白璧德先生，Lrving Babbitt 1865—1933》，《大公报·文学副刊》1933年12月25日312期。

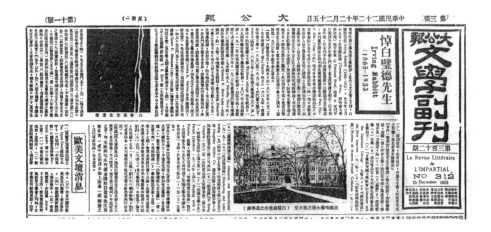

岁末，他写了题为《癸酉—九三三年岁暮述怀》之诗，一共四首，来表达自己的感受。这里引录一首：

癸酉—九三三年岁暮述怀

（一）四十流年去，生涯醉若醒。

　　哲师今殂谢 谓美国白璧德师

　　知友渐凋零 指吴芳吉（碧柳）
　　　　　　　凌其屼（梦痕）诸君

　　美境回甘味，霜华点鬓星。

　　书城供坐啸，一室自温馨。①

好友缪钺对吴宓的"述怀诗"依原韵奉和了四首。引录一首：

（一）奉和雨僧兄癸酉岁暮述怀原韵

　　天下方沉醉，喜君能独醒。但期诗益进，莫惜岁将零。世态昏于雾，微言隐若星。及时树兰蕙，日久自芳馨。②

---

① 《吴宓诗集》，商务印书馆 2004 年版，第 272 页。
② 《吴宓诗集》，商务印书馆 2004 年版，第 272 页。

祸不单行，吴宓沉浸于挚友、恩师"凋零""殂谢"的悲痛中，以及惨淡经营十年之久的《学衡》突遭"毁弃"的"愤恨"时，胡适、沈从文又阴谋将他驱逐出《大公报·文学副刊》。① 对此，吴宓在《致燕耦白》的信中有过详细叙述。他说：

　　始奉　尊函，见其字迹工整，词意诚恳，即已感佩。继得　复片，告我尊址，弟曾屡次草为复函，均未能就。固缘事忙心苦，亦因别有伤心之事。缘《文副》发刊数载，虽外间不乏赞赏之人如　君者，而　本报馆当局，则殊不喜之。今秋《文艺副刊》《图书评论》等先后出版，究其内容，似已暗取《文副》而代之（即名义亦重复，不能并存），弟已心知《文副》命必不久。适于此时，君乃函劝出三百期纪念刊。夫以临危垂死之《文副》，而庆祝之胡为者。弟既感　盛意，益为《文副》潜哭。在我只有如旧努力编辑，静待其变。果也，十二月二十九日，弟正在撰作《第七年之本副刊》一文，忽奉　报馆快函，云："顷经社务会议议决，《文学副刊》着即停办，特此奉达"云云。弟于三百一十三期稿中，特撰《文学副刊停刊宣言》一短文，将　报馆来函悉照原文录入，未敢着评语，意在使世人知《文副》之停，非由编者怠惰，乃由报馆之威命。又附函祈求必登此宣言。次日，又去一函，重申此请。乃元旦刊出，此文竟未予照登，另由馆中撰《本报启事》说明停办。其下三条，乃弟原文之末段。……弟之编《文副》，乃因与　张季鸾先生有乡世谊，且昔年赞佩张君之社论，曾于弟所编之《学衡》中为文以揄扬之，故张君邀弟编《文副》，不计报酬（即如《文艺副刊》酬金较《文副》为高），不理世情，悉心工作，克勤克劳；不意突遭此结局。其中真因，弟尚不知。观元旦日《本报副刊改定启事》，则胡、杨、傅（引者注：胡指胡适，杨指杨振声，傅指傅斯年）等诸君皆嫉恶《学衡》，因之嫉弟者。之见重于《大公报》，其弟之被摈之原动力乎！
　　辱承惠爱《文副》，敢布腹心。万不可与外人道。他年如到北平，甚

---

① 参见拙文《吴宓为何认定"沈从文"是"他的敌人"》，《郭沫若学刊》2017 年 2—3 期。

盼　赐一面。文字知己，无任神驰。即请

学　安

大公报文学副刊编辑部

吴　宓顿首

民国二十年

十二月三十一日

《大公报·文学副刊》停办犹如闪电雷鸣向他劈来，其打击该是何等沉重啊！宣扬新人文主义、鼓动抗战到底的舆论阵地竟然被胡适、沈从文辈"占领"。

中华书局没有忘记他的贡献，约请他将自己历年与师友唱和的诗词编辑成册。他接受了这个约请，从 1934 年开始着手自己诗词的编辑工作。经过一年多的艰苦努力，终在 1935 年春天编成，5 月由中华书局正式出版。

他在《刊印自序》中写道：

> 癸酉岁暮，予以年届四十，师友凋零，叹逝伤今，忽生异感，念"人生短而艺术长"，即待至百年，造诣亦何足称。况今时危国破，世乱人忙。诸多小事，微足称心适意者。此时不作，或即永无作成之时。故将诗稿重行编订，付托中华书局印行。今兹了此琐屑，余生得暇，另图正业。盖视此事为不足重轻，而坦然径行，异乎昔之审慎谦卑。深望读此集者，亦如是观之可耳。①

这是一部不同凡响的诗集。无论是对作者本人，还是对广大读者。诚如作者自己所说：

> 窃尝谓人之一生，总当作成诗集一册，小说一部。一以存其主观之感情，一以记其客观之阅历。诗所存者，外境对吾心之印象，小说所记者，个人在社会之位置。诗由内而主于情，小说由外而主于博，故若谓小说为

---

① 　吴宓：《吴宓诗集·刊印自序》，中华书局 1935 年版。

提炼之人生，则诗乃提炼之人生又经提炼者耳。予作诗之动机，为发泄一时之感情，留存生涯之历史。予编订诗稿之目的，则为专供一己之展读，重溯昔来之旧梦。于风晨雨夕，青灯书案，困顿之时，抑郁之际，取此一册，独自沈吟涵泳，使少年之感情，过去之经验，一一涌现心目。如观电影，聊以自慰，亦奇特之乐事也。虽然，人生经验至极广大繁复，瞬息千变，且壮岁事务匆迫，不容沈吟思度，故予诗所记载者，不过予全部经验之亿万分之一。返观重思，益自阙然。由此可得一标准曰，古今最大之诗人，皆能以其一生经验之最大部分写入诗中。而所写入者，又适为最重要最高贵之部分。凡比较任何二诗人，皆可以其全集中所包含之经验之量与质与其一生全部经验之比例定之矣。①

《吴宓诗集》，确实不是一般的诗集，而是其生涯历史的写照，其真实感情的发泄，其生命的呼喊……

命运之神似乎觉得还不足以摆弄吴宓，正当他全力以赴编辑自己的诗词时，又一个更加沉重的打击扑面而来，苦恋七年之久的心上人毛彦文弃他而去，竟和一个老官僚结为夫妇。其痛苦非常人所能想象。他在《忏情诗》中这样写道：

　　　　七载婚姻殊索寞，七年恋爱更摧伤。

　　　　交亲责笑谁怜我，热泪中宵湿枕床。②

又在《空轩诗话》中写道：

　　宓撰编空轩诗话既毕，其日适为 ·　·　·　玄人日。^{民国二十四年二月九日}亦即海伦女士在沪结婚之日也。宓深伤感。爰题二诗于诗话之后。

　　（一）渐能至理窥人天，离合悲欢各有缘。

　　　　侍女吹笙引凤去，^{改用李义山诗句}花开花落自年年。^{参阅本卷十九落花诗}

---

① 吴宓：《吴宓诗集·编辑例言》，中华书局1935年版。
② 吴宓：《忏情诗（三十四）》，《吴宓诗集·故都集下》，中华书局1935年版，第34页。

（二）殉道殉情对帝天，深心微笑了尘缘。

闭门我自编诗话，梅蕊空轩似去年。^{参阅本集卷十三空轩诗}

先海伦有函询我能否即赴沪，予以中华书局严订期限催迫缴稿，拟先赶完空轩诗话，故未即往。^①

庆幸的是，接踵而来的打击，并没有将他击倒。他以耶稣背十字架似的献身精神挺住了！"殉道殉情"的意志和决心更加坚定。诗文中多有"殉道殉情"的语句。略举数例如下：

殉道殉情原一事，冥行孤往总由痴（《续南游杂诗》）

牛津花园几经巡，檀德^{即但丁。从钱稻孙君译}雪莱仰素因。殉道殉情完世业，依新依旧共诗神。《挽徐志摩君^{有叙，见民国二十年十二月十四日〈大公报·文学副刊〉}》（《故都集下·挽徐志摩君》）

春光一度又阑珊，渐老身心花共残。殉道殉情人有在，求真求爱事知难。（《故都集下·残春》）

殉道殉情空自诩，强持劳倦未磨心。（《故都集下·秋宵感怀三》）

强为儿女又英雄，殉道殉情事两空。（《故都集下·忏情诗三十八首之六》）

对"殉道殉情"，他不但在自己的文章中多次作过解释，而且还就此作过专题演讲。他说："殉道即是殉情"（《中华民族在抗敌苦战中所应持的信仰及态度》，1932 年 2 月 8 日《大公报·文学副刊》）；"吾生碌碌无长技，稍读中西贤圣书。明道从心乐自在，随缘应世苦纷如。痴情一往沉孤梦，法语人惊去众狙。知足已能兼忍辱，有恩无怨可安舒"（《吾生一首》）。"按陈寅恪君谓佛家之知足忍辱，以苦为乐，与道家之知足不辱，明哲保身，而复烧丹炼汞求乐绝异。予按耶教亦与佛家同。是故宗教精神，实今日中国人民生活及中国文学创造中所急最需之成分。此吾侪所深信不疑者也。"

---

① 吴宓：《吴宓诗集》卷末《空轩诗话》，中华书局 1935 年版，第 198 页。

1937 年有两件事：一是"七·七"卢沟桥事变，改变了吴宓的生活轨迹，影响了吴宓的命运；二是穆尔逝世，更坚定了吴宓"化民救世为志业"的决心。他在日记中这样写道：

> 麟示报（New York Nation）（《纽约国民报》）载美国与白璧德师齐名同道，而为宓等所最敬奉之穆尔先生 Mr. Paul Elmer More，已于三月九日逝世。伤哉！而该报于社论中，撰 The Last Puritan 一条〔《最后的清教徒》。这原是西班牙哲学家和文学家、哈佛大学教授桑塔亚纳（1863—1952）所写的一部小说名，《纽约国民报》社论以此为题评论保罗·埃尔玛·穆尔先生。〕，论穆尔先生之一生，多致讥诋之辞。谓先生持身过严。晚年述作，只阐明禁欲修德之要，而举世注意此事者，不过先生一人。该书不谓先生自己与自己辩证云云。然以宓所窥见，则穆尔先生，虽著书发明身心性命之精旨，其人实极富于诗情及风趣者。昔白璧德师尝言，彼乃一 Aristotelian（亚里士多德学派），而穆尔先生乃一 Platonist（柏拉图主义者）。此语最得其要。惟然，故宓之受穆尔先生之影响，恐尚过所受于白璧德师者。二先生晚年持论虽有不同，然只方向之差，先后缓急之异，根本全体决无不同。盖白师以道德为言，穆尔以宗教为勖，二先生皆以宗教为道德之根据者也。……呜呼，自穆尔先生之逝，西洋贤哲中，无足动宓等之热诚皈依崇拜者矣。虽有之，则学者与哲师耳。未能兼具苏格拉底与耶稣基督之性行，悲天悯人，以化民救世为志业者也。宓之崇拜白师与穆尔先生，只以是故，非世俗攻诋我者之所能知能解也。（1937 年 4 月 20 日）

这种影响，使吴宓更加注意道德与宗教，更加注意从经典中去吸取智慧，获取力量。

他大讲《我之人生观》《"石头记"对我之影响》，不断地书写联语，改《红楼梦》中词曲，撰写《石头记》论著，以自勖、自赠、自挽：

> 祸福艰难度，生死等埃尘，读书且自乐，随缘莫忧身。（1942 年 12 月）

终为污渎池中物，自许高僧传里人。（1940 年 6 月）

一生长恨风雷雨，三宝终依佛法僧。（1941 年 7 月作未嵌雨僧二字。）

《题某君所著小说》《新编"红楼梦"曲之七·世难容》《〈石头记〉评赞》就是《红楼梦》对他影响的具体表现。这三篇异乎寻常的作品同时刊载于 1942 年 11 月桂林出版的《旅行杂志》11 卷 16 期。

这三篇不同形式的作品是吴宓精心挑选出来的，都与《红楼梦》密切相关，既深刻地反映了他当年的心路历程，险恶处境，也是他致力于《红楼梦》研究的新成果。

《题某君所著小说》一九三六年一月作。"某君"，即慎言，"所著小说"即《虚无夫人》，由吴宓提供材料撰写而成。该小说于 1935 年 1 月 10 日在《上海时报》连载。连载前刊发了如下一则"预告"：

此篇主旨　　在讨论社会上

老少婚姻问题

夫"一树梨花艳海棠"，最为世人阔绰风景之事，旷有名门淑媛，受新教育之洗礼，本自由之意志，摒弃其相当佳偶，甘心委身一老翁。

家庭和美最属人生幸福，独有名学者，为追求爱人，竟甘愿独居终身，以期待将来未可必得之爱侣。篇中角色，个个俱是好人，个个俱有隐痛，个个俱受创伤。

此中伊谁作祟？
问题殊复复杂！

陈慎言先生　以犀牛利之笔念，将各个性个个描写，各问题个个解
‥‥‥‥

剖，均系言中有物。社会上关心老少问题者，请勿等闲视之。该篇定十日
起刊登。

    谨此预告。

小说如期刊登后，作者陈慎言恳请吴宓题诗一首。该题诗在《旅行杂志》
刊登时为《题某君所著小说》（一九三六年一月），后收入 2004 年商务印书馆
版《吴宓诗集》，改题为《题陈慎言所著小说》，加了吴宓生前所写的注释，及
陈慎言的和诗。如下：

题陈慎言撰虚无夫人小说_{自一月十日起，连登《上海时报》。}

太虚幻境红楼梦，乌有先生海上花。_{《海上花》亦小说名}我写我情情自美，人言
人事事终差。巨灵天外伸魔掌，锦字机中织乱麻。家国如斯说不得，
_{《如此家庭》及《说不得》皆慎言所撰小说}芙蓉诔罢赋怀沙。

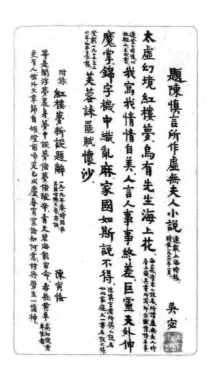

题诗运用陈慎言之小说名将《虚无夫人》与《红楼梦》相联结，既说出了《虚无夫人》的得失，同时也表达自己摆脱失恋痛苦的决心。

陈慎言得赠诗后，写了两首慰问诗。

前题奉和_{并依原韵}

凤去莺离话梦华，恰如意树放空花。清才绝俗原难觅，好事佳期本易差。为问谁家吟柳絮，直教何处乞胡麻。我今立传宁虚美，亦检真金汰细沙。

丙子元旦晡雨生于仲易林秉奇 寓斋北平宣外丞相 闽侯 胡同六十四号 再叠前韵慰之

满拟相携乐岁华，无端尘镜失菱花，天荒地老心长在，海誓山盟事忽差。芳渚不教依辟芷，沧州岂复折疏麻。芙蓉阙下鸳鸯影，绮梦终拼散

后沙。①

从题诗奉和，可以清楚地看到吴陈二人的关系非同一般。对《虚无夫人》，吴宓非常重视，不但注意外界的反应，而且一直保存着卓浩然的报刊剪贴本。吴宓的日记中有这样一些记载：

> 晨7—10贺麟来，……特为宓述见彦之详情……彦深怒宓为陈慎言之《虚无夫人》小说供给材料。谓伊见此小说后，即函毛准，未有结果。此小说能公未寓目。又云，熊公屡欲购读《吴宓诗集》，伊皆力阻之，伊亦未读，仅见报上所载宓之诗而已。（1936年7月16日）

> 晚，与姑母家人聚谈。宓为芝润表妹述吴梅村、卞玉京故事。闻前此约一星期，北平之《东方快报》，正版有一方，言吴宓以自己之事，供给材料，俾陈慎言撰作《虚无夫人》小说云云。闻之心恶，盖事实既非如此，而使熊公或彦见之，益似宓有意诋毁其伉俪、破坏其家庭也者。而当兹国难巨变，使宓之姓名只以此表见，诚不幸之至者矣！（1937年8月1日）

他不但注意当事人的反应，也很想知道外界人士的看法，在"文学与人生"课中讲文学与人生关系时特别提出："并非一切文学都是自传性质。文学写作的目的不是总是自我暴露。因此，在文学研究上多费功夫是愚蠢的。"为论证这一论点的正确，他将《忏情诗》与《虚无夫人》作为例证。以后，又在给毛准的信中谈到此事。二十年后，日记里还有这样两则有趣的记载：

> 晚，收检入城衣物，遂读《虚无夫人》小说至中夜。百感刺心，念彦今者生死存亡未知，自悔1930至1934年间行事之极大错误，不速与彦婚也！夜大风。（1956年4月4日）

> 下午1—3寝息。起，大晴。3时，至中文系上班；众皆未到，系内

---

① 吴宓：《吴宓诗集·故都集》，商务印书馆2004年版，第312页。

无人。成君遂为私启教师阅览室门，俾宓潜入，私取得（1）《虚无夫人》卓浩然剪贴本，（2）《色戒篇》，（3）《印光法师嘉言录》，（4）《吴宓诗集》一部。即携归舍。（1967 年 12 月 7 日）

这也许就是他的"殉道殉情"吧！

《新红楼梦曲之七·世难容》在《旅行杂志》刊发时附有简短的"序文"：

一九三九年一月，作于昆明。昔年在清华园中，刘文典教授（叔雅）尝以宓比《石头记》中之妙玉。爰改篡原曲，感怀身世，藉以自悼云尔。

世难容

气质美如兰，才华馥比仙。

天生成，孤癖人皆罕。

你道是，唯物论腥膻，白话文俗厌；

却不知，行真人愈妒，守礼世同嫌。

可叹这，危邦末造人将老，

辜负了，名园丽景春色阑！

到头来，依旧是，风尘碌碌违心愿；

只赢得，花落无果空枝恋。

又何须，高人名士叹无缘。

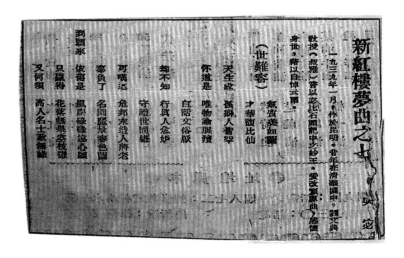

原曲见《石头记》第五回《贾宝玉神游太虚境　警幻仙曲演红楼梦》，也就是人们常说的"十二支曲"。原曲是这样的：

世难容

气质美如兰，才华馥比仙。

天生成孤癖人皆罕。

你道是啖肉食腥膻，视绮罗俗厌；

却不知好高人愈妒，过洁世同嫌。

可叹这，青灯古殿人将老，

孤负了，红粉朱楼春色阑！

到头来，依旧是风尘肮脏违心愿；

好一似，无瑕白玉遭泥陷；

又何须，王孙公子叹无缘？

这是《石头记》中一首非常重要的曲子，称为"警幻仙曲"。前人在《金陵十二钗册》中作过这样的解释：

十二钗正册第五图——上面画一块美玉，落在污泥之中。后面题词曰："欲洁何曾洁！云空未必空，可怜金玉质，终陷淖泥中。"

图中之美玉就是妙玉，落在污泥中是说她的结果。题词第一句说妙玉打算清洁身体，但是没能如愿。第二句是说妙玉虽然说他是个尼姑，已竟悟空，但是不可看表面，事在言外。第三句是作者叹妙玉，可怜他的体质。第四句是说他结果被污。高兰墅的续书，说他被劫，似乎倒也相合。①

吴宓很早就注意到这支曲子，1919 年春在哈佛大学作《〈红楼梦〉新谈》的演讲时就指出：

---

① 化蝶：《金陵十二钗册》，人民文学出版社编辑部编《红楼梦研究参考资料选辑》第三辑，人民文学出版社 1976 年版。

贾宝玉者，书中之主人，而亦作者之自况也。……第五回《红楼梦》歌曲《世难容》一曲，亦夫子自道。盖谓美质隽才，不自振作，而视世事无当意者，随波逐流，碌碌过日。迟暮回首，悔恨无及，此际仍不得不逐逐鸡虫，谋生斗以自饱，亦可哀矣。第五回，警幻有劝告宝玉之言。①

这是一次非同寻常的"改篡"，充分证明了他和曹雪芹及其《红楼梦》里的人物心相通、情相连。统观吴宓的一生，他很多时候都生活在"世难容"的环境里，诚如他在《五十生日诗》中"质直坦白，真切详尽"地"描叙"当年的"生活及思想感情之各方面"。如第四首是这样描叙自己于事业少所成就及处事之抑郁：

> 有才难自用，出处每旁皇。
>
> 在己谋何拙，为人计则长。
>
> 想像颇圆满，推理极精详。
>
> 施事恒枘凿，与世动参商。
>
> 坐厄群小间，郁郁气不扬。
>
> 藏山业未就，欢乐亦少尝。
>
> 劳劳役朝夕，琐屑案牍忙。
>
> 万古一生尽，醒枕泪淋浪。②

诚如他致编者信中所言："宓近来专守沉默，太少表现。"此诗描叙吴宓生活及思想感情之各方面，质直坦白，真切详尽。

这些作品都是命运之神捉弄下的产物。命运之神驱使他沉浸到《红楼梦》中去寻觅同情、吸取智慧和力量，使自己的"性情行事得以改善"。所以，他总是不时以《红楼梦》中的人物"自评""自况""自挽""自赠""自勉""自悼""以代倾诉，以资渲泄"。③"倾诉""世道"之不公，"渲泄"对胡适、沈

---

① 吴宓：《红楼梦新谈》，《民心周报》1920 年 3 月 27 日第 17 期—1920 年 4 月 3 日第 18 期。

② 此诗凡十四章。初刊《旅行杂志》第 17 卷第 10 期，并附有作者致编者信一封，说明各章的意义。其后，《东方与西方》《文教丛刊》《青年世界》《中国文化季刊》，纷纷转载。作者自印后赠学生亲友。

③ 吴宓著，吴学昭整理注释：《吴宓日记·续集》第 1 册，生活·读书·新知三联书店 2006 年版。

从文辈的不满。

吴宓非常重视这篇改篡的"自评""自状""自悼"作品，在演讲《石头记》时，多次详细谈到《世难容》改篡缘由、经过。1944 年在成都燕京大学演讲紫鹃时，一开头就大谈了《世难容》的改篡，他说：

> 昔年在清华园中聚餐，同座诸友以《石头记》中人物互拟。刘文典教授（叔雅，合肥）以宓拟妙玉，众乐之。赞宓"气质美如玉，才华馥比仙"。我实愧不敢当，然心中亦颇自喜，南渡后，居昆明，乃改《世难容》曲，以自悼自况（引者按：见《旅行杂志》十六卷十一期）。于是世传宓曾自比妙玉云云，其实非也。余生平所遇某女士，觉其性情甚似妙玉，故宓赠诗结云："曾来拢翠菴中坐，渝茗谈诗境最清"，颇自许其亲切。宓所作之无题诗，虽存"槛外长怜身独立"之句亦系借用，非不自知其性行多异妙玉也。或又以宓性端严，可比贾政，斯亦未尝不可。然宓于《石头记》中人物，所最爱敬而"虽不能致，心响往之"者，厥为紫鹃。[①]

吴宓对这首改篡之曲，曾详加注释，后由其女吴学昭整理，编入商务印书馆版《吴宓诗集》。加注的文字，是这样的：

新红楼梦曲之（七）

［世难容］气质美如兰，才华馥比仙。昔当 一九三四年春，在清华古月堂西餐社座中，会食闲谈。同人以《石头记》中人物拟方今之人。刘文典君（叔雅，合肥）口诵此二句，曰：宓应比槛外人妙玉。宓亦窃喜，故宓是年五月六日感事诗有"隔世秾欢槛外身"之句。此乃本曲所托始。否则宓何敢自比妙玉，更何敢掠用此二句之原文乎？ 天生成孤癖人皆罕。你道是，唯物论腥膻，白话文俗厌。却不知，行真人愈妒，守礼世同嫌。可叹这，危邦末造人将老，辜负了，名园 清华 丽景春色阑。到头来，依旧是，风尘碌碌 此四字用《石头记》开卷自叙"今风尘碌碌，一事无成，……"。言宓以教授谋生，劳忙少暇，光阴虚度，一己欲著之人生哲学及小说，终未能成，毕生大恨，亦《落花

诗》第五首之意也。违心愿，只赢得，花落无果空枝恋，即《落花诗》第四首之意。
又何须，高人名士叹无缘。此言宓立志奋发，而终局如此，天下后世类似宓或不如宓者，
更不当自己悲叹其蹉跎不遇矣。

郭斌龢评：此曲"感怀身世，幽约怨悱之致，可与汪容甫自序及吊马
守真文相伯仲"。

读者会发现：这首曲子的写作时间与刊物发表的序文、《吴宓诗集》内的
注文、《吴宓日记》中的记载多有出入。如 1939 年 9 月 13 日日记："下午，写
《世难容》新曲，以示滕、顾二君"。这里，似乎不是最初创作时间，而是将改
篡的曲子重写给二人阅读。以后，每遇到兴奋、麻烦时，他都要说到这首曲
子，甚至将它书写相赠。

阴。未晓，起，为周汝昌写册页宓自况《世难容》曲及题《虚无夫
人》小说诗。（1954 年 2 月 18 日）

吴宓先生题周汝昌锦册诗、曲手迹①

① 吴宓著，周绚隆编：《红楼梦新谈：吴宓红学论集》，人民文学出版社 2021 年 9 月版。

晴，云。24—35℃　今日立秋。早餐，粥。上午8—12偕徐仲林至文史图书馆（遇敬，注：指方敬、诗人，该校副院长），指示其陈列之各种参考书。宓自读端木埰《读〈红楼梦〉札记》完。作者力赞黛玉之矜严与贞洁，谓其在贾府，乃是身陷重围，孤军奋战，故不得不高自位置，藉以自全自保，惟其行真而守礼，人反谓其为孤僻固傲云云。……此正类似宓1934《空轩诗》（六）（七）及1941改《世难容》曲之自评自状之词也。（1962年8月8日）

〔补记〕今晨（未晓）将醒时，梦见敬，似其时解放不久，疑主不详。（二）昔刘文典以宓拟妙玉，而1941宓遂改《石头记》之《世难容》曲以自悼。解放后，宓审知"风尘肮脏违心愿"及下句皆指解放后宓降志苟活，接受思想改造。最近始悟：下一句"美玉陷泥"乃指宓1966成为"劳动改造"之罪人（牛鬼蛇神），与上句各指一事一境，而叹文章之神奇又精确也。（1967年2月12日）

可见，吴宓在不同的境遇中总是想到妙玉，且寄予深深同情，并与自己相比拟，借以"自况""自评""自悼"，这也许是他"窃喜"的道理，如他在西安演讲《红楼梦》人物评论——《槛外人——妙玉》所说：

照原作者（曹）的意思，妙玉的结局，可能比书中所有的女人都惨，妙玉被群盗轮奸后杀死。告诉读者"王命不可测"，不要以深浅的因果来衡量人的下场。（念孙：《槛外人——妙玉——红楼梦人物批评》，《长青》）他也在告诉读者"天命不可测"。

《石头记》中的人物，吴宓最敬佩的是紫鹃，最同情的是妙玉。因此，改篡《世难容》一曲以"自悼""自况"，绝非一般的"自悼""自况"，而是一种另辟蹊径的反抗、斗争。吴宓就以这样的特殊形式拉开了在昆明公开演讲《石头记》的序幕。

让我们从《〈石头记〉评赞》的撰写过程谈起吧：

1939年1月，吴宓的《〈石头记〉评赞》在昆明用英文撰写而成，作为电台的广播用稿，未能详细阐发，仅叙列大纲，其日记里有这样一些记载：

是晚滕固招宴于柏庐。昨已面辞，以病未能赴也。先是滕固读宓《石头记评赞》英文。等，颇致赞评。宓遂再函固，以钱学熙撰论宓生平与爱情一文英文。寄示之。适固于七月五日上午 10—11 来访，探病，包君偕。乃以写就之函面交固。旋接固七月六日复函，存。深致规慰，大有知己之感，甚喜。（1939 年 7 月 3 日）

晚 7—9 至玉龙堆四号，则敬已迁居女青年会矣。拟劝阻，不及。遂与徐芳、顾良谈，知宓之《人生哲学大纲》及《石头记评赞》二稿，均在顾良处。甚为欣快，盖久寻不得者也。（1939 年 12 月 1 日）

晚黄维来，顾良托带还宓所撰《人生哲学大纲》及《石头记评赞》（均英文）二稿。甚喜其无失。（1940 年 1 月 2 日）

下午 2—4 朱宝昌来，读宓撰之《石头记评赞》稿。（1940 年 1 月 9 日）

上午，撰译《红楼梦》演讲稿。（1942 年 4 月 25 日）

《旅行杂志》发表的就是 1942 年 4 月 25 日日记中提到的"撰译"稿本。刊发时，编者写了如下"编者识"：

本篇作者吴宓，字雨僧，现任国立西南联合大学外国语文学系教授。吴先生曾任《学衡》杂志（月刊）总编辑十一年，又为天津《大公报·文学副刊》编辑六年。著有《吴宓诗集》，中华书局印行，民国二十四年出版。《红楼梦》一书，我国上流士女，在旅行中或家居时，可说是无人不爱读。此篇由中西比较文学之观点，评定《红楼梦》一书之文学价值，并阐发该书之优点，读者自必感觉兴趣。书中的事迹与理想，经作者详为分析，且多用图表，帮助读者不少；篇中小说与艺术理论的指示，抵得一部文艺论，其功更不限于文艺批评而已。关于《红楼梦》，尚有吴宓先生的短篇杂稿，以及吴先生的朋友学生所作文字多篇，均有价值，容当逐渐在本志刊登云。

这个"编者识"写得很精彩，为我们理解文章指出了一个路径，应该说：这是《〈红楼梦〉新谈》的姊妹篇。

相较于《〈红楼梦〉新谈》，《〈石头记〉评赞》更具有世界眼光，更为纯熟地运用了西方不少最重要、最著名的哲学、美学、文艺学的观点来审视《红楼梦》，而且运用了世界上公认的经典作品来比较《红楼梦》，从而非常自信，非常肯定地阐述了《红楼梦》的价值和地位。

吴宓以世界文化必然合流的眼光，把人类古代的文化精华概括为四大宗传，并为此作了一个十分简括、明了的图表，如下：

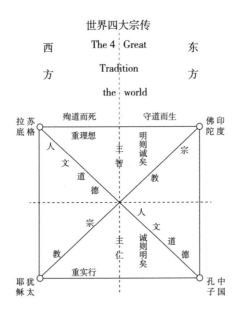

然后，将《红楼梦》置于"世界四大宗传"的文化背景中，以比较文学的方法将之与世界各国的经典作品反复进行比较，最后，用文字或图表，从十个方面阐述《红楼梦》思想艺术价值：

一、石头记之小说至为完美。故为中国说部中登峰造极之作。

二、石头记之价值，可以其能感动（或吸引）大多数读者证明之，所谓 universal appeal 是也。

三、石头记为一史诗式（非抒情诗式）之小说，描写人生全部（a

complete Book of Life）包罗万象。但其主题为爱情，故《石头记》又可称为爱情大全。

四、石头记为中国文明最真最美而最完备之表现，其书乃真正中国之文化，生活、社会、各部各类之整全的缩影，既美且富，既真且详。

五、石头记之文字，为中国文（汉文）之最美者。

六、石头记具亚里士多德所云之庄严性（Eight-seriousness）可与其人生观见之。

七、石头记之伟大，亦可于其艺术观见之。

八、吾信《石头记》全书一百二十回，必为一人（曹雪芹，名霑，1719—1764，其生平详见胡适之考证）之作。

九、《石头记》之价值光辉如此，而攻诋之者恒多，不可不辩：

（一）旧说指石头记为淫书，谓其使人读之败坏道德——按一切文学作品之合于道德与否，不在其题材，而在其作法（treatment），即作者之观点。

（二）新派则斥《石头记》为过去时代社会之陈迹幻影，无关于今日，无裨于世。

十、旧评或问曰："石头记伊谁之作？曰：我之作。何以言之？曰：语语自我心中爬剔而出。"此一语，实能道出石头记之真价值，有如英国 Sir Philip Sidney 十四行诗中所云 Look into thy heart and write 是也。

全文对《红楼梦》的"赞颂"与"辩护"交织，生动地告诉了读者和研究者为什么要读《红楼梦》，怎样读懂《红楼梦》，研究《红楼梦》，这是吴宓继《〈红楼梦〉新谈》后贡献于红学界的又一篇带有纲领性意义的杰作。

《石头记》研究史上的三大创举

吴宓说，四十年代，他更加致力《红楼梦》研究。事实正是如此。昆明是他更加致力《石头记》研究的起点，在这里，他面对种种挑战，另辟蹊径，为红学研究作出了极为宝贵的贡献，至少有三大创举。

一、创办红学研究史上第一个"以研究《石头记》为职志"的民间的专门机构——石社

1938 年 10 月底，他离开蒙自赴昆明，写了这样一首诗：

离蒙自赴昆明_{十月二十九日}

半载安居又上车，青山绿水点红花。

群飞漫道三迁苦，苟活终知百愿赊。

坐看西南天地窄，_{顾亭林诗云："西南天地窄，零桂山水深"。}心伤宇宙毒魔加。

死生小己应天命，翻笑庸愚作计差。[①]

这首诗表达了吴宓对国家命运的关心，对知识分子中的消极观的不满……他要坚持抗战到底的主张，一如既往地为抗战到底呐喊。于是，在讲堂上，通过"文学与人生"课来宣扬自己的观点，抨击社会的黑暗和知识分子中的消极乱象。看他 1939 年 3 月 30 日的日记：

---

① 吴宓著，吴学昭整理：《吴宓诗集·昆明集》，商务印书馆 2004 年版，第 342 页。

是日下午学期始业。晨8—9上《人文主义》（即《文学与人生》课），讲英国十八世纪初年之文人（wits）。其趋奉权贵，争名求利，互相排诋，正与中国唐代之文人同。即罗马之文人、以及今日中华民国之文人，亦不异，仅其资料文词不同而已。

这完全是借题发挥，含沙射影，评论时人的道德。尽管如此，他也不能吐尽自己的恩怨，要另辟蹊径——大讲《石头记》，借以尽情阐述自己"殉道殉情"的人生观、道德观，人生哲学，评论道德，剖析人生，以资激发人们的爱国情怀，抗击日寇的侵略，反击胡适、沈从文等。诚如《善生周刊》胎死腹中后，他早先写给钱基博先生的信中所说：

> 自《大公报·文学副刊》被人破坏而停刊后，虽有主张，无由刊布。而国势日益危急，所需于真正之道学以救世者亦日益切，宓《诗集》虽叙个人情志，而于民族精神及文章本旨，于卷末附录中，三致意焉，或以僿薄视之，误矣。惟　先生察之。①

这里所言"被人破坏而停刊"，指的就是胡适之、沈从文将他赶出了《大公报·文学副刊》。因为"主张""无由刊布"，他就"另辟蹊径"，采用讲演的形式，讲演《红楼梦》，宣传他的主张。

演讲《红楼梦》就得更好地研究《红楼梦》，而要更好地研究《红楼梦》，就要有更有成效的组织。于是他就筹备讲道学会，聚集赵紫宸家举办讲座。由讲道办"心社"，再由"心社"过渡到"石社"。

日记中有这样一些记载：

一九三九年

十一月二十日　　星期一

……

4：00……然后步归。至翠湖中心茶座，遇贺麟与任继愈，坐谈。宓述

---

① 吴学昭整理、注释、翻译：《吴宓书信集》，生活·读书·新知三联书店2016年版，第198页。

拟设讲道之学会，拟名曰"心社"。麟极赞成，共商分途进行。

6:00归。叶宅晚饭。晚撰作《心社简章》。

十一月二十一日　　星期二

9:00往访赵紫宸，为"心社"事。

十一月二十二日　　星期三

晨8—10上课如恒。归后11—12赵紫宸偕其教友白约翰（John Baker）、吴盛德君来访，谈"心社"事。

下午3:30至昆华中学北院约贺麟。宓先至翠湖海心亭下茶座。4:00赵紫宸来，述其传教工作原理及办法。4:30贺麟来。共商"心社"事，决以文林堂为集会之所。将近6:00散。

十一月二十三日　　星期四

下午……5—6朱宝昌来，偕出。行过翠湖，略谈"心社"事。

十一月二十六日　　星期日

下午3:30至翠湖海心亭。贺麟已先在，茗谈。麟极赞宓之《人生哲学大纲》，而力劝宓屏除百事，专力撰成《人生哲学》一书，谓书成则宓身健心乐。且嘱宓勿以《大纲》稿示人，恐被他人窃取误用，云云。至"心社"事，麟认为无益有损，遂议决婉辞取消之。

十一月二十八日　　星期二

下午……7:30偕张起钧同出。宓急至文林堂，赴"心社"筹备会。议决，不用社名及组织，仅于每两星期在赵紫宸宅中聚谈一次。凡六人。是晚，谈宗教与哲学之关系。9:00归。

从此在赵紫宸宅中，或文林堂聚谈或讲座：

十二月十四日　　星期四

下午……7—9文林堂听赵紫宸讲《宗教与人生》。

一九四〇年

一月十一日　　星期四

下午……

……7—8文林堂听赵紫宸演讲《陶渊明的哲学》。

一月十七日　　星期三

晚7:00独赴平政街68赵紫宸宅中心社会集。……由宓讲述《石头记一书对我之影响》。继由诸君自由讨论人生爱情各问题。

由此开始，赵紫宸、陈铨、浦江清等先后在赵宅作《石头记》专题讲演。

四月十八日　　星期四

晚7—9至昆北6教室，赴群社邀，讲《我之人生观》，主在殉道殉情，将近二小时。听者满座。而宓自以为甚不佳，归后反滋不乐。

听者后来作了这样的回忆：

1939年秋，（回忆年代可能有错）同学们请先生在昆中北院作过一次公开讲演。先生选的题目是《我的人生观》。……先生以非常诚恳的语调把自己的人生观归结为四个字：殉情、殉道。[1]

四月三十日　　星期二

8—9《人文》课，讲殉道之事实，未畅。

五月十二日　　星期日

夕5—11顾良、黄维来，同赴朱宝昌请宴于曲园。畅叙，并行红楼梦酒令。石社成立，以研究《石头记》为职志。顾良任总干事。众同步归。

五月十三日　　星期一

下午1—3寝息。3—4至昆北，介绍顾良见刘文典。邀入石社。

五月十六日　　星期四

晚7—9，在文林堂陪刘文典讲《日本侵略中国之思想的背景》。听众极多，典谈次，对诸生赞宓"所言皆诚而本于经验"云。

---

① 何兆武：《回忆吴雨僧师片断》，见李赋宁等编：《第一届吴宓学术讨论会论文选集》，陕西人民教育出版社1992年版。

石社成立后，加入者计：黄维、朱宝昌、王逊、刘文典、张尔琼、翁同文、王般、李斌宁、沈有鼎、关懿娴、薛瑞、沈师光、杨树勋、项粹安、毛子水、郑昕、房季娴、王先冲、王映秋、王年芳、秦文熙、李宗蕖等。这些人中有教授、学生，还有新闻单位的从业人员。

石社成立后，开展了丰富多彩的活动：讲演会、座谈会、茶会、郊游，等等。

（一）郊游、茶会

一九四三年

一月三十日　　星期六

下午2—3般来，商红楼梦研究会郊游计划。

二月五日　　星期五

翁同来舍，商红楼梦谈话会郊游事。

晚食大饼。翁、般同来，缮就红楼梦谈话会请函，分别送出。

二月六日　　星期六

晚食大饼。计划明日聚宴事。般、宁来。

二月七日　　星期日

晨10:0偕诸君至文林。红楼梦谈话会是日为第二会。宓与翁同文、王般、李赋宁为主人。先在文林午饭（＄235），客为张尔琼、沈有鼎、关懿娴、薛瑞娟、沈师光、杨树勋、项粹安。未到者毛子水、郑昕、房季娴、王映秋及下列诸女生同去者。

正午步行出发，并于女舍邀王年芳、秦文熙，无线电台邀李宗蕖，共十四人。1:15至大观楼。在观稼堂阁中茗坐，食松子（＄77）。叙谈。寒甚。惟师光兴高采烈而宓和之。若关与琼等几无言。光谈及《新学究》，谓宓境遇虽可比妙玉，性情则颇似宝玉。光又叙述日前偕二女同学观《万世师表》电影，咸以宓甚肖剧中人云。……众于4:00起行步归。……5:00入城。分散。是日共费＄355。宓出＄168，翁出＄70，般出＄67，宁出＄50。……

关于大观楼的活动，南荪先生作过这样的回忆：

> 在昆明滇池大观楼由先生组织的一次《红楼梦》座谈小聚会上，先生自称愿作大观园人物中的紫鹃。后来在别的场合会上，多次直截了当地说自己是紫鹃，要无限忠贞地服侍黛玉——一个美丽、深情、才华、聪明、高傲、孤芳自赏，多愁善感而又极端洁癖的神圣化了的偶像，一个幻影。同时，追求真、善、美，无私地奉献自己；教学以勤，待人以诚，为人谋以忠……则是先生现实生活中对事业的虔诚，充满着脚踏实地的入世精神。[①]

（二）办讲座

讲座，是当时知识分子传播知识、联络情感、交流学术的最佳方式之一。因此，不少学校、学术单位经常办讲座。讲演者，有校内的人，也请校外的人，内容非常广泛。如刘文典讲过《日本侵略中国之思想的背景》《庄子哲学》《李义山诗》，王维成讲过《耶稣之死》《论语·公冶长章》，任继愈讲过《儒家所以胜过诸家之故》，汤用彤讲过《魏晋玄学》《佛教》，孙福熙讲过《艺术趣味》，陈康讲过《西人治古学之方法》，等等。

《红楼梦》是中心，吴宓更是主力，刘文典也积极参与。吴宓除在各学校、单位演讲外，还以石社的名义主持演讲，有七次之多。时人说：讲《红楼梦》是吴宓的拿手好戏。无论是在哪儿演讲，他总是受到听众的欢迎。

一九四二年

四月二十九日　　星期三

下午，寝息。读《石头记》。有得于贾宝玉悟道出家。夕 5:00 恒丰晚饭。文林堂住持英人 John Baker 来约讲演。

晚 7—10 在南区第十教室，应中国文学会之邀范宁生主席。演讲《红楼梦》。听者填塞室内外。宓略讲《红楼梦评赞》中六、七两段（据有听者

---

① 南荪：《追怀先师吴宓教授》，见吴世坦编：《回忆吴宓先生》，陕西人民出版社 1990 年版。

说：主要内容是将太虚幻境与但丁《神曲》中的地狱进行比较，引导人从幻境和痛苦中求得解脱），继则答问。因畅叙一己之感慨，及恋爱婚姻之意见，冀以爱情之理想灌输于诸生。而词意姿态未免狂放，有失检束，不异饮酒至醉云。

七月二十九日　　星期三

8:00入校。9:00在南区8教室作第一次《红楼梦讲谈》。听者约二十人。水亦在座。宓分析爱读《石头记》者之理由及动机。李宗蕖、薛瑞娟二女生相继发言，均甚爽直而有见。一切见《红楼梦研究》笔录。至10:30散。

八月五日　　星期三

9—10在校中北区5甲教室，续讲《〈红楼梦〉与现代生活》。听者三四十人。宓假述今世有如贾宝玉、曹雪芹之性行者，其生活爱情经验，及著作小说之方法，应为如何。并述《红楼梦》与今世爱情小说之两大异点：（一）《红楼梦》以宝玉为中心，而诸女环拱之。如昔之<u>地球中心说</u>。今则多男多女，情势较复杂而错综牵掣，如地球绕日。而太阳系外，且有千百星系，互相吸引而平衡回旋。故以小说描写，决难统一、集中，而有整个之组织。充其量，只能写成"Vanity Fair"之三五男女爱情故事，牵连交互而已。（二）昔者女卑男尊，男选择而女竞争。今则男追求，视女为理想鹄的。女有教育男，引男向前向上之能力，男在追求女中，表现己之最优点。由追求女子以达于归依上帝。且男之一生固经历过诸多女子，而女之一生亦经历过诸多男子。此亦较昔复杂变化之处也。……

八月十一日　　星期二

寝息。撰《爱情与道德、宗教之关系》稿。

八月十二日　　星期三

晴。晨撰《爱情之实况》稿……9:00—10:30第三次《红楼梦讲谈》。宓讲《注重爱情之人生观》及《爱情之实况》。鼎发言。……

下午……宓编钞第一二次《红楼梦讲谈》稿件。

八月十三日　　星期四

下午1—2寝息。读More先生书。又思《红楼梦》讲稿，自觉确系爱情充溢，有耶稣上十字架之愿力。……

八月十五日　　星期六

11:00 后读《石头记》及《中阿含经》。至 1:30 始寝，久久犹不能入寐云。

八月十八日　　星期二

早起，撰殉情稿。

下午寝息。……

……归舍，已 10:00。撰讲稿（《石头记》与《金瓶梅》等比较）。直至近 3:00 鸡鸣，始寝。

八月十九日　　星期三

9:00—10:30 在地质系所管南区 2 甲教室，作第四次《红楼梦讲谈》，内容另详。

八月二十一日　　星期五

又关懿娴送来《谈谈林黛玉》一稿，极佳。即复一函。

八月二十四日　　星期一

函关懿娴，命送《红楼梦研究》与麟。

八月二十五日　　星期二

晚 7—10 在麟宅与送行诸客坐。冯文潜读宓《石头记评赞》等稿。回舍，陈晓华来。宓又撰稿至深宵。

八月二十六日　　星期三

9:00—10:15 在南区 2 甲教室，作第五次《红楼梦讲谈》。宓讲《甄士隐与贾雨村为<u>重一重多</u>两种人之代表》。另详。

八月二十八日　　星期五

方酣睡。罗等去后，王逊来，同谈《红楼梦》及石社之组织。……

……回舍，作函致琼。钱仆送往。……又及《红楼梦讲谈》及石社事。……

……

夕晚编撰《红楼梦讲稿》。

八月三十一日　　星期一

与曹岳维谈《红楼梦》。

九月二日　　星期三

入校，9—10在南区2甲教室，作第六次《红楼梦讲谈》。稿另存。

九月七日　　星期一

家庭食社早饭（＄7）。翁同文来，拟定《重建石社草案》。

九月九日　　星期三

9—10仍在南区2甲教室，作第七次末次。《红楼梦讲谈》。另录。到者男生约30人，女生3人而已。

十月八日　　星期四

图书馆重行编钉《红楼梦研究》稿。失落宓第二次演讲稿一页，深为痛惜。……

这些记载，帮助我们具体了解吴宓演讲《红楼梦》的部分情况，虽然不能掌握全部内容，但能够窥见当时的气氛、讲演者的态度、听者的反映等，为追踪吴宓大讲《红楼梦》提供了鲜活的素材。

（三）指导石社成员撰写《红楼梦》论文

何兆武回忆说：

先生讲《红楼梦》，要求每个同学都写出自己的心得，集中放在图书馆里面，供大家借阅，相互交流，至今我还记得其中两篇的大意。一篇是评探春……一篇是说宝玉并非用意不专……在先生指导下，实际上（虽然不是在组织形式上）形成一个红学会和红学专刊。①

石社社员中哪些人写过心得或论文，现在已无法知道。但可以肯定凡写论文的社员都得到吴宓的指导和帮助。下面几位是必须介绍的：

石社会长顾宪良（1915—1962），名良，又作献樑［梁］、顾良。江苏川沙人。清华大学外国语文系1935年毕业。任光华大学讲师，后到联大工作，曾

---

① 何兆武：《回忆吴雨僧师片断》，见李赋宁等编：《第一届吴宓学术讨论会论文选集》，陕西人民教育出版社1992年版。

任《书人》月刊主编，《华美报馆》秘书兼专刊主编。抗战胜利后去美国。出国前，都与吴宓有联系。

早在抗战前，顾良就与吴宓关系非同一般。吴宓日记有记载：

> 下午 2:00，顾宪良来，谈。雨不止。顾在此晚饭（西餐），并宿宓之东室。直谈至夜 2:00，始灭烛寝。倦极，然谈颇畅。宓述离婚及爱彦始末。又述系主任易人，学校及本系前途之危机，等。又述《石头记》概评。顾君述……（三）其对于《石头记》中王熙凤个性心理之研究，等等，不悉记。（1937 年 7 月 9 日）

从日记可以看出两人是无话不谈。顾良离开后，仍与吴宓保持着联系：

> 上午接顾良九月十日自肃州酒泉。航快函，祝宓生日。并谓此行飞往千佛洞考古。携《石头记》与宓《诗集》。意甚殷殷。通信址：（一）十月底以前，成都，五世同堂街。中央日报社，张明伟社长转。（二）此后，重庆，都邮街，邮政汇业储业局，王酌清（祖廉）先生，留交。可感。（1941 年 9 月 14 日）

1944 年顾良在重庆，和翟桓一道创办了时文政论综合刊物《华声》半月刊，16 开本。社址重庆芭蕉园 9 号，后迁保安路 11 号。发行人王玉林，经理赵文璧，会计许留芳。撰稿多为知名人士：罗家伦、萧公权、张西曼、潘公展、老舍、赵敏桓、梁实秋、张申府、黄宗江、袁水柏，还有画家叶浅予等。1945 年 1 月五、六期合刊后改为月刊，每期 32 页增至 64 页左右，一卷共出六期。1947 年 1 月出至二卷一期停刊。

顾良不但编辑，而且自己也写文章，如

五、六期合刊就发表了评郭箴一编《中国小说史》的书评。且在刊物上辟了

《石头记谈话》专栏，刊发石社社员的红学论文。刊物出版后立即寄赠给吴宓。

> 上午接顾梁_{宪良}。寄来所编《华声》半月刊一卷一期、二期。二期内有关懿娴、王先冲所作《石头记》论文二篇，并函。（1945 年 1 月 3 日）

吴宓后来在自己撰写的《〈石头记〉评赞》文中评述国内外《石头记》研究时，对顾良作了这样的评述：

> 至若精心专力研究《石头记》而以汉文（白话）作成评论者，吾所知有顾献樵君（良）。顾君搜集《石头记》各种版本及评论考证之作咸备。已撰成王熙凤妙玉等论文数篇，均有特见云。

顾良精心研究《石头记》的评论不知道发表在什么刊物，到如今，我遍寻不得，实在是有点可惜。但要感谢《华声》为我保存了石社成员关懿娴和王先冲的文章。

关懿娴（1918—2020），女，广东南海人。西南联合大学外国语文学系1943 年毕业。毕业后到贵阳一学校任教，继续写作有关《红楼梦》方面的文章，与吴宓保持联系。后留学英国。归国后，任北京大学信息管理系教授。

在联大时，吴宓创办石社，她是积极分子，不但经常向吴宓请教《红楼梦》，而且协助吴宓从事石社的工作。吴宓在日记中多有记述：

> 一九四二年
> 七月九日　　星期四
> 系中见关懿娴，谈《石头记》。
> 七月十五日　　星期三
> 9—11 系中以宋超豪纪念册交游任远。偕关懿娴地坛借书，未得。为讲《石头记》回目。以宁书上册借与之。
> 十二月九日　　星期三
> 而为关懿娴讲演宓《空轩》诗。

十二月二十三日　　星期三

下午……3—4 为关懿娴讲宓《忏情诗》。

关懿娴和吴宓一样热心助人，爱打抱不平。一次因为打抱不平，竟然受学校记大过处分。吴宓为此事四处奔波但无结果，只好以诗相赠，以示慰问和支持。诗如下：

赠关懿娴　<sup>一九四三年
五月五日</sup>

如愚能发叹回贤，师教默承马丽先。　《新约·路加福音》第十章四十二节

岂必传经赖伏女，早伤知曲少成连。

豺狼当路狐安问，萧艾盈门桂自妍。

内美璞含人莫识，求仁得祸古今怜。

关得诗后，奉和一首：

奉和雨僧师并步原韵　三十二年四月，在校受屈负谤，蒙师赐诗慰问，感激惶恐之余，勉成一章。

关懿娴

直愚何敢望回贤，善诱循循启迪先。

三载春风沾化雨，一朝文狱任颠连。

俗情妄自分清浊，慧眼应能辨丑妍。

由义依仁原我责，不因成败动人怜。①

关懿娴的红学论文，我们现在能看到的有两篇：一篇是《林黛玉》，另一篇是《〈红楼梦〉与才子佳人派小说——曹雪芹先生替我们完成了一个和平的文学革命》。两篇文章先后刊发在《华声》专门开辟的《〈石头记〉谈话——石社社员》专栏里。《林黛玉》刊于该刊一卷二期。《〈红楼梦〉与才子佳人派小

---

① 吴宓著，吴学昭整理：《吴宓诗集·昆明集》，商务印书馆 2004 年版，第 389 页。

说》刊于该刊一卷五、六期合刊。两篇都很有特色。《林黛玉》以抒情笔调书写了他对林黛玉的观感：

> 我在《石头记》的许多人物里，独爱林黛玉——爱她说，尤其爱她的才情；爱她才情，尤其爱她品格风流；爱她品格风流，尤爱她冰霜高洁，超然鹤立于凡俗之外。即使是冰霜若薛宝钗，高洁如妙玉，也并不能望其肩项。

吴宓看了关的《林黛玉》，非常高兴。在日记中写道："关懿娴送来《谈谈林黛玉》一稿，极佳，即复一函。"吴宓、关懿娴对林黛玉是同情、关怀、喜爱。写到这里，我立刻想到胡适及其追随者的口味与吴、关的差异。胡适的追随者翁慧娟则喜欢薛宝钗，胡适在给翁慧娟的复信中这样写道：

> 关于你喜欢宝钗，而不大喜欢黛玉，我也大致赞同你的看法。曹雪芹写宝钗，下笔很委婉，似乎没有多用贬词，但有两三处是有意写宝钗的深谋远虑的。如金锁片上刻词，与玉上刻词是"一对"，是一例。如二十七

回滴翠亭上听了小红坠儿的私语，宝钗用的"金蝉脱壳"的法子，笑着叫道："颦儿，我看你往哪里藏！"是一个更明显的例，你说是吗？①

《〈红楼梦〉与才子佳人派小说》是一篇很有创见的文章，吴宓在日记中作了如此评道：

> 下午，作函致关懿娴（贵阳，邮箱一七六号）。总复娴一年来多函。寄回娴四月六日附函寄来之《〈红楼梦〉与才子佳人小说》一文。（1944年8月15日）

直到新中国成立后，关懿娴与吴宓仍然保持联系。吴宓日记中也有记载，如：

> 今午接关懿娴今赴济南率领学生实习五月三十日函。寄来《旅行杂志》中《石头记评赞》全文摄影（曰复制）六张，殊可感，因所费甚多也。（1957年6月6日）

《红楼梦研究稀有资料汇编》收录了关懿娴这篇文章。吕启祥在"前言"中给予了高度的评价。她将文章与高语罕的《红楼梦底文学观》一并作了分析，说：

> 高语罕举出四点来把握作者的文学观：一、它是写实主义的；二、它反对无病呻吟；三、它注重创造；四、它重视卓越的描写技术。文章对各点均依据小说作申述，结语谓："由此看来，《红楼梦》（指前八十四回）的作者的文学观点是如何的伟大，是如何的革命：知此，始可与读《红楼梦》！"关懿娴的文章有一个醒目的副标题"曹雪芹先生替我们完成了一个和平的文学革命"。文中以西班牙的骑士文学作比，借用拜伦的话，"塞万提斯一笔杀死了骑士行事"，意即塞万提斯的吉诃德出来后，那班靠骑士

---

① 胡适：《致翁慧娟》（一九六一，十，十四夜），《胡适书信集》下，第1706页。

文学讨饭吃的作家，自觉没趣，不敢再作。至于《红楼梦》的作者，"比'吉诃德爷'的作者厚道得多，他不用讽刺，也无需嘲笑；开宗明义，便堂堂正正的假借石头答空空道人的诗说出来""即使作者不说这段话，自其全书观之，我们也能明白：这本《红楼梦》，不但与前代千百本平庸的小说有别，且是一本有意挥去那业经发霉的才子佳人思想的书。"《红楼梦》的章回仅具形式，"它的本质和内容，已非章回体所能规范得住了"。"作者之成功，就在他有眼光，有勇气，摆脱俗套，把这书做成一本无可挽救的大悲剧。"总之，《红楼梦》为小说开辟了一条新的路径，"为中国文学史立下了一方界石。"这类论述大体上揭示曹雪芹的文艺观，给《红楼梦》在文学史上定了位。

请注意：关懿娴的文章正是在吴宓的指导下完成，并经过吴宓细心审阅修改的，它自然也代表了吴宓关于《红楼梦》的观点。

与关懿娴的《林黛玉》一文同时刊在《华声》一卷二期的是王先冲的《"石头记"佛家境界观》。文章用佛家境界观分析论述了《石头记》中的主要人物，可谓一家之言，值得一读。不长，引录如后：

（一）生相与境界——相与境，为佛家名词，今借为分析《石头记》中主要人物之用。相为秉赋，境为造就。相为先天的气质，境界则视后天之修持而定。《石头记》中所写众人，为众生相，示地狱境。即富贵温柔之乡如荣、宁二府者，亦难逃地狱境况也。如贾琏淫秽，凤姐贪狠……不免为阿鼻地狱中人。其他更无论矣。

（二）有我与无我——有我者，即心心念念，有一"我"字：凡百事自我出发，于是生机械心，造无穷孽。不入地狱，亦难逃红尘。无我者，以爱人为本，是仙佛根基：但因果相循，或秉善根，因尘念而堕恶果；或本凡庸，藉修持得证菩提。既登彼岸，顾四大皆空，非有我相，非无我相，乃无无我相，或曰法相；非有我境，非无我境，乃无无我境，即佛说阿耨多罗三藐三菩提也。兹就《石头记》人物，略述数人于后：

（三）有我相有我境——有我相有我境者，凡三人：一曰宝钗，二曰凤姐，三曰贾雨村。凤姐逞威闺内；雨村弄权官场；宝钗则以欺诈追求爱情。其中宝钗当高于凤姐与雨村一等，因宝钗所追求者为爱情。以爱情为主题固可含有夺取的成分，但在爱情的发展过程中，多少含有些牺牲成分，情愈真则牺牲愈大。爱情所钟，可使有我相中人，进入无我之境界。宝钗于此点为失败；但由一情字，所造业因已远较凤姐，雨村为小。此乃《石头记》所以为言情宝鉴欤？

（四）有我相无我境——生为有我相，而能达无我境者，惟黛玉一人而已。黛玉自有我还无我，乃以爱情为桥梁。以黛玉之胸襟狭窄，心计细密，当造几许业因，以为"我"字打算；但因钟情宝玉，遂使忘却一切，入无我境界；即以爱情般若，照见无明，而得波罗蜜多也。故就世俗之眼光认为宝钗成功而黛玉失败；若就佛家境界之观点，则系黛玉成功而宝玉失败也。

（五）无我相无我境——以无我相入无我境者，为贾政。虽不成佛，当为伽蓝中人。贾政为儒门正宗，方正刚直，了无俗态；惟其自无我相入无我境，为生活中之常规，与宝钗之自有我相入有我境，同样为众生中常有之典型，合于读者之经验，易为人接受，故读去反觉其平平无奇矣。

（六）无我相无无我境——是为宝玉。宝玉之多情，乃出天性之无我。自己淋雨而问人，自己被烫而问人，已经是菩提萨埵境界；作者以顽石比之，所谓不生不灭不垢不净不增不减是也。一旦了悟，断却烦恼，遂登彼岸，为《石头记》中境界之最高者。贾政之无我，乃由儒经之修持，但仍存有"无我"之心，所谓"身如菩提树，心如明镜台；时时勤拂拭，不使染尘埃"也。宝玉之无我，经"情"之培植，乃入无无我境界，并未存无我之心，恰如水到渠成，自然而然。就佛家言，当如宝玉；就儒家言，常人当以贾政为法。

（七）智慧与因缘——佛家讲因果，而报应有早迟；佛家讲修持，而了道有先后：盖智慧虽同，而因缘各异也。《石头记》中，妙玉、湘云二人可为例。妙玉禀有我相，而境界在有我无我之间。或谓妙玉不入空门，钟情当如黛玉；或谓妙玉不入空门，心计不让宝钗：是皆无庸深论，统谓之因缘也可。湘云禀无我相，而终入有我境。是皆《石头记》作者之苦心安排，使典型丰富，而读者视之，作因缘观可也。

《华声》能够为石社社员的文章辟专栏刊发，这在当年也是罕见的，自然而然地扩大了石社的影响。

李宗渠也是石社的热心社员，曾邀请吴宓在电台作《红楼梦》的演讲，自己也撰写过《贾宝玉的性格》，吴宓称赞其"俊快"。这篇文章不知刊于何时何刊，我到现在还没觅到。

杨夷先生说：

> 近半年来，许多杂志报章上不时有关于《红楼梦》的文章刊登着，特别是其中的人物描写、结构、对话等，一致都给与最高的评价，热闹非常，甚到听说还有人特别组织起什么会来，打算专去研究这一本著作，可谓极一时之盛。我想假如《红楼梦》的作者死而有知，这一回也当可以含笑于九泉了。（杨夷：《红学重提》，1944年2月《民族月刊》一卷三期）

文中所说"有人特别组织什么会"，无疑问，是指吴宓创办石社事，可见其影响了。

二、以中英文在广播电台演讲《石头记》

战时的昆明有两个电台：一个叫昆明广播电台，一个叫昆明国际广播电台。吴宓先后应邀在这两个电台作过《石头记》演讲。

一九四二年

三月十七日　　星期二

6：00后，昆明广播电台潘家湾。派王勉以汽车来接彤，宓至台演讲。彤讲《印度哲学之精神》，宓讲《印度文学》。以今日为印度日也。……彤先讲，宓于7：10—7：40……播讲。

四月六日　　星期一

10—11上课，见丁则良，辞电台之聘。

同年5月6日，吴宓用英语在昆明国际广播电台讲《红楼梦》。日记是这样记载的：

4:00 恒丰晚饭。抄编《红楼梦之文学价值》。6—7 翠湖散步。遇杨振声，谈。7—8 昆中访榆、袯。袯、先陪送至电台。8:05—8:25 讲《红楼梦之文学价值》。得酬金八十元。又与李宗渠心理系四年级女生。似绸，可爱。陶维大及吴□□科长等，谈《红楼梦》。9:00 先、袯送宓由小西门归。

这是不是吴宓第一次在昆明国际广播电台用英语向听众讲演？他在昆明国际广播电台一共讲了多少次？我们无法断定。但从他 1944 年 1 月 21 日所写的《寄赠李宗渠贵阳》一诗看，肯定不止一次。日记这样写道：

晨作《寄赠李宗渠》诗一首（另录）。

该诗后来收入商务印书馆 2004 年版《吴宓诗集》。诗是这样写的：

寄赠李宗渠贵阳 一月 十二日

电台初见说红楼，侃侃雄谈慧欲流。
真有鸳鸯厄贾赦，竟同山谷谪宜州。
灵光宝玉谁知己，尘土功名爱自由。
霁月难逢云易散，可能新岁续前游。

这首赠诗，用了不少典故，吴宓作了如下"附注"：

李宗渠联大心理系高材女生，安徽籍而生长天津，兼任昆明国际广播电台职事。一九四二年秋某夕大雨洪水中，林文铮陪伴宓至电台演讲《石头记》广播始识。师生宾主聚谈红楼，石社成立。渠撰《贾宝玉的性格》一文，甚俊快。一九四三年七月毕业，心理教授福堂欲求婚，该门给五十九分。渠怒竟不补考，往贵阳南明中学任教。秋已嫁，始偕归昆明。七句谓其人似晴雯。八句谓一九四三年一月三日石社同人聚宴于文林食堂，乃过电台邀渠同游大观楼，琼与焉。①

从附注中"一九四二年秋某夕大雨洪水中，林文铮陪伴宓至电台演讲《石头记》广播始识"，可以推断：吴宓在昆明国际广播电台讲演《石头记》决不止一次。

三、让《石头记》走向社会：大中小学、工厂、机关……乃至兵营

这是亘古以来没有的事，不能不叫作创举。

《吴宓日记》有这么一些记载：

一九四三年

三月十九日　　星期五

校园待关帽如该厂员工福利股主任，东北人。以卡车来，载宓及福熙父女至马街子中央电工器材厂。副理郑家觉招待，在员工俱乐部便宴，进酒。7:00演讲。在其大礼堂，听者三百余人。宓讲《红楼梦》索隐及考证撮述。福熙讲《以文艺为消遣》。宓讲约一小时，并答问。又在经理室茶叙。以小汽车送归。

四月二十日　　星期二

雇车不成，步行至迤西会馆工学院。王先冲招待。6:30—10:30为学生约二百人。演讲《石头记》，并讨论。机械工程教授苏人王师羲此人，后乃为琼之爱人。等。登坛发言。工院学生自治会依例奉送宓演讲费＄200。王先冲又为代购《旅行杂志》二十本，得款＄160。

七月八日　　星期四

待至5:00后，资源委员会化工材料厂派该厂化验室主任沈祖馨德吾，闽侯。觐宜之侄，而师光之从兄。以汽车来接，至该厂。（昆明邮政信箱六十九号）西站外十一公里，地名善坪。由厂长张克忠子丹，天津。兼裕滇磷肥厂厂长。夫妇，工务科长周肇基等招待，便宴，进黄酒三杯。7—9为该厂职员约五六十人。讲《石头记》之作成及历史考证，又答问。

① 吴宓著，吴学昭整理：《吴宓诗集·昆明集》，商务印书馆2004年版，第392—393页。

九月七日　　　星期二

晚，读《红楼梦研究集》。

九月八日　　　星期三

下午1：40至沈来秋宅。旋偕秋及铉至武成路华山小学，赴云南省地方行政干部训练团之约，3—5演讲《红楼梦》。听者团员、来宾。三百余人，并有写柬发问十九条，宓一一作答。但是日精神散漫，所讲实无精彩。

十二月十一日　　　星期六

4：00罗祖鉴联大工院本年毕业。代表昆湖电厂及炼铜厂来接……宓着狐皮袍，即乘厂中交通车（马车白牝马。）出发。5：30抵昆湖电厂。包昌文营业科长。及叶、宋、罗诸君招待。在电工厂电工供应社晚餐。又在包君宅中小坐，见包夫人蒯彦范，已四子女矣。7：30在炼铜厂之新礼堂演讲《红楼梦》。（一）爱读理由。（二）考据。（三）作成。又答问。未尽，已9：30，遂散。

一九四四年

七月三日　　　星期一

宓于2：30回舍，略为整备。4：30墀来。不久，云南锡业公司叶启祥以汽车来迎，即乘至第一招待所，迎接林如斯小姐（以《吴宓诗集》一部借与阅）及 Captain Tussman（以 Praise of《石头记》原稿及打印稿二份借阅）。乃至穿心鼓楼外云南锡业公司休息，进茶。职员秦君（瓒弟，总经理）、曾昭承、戴文赛等出陪。6：00起，宓为职员来宾约五六十人讲《〈红楼梦〉人物之分析》，又答五人之笔问，甚为激昂淋漓。至8：30毕，乃进晚餐，便宴。9：30以汽车送归。

十月八日　　　星期日

下午4：00巩来，同至办事处见汤主任。偕王焕镳、杨耀德乘汽车至7里酒精厂。汤元吉厂长招待晚宴，饮茅台酒。

晚7—9讲《红楼梦》。宿客舍，杨同室。

吴宓在昆明演讲《石头记》，无论是在电台，或是在工厂、机关、中小学，都有不少听众，大家对他演讲《石头记》的良苦用心也非常明白。一些听众在

听了他演讲《红楼梦》后所写的感想或"赋呈"赠诗都非常清楚地表明了这点。

吴宓在昆明关于《红楼梦》的活动：创办以研究《红楼梦》为"职志"的民间研究机构石社；利用现代传媒，以中英文向国内外的听众讲演《红楼梦》；将书斋、学院式的少数人的消遣变为向大众进行爱国主义教育的活动。这不能不说是吴宓研究《红楼梦》的创举，开辟了研究《红楼梦》的新途径！这三大创举难道不应该大书特书吗?！这样一位红学专家竟被遗忘，岂不怪哉！

"整个的成都各大学都被哄动了"

吴宓虽然一直遭到胡适、沈从文、傅斯年的排挤，但还是有相当的知名度，特别是在昆明致力于《石头记》研究的种种活动后……

当时，《武汉日报·今日谈》刊发了这样一篇短文，即可见一斑：

> 成都祠堂街上一家北平饭馆，馆主人是一大个子的北方人，左边有一个烧饼炉子，右壁挂着卤菜柜，坐头不算很华丽，买卖却非常兴盛。中午傍晚去的人很难找到空位子。这家馆子常有一个五十来岁的老教授，蓝袍玄褂，褐色礼帽，老是叫点饺子汤面什么的，偶尔也叫菜吃饭，次数却不很多。有些青年男女学生，要替他会账。走拢来和他同坐，他便欣然答应，绝不推辞，显得十分天真可爱。这人便是文学家批评家，清华老教授吴雨僧。[1]

1943 年，传闻他要休假了。成都燕京大学就有意聘请他来校讲学。日记写道：

> 一九四三年
>
> 一月十三日　　星期三
>
> 晚接梅贻宝函，约请赴燕京大学_{成都}讲学，盖闻宓将休假云。

不久，得知挚友陈寅恪将携家赴成都燕京大学执教，促使他到成都与好友

---

① 万柳：《雨僧飞腿》，《武汉日报·今日谈》1946 年 11 月 5 日。

相会。日记写道：

> 一九四三年
>
> 八月十五日　　星期日
>
> 5：30 接陈寅恪八月四日桂林函。……又寅恪将于八月中，携家赴成都，就燕京教授聘。宓因此，痛感宓在此经济、精神种种艰迫，遂决即赴燕京与寅恪、公权共事共学。于是急即_{在五十二军办事处}译就。入城发电"成都燕京大学梅校长_{贻宝鉴}，宓仍欲来燕京，如可，祈速留止学淑。吴宓"。
>
> 一九四四年
>
> 八月二十三日　　星期三
>
> 《中央日报》载教部核定本年休假进修教授名单，联大为罗常培、吴宓。
>
> 八月二十九日　　星期二
>
> 回舍，接（1）成都燕京校长梅贻宝八月二十三日航快函，欢迎宓往。命授《世界文学史大纲》及《文学与人生》两课。每星期六小时。薪金待遇与寅恪同。……

得到回复后，吴宓便于 9 月 23 日从昆明出发，途经贵阳、遵义、重庆、白沙，10 月 26 日抵达成都，住华西坝广益学舍，比邻陈寅恪。直到 1946 年 8 月底才应好友刘永济之邀，离开成都赴武汉大学任教。这期间，先后在遵义浙江大学、成都各大学、乐山武汉大学演讲《红楼梦》。

在遵义

吴宓 1944 年 10 月 2 日写给吴学淑、李斌宁等人的信，非常清楚地讲述了在遵义的活动。信中是这样说的：

> 十月一日（中秋）上午，郭兄陪_宓拜客。由下午起，纷纷来回拜并请宴。致_宓极感应酬繁忙，谈话多，极疲倦，而亦无暇写信到昆明（乞谅）。盖_宓之友好，在浙大，乃当朝，而非在野。故不但校内（竺校长来拜访，请宴并陪聆演讲）纷纷请宴。即校外人士，如社会服务处主任等，亦特请

宴。又有酒精厂长汤元吉（译歌德等人之剧本）邀至其厂（郊外风景极好）一宿。在此共演讲三次，一为浙大文学院学生（校长以下均到）讲《文学与人生》（一多）。二为（晚间）应外文系学生会之邀，在社会服务处，公开讲《红楼梦》，听者拥塞。在酒精厂亦讲《红楼梦》一次。又赴张君川所授之戏剧班及现代文学班学生邀茶会，二次，略谈而已。[①]

从信中，我们可以清楚地看到：吴宓在这里是多么受人尊重，受人欢迎啊！

竺校长日记中也留有这样的记载。

一九四四年

十月二日　　星期一

……十一点晤吴雨僧于洽周寓所，已五、六年不相见，亦颓然一老翁矣。据云联大生员生活甚苦，但均兼事，尚可生活。联大学生、教员不能得米，只能得贷金，价约抵米之一半。学校不供给热水及开水云……[②]

讲演等活动，《吴宓日记》中也有记载：

一九四四年

十月二日　　星期一

上午巩来。竺公来。

晚，君川邀赴戏剧班学生欢迎茶会，讲《石头记》人物。

十月四日　　星期三

晚，君川 7:00 接赴现代文学班学生欢迎茶会，讲《石头记》考证。

吴宓书信与日记记载的内容是吻合的，但讲演的详细内容却未能流传下来。其好友缪钺给我们留下这样的回忆：

---

① 《吴宓书信集》，1944 年 10 月 12 日下午 5 时，241 页。

② 竺可桢：《竺可桢日记》，人民出版社 1984 年 1 月第 1 版。

1944 年秋冬间，吴先生应燕京大学之聘（时燕京大学在成都复校），前往成都，路过遵义，住了半个多月。当时浙江大学校长竺可桢先生、文学院长梅光迪先生、中文系主任郭斌和先生都是吴先生的好友，樽酒流连，颇多乐趣。我亦与吴先生欢聚晤谈，畅叙离怀。浙大请吴先生讲演，吴先生讲"《红楼梦》人物分析"专题，阐发《红楼梦》书中所蕴藏的人生哲理，见解精辟，师生听者兴致甚高，称为山城盛事。①

民国三十三年九月三十日，吴雨僧（宓）自昆明经贵阳来遵义，小住逾旬。于十月十三日，北赴重庆，转成都。自车兴以还，余即未晤雨僧，山城萍聚，雨窗倾谈，委宛平生，情澜不竭。雨僧自言，于诸体诗中，最喜五言长律。因赋二十四韵赠之，聊申契阔殷勤之意，以为别后相思之资。

……红楼名理隽 君在遵义国立浙江大学讲演《红楼梦》，阐发人生哲理。 白发岁时迁。绝域师承美 君少游美国，受于白璧德先生。 扶微素志坚。

雅言存国本，旧义发新诠。博士尊韩愈，民国三十一年，教育部聘君为部聘教授。 经生老服虔。及门千世后，论著万人传。君主编《学衡》杂志及《大公报·文学副刊》，前后历十余年。 坚白虽多辩，深几贵自研。……夙昔文章契，西南流落偏……②

在成都

关于在成都的红楼梦演讲，吴宓 1953 年 12 月 2 日给周汝昌的信中是这样回忆的。他说：

未奉颁　赐以前，已读《红楼梦新证》一过，考评精详，用力勤劬，叹观止矣。佩甚，佩甚。宓不能考据，仅于 1939 撰英文一篇，1942 译为

《石头记评赞》，登《旅行杂志》十六卷十一期（1942 年 11 月），自亦无存。近蒙周辅成君以所存剪寄，今呈　教，（他日祈　带还）。此外有1945 在成都燕京大学之讲稿，论宝、黛、晴、袭、鹃、妙、凤、探各人之文若干篇，曾登成都小杂志，容检出后续呈，但皆用《红楼梦》讲人生哲学，是评论道德，而无补于本书之研究也。其他所知有关《红楼梦》之时人文字，容后面谈。惟王季真应作王际真，其人与宓相识，济南农家子，清华 1923 级校友，一向居美国，仅 1929 夏回国，在京与宓晤谈二三次，当时宓曾在《大公报·文副》中，介绍其人与其书。……①

这封信概述了他在成都演讲《红楼梦》的情况及其主旨方法：讲人生哲学、评论道德。

成都，可以说是吴宓演讲《红楼梦》最频繁、集中、反响强烈之地，所讲内容，媒体刊载及时，保存也较多。

吴宓 1944 年 10 月 26 日到达成都，办理了应聘手续，作了安顿，看望了好友陈寅恪，拜会了李思纯、饶孟侃、朱光潜、庞俊等友人后便开始演讲。11月 23 日安排了一次《桃花扇》的特别讲演，可惜因为警报，遂未举行，以后的活动，在其日记中有这样一些记载：

十一月二十五日　　星期六

晚 6:30—10:00 仍在交谊室，赴社会系师生学会之邀，讲《人与人相处之道》。

十一月二十七日　　星期一

下午，在系中写短信，复罗忠恕华西大学文学院长，约往演讲。……

晚，在文庙本室，晤学生沈家驹、骆惠敏等，商定课外讲演办法，并草拟演讲凡二十次，题目单。

十一月二十八日　　星期二

6—9 在数理馆 10 教室，赴川大中文、外文、国文、英语四系学生欢迎宓之茶会。布列整齐，糕点丰富，并预定请宓演讲《红楼梦》。昨日下

---

①　吴学昭整理、注释、翻译：《吴宓书信集》，生活·读书·新知三联书店 2011 年版。

午曾派代表庞文会外三，湖南。杨人纶外四，南郑。持函至燕大国文系邀宓。宓怪其过重形式礼节，以为无需入城投函，而毋宁用此时间于读书之为愈也。彼等必不解，宓言出，颇悔。是晚，宓演讲《红楼梦》颇动听。纯等亦发言，共讨论。宓又答诸生所问。前后历三小时。宓连啖三桔。是晚主席为女生徐自爱。饶孟侃教授子离，南昌。被命介绍宓时，谓宓之道德胜于宓之学问。又谓平生所见之人中，惟宓最真且正。真而能正，斯为不易得云云。此言实能道出宓一生志事。与碧柳民国十五年十二月十日西安围城函《吴白屋先生遗书》卷十四第二十二页上。中所云"自经此变，益仰吾兄天性之厚，非人所及，四海难知，三秦无并。"皆使宓感慰无穷者也。

十一月二十九日　　星期三

晚7—9学生丁涪海来邀宓至燕京教室中，赴丁生所隶属之团契会，男女生十五人，共唱歌。宓如约，为讲《悲剧与恋爱》，并讨论。已而会众渐散，宓自辞归，颇不怿。盖是晚丁生专欲宓述说宓爱彦故事，以为笑谈。又使其团友得见宓，以满其好奇心而已。故宓深悔此行，应早窥其隐而辞却不往。惟方宓简述往事时，丁生忽插一句，释其所言，谓"驹虽不爱彦，焉知非彦甚爱驹，故彦终不属于宓，而驹能由宓手中夺彦去，而复弃彦也……"云云。此一语，如针刺宓心，使宓憬然醒悟，窃服丁生之机智云。

十二月二日　　星期六

2—3在燕京第三教室，作课外演讲，听者满室，题为《文学人生要义：如何读书，如何做人》，又答诸生问。

十二月四日　　星期一

上午，在系中撰《文学与道德》演讲稿。

……

另于3:30至华西大学文学院长室，见罗忠恕。由罗与陈国桦陪导，4—5在华西大学体育馆演讲《文学与道德》，并举四例。

十二月九日　　星期六

上午8:30—10:30上二课。《文学与人生》讲天、人、物三界……

下午2—3在教室中讲《小说总论》简稿另存。为《中国旧小说评论》之引言。

十二月十一日　　星期一

下午，系中撰录《红楼梦之文学价值》一文，付黄生竹川，登《流星月刊》第一期。

十二月十六日　　星期六

2:30—3:30 在燕京大礼堂讲《红楼梦评论》（一）。

……

宓十二月四日讲《文学与道德》稿，登今日《星期快报》，得稿费＄500 云。

十二月二十三日　　星期六

晨起，写枕上所撰《贾宝玉之性格》讲稿。

……

下午 2:30—3:40，在燕大讲《贾宝玉之性格及其人生观、恋爱观》，听者甚众。

十二月三十日　　星期六

下午 2:30—3:45 在礼堂续讲《贾宝玉之性格》及《薛宝钗评论》，听众鼓掌。

一九四五年

一月六日　　星期六

下午 2:30—3:50 在礼堂续讲《薛宝钗之性格》。

一月七日　　星期日

宓回舍，撰《王熙凤之性格》一文。

一月十二日　　星期五

晚 6:00—8:30 至马宅，与镒全家围炉座谈《石头记》……

一月十三日　　星期六

下午 2:30—4:00 在燕大演讲《王熙凤之性格》。

一月二十七日　　星期六

上午，系中校改般所钞宓撰《贾宝玉之性格》稿。交付黄生竹川，登《流星月刊》第二期。

2月3日，吴宓离蓉，赴西安探亲。月底回成都。

三月八日　　　星期四

4：00起，撰《论紫鹃》一文。晚9：00成。高成祥来，取去。

三月九日　　　星期五

上下午，在舍，缮改《王熙凤之性格》一文。

三月十九日　　　星期一

上午，在舍撰《红楼梦之教训》（千余字），备登《成都周刊》三期。

三月二十四日　　　星期六

下午2：30—3：30在燕大讲《红楼梦》人物评论：紫鹃。妙玉。

三月二十五日　　　星期日

正午至青年会……并为会友谈说《红楼梦》。答其所问。

三月二十六日　　　星期一

下午，撰《红楼梦》之人物典型文，登《成都周刊》四期。

三月三十一日　　　星期六

下午2：30—4：00讲《探春之性格》

四月六日　　　星期五

5：00散……宓久坐水榭，受寒，将病，乃回舍。灯下撰《晴雯与袭人》稿。

四月七日　　　星期六

下午2：30—3：30在燕大讲《晴雯与袭人》。樱等仍到，而宓准备不足，所讲全无精彩。久久不怿。……偕濯步归。在舍读《石头记》。

七月二十四日　　　星期二

将寝，校友组织职员某君送还宓之石章。时宓读《石头记》正至宝玉失玉而和尚送还一段。

八月五日　　　星期日

3—5王达仁、杜景沼、吴□□来，导至至南门外鹈庐邓季惺宅，见高语罕（寿州，年五十九，陆军测绘毕业），谈《红楼梦》。

一九四六年年初演讲《红楼梦》，未记日记。

一月二十六日　　星期六
由成都到乐山（嘉定府）武大讲学，访友。

2月18日，回成都。

三月七日　　星期四
晚金女大原生部即学生自治会，邀请讲《红楼梦》。……是晚无电灯，燃小烛，诸女生多席地而坐。虬旋到。7:30—9:00随所问而谈。

五月十日　　星期五
未几，空军参谋学校派吉普车来接，即往。胡处长国宾等招待。7—9为员生讲《石头记》，颇充实酣畅。又茗坐。乃以车送宓回舍（旋送演讲费＄5000）

这些演讲，几乎涉及《红楼梦》中的主要人物……，当时的媒体是否一一刊登，今成一个谜？现在能找到的，情况如下：

《〈红楼梦〉之文学价值》刊1945年1月1日出版的《流星》创刊号。文章从介绍缘由开始，说道：

予近年在昆明屡为人讲说《红楼梦》（正名应称《石头记》）。所讲多触机起意，存之于心，偶而笔写出者，亦仅为节目纲要之体，词简意赅，读者莫省。其作成文章而刊印者，仅有《〈石头记〉评赞》一篇，载中国旅行社出版之《旅行杂志》第十六卷第十一期（民国三十一年十一月）甚望同好人士寻取赐阅。今撮录

该篇中要义如下：

【壹】《石头记》之小说技术，至为完美，故为中国说部中登峰造极之作。

【贰】《石头记》之价值，可以其能感动（或吸引）大多数读者证明之。

【叁】《石头记》为一史诗式之小说，描写人生全部，包罗万象。唯其主题为爱情，描写高下优劣各级各类之爱情无不具备，故《石头记》可称为"爱情大全"。其书结构整密，意旨崇高，能以哲学理想与艺术之写实，熔于一炉，使读者得窥见人生之全真与其奇美。

【肆】《石头记》为中国文明最真最美而最完备之表现。为真正之中国文化生活社会各部各类之整全的缩影。

【伍】《石头记》之文字，为中国文（汉文）中之最美者：盖为国运盛时，文明首都，贵族文雅社会之士女，日常所用之语言，而用之又能表现各人之身份性情，恰到好处。又其书具备中国各体各家文章之美。

【陆】《石头记》之人生观，具有亚里士多德所云之庄严性。教人洞观人生全体如真，由幻象以得解脱。书中主角贾宝玉由爱情之经验，获宗教之善果，即智慧与精神之安乐。又可云：《石头记》乃叙述某一灵魂向上进步之历史，经过生活及爱情之海，卒达灵魂完成自己之目的。

【柒】《石头记》之艺术观，乃欲造成完宓之幻境，为全体人生作一理想的写照。藉艺术家"理想的摹仿"之法，造成人类普遍性行之永久纪录。是故此书中所写之人与事，皆情真理真，而非时真地真。书中贾宝玉等代表常人所经验之现实世界；太虚幻境代表哲学家所了解之世界；贾府大观园代表艺术家所创造之世界，该世界既整实，且完美也。

【捌】《石头记》全书一百二十回必为曹雪芹（1719—1764）一人所作。纵有高鹗等人增改，亦必随处增删，前后俱略改。若谓"曹作出前八十回，而高续成后四十回"，决无是理，且此说证据不完，纯为臆测。

【玖】《石头记》既教人舍幻以求真，且贾宝玉之爱情为理想的，为浪漫或骑士式之爱，绝异于世俗之占有争夺之爱。故《石头记》不但非才子佳人小说，不但非诲淫之书，抑且根本大有裨于道德者。又《石头记》不为政治宣传，不为问题讨论，但描写全体人生至真至美，此小说定能历久长存，其价值光辉不随时代社会而消减，必也。

【拾】旧评谓《石头记》"语语自我（指每一读者）心中爬剔而出"——此一语最能道出《石头记》之佳处。吾侪徒词费矣。

兹更简述吾对《石头记》一书的观感如下：

石头记是（1）人生真象（2）爱情大全（3）文艺精华（4）宗教因缘。

石头记
（一）其价值——全人生之缩影，且如真。
（二）其功用——壮美之悲剧。
（三）其趣味——与我（每一读者自己）之生活经验比较。
（四）其意义——"两世界"之人生观：金玉与木石。

《流星》创刊时，编者写了这样一个"编者按"：

吴宓教授以后每期均将有研究红楼梦之专题发表，本篇系一序幕。

据编者称：该刊一出版，"立即销售一空，经再版仍感分配不够"。在成都、重庆、康定、雅安、三台、富顺、南川、涪陵、万县、贵阳、昆明、城固、兰州、西安等处设有销售点，敦聘了特约经理。

第一期发行到西藏、印度。

《贾宝玉之性格》刊 1945 年 2 月 10 日出版的《流星》第二期。

文章分三个部分，提纲如下：

"贾宝玉之性格（总论）"：

一、"狂（介乎圣凡之间）"。二、"痴。三、浪漫的（Romantic）"。四、"色情的（Erotic）"……

"贾宝玉之性格（分析）"：

一、"性情真挚。贾宝玉之性情,即孟子所谓'赤子之心'"。二、"爱自然、喜自由,而恶礼法形式"。三、"爱美"。四、"富于'想像的同情'"。五、"好色、多欲、贪恋、然见解超轶流俗"。六、"了解女子心理,能乐为诸多女子忠实服务"。七、"悲剧的人生观"。八、"秉性仁慈,具有佛心,故卒能解脱"。

"贾宝玉与其他人物比较":

一、"与曹雪芹是一是二"。二、"与今世之许多人为知友(吴宓亦其一)"。三、"与但丁《新生》及《神曲》比较"。四、"与西万提司所作《魔侠传》中之吉诃德先生比较"。五、"与卢梭《忏悔录》比较"。六、"与歌德《浮士德》比较"。

每一部分都有详细分析,读者自行阅读,即可知。
《编后余谈》说:

吴教授之《红楼梦》专题研究,本期为《贾宝玉之性格》,其引证至为渊博,分析至为透彻。吴教授旨近赴西安旅行,允在西安将第三期稿件寄回,并预写沿途之观感,其对本刊之爱护,特此致谢。下期吴教授将继续写《红楼梦》专题。

《〈红楼梦〉人物评之一:王熙凤之性格》:刊 1945 年 4 月出版的《流星》三、四期合刊。

全文从六个方面分析了王熙凤之性格。如下:

壹、王熙凤乃十二金钗之一。

贰、王熙凤属于三等人(如下表)中之下等。

叁、王熙凤在三类人中,属于贪之一类。(又兼带嗔,但并无痴之成分)。

(有十分详细分析)

肆、王熙凤视爱情甚轻,非痴类人故。

伍、王熙凤为霸道之政治家,即柏拉图《理想国》书中所描写之霸主或暴

君，Tyrant 是也。（旧评以王熙凤比曹操甚确）

陆、王熙凤在书中（后二十回）性行之改变（实不合理），与《石头记》增补改动之痕迹。

上等人（神仙） 天界	其立身行事，本于 （1）真理 （2）爱情 例一：贾宝玉——由爱得真（出家） 例二：林黛玉——其爱极真（殉情）	中等人（凡俗） 人界	其处事接物，恒勉为 （1）谨慎，明达 （2）伪善娇饰 例：薛宝钗	下等人（魔鬼） 物界	其对人成功，专凭 （1）机诈 （2）势力 例：王熙凤

这里，有必要对《流星》作一个简要介绍：该刊创刊于 1945 年 1 月 1 日，开本为 16 开，《流星》社编辑发行（地址：成都西御街 100 号）。名誉社长为邹荫萱，出第 5 期时增加郭有守。发行人兼社长为黄竹川，编辑顾问为张琴南、郑庄林、蒋荫恩。特约撰述人有朱光潜、丁作韶、吴宓、顾颉刚、梅贻

宝、叶绍钧、张明伟、张琴南、舒君实、刘觉
民、钱穆、卢剑波、谢冰心、谢文炳、蒋荫恩
等 40 余人。发行部主任为周良铣。

《论紫鹃》刊 1945 年 3 月 11 日《成都周
刊》创刊号。

这也是《红楼梦》人物评论之一。自言：
"宓于《石头记》中人物，所最爱敬而'虽不能
至，心响往之'者，厥为紫鹃"。该文详细分析
了紫鹃的性格与行为，以牺牲自己而忠于黛玉，
其出家为心安意得，甘为理想牺牲没世者之最
后归宿，亦其最高之报酬也。文章这样写道：

今夫《石头记》一书所写之理想精神，为"美"与"爱情"。而此理
想与此精神实完全表现寄托于林黛玉之一身。林黛玉者，美与爱情之结晶
也。黛玉既为此理想与精神之代表，故得不终生忧伤憔悴痛苦呼吟，而卒
至"苦绛珠魂归离恨天"，以身殉美殉情；而"美"之理想与"爱"之精
神乃皎然卓立于天地之间，正如即耶稣基督负荷人类之罪恶而上十字架也
者（予另有详论）。然当时门徒中能深知耶稣者几人？彼时大观园中能同
情而赞助林黛玉者谁乎？曰：紫鹃一人而已。黛玉临终，李纨以其仁，探
春以其智，均能在侧视殓，已属不可多得。然能详知黛玉多年之隐情，旦
夕服侍，不厌不倦，不怨不违，厥惟紫鹃。彼能洞悉其所奉之理想，深信
不疑，终身为此尽力，不离不叛，不懈不衰，岂非所谓"造次必于是，颠
沛必于是"者乎？由紫鹃一生之大节，而为人所难能者也。……

诗云："高山仰止，景行行止。"紫鹃紫鹃。吾实敬爱其人。吾愿效法
紫鹃，自愿引紫鹃以自慰。终吾之余年也。吾亲吾友，欲知宓者，请视
紫鹃。

《红楼梦之教训》刊 1945 年 3 月 25 日《成都周刊》第 3 期。

凡真正之伟大作品，皆能于无形中施感化之功，使全体读者之性情行事得以根本改善，而不务提倡或反对某一末节小事，不教人必如此如此作而不可如彼如彼作。《石头记》亦然。故《石头记》并无"教训"。如其有之，只可云：《石头记》作者洞明"一多"之关系，善能写人生"全体如真"，逐渐引人精神向上，离弃此肉欲货财争夺变乱之红尘浊世，而进入彼宁静光明美丽之理想价值世界中。此固《石头记》全书之性质及功用，而非教训也。兹更简释之如下：

……

尤要者，《石头记》之作者并非悲观而是乐观，其态度并非消极而是积极（正如孔子苏格拉底释迦牟尼佛耶稣基督乃是真正乐观而积极之人）。故彼社会中之巧宦贪商华士荡女皆不读《石头记》。而爱读《石头记》最有心得者，乃正即平日好读《论语》《孟子》《史记》杜诗《水浒传》《桃花扇》以及《涅槃经》《路加福音》柏拉图的《理想国》弥尔顿《失乐园》卜恩威《约翰生行述》萨克雷《浮华世界》等书一类人。呜呼，从可知矣。

《〈红楼梦〉之人物典型》刊 1945 年 4 月 1 日《成都周刊》第 4 期。文章一开头就指出：

"石头记"书中每一人物，各有其个性，而又代表一种典型。出一于多，乃成奇妙，乃其真实。……

详细分析了人物典型与一多象征之理，什么是典型，怎样创造典型。……

其以古今人（历史或小说）为比拟者，如旧评谓"黛玉似贾谊、宝钗似汉高祖、妙玉似阮籍"等，大体均合。宓意尚可推广之，全世界历史、文学中之人物，以及中国近百年中之人物，均可取为比拟。例如（1）贾宝玉可比日本紫式部女士所撰小说《源氏物语》中之光源亲王。（2）王熙凤可比歌德浮士诗剧中之魔鬼。（3）林语堂君可比贾探春，是也。

以上略说人物典型与一多象征之理。窃以世人爱读《石头记》之真实现理由，实在于是。而宓之所以屡事评论大观园中人物、不惮琐屑烦劳者，亦犹王船山之作《读通鉴论》。亦如林黛玉之《悲题五美吟》。亦如王荆公诗"一时谋议略施行，谁道君王薄贾生"、"商鞅能令政必行"、又"区区庸蜀支吴魏，不是虚心岂得贤"……吾素主为学当须文哲史并治，古今中西兼通而一贯，须成不渊雅之士，尤须先勉为笃行知耻，不颓惰，不苟且之人。按文哲史之学，首贵博通，毋取专家。《石头记》为文学人生集大成之书，尤须以各人之真情常识读之议之。彼旧式专家（如说书中某事后紧接某事是金可克木木能生火）及新式专家（如《东方杂志》某君以历法考定此书年代）皆同一离题甚远，无有是处。"红学"久为世诟病，俗人以"红学"为承平时代有闲阶级士大夫玩物丧志之行。故近年有称宓为红学家或红楼梦专家者，宓恐滋误解，殊未敢受。宓甲申年四月有诗曰："千端忧世凭谁诉，共指红楼说梦人，即有感于此事也。"①

《成都周刊》可以视为《流星》的姊妹刊物，也是燕京大学新闻系学生所创办。他们是叶春铠、高庆祥、张政弟（正文）、钱春辉。该刊于1945年3月1日创刊，每周六出版。社址先后在成都市簧门街40号、西御街60号。燕京大学新闻系主任蒋荫恩被聘任为社长。其间人员几经变换，1947年夏被国民党反动派查封。

吴先生在成都的《红楼梦》演讲，不仅受到听众欢迎，得以用纸质媒体快速传播，而且还得到文化界业内人士的广泛认同和赞誉。叶圣陶先生在《日记》中写道：

一九四五年

一月九日　　星期二

五时半，至李晓舫家，晤吴雨僧、李哲生、陈国华、谢冰莹。雨僧与余同岁，身长挺立，言谈颇豪爽，近在燕大讲《红楼梦》，借以抒发其对文化与人生之见解，颇别致。①

谢冰莹几十年后（1973 年 8 月 11 日）于美国旧金山写了一篇情文并茂的《红学专家吴宓》，深情回忆了吴宓在成都演讲《红楼梦》的反面。文章写道：

自从燕大请了吴宓先生来主办"红楼梦研究"以后，整个的成都各大学都被哄动了，多少男女学生，挤向燕大的礼堂去听贾宝玉、林黛玉、薛宝钗、凤姐他们的性格分析。不论刮风下雨，小小的礼堂总是挤得满满的，连窗户上，过道上，都是万头攒动，没有插足之地。

为什么会有这么多人被他吸引住呢？原来吴宓先生对于《红楼梦》有独到的研究，积数十年的经验，他似乎能从《红楼梦》开头的第一句，直到最后一句、一字不错、不漏地背诵了出来，这是任何人做不到的。

还有，他讲到某个人物的时候，就会学着那人的语气说话；同时用动作、表情来表演，等于我们看《红楼梦》的话剧，常常会引起哄堂大笑，而且笑声不断。

"听吴宓先生讲《红楼梦》，实在太轻松，太有趣了！"

一个燕大的学生说。

"可惜时间太短，只有三个月。"

另一个学生说。

---

① 叶圣陶：《叶圣陶全集》第 20 卷。

"的确，时间太短了，否则我也要每星期抽出时间去听呢。"我说①

时人对吴宓20世纪40年代"更是致力《红楼梦》的研究"，由课堂讲授走向社会各阶级各阶层演讲《红楼梦》，也有不理解的。当年就发生过读者投书报刊对他予以批评。吴宓的日记给我们留下了这样的记载：

一九四四年

一月十五日　　星期六

昨《朝报》郭君撰论《红楼梦》文（谓因听宓演讲后而作），谓妙玉与贾政竟生同世。似讥宓兼具此二人之性行，未免矛盾。且有不堪之语，以诬辱宓，亦未如之何也！②

十二月三十一日　　星期日

［补］今晨接"《新民报》之一读者"寄来邮函，"北外何寄"。责宓当今国难紧急，战士浴血舍身之时，不应对青年讲《石头记》贾宝玉等题材。问宓是何居心？促宓在《新民报》中作文答复。宓与诸君商，决置不理云。③

一九四五年

一月十八日　　星期四

出见市贴一月十七日《华西日报》副刊，有刘由甫撰文，诋斥"某教授"（指宓）侈谈《红楼梦》。又劝人读四书五经，为迟生数千年，不合时世，为动机不良、别有用心。云云。④

吴宓在日记中虽然写了"置之不理"，但朋友们和读者，特别是吴宓的好友，以及不少听众，对他演讲《石头记》的良苦用心是非常明白的。他们在听了吴宓演讲《红楼梦》后所写的感想或"赋呈"赠诗都非常清楚的表明了这点。现举几例，即可见一斑。

---

① 谢冰莹：《红学专家吴宓》，见《作家与作品》，三民书局股份有限公司1971年5月版。

② 《吴宓日记》1944年1月，第9册，第190页。

③ 同上391页。

④ 同上413页。

1942 年 5 月 4 日，一位叫虞唐的人就专门访问吴宓，呈上自己写的诗篇。畅谈听了演讲后的感想。《吴宓日记》写道：

> 虞唐兄弟来访，呈诗。谈时危。宓述（一）三洲分霸之说。及（二）未来世界融合并存 Eclecticism（折衷主义）之论。11：00 虞君始去。

听雨生先生讲红楼梦率成一律录呈吟政

后学虞唐问陶。^{安徽}^{合肥。}

金谷莺燕竟拟改繁华事。有无，裙屐盛事拟改风流裙屐。

总荒芜。

人间啼笑终成幻，浊世文章亦自娱。

剥茧伊谁抽妙绪，谈禅赖君辟野狐。拟改端赖辟新途。

剔微独具粲拟改莲。花舌，探得骊龙颔下珠。

> 宓寝后，以时局危迫，忧患深至，憬然有悟。遂有如下之决心。（1）谢绝人事，深居孤处，自撰小说。……

此诗后来收入吴宓著、吴学昭整理的《吴宓诗集》商务印书馆 2004 年版时，定稿为：

听雨僧先生讲红楼梦赋呈   虞唐问陶安徽合肥。

金谷繁华事有无，风流裙屐总荒芜。人间啼笑终成幻，浊世文章亦自娱。剥茧伊谁抽妙绪，谈禅端赖辟新途。剔微独具莲花舌，探得骊龙颔下珠。[①]

---

① 《吴宓诗集》，商务印书馆 2004 年版，第 373 页。

读吴宓诗集及石头记评赞赋呈雨僧先生　　　程兆熊蒂泯江西贵溪。

清明易简，万法归宗。勇猛精进，群魔景从。读先生集，愧无以慰。守道而已，他何足惜？拟改计。辟地开天，益寿延年。此亦大事，不亚诗篇。才说红楼，白云悠悠。论归宿处，自有千秋。①

近事有感呈雨僧诗　　　杨树勋湖南
长沙

先生爱读雪芹书，文雅风流老杜如。禅谈莠玉心颜喜，爱语痴颦气韵舒。梳翠孤芳身自许，蘅芜深罪笔能诛。云开花雨真情现，亦是诗僧亦是儒。②

诗中的"抽妙绪，辟野狐""辟新途""笔能诛""守道而已"可谓画龙点睛之笔，点出了吴宓讲演《红楼梦》的良苦用心，值得细心体会。

挚友姚文青说得更明白。他说："一代文章矜玉海，半生骚愿寄红楼。"

吴宓虽然没有亲自出面回应，但仍旧牢记着演讲《红楼梦》的初心，按照既定计划进行。

在乐山

1945 年 8 月 15 日，日寇投降，抗战取得全面胜利。内迁高校一律复原，处于一个大变动时期，不少高校趁机延揽知名教授，不少教授也趁机选择自己喜爱的学校。在这一背景下，武汉大学乐山分校校长周鲠生特邀吴宓乐山讲学一月，欲借此机会探知吴宓动向，吴宓也欲借机会商老友刘永济，于是愉快地接受了邀请。

据《吴宓日记10·（1946—1948）》云：1946 年 1 月 26 日（农历 1945 年腊月廿四日），由程千帆陪同乘中央银行汽车由成都抵达乐山，受到校方和友人杨端六、袁昌英、姚文青、徐天闵、朱光潜、葛扬焕、徐震（哲森）、马一浮，以及南京高师、东南大学、中央大学全体在乐山同学的欢迎。吴宓在此讲

---

① 《吴宓诗集》，商务印书馆 2004 年版，第 379 页。
② 同上，第 380 页。

学时，住乐山凤湾第五号（前川
康税务局）武大招待所。时好友
刘永济全家刚刚由城外雪地头迁
入凤湾。吴宓食宿浆洗则由刘家
女仆协助料理，并与刘永济、朱
光潜、徐天闵诸老友共度新春
佳节。

吴宓这次讲学的情景，当地
报刊有这样一些报道：

吴宓讲课的乐山老霄顶武大大礼堂

"红学大师"吴宓先生，原为西南联大及清华大学教授，去年武大在
乐山时，聘吴先生到校讲学，专讲文学与人生，并引《红楼梦》人物为例
证，一时听众颇众，武大乐山的大礼堂几成剧场，据统计每日听众平均在
千人以上。①

当年听讲学生多有回忆。如田林《读吴宓小传的联想》云：

记得1945年末，他在乐山武大的一次讲演，充分展示了他的治学风
范。当时礼堂在老霄顶，他经山路从后角门来，久叩不开，待里面听到，
门打开，他登坛就讲："话说宝玉见关着门，便用手叩门，里面诸人只顾
笑，那里听见。叩了半日，拍得山门响，里面方听见。袭人亲来开门。宝
玉一肚子没好气，满心的要把开门的踢几脚。方开了门并不看见真是谁，
还只当是那些小丫头们，便一脚踢在肋上，袭人'嗳哟'一声，这一脚可
就踢重了，也踢错了。今天开门的不是袭人，可我也没敢踢呀！"这开场
白，博得热烈掌声。接着他讲宝玉的痴情，他问同学见过痴情什么样吗？
可看《红楼梦》第五十七回，"慧紫鹃情辞试莽玉"，他用这一回的晴雯、
众人、李嬷嬷、袭人、黛玉、贾母、紫鹃、林之孝家的语言，描绘了痴
情。原句都是倒背如流，口若悬河，令人肃然起敬……他的演讲机智灵

---

① 原载《中华人报》1946年10月21日第8版教育版。

活，举重若轻，巨细无遗，不愧为红学大师。①

吴宓在乐山武汉大学分校的演讲，不但受到在校师生的欢迎、好评，当地的"红迷"也闻讯而至，听者无不拍手称快。好友刘永济随即赋诗，如下：

听雨僧兄《石头记》评论赋赠浣溪沙一阕即希教正　　　刘永济

君亦红楼槛外人，凄凉犹说梦中身，_{初稿，此句为"梦中说梦最酸辛"。}忏情何计等冤亲，顽石倘能通妙谛。_{初稿为"点石有功真妙术"。}粲花无碍是奇文，独持宏愿拯群昏。_{初稿为"独持宏愿理群纷"}②

诗中的"拯群昏"，确实点出了吴宓讲演《红楼梦》的良苦用心。

2月18日上午，刘永济、胡稼胎、韦润珊送其至汽车站乘车。次日，吴宓致函刘永济，告安抵成都。此间，刘永济又作诗一首，如下：

赋赠雨僧老兄且致攀留之意　　　刘永济

相见时难别亦难，今回携手莫悲酸。山高水毒行何往，凤泊鸾漂事万端。枕上华胥疑有国，眼中鲛海当翻澜。君看泯沫清如此，比似昆池孰便安。③

上述二诗，不但表达了两人的深厚情谊，而且阐述了对时事的看法，更表达了对好友的期待，希望他到武汉大学执教！

吴宓的演讲《红楼梦》是走到哪儿讲到哪儿，无处不受到欢迎，其用心在于以赞扬中国的固有文化，振奋国人的信心，抵御外来的侵略，回击胡适、沈从文之流的"文字相诋"。

---

① 田林：《读吴宓小传的联想》，台湾《珞珈》2000年4月第143期。
② 《吴宓诗集》，商务印书馆2004年版，第423页。
③ 《吴宓诗集》，商务印书馆2004年版，第423—424页。

又有了一个为《红楼梦》赞颂的阵地

1946 年 9 月 6 日，《申报》记者从汉口发了这样一条电讯：

> 名教授，《红楼梦》专家吴宓，已应武汉大学之聘请由蓉来汉，下期将在武大开设《红楼梦》讲座，该校各院系同学，均表示欣然。

是啊！武汉大学各院系同学表示欢迎，社会各界也都欢迎……

抗战胜利后，何去何从？吴宓经过反复考虑，并几经周折，最终还是应好友刘永济的邀请，于 1946 年 8 月 30 日到了武汉，执教武汉大学，出任外国语文系主任。除了教学，还兼任《武汉日报·文学副刊》主编。期间，他仍然积极开展有关《红楼梦》研究的活动：演讲、座谈、答疑、撰写文章……

刚落脚武汉，《武汉日报》就立即派人与之接洽，聘请他主持《武汉日报·文学副刊》的工作。1946 年 11 月 17 日日记中有记载：

> 携甲至娴宅午饭，而王嗣曾楷元，黄陂。湖北省立实验民众教育馆（武昌中正路）馆长兼《武汉日报·文史周刊》编辑。来访，遂约同饭。王代《武汉日报》约宓主编《文学副刊》，宓允之，商定大体办法。王去后，娴制咖啡，进糖果。约 3：00 甲辞去。宓访昌、棻，邀昌助宓共编《武汉日报·文学副刊》，并声明决住东湖 412，不再迁移，议定善后办法。而济夫妇亦至，旋陪济夫妇访许钟岳夫人。又视察宓室。
>
> 夕，田德望夫人来谈，宓告以宓最近之方针及计划。又，唐长孺来回拜。

吴宓应允担任《武汉日报·文学副刊》主编。但他的亲近者曾极力相阻；劝其不要与人合编刊物。其日记是这样记录的：

一九四六年

十一月二十六日　　星期二

回舍，金克木来，力赞宓独编撰《文学与人生》。勿与昌合编《文副》，俾精纯一贯，免贻世讥，且《大公报·文学副刊》盛业难继，而胡适、杨振声、沈从文等之主编《大公报》文史、星期文艺等，亦难与之抗衡也。……宓深以为是。

据此，有论者便说：

吴宓虽不赞成新文学作家的一些文学主张，但对沈从文等新文学作家取得的成绩，他在内心里却不得不承认。［此说不对］……《武汉日报》负责人约他主编文学副刊，他本已答应和程千帆一起主办，但他自知今非昔比，已不可能与胡适、沈从文等新文学家主编的《大公报·文艺》副刊等相抗衡，于是在听到金克木之劝后，他"深以为是"，便放弃了。①

这一论述与事实大有出入，吴宓并没有对金克木的劝阻"深以为是"，而是愉快地接受了应聘，出任《武汉日报·文学副刊》主编。该刊物于1946年12月9日正式亮相，至1947年12月29日终刊，长达一年之久，直到他离开武汉，共主编50期。

他之所以乐意担任《武汉日报·文学副刊》的主编，原因是《大公报·文学副刊》被胡适、沈从文抢夺而失去了自己的宣传阵地！办《武汉日报·文学副刊》，正好又有一个宣传阵地！如他所说：

办报目的，并无作用，亦无私心，不过良心冲动，出于不能自己，思刊行一健全之报纸，求有真正舆论价值，以达其言论救国之初心，以尽其

---

① 任葆华：《〈吴宓日记〉中的沈从文》，《新文学史料》2014年第1期。

124

为国服务之天职，知足而已。

因此，他特别重视，以传统文化、固有文明，来营造爱国舆论，振兴民气。在传统文化、固有文明中，他最崇奉、最热爱的是：孔子、《红楼梦》（书中其他地方已有论述）。古典诗词，他也十分重视，在《余生随笔》中，他说过："国人而欲振兴民气，导扬其爱国心，作育其爱国心，则诗宜重视也；而欲保我国粹，发挥我文明，则诗宜重视也；……欲使民德进而国事起，则诗尤宜重视也。"所以"九·一八"事变起，他便在《大公报·文学副刊》上打造了一个诗词阵地，刊发了几百首振兴民气、鼓舞国人抗战到底的古典诗词……卢沟桥事变后，他又根据形势的需要，"更加致力《红楼梦》的研究"，在昆明、成都等地大讲《红楼梦》，开创了一系列研究《红楼梦》的创举，取得了良好效果。此时，正好继续昆明、成都关于讲授《红楼梦》的事业。到武汉不久，青年学生盼望能更好地了解他演讲《红楼梦》的一切，10 月 7 日便专程采访他。

他本人作过回答。其日记是这样记载的：

外文系二年级学生、兼《中华人报》通讯记者张中文晋人，来谒，宓从其请，明日为撰《答〈中华人报〉记者问》四条，刊登该报十月二十一日，并诗（粘存）。（1946 年 10 月 7 日日记）

记者专访说：

问：吴先生研究《红楼梦》之经过如何？有何心得？
答：予有一贯综合之人生观及道德观。予之讲《红楼梦》，只是借取此书中之人物事实为例证，以阐明予之人生哲学而已。至于对此书之总批评，曾撰一文，登载《旅行杂志》第 16 卷第 11 期，可寻阅。
问：吴先生将教授武大外文系何种课程？
答：……（1）为世界文学史，（2）为文学与人生。文学与人生，乃述宓读书经验之心得，期与一部分高明诚挚之同学互相切磋讨论。其中有予一贯综合之人生观，而以古今东西圣贤哲士之著作教训为根据，以日常

生活现今社会之事象为例证，就近取譬，深入浅出，其中根本之义有二：曰一多，曰两世界。①

他因为"事业和恋爱"的失败，加上胡适、沈从文又抢夺去了《大公报·文学副刊》的舆论阵地，在此遭遇下，他重读《红楼梦》，更加感受到经典著作《红楼梦》的力量。他要借《红楼梦》书中之人物事实为例证，以古今东西圣贤哲士之著作教训为根据，以日常生活现今社会事象取譬，深入浅出阐明"殉道殉情"的人生观，"一多""两世界"的根本之义，反对"红学"研究中的各种"诟病"，以达其言论救国之初心，以尽其为国服务之天职。

吴宓早先在"文学与人生"课的讲授中就广泛地运用了《红楼梦》作实例进行讨论。他说："对《石头记》的赞颂和辩护，以显示小说家（曹雪芹先生）的人生观不仅是严肃的，也是高尚的，理想主义的。"这完全可以移植到他的《石头记》演讲上来。他在《石头记》的演讲中所宣扬的人生哲学、人生观，也是严肃的、高尚的、理想主义的。

什么是他的人生观、道德观？他作过最简明的回答。他说：

> 至于宓之人生观、道德观，一生殉道、殉情之行事，自奉俭约而助人丰厚，捐助公家（如捐西师西书，今至少值 15000 元），以及华北水灾（1920）、抗日团体（1933）落难逋客（1925）、爱国抗战（1939、1950）更不言亲友深宓关系及左右偶逢之人，恒以"多助人，作好事"为职志：凡此岂耿君等所能赞同，抑亦非专倡马列主义及阶级斗争者所能信、所能解者也。（1967 年 2 月 26 日日记）

"殉道殉情"，是他对自己的人生观、道德观的最简明的概括，是他做人的态度，行事的指南。这个词在其诗文中使用至少几十次。

他的这种人生观、道德观的哲学根源是他据中国的儒家思想和西方的柏拉图等人哲学思想的综合而形成的。他说《石头记》为文学人生集大成之书，尤

---

① 《答〈中华人报〉记者问》，1946 年 10 月 21 日《中华人报·学人访问》栏目，转引自黄世坦编：《回忆吴宓先生》，陕西人民出版社 1990 年 7 月第 1 版。

须以各人之真情常识读之识之。

这就清楚地道出了他讲《红楼梦》的用心。

吴宓虽然擅长编辑副刊，能够在《武汉日报·文学副刊》发挥自己的所长，但考虑到与《大公报·文艺副刊》编者沈从文辈的矛盾，因此，对编辑方针还是作了些许调整。

1946 年 12 月 9 日《武汉日报·文学副刊》第 1 期，"序例"说：

> 本刊态度完全公开，欢迎各地人士投稿，稿费每千字暂定国币六千元至八千元。登出后，由《武汉日报》社尽速致送。不登之稿须退还者，请投稿人预付邮资足用。
>
> 本刊内容范围甚广。举凡文学、哲学、历史、宗教、艺术等，皆认为广义之文学。又于考证、研究、批评、创作之稿，皆悉收纳。惟于各类之稿，必取精上者。编者之责任，乃就所得之稿，为公平审慎之选择。编者所认为较佳之稿，必先予刊登。故各类不能遍及，时或偏颇。盖纯以当时所收得之佳稿为定，非编者对某类有畸轻畸重之心也。

本刊不立宗派、不持主义，而尊重作者之思想，及表现自由。举凡旧学新学、旧法新法、中国外国、东洋西洋、远古近今、同时异世、理想写实、唯心唯物、古典浪漫、贵族平民、雅正精奇、保守进步，等等，一律平视。惟以每一篇来稿自具之价值为断。

本刊不拘文体，不别形式。文言语体、古文白话，或摹古或欧化，本刊兼蓄并收。又或高华凝练，或明白晓畅，或雅或俗，或庄或谐，悉听作者自由。但以每一篇来稿自具之真善美成分为断。至于标点符号、分章断节，亦全遵各篇作者原稿之旧。本刊不为改变，不求一律。

本刊编者吴宓先生，昔年曾任中华书局刊行之《学衡杂志》月刊总编辑十一年（民国十一年至二十二年，共出七十九期），又任天津《大公报·文学周刊》周刊编辑六年（民国十七年至二十二年底，共出三百一十七期）。其个人著作则有《吴宓诗集》一厚册（民国二十四年上海中华书局印行）。惟今兹担任《武汉日报·文学副刊》编辑，其性质及关系与昔不同。故在本刊所秉之态度及所定之办法，亦与《学衡杂志》等所表示所推行者有异。读者与投稿人幸其鉴察。今后（1）凡吴宓在"编者"之立场，或选别稿件，或酌加按语及注释，必悉遵照右所宣示数条之态度及办法而行事。若（2）其表示个人之思想感情之作品，如旧诗，如《红楼梦》评论，如文学与人生诸篇，则皆明署"吴宓"名，以示分别。盖公私不同，根本未容混淆也。

1946 年 12 月 16 日《武汉日报·文学副刊》第 2 期，又在"编者小言"中说：

本副刊出版仓促，诸多未合体制，有待改良之处。第一期（十二月九日）中，诗词录原定用五号字，因篇幅不足排为六号小字。又编者生平最恶简笔及俗体字。多年来所写文稿、信札、日记、便条等，无不每字作真楷。此次编稿，亦如素日习惯，凡各位作者稿中有简笔及俗体字者，编者均一一改写为正楷。但手民未知我之苦心深意，排出时仍见有"担负"等字。又编者并将稿中所有之证字改写为證，验之改写为驗，余类推，此类改写，幸得收效。而如耶稣误作至苏，编者早已防范，且经指示。今后惟望逐渐改善，使委託不作委托，微兵不作征兵，穀米不作谷米，等等。若今后本刊中仍有实痳国岩等字出现，读者当知；此必是编者已改作實癥國崖等，而排版时未能悉遵照也。第一期中，错字甚多，尤以唐长孺先生《读陈寅恪〈唐代政治史述论稿〉后记》一篇，其中第六栏第五行至第五十行之一大段，应排在第四栏第十行与第十一行之间，乃误置此处，实不可恕。编者谨对唐先生深致歉意，并告读者。

《武汉日报·文学副刊》一开始便注重学术著述、古典诗词的刊载，以打造古典诗词的阵地……这方面的情况，且不论。只说《红楼梦》。创刊号又重新发表了：

《〈红楼梦〉之文学价值》（1946 年 12 月 9 日《武汉日报·文学副刊》第一期。）

此文初刊 1945 年 1 月 1 日成都《流星月刊》创刊号。

接下来又连续刊发了在成都"小报"上已经发表过的文章：

《〈红楼梦〉人物评论之一：论紫鹃》（1946 年 12 月 16 日《武汉日报·文学副刊》第 2 期。）

此文初刊 1945 年 3 月 15 日成都《成都周刊》创刊号，1947 年 3 月 20、21 日上海《东南日报》连载。

《〈红楼梦〉之教训》（1946 年 12 月 3 日《武汉日报·文学副刊》第 4 期。）

此文初刊 1945 年 3 月 25 日成都《成都周刊》第 3 期。又以《〈石头记〉之教训》刊 1947 年 1 月 11 日上海《东南日报》，1947 年 4 月 1 日《党有情》183、184 合刊转载。

《〈红楼梦〉人物之典型》（1947 年 1 月 6 日《武汉日报·文学副刊》第 5 期。）

此文初刊 1945 年 4 月 1 日成都《成都周刊》第 4 期。

吴宓为什么要转载这些论文呢？是否有这样两个考虑：一、初到武汉，撰写新的论文，时间来不及；二、这几篇文章虽然早先在成都刊物上刊发，但这些刊物如吴宓所说是"小刊物"，系燕京大学新闻系学生主办，无知名度。更加之，上述文章初发表时，战争正在惨烈地进行中，内地交通闭塞，刊物难于出川，传播受限。这次重新发表，情况就大不相同了。报纸副刊更易传播，且接连又有转载，传播更广了。

《〈红楼梦〉之文学价值》一文在《武汉日报·文学副刊》一重刊，就有读者写信给吴宓，说：

> 顷读贵报《文学副刊》，兼收并蓄，欣慰英名，又读第一期《〈红楼梦〉之文学价值》，更有同嗜之感。犹忆战前民国二十三、四年间，每读《石头记》一遍，辄将本书之脱漏处，散漫处，一一标出，并戏为缀续更正之工作。积年累月，已将书一百二十回，详加抽正，补成完璧矣。乃倭寇内侵，流亡七载。今春返里，已为敌寇焚毁净荡，书籍故物，散灭无存，不甚遗憾。窃意《石头记》一书，八十回出后，文字确甚松懈，不如以前之精纯锻炼，故一般人多疑为补续之作。又八十回以前，亦多脱节之处，似仍宜一一加于补辑，俾成完书，此总想荷赞同。乔懋叔拜启，十二月十四日《读者函》。

吴宓刊出了这封信函，并在刊物上作了回复，说：

> 《石头记》补辑及订正工作，即请先生奋力重做，勿以前稿散失而气馁也。（《武汉日报·文学副刊》1947 年 1 月 6 日第 8 版）

这些转载，无疑扩大了文章的影响。值得注意的是，吴宓在重刊成都"小报"已发表过的关于《红楼梦》的文章时，结合当时的情况，有的写了"附按"。如《〈红楼梦〉之人物典型》就"附"了这样一则"按"语：

> 三十五年十二月十一日《武汉日报》某君《〈红楼〉索隐补》，谓《红楼梦》作者"描写人物，脱胎于水浒者，确也"云云。愚意未敢苟同。夫谓"宝钗似宋江，袭人、熙凤似吴用，黛玉、晴雯似晁盖，探春似林冲，

湘云似鲁达，薛蟠似李逵"，固可。然由此人与彼人乃属同一典型，即此人与彼人之性情行事近似或相当。但遽谓前者必由后者蜕化而出，则实无凭证。设想曹雪芹生平未尝得见《水浒传》一书，以彼之才，亦必能创作出一部《石头记》。即谓《水浒》某段某事，对曹雪芹撰作《石头记》某段某事之时，有提示之功用；斯亦可能之事，然而非即必然之事，固未可以断定者。又三十五年十一月二十二日《武汉日报》周文标君作《〈红楼梦〉的地点问题》一文，列举"书中三个内证"，以证宁府荣府大观园之所在地为北京（今称北平），殊见细心，有功考据。夫《石头记》一书所指绘之地点必为北京，本有其内在之理由，不烦详证。然得此三证，更见确凿。吾人不废考据。然若专治考据而不为义理、词章，即只务寻求并确定某一琐屑之事实，而不论全部之思想，及中涵之义理，又不能表现与创作，则未免小大轻重颠倒，而堕于一偏无用及鄙琐。此今日欧美大学中研究文学应考博士之制度办法之通病，吾国近年学术界亦偏于此。吾人对于精确谨严之考证工作，固极敬佩。然尤望国中人士治中西文哲史学者，能博通渊雅，综合一贯，立其大者，而底于至善。夫考据、义理、词章三者应合一而不可分离，此在中西新旧之文哲史学皆然。吾人研究《红楼梦》，与吾人对一切学问之态度，固完全相同也。

附"按"虽然简短，但能击中索隐、考据派的要害，自然也是在回击胡适搞考据，不管思想内容的"通病"吧！表明了他对索隐、考据派的态度，重申了他的治学主张。

吴宓在武汉大学期间，除了在《武汉日报·文学副刊》发表关于研究《红楼梦》的文章、加刊按语外，也曾向校内外各界人士作过报告，或讲解疑难问题，可惜，只是日记中留下了一些简单的记载，无法得知全貌。不妨摘录如下：

一九四六年

七月二十八日　　星期日

未晓，大风雷雨。阴。闵记早餐（＄300）。上午 10—12 曾昭伟、王嘉祥来，借书。北平饭馆午餐（＄240）。

下午蒲肇楷圣木，四川南充。九十五军秘书。住陈筑山宅。来，久坐。自言为

碧柳成大学生，强邀宓至青年会演讲，恐宓脱逃，如捕贼盗。宓不得已，允之。按成都人士，惟知享乐，声色货利，酒博征逐。在此演讲，正言则不能入。而自见其愚。若再专讲《红楼梦》，则如优伶之贱，而宓深见愧耻，故宓极以演讲为苦也。……

夕5—6访菜，谈。知济二十一二日已飞抵珞珈山。昌外出。次至新南门外江上村内竟成园赴姜履丰素忱，北平。宴燕大同事及校友。宴毕，在江上村茶座。谈《红楼梦》，黄克维医生夫妇所言最多，尚中肯。10：00同姜履丰、徐雍舜步归。

一九四七年

十一月二日　　星期日

上午，客来甚多。（1）金克木导其戚朱介凡空军第五大队新闻处长。来谒，传其大队长张唐天命，欲以飞机迎宓至宁、沪、平、津、粤、汴、西安等处讲《石头记》。十月十五日又有函来，姑诺之。

十二月二十日　　星期六

下午，约近2：00学术文化演讲会委员吴于廑来陪邀，旋校中载送教职员之汽车至，宓坐司机台。入城，至武大医院。先同周校长及主任委员曹诚克等，在医院院长室中坐息，烟气满室，充塞鼻喉。王铮如来晤。3—5宓在楼上讲《石头记评论》。是日所讲，为《石头记》作成三段之假说。坐立听众约二百余人。而以周校长等中座，宓多所顾忌，神意不舒。故所讲演殊乏精采，未能酣畅淋漓。……讲毕，皮名举来晤。再邀赴南岳国师院讲学。宓立允之。

金日波送还《白屋诗稿》。文德阳言，昔年杨庶堪曾函任鸿隽，谓曾见康熙朝磁制酒盖，已有"金陵十二钗"之名，可见此名不始于曹雪芹之《石头记》一书。任以函寄示胡适。胡未作答。云云。

不是未作答，而是不屑于回答。胡适日记说：

回任宅后，叔永给我看杨沧白先生（庶堪）寄他的一封三十六页长信，讨论《红楼梦》问题。他说："顷无意中忽发现康熙白瓷五彩尺余瓶一对，其画片乃为《石头记》中之十二金钗图，贾宝玉正坐其中，所谓太虚幻境者也。此瓶出而胡适之君《红楼梦考证》一文几有根本推翻之虞。胡君……谓做书的年代大概当乾隆初年到乾隆三十年左右。据此瓶则康熙时已有其书。乾隆云云，自不成立。……"

又第二信云："昨以此瓶故疑《石头记》康熙时已有抄本流行。曹雪芹增删而非创作。"此语可概括他长信大意。

叔永说，"此事当问二点：第一，此瓶是否真康熙？第二，瓶上之画是否《红楼梦》故事？"叔永此语最扼要。杨书也力辩第一点无可疑。但第二点既无题咏，终不能证明为《红楼梦》故事。[①]

一九四七年

十二月二十六日　　　星期五

上午郭朝杰来……又托往见王铮如，商宓在汉讲《石头记》事。

十二月二十八日　　　星期日

上午，函汉口永利银行经理苏先勤、秘书文德阳，愿为汉口银行界人士演讲《石头记》。而望听众或发起人醵金赠宓二月底由汉赴平之中航飞机票一张。并开名单，为宓拟邀约之友生。

十二月二十九日　　　星期一

下午，函中国银行王铮如主任，议在武昌、汉口演讲《石头记》事。

十二月三十一日　　　星期三

午饭后，接文德阳三十日复函，并邹安众，贺友梅请柬，由水利、交通银行发起，请宓一月十日讲谈《红楼梦》。邀孙公蔚如等陪宴，并由两银行赠送宓赴平飞机票云云。即复函，照办。函托上海银行带交汉口黄陂路四零六。永利银行文君收。

……

夕5:30东湖饭团晚饭后，……至8:30般导汤定宇夫妇（夫人名程天赋）如约来，众命宓讲《石头记》。宓仅允与众共谈论。中间仍不免激动感情。有失恒度。约10:30同散归。

灯久明。宓写信数封。（1）以复《文副》投稿人金声，汉口汉正街三五七

① 1930 年 10 月 7 日，《胡适全集》第 31 卷。

号。退还其《三十初变述怀》诗稿。（2）复华南圭。汉口胜利街二二六号，交通部平汉区铁路管理局，顾问室。叙旧。（3）复金月波汉口，硚口，水厂后，市立第二女子中学。论诗，附寄宓作《后空轩诗》一份。以上均邀约其一月十日听讲宓《石头记》云。

一九四八年

一月八日　　星期四

宓晚饭后，读学文一月七日禀，惊悉母亲大人于一月四日下午五时半寿终沪寓。"临死如睡，且甚安然"。七日火葬（十二日得祥弟八日函报告"最后经过，极其和平"。馀同）。呜呼，痛哉。回念宓八九岁时，从母授书。其后虽入塾从师，而母授宓《唐诗别裁》一书，读之甚熟。宓于诗之根柢实植于是。盖母幼随宦在蜀，外祖母大人又为川人，诗教陶冶，渊源有自。……

……宓已约定十日晚演讲《红楼梦》。两银行已发帖集众客，未可取消或延迟此举，故仍决如约行事。

一月十日　　星期六

7:00小雨，宓乘邹公安众汽车，偕众至洞庭街平汉联谊社会堂。宓于此演讲《红楼梦》，复答问题。听众男女约四百人。邹公安众主席。宓是晚，因母新丧，心中极不安，兼之连日劳倦，故所讲极陋劣。不足副主人铺张请客之盛意。久久不舒，甚悔此举轻于由宓发动也。

一月十一日　　星期日

今日正午，永利银行总行重要职员贺友梅、总经理。胡翰新、副理。文德阳、秘书主任、亦称总务处经理。熊应栋、程明鉴在此合宴武大教授，并有各银行人员，如李崇准等作陪。宓坐首席，进黄酒。席散，复坐谈《红楼梦》及男女爱情故事。其中以刘茞联大（北大）毕业。前武汉行总分署副署长，今未定。所谈最为中肯。

二月一日　　星期日

9:30至民众教育馆王嗣曾楷元。馆长处，与顾学颉等诸客商事。10—12在该馆之民众会堂演讲《红楼梦人物评论》。

二月六日　　星期五

晚7—11在端宅宓讲《红楼梦》，并答座客问，兼及宓之出处主张，甚为酣畅淋漓。座客三十余人。除昨面约者外，有钱基博先生，先退。承告《耆献类徵》中有曹雪芹之父传，宜参考。① 又有邵子风教授，华中国文系二年级生朱寄生，甚对宓倾佩。外有华中国文系男女多人，女生三数颇美。姚秀彦等亦曾发问。会散后，瑞夫妇复款宓以热牛奶及烤面包、黄油。

---

①　这个参考材料胡适看过，但似乎没有充分利用。他1921年5月8日日记中有这样的记载：

昨日在图书馆遇见一位张中孚先生（名嘉谋，南阳人，住象来街，西草厂）。他见我翻阅《楝亭书目》，问知我正在搜求曹雪芹家事迹，他说他见杨钟羲的《雪桥诗话》里有关于雪芹的事迹。今天他写信给我说：

宗室敦敏（与纪文达同时人）字子明，号懋斋，英王裔，有槐园在太平湖侧，能诗。《赠曹雪芹》云："寻诗人去留僧壁，卖画钱来付酒家。"
其弟敦诚字敬亭，别号松堂，亦有诗集。
高兰墅鹗乾隆乙卯进士。曹雪芹小说，兰墅实卒成之。与雪芹皆隶汉军，有《跋冷村布衣瑞昌诗》。

我检得《耆献类徵》四三一，页九，引《啸亭杂录》卷二"宗室诗人"一条，中有云，"宗室敦诚为英亲王五世孙，与弟敦敏齐名一时，诗宗晚唐，颇多逸趣。"李桓注云："敦诚，字敬亭，理事官瑚玐子，有《四松堂诗文集》。弟敦敏，字子明，任宗学总管，有《懋斋诗钞》。"当求此二书一看。
这里没提及曹雪芹父传的事。欧阳修先生的《红楼梦论辩红楼庆父不死辨》（上海三联书店出版）在卷一《作者辨》里详细辨析了《耆献类徵》提供的另一个材料。他说：

按李桓《国朝耆献类徵初编》卷百六十四《陈鹏年》，收有宋和所撰《传》一篇，记述康熙四十四年乙酉（1705）南巡时，两江总督阿山诬陈鹏年，得曹寅求情以免的经过：

乙酉，上南巡，总督集有司议供张，欲于丁粮耗加三分，有司皆慑服，唯唯，独鹏年不服，否。总督怏怏，议虽寝，则欲去鹏年矣。无何，车驾由龙潭至江宁，行宫草创，欲抉去者因以是激上怒。时故庶人从幸，更怒，欲杀鹏年。车驾至江宁，驻跸织造府。一日，织造幼子嬉而过于庭，上以其无知也，曰："儿知江宁有好官否？"曰："知有陈鹏年。"时有致政大学士张英来朝，上于是久欲徵于国老之有知，以验孩提之无知，使人问鹏年，英称其贤；而英则庶人之所傅，上乃谓庶人曰："尔师傅贤之，如何杀之？"庶人犹欲镣之。织造曹寅免冠叩头，为鹏年请。当是时，苏州织造李某伏寅后，为寅连。见寅血被额，恐触上怒，阴曳其衣，警之，寅怒而顾之曰："云何也？"复叩头，阶有声，竟得请。
对于寻觅曹雪芹的踪影最有价值的，是在事件中出场的曹寅"幼子"。据考，曹頫生于1689年，至1705年已年十六岁，"幼子"云云，说的很可能就是他。按理而论，曹寅既然有了"幼子"，必定还有长子。《随园诗话》在叙陈鹏年事之后，紧接着即叙雪芹撰《红楼梦》事，则此雪芹决不会是无知的幼子，而应该是曹寅的长子，所以方能撰写"备记风月繁华之盛"的书。朱淡文先生据《楝亭诗别集》卷一《吊亡》七律，考得曹寅有一结发妻，于康熙二十年前已经亡故（《红楼梦论源》第42页），则这位长子雪芹，就有可能为曹寅之发妻所生，或系庶出，亦未可知。曹寅生于顺治十五年（1658），他不会到三十一岁才下第一个儿子曹顺。假定他二十岁结婚，则长子雪芹或可于康熙十八年（1679）出生，应长曹頫十岁，方赶得上目睹身历那"风月繁华之盛"而"备记"之了。

三月十五日　　　星期一

9：00偕乘德阳三轮车，至黄陂路406永利银行总行。侯潘庆云驾吉普车来接宓及德阳至宝华街空军第四军区司令部（司令罗机在南京），见副司令邓志坚，前成都空军通讯学校校长。湖南。主任秘书毛文麟东京帝国大学文学士。○浙江安吉，字秋白。新闻处长张翎左军，湖南等。进茶。10：00与邓、张同车，众随，至文化会堂，为空军千数百人，亦杂二三女士。演讲《希腊罗马史诗》兼及Thucydides与Euripdes之"Trojan Women"（宿昔底德与欧里庇得斯之《特洛伊妇女》）。末论《三国演义》及《荡寇志》，影射今日中国及世界之局势，有所指陈。宓始用播音机演讲。至11：30毕。同前乘车至新生社空军俱乐赴空军四区司令部请宴。与宴者，尚有第三处处长王景常，河北高阳。第一处处长吴子琦、第四处处长邓隄，总务科长陈自铭等数人。进黄酒。

　　　……

雨不止。晚8—10同前乘，至新生社，入门楼下交际室，宓演讲《红楼梦》于空军文艺晚会。仍用播音机。听众满堂，约二三百人。毛文麟君发言甚多。主席，晨晚皆邓副司令。会散时，见伍正弼、周颜玉夫妇，交谈。……

潘庆云视察，以吉普车，送宓与德阳回德永里文宅。即寝。

三月二十八日　　　星期日

下午，盛晴。校园多游人。1—3访煦，久坐。对客翻阅有正书局印戚蓼生评钞本，八十回。《红楼梦》。煦劝赴西北大学。

April 14　　　Wednestday

下午3—4西大《文论》课。4—7赴李仲吕招宴其家兴龙巷甲字十一号（付车夫五万元）。座中有南幼文、晁即吾长安、市政府秘书处。刘冠世咸阳、古愚太夫学之曾孙，瑞骦之孙，西北大学商学士，西安直接税分局秘书。宴毕，宓讲《红楼梦》。……

五月十七日　　　星期一

上午10：00至11：30，在石牌中大（教室中）应文学院中文研究会（学生主办）之邀，讲《红楼梦》作为"学术演讲"。

九月二十日　　星期一

李云凤导汇通银行汉口分行胜利街一四○号电话二○七八。经理杨正莘夫妇，襄理李骏名及刘寯善鼎平，等皆川大毕业生。来访，在文学院延见。杨等仍欲宓往讲《红楼梦》，售票，为川大校友会所设补习学校筹款。宓严辞拒却之。

十月九日　　星期六

1：00 大东门下车……旋锡、驹来迎。即至希里达女校。1—3 在大礼堂演讲《红楼梦》，锡主席。

十一月二十七日　　星期六

10：00 乃导朱介凡游眺。又回宅讲《石头记》，送至友谊午饭。

十一月二十九日　　星期一

朱介凡 2：00 再来，示以《文学与人生》讲义。又为讲《石头记》一书作成之步骤。

十二月二十二日　　星期三

函李崇准，不愿在 Rotary Chub 讲《红楼梦》。

这些日记记载的虽然很简单，无法获知整个内容，但还是能够让人了解一个大概，更重要地是能够了解当时的情景和听众的反应，对了解吴宓演讲《红楼梦》的效果还是有助益的。

从上面日记的记载中，我们可以知道：吴宓在武汉期间所作的关于《红楼梦》的演讲，是不少的，但保存下来的讲稿却寥寥无几。王兴博士为我费尽力气搜觅，总算得到一篇较为完整的纪录稿，那是吴宓为武汉金融系统所作的演讲，刊 1949 年 8 月 1 日《新语》第十四卷第七期。照录如下：

红学权威吴宓博士座谈记要

叔明（汉）

汉行同人出席旁听

——吴宓博士，字雨生，清华毕业留学美国哈佛大学，为白璧德得意弟子，归国后，历任国立东南、清华等大学文科教授，桃李满天下，曾主

编东大《学衡》杂志，士林推崇备至，现主持国立武大文学系，氏于中西文学，无所不通，对于《红楼梦》一书，研究尤精，时人誉为"红学权威"，本周周末，汉口上海商业银行特请吴氏演讲"红学"，承该行招待汉行同人听讲，记者幸得参与其盛，兹就吴氏所述，与一般人见解不相同之点，笔录如左：——

一般读者，对红楼梦有下列三种看法，（一）该书系隐射清代某一个要人身世，（二）该书是作者曹雪芹氏的自传，（三）该书是当时社会的缩影，是一种富有社会性的记载，其实以上三点，皆属错误，我们应该把《红楼梦》当作一本文艺小说看，不是某人的隐射和自传，更不可当作研究当时社会情况的材料看。

曹雪芹的《红楼梦》，只有八十四回后为高鹗所续，这种推测，是无稽的，因为全书布局一贯，前后笔调相同，绝非二人所能办到，与曹氏不同时代的高鹗，他祇是一位读书的翰林，而非小说家，所以他这类天衣无缝的本领，却令人难信，若说曹氏全书脱稿之后，高氏为之删改付印，则较为可靠。

构成一部一百二十回的《红楼梦》，必需要有三个人的力量，大致是这样的，有一位似贾宝玉一样才貌，抱负，身世的人，因为限于当时封建社会的束缚，丢掉他心上的爱人，去与一个只有感情及友谊而无爱的女性结合，由是他消极心灰，无意上进，终于遁入空门，贾宝玉本人不善写作，不能将自己毕生所遇，笔录成书，而将他的一生，或笔记或自传或口头讲述，不拘方式，很坦白的告诉曹雪芹氏，这动机，也并不一定是想曹氏替他作书作传记，不过藉以倾吐胸腹中郁闷而已，所以贾宝玉为本书的源起人。

曹雪芹氏是一个天才小说家，更是学富五车，诗词歌赋，无一不专，久思写出一部小说，作包罗他一切学识的工具，苦无一个妥善动人之中心，故而忽得宝玉所遇，则尽心竭力，花廿余年心血，著成是书，惜天不假年，未曾付印，即命归西天，（按曹氏享年仅四十有六）曹氏为本书著作人。

曹氏殁后，《红楼梦》原稿，辗转落于高鹗之手，底稿不免有的散失，高氏爱是书描叙之美，代为添删修改付印，故高氏为本书的删改出版人，（即现在一百二十回《红楼梦》，非曹氏之全真本。）曹氏是饱经世故懂透人情的一位博学者，他懂得"悲""真""动人"是作小说的要素，然后写成《红楼梦》，而高氏却深恐过于委曲"书中人"，使后世读者悲叹不胜，往往将太悲之处删改，但未替《红楼梦》增彩，反而使之减色，这是大错特错的，兹举例说明之。

（一）妙玉的结果我们祇知道妙玉被海盗所劫，生死未明，这种记载，不是曹氏本心。曹氏之原意，是妙玉被劫后，为众盗同毁，事后众盗感到毁过的女人是累赘，不愿携带，而致之于死。高氏觉得妙玉系一个多才美貌的好女孩子，一切均不在宝黛之下，自小牺牲于乃母封建思想之下而作尼姑，寄身贾府，其遭遇已经够人伤心，不如让她生死不明，读者虽为之生悲，然被盗劫后，还有个做押寨夫人的出路与希望在，纵使被毁，尚可不死也。

（二）王熙凤贾府抄家后，将凤姐的自私、奸诈、欺骗、虚假、暴露无遗，凤姐回首当年，悲愤交集，呕血而死，其实曹氏本意，是贾府中衰后，凤姐卧病，贾琏眼见王氏不能再起，而为彼内助，且家门不幸，丑事百出，皆为凤姐而起，联想她以往待人泼辣，及对尤二姐之寡情毒计，深为憎恨，因而休弃，这才是凤丫头致死之因。

（三）巧姐于归，凤姐将死，不忍使其仅有骨肉受人折磨，她以为自己人无可托者，于是寄养程老老，长大成人，幸好匹配官宦之后，其实巧姐的丈夫乃是板儿，高氏不忍巧姐为贫寒家妇，故而改为择配官宦后裔。

吴宓演讲《红楼梦》，总会引起"轰动"，往往是室内"不特座无虚席""室外亦众头攒孔，盛况空前"。（姚文青：《挚友吴宓先生轶事》）每适其讲，皆是"山城盛事""杖履所到，万人空巷，青年男女尤其喜欢听"（缪钺：《回忆吴宓先生》）……甚至有人为引起吴宓更多的话题，还下意识想伤他的心，故意发问……

1946 年 7 月 15 日《时论文萃》就刊登有这样一篇短文：

替黛玉躭忧

——与吴宓先生谈《红楼梦》

萧风

我知道吴先生是最爱黛玉的,我下意识的想伤他的心,也许是想引他更多的话吧!我说:

"据我调查的结果,一般人都愿意娶宝钗为妻,不愿意要黛玉,也不愿自己女儿像她那样不能适应环境的。

"但是你要知道黛玉的环境也实在太黑暗了,孤苦伶仃的住在大观园里,假使她的理想能够实现,也就不至于那样多愁善病了!还是可以做一个懂事的妻子的。你看《红楼梦》前半部她常和宝玉吵嘴,都是为试探宝玉。后半部她对宝玉是很好的,并不常常嘴吵。

"无论如何,假使黛玉生在现社会,一定会遇到更悲惨命运的!

"但是如果她能得到贾宝玉而离开大观园组织小家庭就好,我设想现代的黛玉一定文学和音乐都很好,不会太苦闷的。

"可是宝玉离开大观园做什么事来养家呢?也不会阿谀逢迎做一个政客,也不会发奋读书做一个学者,有,我想起来了,他可以做一个跑外勤的记者。"

说到这里,旁听的人都大笑了,大家还说,"如果宝玉有钱,他一定很爱跳舞,并且有很多女朋友,黛玉又难免多少泪珠儿,秋流到冬,春流到夏"了!

其黛玉,吴先生很严厉的说:"黛玉是一个品格极其崇高的人,代表至真,至美,至善的典型,像这样的人,世界上极少,极可珍贵,人们把她想成一个只是多么柔弱的女子是错误的。""你看",他提高嗓子说,他的侧影映在墙上,像一塑雕像。"她除了独一无二的会想外,从来不曾有别的念头。连退一步的想法都不曾有过,直至死而后已,可见得她的心是非常坚强的!"

"可是像这样个人处在现社会里,恐怕要吃大亏的。依你想,黛玉如果学宝钗的做人,会得到什么结果。"

"不会有好成绩，社会上的人不会帮她忙。她如果忽有什么成就，一定得靠她自己的努力去获得的。"

一阵冷风吹进来，豆油灯暗下来了，吴先生的脸上显得特别凄凉悲苦，我仿佛听到远处隐约有女人咽泣之声，我心里感到一种寒冷。……

我出了口气，站起来。

他默默无言的端起那盏像鬼火似的豆油灯，送我们出来，在庙门口我回过头来，看见一个瘦弱的影子，一步一颠的慢慢走远了……

"善良的人，她是替林黛玉担忧哩！"

在昆明，吴先生曾和好友组织过击钵吟诗社。在武汉时，他也和好友何君超、沈来秋、徐嘉瑞、林之棠等人组织了一个击钵吟诗社，轮流邀约众人在自己家里撞诗钟。还经常邀请吴宓为青年演讲《红楼梦》。1947 年元旦之夜，吴宓就曾受邀演讲、撞诗钟。日记中是这样记载的：

晚 7:30 偕沈来秋先退，急步至华中何君超宅，楼下小厅中，如约，为华中大学国文系师生讲《红楼梦》，凡二小时，来秋全家均在座。

讲完后，何君超填写了一首《解花语·听吴宓教授夜讲〈石头记〉》的词：

烧残绛蜡，话彻《红楼》，挥尘春温里钝根重洗，同倾耳，细领世间情味。瞳瞳娓娓。凭指点，天花飞坠。还问他，儿女心弦，打动今宵未。闻道香闺斗智。任繁华如梦，都付流水。怨生罗绮，成尘处，暗省稗官深意，欢场恨垒。但古调，座中谁会。双鬓凋，寒透青衫，弹老来衰泪。①

这首词，生动地记录了吴宓的演讲和听众的感受。

1948 年春天，吴宓回西安扫墓，在西北大学演讲《红楼梦》，对此，其日记中未作记载，倒是当地的刊物和报纸透露了一些详情。不妨先看看水天明先生根据当年报纸总结的情况（水天明《我所认识的吴雨僧先生》）。

---

① 《武汉日报·文学副刊》第 7 期。

西安《建国日报》报 4 月 8 日有这样一条通讯：

"（本报讯）武大教授，国内有数'红学专家'吴宓氏，昨在西北大学大礼堂作首次学术演讲，题目为：《大学的起源与理想》，听众至为踊跃。吴氏深入浅出，将目前大学的症结，发挥无余，且出语幽默，极获听众佳评。闻吴氏明起将在西大正式讲学，该校中文外文二系，已将其他课程暂停，俾便听讲云。"

4 月 11 日又有这样一条通讯：

"（本报讯）红学专家吴宓教授，昨日下午开始讲其红学，听众颇多，然秩序良好。吴氏首对红楼之考证作详细说明，断定该书实系曹雪芹一人所作，高鹗其人，仅系其编者而已。继对甄士隐、贾雨村、娇杏、香菱诸人，均有精辟之见解，广征博引，亦庄亦谐，语句生动，时时引起不少掌声。"

4 月 12 日《建国日报》又在第一版转载了吴先生旧作《红楼梦的文学价值》（见附文），并在编者按中说：

"红学专家吴宓教授此次来陕讲学，听者极为踊跃。本月十日，吴氏曾假西大讲述《红楼梦的文学价值》，并定于本月十七日下午继续讲演。"

4 月 18 日又发表了一条消息：

"（中央社讯）西大特约讲座吴宓教授，月来在西大主持文学概论，世界文学史纲，及红楼梦评论等课程，备受学生欢迎，所讲课程已告结束，定十八日飞返武大，闻将转往广州中山大学讲学。"

从以上记者所报道的内容看，我们可以断定：吴宓在西安所作关于《石头记》的演讲是不少的。可惜，到今天也只找到三个较为完整的纪录稿。那是《长青周报》为我们保存下来的。

第一篇纪录稿的题目是《石头记如何作成?》。《长青周报》以"红学"研究之一刊发。编者加了这样一个"附志"：

"红学"研究之一

石头记如何作成？

有无

戊子年春国立武汉大学吴宓教授于归里扫墓之便，应西北大学之请，讲学一旬。除逐日讲授《世界文学史纲》暨《文学概论》外，逢周末加《红楼梦研究》两小时，吴先生乃国内知名红学专家，故校内外往听者逾千人。事后，长青社秦水先生来函索该稿以飨隔者，乃补记之，惟本稿未经吴先生过目，故文责自负。

——附志

一、《石头记》不是曹雪芹的自传亦不是顺治和董小宛的故事

《石头记》这部小说在近几十年来因为研究者众多，尤其是自蔡元培先生的索隐和胡适之先生的考证发表后，更引起一些人的注意，差不多已成了一项专门的学问——红学，经考证推演的结果，有人说《石头记》是曹雪芹的自传，有人说《石头记》是射影顺治皇帝和董小宛的故事。

吴先生认为《石头记》不是哑谜，不是寓言，不是自传，而是一部很大的写实小说。

浦江清先生曾有一个很好的假说，假定《石头记》的作者有三人，第一个作者是 Cho Lover。（故事的主人），第二个作者是曹雪芹（小说家），第三个作者是高鹗（编辑）。

曹雪芹的家世和遭遇，经考证的结果，已是非常清楚，可是看不出书中的贾宝玉和曹雪芹有什么相同之处，那么我们怎么断定《石头记》是曹雪芹的自传呢？

这样一位伟大的小说家，一定是生性冷酷，客观有对世事敏锐分析的智慧，尤其是艺术的态度必是相当严肃，严肃到毒辣的程度，可是这种种性格绝非《石头记》中贾宝玉所有，那么书中所描述的贾宝玉绝非曹雪芹那一类型的人了。

一个作者要想写一部小说，必要有一个作为小说的中心故事，但是我们不能说这个故事就是作者本人所遭遇的，莎士比亚所描述的那些神奇动人的故事，总不能说就是莎士自己所遭遇的，事实上在莎氏本人绝不曾有那样遭遇，而所写的亦绝非他自己所遭遇的，曹雪芹想写一部小说，必定到处留心选择一个小说的中心故事，我们暂假定有这么一个人，他从心情，爱美……像一个诗人，并且他有这么一段坎坷：

他有一个爱人，两个人的感情非常好，照理想应是爱河永浴偕好百年，但不幸中经波折，所以没有如愿，结果他和另一个女人结婚，他那个爱人因为受不了这么大的刺激，殉情死了，他非常悲哀，苦闷，厌世，为了要发泄胸中的积郁，把这段恋史写出来。这一篇恋史，可能就是一部小说，或者是些零碎的笔记，而以笔记体最为可能，这就是一篇贾宝玉的自传，也就是曹雪芹所要寻求的材料。

作者就拿这个故事做中心，再配合大环境，各色人物和自己的生活经验，以及用各种才学来表现，美化这个故事。

二、《石头记》作者的计划一定是完整的一百二十回而不是四十回

胡适之先生考证说《石头记》前八十回是曹雪芹作的，后四十回是高鹗续的。

吴先生认为《石头记》作者的计划是完整的一百二十回而不是八十回，多数的小说，其描述的极峰常在全书的四分之三的地方，四分之三的后面可能来一个大的转变，假使这个论断是不错的话，那么《石头记》的最高潮应是贾宝玉和薛宝钗的结婚和林黛玉的死（九十七回，林黛玉焚稿断痴情，薛宝钗出闺成大礼）差不多在书的四分之三处，后面宝玉出家后就渐近尾声，由此可见一部《石头记》应是完整的，作者的计划一定是整个的，那么应是一百二十回。

一个大文学家毕生往往只写一个大东西，可能当他把要写的大致写好或全部完成的时候，作者就筋疲力尽的死了，曹雪芹是四十六岁死的，四十多岁正是写作最好的时候，《石头记》原稿写好未经作者慎重的修改而作者就死了；所以书中作者自己不注意而层次矛盾的地方一定有，那么我们可以假定：

《石头记》的原稿写成，但是有许多地方未修改好，后来抄的人很多，有人抄了四十回，有人抄了八十回……可能是被抄的八十回出版了（这是最先出版的《石头记》）但是我们不能以这个就断定《石头记》只有八十回，至为明显。

那么后来的高鹗就做了编辑工作，把后四十回补了进去，懈确的地方再经修补，慎重整理后出版，这就是我们今日所看到的《石头记》。

问题就在高鹗改添的地方，是不是有与原著不同的呢？在一部《石头记》实在看不出八十回后之四十回有什么不连串或是彼此矛盾的地方，那么我们的结论是承认后四十回是高鹗所修改的或补充的，但前八十回也同样有修补的地方，后四十回可能多些！

曹雪芹的文学天才高，客观，冷静，惨酷，毒辣，故宜为小说家。一个作者是应当假定了解书中人物的动机后果，但高鹗是忠厚者，有不忍之心，无文学上崇高，冷静毒辣的修养，把眼前的因果看得太真，很明显的他不适宜写小说。基于曹雪芹和高鹗性格迥异，所以高鹗修添的有几处不是作者的原义，这在作为一个编辑的高鹗是故意的修改，因为出乎他的不忍之心，但这几处并不影响全书。

四，二十五，于西安

第二篇仍纳入"红学研究"专栏刊发于 1948 年 7 月 28 日《长青周报》，由周刊改为双周刊的第十四期。如下：

槛外人——妙玉
——红楼梦人物批评

念生

妙玉的才学美貌与薛林并称[本是江苏人氏]，祖上也是读书仕官人家，因自幼多病，赏了愿，作替身，皆不中用，到底这姑娘入了"空门才好了"（第十八回）这么一个妙龄女郎，出家亦非坏事，但却有条件：

一、出家应出于自愿；

二、出家应是对人生的觉悟；

三、出家一定要在对人生有很深的经验后（质的方面）。

否则出家就是勉强，就是痛苦，妙玉可以说是迷信牺牲者，她的出家并非出自家心愿。

妙玉没有和男人恋爱的资格，但却在无形中爱上宝玉，宝玉并不知道，这种男女微妙的关系的发展在当事人也莫名其妙，她是槛外人，可以说木石的资格有，金玉的资格没有。况且宝玉处在薛林阵中，简直无她插足的余地，又加上礼教的束缚，故只可视为单方面自找烦恼，她明知道那是不可能，可是爱是自然的发钟，不得不那样牺牲自己并不觉得是牺牲，书中几段记载可以说明这种微妙。

宝玉、宝钗、黛玉……等同往拢翠庵吃茶：

（妙玉）"仍将前番自己常日吃茶的那只绿玉斗来斟与宝玉。"

宝玉笑道："常言道'世法平等'：他两个就用那样古玩奇珍，我就是个俗器了？"

妙玉道："这是俗器。不是我说狂语，只怕你们家里未必找得出这么一个俗器来呢！"

宝玉笑道："俗语说：'随乡入乡'，到了你这里，自然把这金珠玉宝一概贬为俗器了。"

妙玉听如此说，十分欢喜，遂又寻出一只九曲十环一百二十节蟠虬整雕竹根的一个大盏出来。（第四十一回）

这一段对话好像两人在对禅机呢？

"宝玉细细吃了，果觉轻淳无比，赏赞不绝。"

妙玉正色道："你这遭吃茶，是托他两个的福，独你来了，我是不能给你吃的。"其实宝玉一人去亦稳可吃无疑。

这正是一种虚心的掩饰，细心想一下，也反而露骨了。

宝玉在芦雪亭联诗落第了，李纨命他去拢翠庵索梅索可人，结果妙玉给的很多。

后来玉失了通灵，去请妙玉扶占。

"妙玉叹道，何必为人作嫁……妙玉笑了一笑，寻道婆焚香，在箱子里找出沙盘占架，书了一符。平时不破网，这次为宝玉破格占了一次。"（第九十五回）

宝玉生日，妙玉送了一张粉红笺纸写的是"槛外人妙玉恭肃遥叩芳辰。"（第六十三回）

凡是宝玉的事，妙玉都打听，凡是宝玉的事，在表面上不愿去做，心里都情愿做，可是反过来看宝玉，虽对妙玉有几分敬仰，可是对妙玉用心，就体会不到。

书中写他俩最紧张的一回是：一日妙玉和惜春对棋，宝玉来了。

"说着，一面与妙玉施礼，一面又笑问道：'妙公轻易不出禅关，今日何缘下凡一走'，妙玉听了，忽然把脸一红，也不言语，低了头！宝玉尚不说完，只见妙玉微微的把眼一抬，看了宝玉一眼，后又低下头去，那脸上的颜色 渐渐的红晕起来。"（第八十七回）

妙玉见了宝玉忽觉情绪紧张，脸红不安，在这种场合下当事者往往说一句最不关痛痒的话来解围，掩饰其不知情绪：

"便起身理理衣裳，重新坐下，疾疾的看宝玉道：'你从何处来了？'，宝玉巴不得这一声，好解释前头的话，忽想到，或是妙玉机锋，红了脸，答应不出来。"

其实宝玉只要答一句从什么地方来，则围已解（好像常人见面说天气问吃饭一样）但是宝玉偏想卖弄，他要从禅上哲学上找一句来回答，复一时又想不上来，在此情况下妙玉更窘，还是惜春看到两边尴尬的情形，代宝玉说了一声"从来处来，这也值得脸红了，见了生人似的。"

妙玉听了这话，想起自家，心上一动，脸上一热，必然也是红的，倒觉不好意思起来。妙玉呆不下去，马上要走，可见这时，她心里震动的剧烈。

妙玉回庵，走魔入火，都完全为一种变态所致，我们由这些线索已很明显看到宝玉在她身上的地位。

后大观园闹鬼，姊妹们都搬回院里住，可是一个孤零无依的女子却留在园里，而遭到后来被劫的结果，宝玉假使要关心妙玉的话，可对贾母说一声，迁个地方。

妙玉的结局是被海盗劫去，（第一百十二回话冤孽妙姑娘遭大劫）书中并没有说出下落如何？有些人就因此批评到妙玉的清白，其实在妙玉这方面根本无守贞守节的义务，他对宝玉只是单方面的相思，另外她又没有和谁有过婚姻关系替谁去守贞节呢？

现想推想，妙玉这个无依的女子，终身守于空门恐亦不可能，既被强盗侮辱，就跟强盗做个压寨夫人，亦非绝对不可？死，为谁死？清白为谁清白？可悲的就是这个愿望也达不到，海盗不愿要这么个累赘，他们所以强奸她，完全是为发泄一时的性欲。

照原作者（曹）的意思，妙玉的结局，可能比书中所有的女人都惨。妙玉被群盗轮奸后杀死。告诉读者，"天命不可测"，不要以净浅因果来衡量人的下场。

戊子夏西安听雨斋

妙玉，是《红楼梦》中最值得同情的人物之一。她才华横溢，然而其遭遇、命运却最惨。人们多次以她比喻吴宓，吴宓也欣然接受，还专门改写了十二支曲的《世难容》以"自悼""自状"，抒发了自己的感情。

第三篇仍在"红学研究"专栏里，以"红楼人物批评之二"刊发在《长青周报》第十五期。

秦可卿这个人物，曹雪芹虽然着墨不多，但在书中却十分重要，写得非常成功。历来的点评家都注意到她，特别是《脂砚斋》在《重评石头记》中作了详尽而深刻的批语。胡适将这些批语作了解读，写在自己的日记里：

第十三回之批语最重要。秦可卿之死，原因不明，今读此本，始知此回原题为：

秦可卿淫丧天香楼，
王熙凤协理宁国府。

其中本有一长段记"天香楼"事，后由批者劝雪芹删去。

卷首总评（墨笔）（残缺）自云：

> 隐去《天香楼》一节，是不忍下笔也。

本书"彼时合家皆知，无不纳罕，都有些疑心"，眉批云：

> 九个字写尽《天香楼》事，是不写之写。

又本回记拜忏一节，有"另设一坛于《天香楼》上"一句。此句无有根据，向来也没有人注意到他。此本于此句夹缝批云：

> 删却。是未删之笔。

又回末眉批云：

> 回只十页。因删去《天香楼》一节，少却四五页也。

又最后总批（朱笔）云：

> 秦可卿淫丧天香楼，作者用史笔也。老朽因有魂托凤姐贾家后事二件，嫡（的）是安富尊荣坐享人能想得到处，其事虽未漏（？），其言其意，则令人悲切感服，姑赦之。因命芹溪删去。

雪芹又字芹圃，见《四松堂诗集》。"芹溪"也是他的号。此回可卿托后事一段，眉批云：

> 语语见道，字字伤心。读此一段，几不知此身为何物矣。（松斋）

又"三春去后诸芳尽，各自须寻各自门"上批云：

> 不必看完，见此二句，即欲堕泪。（梅溪）

> 此二条字迹全同，其出于一人之手无疑。此可见批书人，自称"老朽"的，有这些名号：脂砚斋，松斋，梅溪。将来也许考得此人的姓名。①

吴宓对这个人物也有他的看法，不仅在演讲中作了详细的解读，而且在友人的聚会中，当场作了表达……

看看《长青周报》刊发的记录稿是怎么记录的吧！

---

① 《胡适日记全集》第 4 册（1923—1927），台北：联经出版社，第 695—697 页。

秦可卿

红楼人物批评之二

念生

秦可卿出场得早，结束得亦快，书中对她虽无深刻的描述，但读过《石头记》的都被陶醉在她那给人烟云飘渺的印像中，她是凭个人美貌才学派出来的，她的父亲名叫秦邦业，是一个"官羁羞涩"的"营缮郎中""夫人早亡：……只剩下个女儿小名叫做可儿，又起个官名叫做兼美，生得形容婀娜，性格风流，因素与贾家有些瓜葛，故结了亲。"（第八回）她虽出身不高可是到贾家做了少奶奶后，一切皆特别出色，亦为红人，像凤姐那样目空一切，偏和她是知己，常常在一起诉说衷肠。

最令人发生兴趣的是秦可卿身上笼罩着不圣洁的迷雾，令人昏军，一直发展到她底死，都是给人猜想的课题。为什么书中要把"贾宝玉神游太虚院"（第五回）和"贾宝玉初试云雨情"（第六回）和可卿连在一起，而宝玉梦中神合的仙子偏名可卿，乳名皎美真令人不解，使人常常联想到宝玉和可卿似乎有暧昧关系，作者对这段描述恐怕是全书中最香艳的。

"说着，大家来至秦氏卧房，刚至房中，便有一股细细的甜香，宝玉此时便觉眼饧骨软，连说：'好香'，入房，向壁上看时，有唐伯虎的《海棠春睡图》，两边有宋学士秦太虚写的一付对联云：'嫩寒锁梦因春冷，劳气袭人是酒香。'"

案上设着武则天当日镜室中设的宝镜，一边摆着赵飞燕立着的金盘，盘内盛着安禄山执过伤了太真乳的木爪。上面设着寿昌公主于含章殿下卧着的宝榻，悬的是同昌公主制的连珠帐……亲自展开了西施浣过的纱衾，移了红娘抱过的鸳枕……

"甜香""海棠春睡图"，"武则天的宝镜"，"赵飞燕立着舞的金盘"，"安禄山执过太真乳的木爪"，"寿昌公主的宝榻"，"同昌公主的连珠帐"，"西施浣过的纱衾"，"红娘抱过的鸳枕"，作者故意把这些香艳的摆设来形容她的卧室，而偏又举出"武则天"，"赵飞燕"，"太真"，"红娘"对可卿的性格风流，至少是一种讽刺吧？

宝玉在可卿房中一眠，睡出《红楼梦》的序幕，同时宝玉的性生活亦从此始，后来许多读者疑度宝玉和可卿间有暧昧关系，我想可能是：

一、作者故意借此种环境和人物做宝玉性觉的启发，同时暗示可卿的不圣洁。

二、作者故此以暗射可卿的风流，再隐约的指出可卿和贾珍间的关系。

宝玉和贾珍同业，"一个妈妈脱道：'那里有个叔叔住侄儿媳妇房里睡觉的礼呢？'秦氏笑道：'不怕他恼；他能多大了就忌讳这些个'"（第五回）确实那时宝玉不过十四五岁，不必忌讳，作者用这种笔法，可能是另有作用。

所以我认为，可卿与宝玉间并无暧昧，而有另一种微妙的关系存在，太愚之《红楼梦人物论》关于秦可卿与宝玉曾有一段精论说的很对。

"富有性灵生活的人，对于自己的性关系的痕照常保留着，极明彻的感情，卢梭，歌德，元微之，这些人能以沉重而勇敢的心情写出惊人的文字：正相反那许多酒色迷昏的纵恣者的心上必是一篇糊涂账，宝玉的恋爱神经永远保持有敏锐的触角，它是不易被磨得迟钝的；因此，他能从广泛的经验中获得异乎常人的恋爱感悟。也就由于这样，他才永不能忘记：是谁最初满斟了一杯鲜艳的红酒送到自己的唇边，是谁指引他忽然入'万丈迷津'。"

秦可卿的死亦是令人发生兴趣的课题，并非病死而是自杀已成定论。

"只听得二门上传出云板，连叩四响，正是丧音，将凤姐惊醒……正在王夫人处来，彼时合家皆知，无不纳闷，都有些伤心……"可卿在贾府中是这样一个出色的人物，幼年早丧，大家都只有伤心，惋惜，但作者却这样写，"无不纳闷，都有些伤心，"其中意味，妙不可言，好像可卿的丑事已是公开的秘密，死的不明白，更明显的道出。

听说以前的《石头记》回目是："秦可卿命丧天香楼"现为"秦可卿死封龙禁尉"（第十三回）假使要这般写法未免显得粗俗不堪，现有的（指今版）无论原作或高鹗修改的，都描写得细腻得体。

贾珍与可卿发生关系一定被别人撞见，最可能的是可卿丫环瑞珠，"忽又听见秦氏丫环名唤瑞珠，见秦氏死了，也触柱而亡，此事更为可罕……"。（第十三回）其中定有文章。

可卿在贾府中是个有体面的人，此事泄露，当时客观环境当然是很严重，所以当事情发生后，他们之间，无形中就有暗示——贾珍活，可卿死。这是当时情况必然的结果，我们也不一定要说这是"重男轻女"。

"恋爱对女子是全部的生命"，所以在这方面女的假使有严重的刺激或失败，他会走向自我毁灭的路，这亦是必然的，但那时对男子并不这样严重，尤其像贾珍那样人把恋爱看得很随便像吃馆子一样，况且玩女人，他已经习惯，他曾和尤二姐发生过关系，（在贾琏前）后来又想和尤三姐勾搭，十足证明是个对恋爱（他可能就没有这个观念）不能负责的男子。

可卿病了，当然是真病，你想这件事让人知道，她怎不受愤致疾呢？太医张大夫把她的病源就认得很清楚：

"……大奶奶是个心性高强，聪明不过的人，但聪明太过，则不如意事常有，不如意事常有则思虑太过，此病是忧虑伤脾……"（第十回）

贾珍请了医生，命人关心侍候，当时只三分病，他会夸张有七分病，以为做后来掩蔽丑恶的伏笔，他可能做的只是可卿死后，他尽量的替她铺张，不惜他的所有极尽哀荣，使别人见了只觉有些逾分。庸俗的贾珍，他只会想到，亦只会做到这些，可卿死后他那付哭相或者是一时真情的流露自觉愧馈，放心，他不会像宝玉为了爱情去出家！

戊子夏于西安南斋

据挚友姚文青讲："雨僧在西安讲学，予曾设家宴予以招待。同座者有张寒杉、郑伯奇、段绍岩、高又明、王仲符。雨僧特别嘱他邀请景梅九先生。讲

《红楼梦》时，常引用景著《石头记真谛》中的话语，而与景先生尚不相识。梅九来，并偕一位祁先生，自称祁隽藻之孙，并研《红楼梦》，挟自著《红楼》研究文字若干册，就正雨僧。以上诸人，雨僧无一相识，而洽谈甚欢。席间，雨僧忽问'宝玉与秦可卿，究竟发生过关系否？大家俱研究《红楼》，特为请教'。寒杉笑曰：'请景先生说。'梅九尚未及言，祁先生插言曰：'没有，绝对没有！'雨僧点头称是。"

《红楼梦》中，秦可卿与贾宝玉的关系非常微妙，有的研究者往往发生误解。所以吴宓在西安专门讲了秦可卿，他认为：两人并无暧昧，更没有发生肉体关系。秦可卿只不过对贾宝玉内心的情欲起了一种诱导萌动的作用而已，与贾府那些只追求性欲的贪婪、放纵、占有形成鲜明对比，显示出人性之构成与品类。

吴宓结束了西安的讲学回到武汉。此时，决定中国两种前途、两种命运的人民解放战争正激烈地进行着，全国人民，特别是高级知识分子，又一次面临抉择。

吴宓不得不进行认真思考啊！

《〈红楼梦〉与世界文学》演讲前前后后

　　1937年卢沟桥的炮声，完全改变了吴宓的生活轨迹。……国事、家事使他陷入无限悲苦之中……其日记中写道：

　　一九三七年

　　十月十四日　　　星期四

　　夫事业（著作）生活（爱情）两俱失败，此宓之所以悲苦无端也。

　　他只得向经典求救，于是又一度沉溺于《红楼梦》中……

　　一九四一年

　　一月三十一日　　　星期五

　　读《涅槃经》，悔恨昨致琰函之不当。觉宓当以出世离缘为正途。此外恐不得有幸福与成功也。

　　一九四二年

　　四月二十八日　　　星期二

　　下午及晚，读《石头记》。流泪，多身世之感。拟抛弃一切，赶撰《新旧姻缘》云。

　　四月二十九日　　　星期三

　　下午，寝息。读《石头记》。有得于贾宝玉悟道出家。

　　……

　　在《红楼梦》的启示下，对自己婚姻失败、事业无成的重重困惑，吴宓经过反复、多方的考量，终于下了决心：皈依宗教，到峨眉山出家。

1949 年 4 月 29 日，吴宓由汉口乘飞机到了重庆，打算去峨眉山。后因种种原因未能如愿，遂止于汀碚，先后任教相辉学院、勉仁文学院、四川教育学院、重庆大学，最后落脚四川教育学院与国立女子师范学院合并组建的西南师范学院，直到 1977 年，由其妹接回老家陕西泾阳。1978 年 1 月病故。

这三十年间，吴宓不但没有机会开设"文学与人生"课，宣扬新人文主义，也少有机会公开演讲《红楼梦》。但他一刻也没有离开《红楼梦》，生活越是困难，他在心灵上与《红楼梦》越接近……

最后的几十年里，他对《红楼梦》的研究，其表现形式可以归纳为四个方面：

一、公开讲演

这是他的擅长。日记中，他自己详细记载的有两次，一次在校内，一次在校外。

一九五七年

五月二十六日　　　星期日

接龢 1957 年五月十九日函……龢以宓自拟（一）妙玉（二）紫鹃（三）邢岫烟。解放后龢"则欲以王荆公安石《浪淘沙》词意广之。词云：

伊吕两衰翁，历遍穷通。一为钓叟一耕佣。若使当时身不遇，老了英雄。

汤武偶相逢，凤虎云龙。兴王只在笑谈中。直至如今千载后，谁与争功？"

龢之意，宓犹未能解也。

晚赖澄来，并携开桂往听迎宓至 3128 大教室，8—10 凡二小时，为中文系三四年级学生，作《红楼梦讲谈》。所讲大纲，存粘。听众热烈鼓掌，表示满意。回舍，雨即至，终宵雨，颇寒。

这次演讲，我听过。那时，进大学近一年，不在听讲之列，但吴宓的大名还是吸引了我，便悄悄跑去。讲的什么？已记不准确了。演讲的场面却给我留下了深刻、难忘的印象。偌大一个可容纳几百人的阶梯教室，过道里都挤满人。他演讲时，一会儿是掌声，一会儿是笑声，一会儿鸦雀无声……讲完后，同学们还不愿散去，三三两两地议论着……都觉得过了一把瘾，有些同学还围着他提问……

这次讲谈大纲，很幸运地保存了下来，后来收录在周绚隆编《红楼梦新谈：吴宓红学论集》人民文学出版社 2021 年 9 月版。现引录如后：

红楼梦讲谈

壹、我研究及讲说《红楼梦》之经过，及对我自己《红楼梦》研究的批判。

（甲）ⅰ．初读 1907

　　ⅱ．《红楼梦》新谈 1919

　　ⅲ．《石头记》评赞 1939 至 1942

　　ⅳ．成都刊登之论文 1945

　　ⅴ．各地之演讲 1942 至 1949

（乙）ⅵ．（西南师院）中文系会 1954 十二月

　　ⅶ．（四川）省政协发言 1955 一月——批判

　　　（1）纯技术观点。

　　　（2）唯心论（天才）。

　　　（3）唯情论（恋爱）。

　　　（4）佛教（解脱）。

　　　（5）未知其真价值（最后之结论）。

　　ⅷ．《西南文艺》1955 六月。

贰、《红楼梦》何以不见重于世界各国，不得与莎士比亚、托尔斯泰等之书相比？（答问）

一、由国际之隔阂，与中国之积弱。

二、由文字之困难，与外文译本之缺乏。附西人之研究与《红楼梦》之外文节译本。

三、由内容之丰富，与异国、后世人了解之困难。

叁、为学习中国之文字、文学，而读《红楼梦》——其方法如何？

肆、《红楼梦》如何作成？（宓之假说）：

一、贾宝玉	二、曹雪芹	三、高鹗
自传	小说作者	编辑、修改者
（痴情、主观）	（客观，天才）	（庸俗。好人）

——是晚讲出，实际如下之次序：（贰）→（叁）→（壹）→（肆）。

本大纲：全部讲完（实费二小时）。

据其他同学回忆，吴宓还为教育等系的学生讲过《红楼梦》，但他日记中没有记载，在此不多谈。

另一次大型演讲是为纪念曹雪芹逝世 200 周年所作的《"红楼梦"与世界文学》，日记中是这样记载的：

一九六三年

四月三日

市政协俱乐部，纪念曹 200 周年，宓讲《"红楼梦"与世界文学》，给川剧团讲《红楼梦》，对该团《晴雯传》提出己见。

这是吴宓最后一次向公众演讲《红楼梦》。当时既无录音设备，也无记录。但请柬保留下来了（右图）。据当年听过讲演的老人回忆：吴宓从比较文学的角度分析了《红楼梦》与俄国托尔斯泰的《战争与和平》《安娜·卡列尼娜》《复

市政协文艺组举办讲座

纪念我国伟大作家曹雪芹逝世 200 周年

（一）曹雪芹的生平和"红楼梦"的人物形象及艺术特点

主讲人：西师中文系古典文学教授林昭德

（二）"红楼梦"与世界文学

主讲人：西师进修班外国文学教授吴　宓

时　间：1963年4月13日（星期六）下午2时

地　点：戴家巷市政协俱乐部

活》，① 对于这次演讲，吴宓事前做了充分准备。早在一年前，他就又读了托

————————

① 对托尔斯泰的作品，吴宓是比较熟悉的。早在《红楼梦新谈》中就有所论述。1928 年 8 月 27 日，9 月 3 日、10 日《大公报·文学副刊》34 期、35 期、36 期。连续刊载了他撰写的《托尔斯泰诞生百年纪念》的长文，详细介绍了托尔斯泰的生活、思想、创作历程。文章最后对托氏的《战争与和平》《安娜·卡列尼娜》《复活》三部代表著，作了如下述评：

托尔斯泰之艺术理论既如上述。其艺术作品则何如。以下请略述其主要作品三：（一）《战争与和平》（二）《安娜传》（三）《复活》一译《心狱》。以结此篇。英国莎士比亚的《哈姆雷特》等世界名著的异同……结论是：《红楼梦》比之托氏、莎氏的作品，有过之而无不及。《红楼梦》内容更丰富、艺术更精彩，是当之无愧的世界最伟大的名著……听后，使人更加热爱祖国的优秀文化。

（一）《战争与和平》　此书为托尔斯泰之第一部伟大著作。其成书之经过。上引苏菲之自传中已详之矣。全书甚巨。凡二千余页。故虽一极简单之提要，亦非本文篇幅所容许。此书叙一八〇五至一八一二年间俄国五贵族家庭之事。而以拿破仑侵入俄国之历史为背景。乃以散文作成之近代大"史诗"也。托尔斯泰作此书前，曾细读荷马史诗而悦之。故此书富于荷马式宏大庄严之气象。虽论者病其组织散漫而不统一。然全书实有一贯之精神以为纲领。且其中人物情节及写景，多真切动人。固不为其形式之缺憾所掩也。在此书以前，托尔斯泰不长于写女角。至是方燕尔新婚，藉其经验，乃辟一新境域。其写家庭生活之细腻，女性之温柔。出人意外。书中之女主角纳答莎 Natasha（即其妻苏菲及妻妹姐雅 Tanya）与荷马《伊里亚特》中之海伦、歌德《浮士德》中之玛伽泪争辉。而描写之精细且过之矣。

（二）《安娜传》　托尔斯泰之文艺天才有两特点。其一为构拟具体细节及丰富灿烂之外表情形之能力。以此能力描写人物。古今作家罕有其比。其二为其感觉道德责任之锐敏。而注重其人物之内的道德生活。在其结婚以前之作品，第一种特点为盛。在《战争与和平》中，此特点尚占首要位置。惟在《安娜传》中，则道德观点更坚牢而更显著。其描写外表事实之真切不减于前，而更有一统一之目的。此书范围较前为狭。仅限于两家庭中之私事而已。本书垂教训之大旨。以为男女关系当以纯粹基督教式之爱为指引。而不以自私之情欲及社会或教育之定规。其中主要人物有两对。第一对安娜与佛郎斯基（Vronsky）。资质视其他一对更优。以只知计虑个人之快乐。卒至戕生。第二对克地（Kitty）与利文（Levin），能牺牲宽恕。惟以他人之快乐为念。因得快乐。而安娜尤为全书之主角。安娜者年三十，已嫁八载，敬慕其夫，推诚相处无间言。偶省其兄于莫斯科，在跳舞场中遇一少年，不觉坠入情网。少年与安娜同车返回彼得堡，遂于车上通款曲。抵站下车，安娜与其夫遇，疑夫已察觉己事。目触其耳上小赘疣，顿觉其可厌，对夫之心完全改变。实则此赘疣，安娜熟见之至少已八年矣。其后安娜产难病殆，召其夫及少年嘱其言归于好。以为将死之言也。其夫大受感动，恕其既往。无何安娜病转愈，又觉其夫耳上赘疣可厌，去之与少年同居。其夫亦欲与之离婚使得自由。惟囿于教会之成规，终不肯慷慨撒手。安娜与少年既非正式结合，渐为所轻，愤而投火车轨自戕。

（三）《复活》一译《心狱》　此书为托尔斯泰艺术之最后杰作。书成时年已七十矣。此书中技术仍颇散漫，多与主题无关之描写，及插入之教义宣传及社会问题讨论。然不能掩其中沈（沉）痛动人之情节及言语也。书叙侯爵德密达利（Dmitri）少年时颇有高尚之理想，然不胜安乐生活之诱惑，终至梏亡。赏与其姑家之女婢麦丝露华（Maslova）乱，遗以百卢布而弃之。麦丝露华因此有孕，遂见逐，流离失所。生儿遽殒，沦落为娼，侑歌卖笑，如是者七年。后为鸨母假手毒毙嫖客，而以罪归之。因系狱，谳定，配西伯利亚。时德密达利适为陪审官，闻其情，感发天良，自悔自艾，一改其素行，求自忏以赎前愆。既为之营救不得，乃尽弃家产，随麦丝露华至西伯利亚，决欲娶之为妇。沿途殷勤奉侍维护，甚于下仆。先是又尝为乞赦于俄皇，途次赦书至，两人喜可知矣。德密达利至此时始向麦丝露华乞婚，盖依律囚人不能婚娶也。于是麦丝露华哭，德密达利亦哭。女沈吟久之曰，明早囚人大队将行。我若留，则以身属君。若去，则勿以为念。诘朝德密达利醒，女已行矣。盖女欲德密达利专心为人类服务，而不欲其耽于安乐，故出此也。

氏、莎氏的一些作品及相关资料。1962 年 5 月 6 日的日记有这样的记载：

一九六二年

五月六日　　星期日

下午读溪之 1951 Petler Alexander（Prof of Glasqow）Shakespeare 集序①，撮述二十年中学者对莎氏生活创作之新解，亦即今于事实又合乎道理之说法，尽反前此之谬说。最要者，为（1）莎氏家非贫，婚姻无变故，在乡曾为塾师，并非不学之人。（2）在伦敦身份地位甚高，颇交贵人，亦为众所钦服。（3）其剧作，精思天才，前后无人；但先用时人材料改编，继乃自创。其悲剧，极人世之险恶情状但结局仍是得道而乐观（cf. 碧柳说），四期之转变，无关国势与时局也，云云。

与此同时，他还应约参与了重庆川剧团纪念曹雪芹逝世二百周年的准备活动，给演员讲解了《红楼梦》，对改编剧本《晴雯传》及演出提出了自己的意见……

一九六三年

六月二十三日　　星期日

在（戴家巷政协文化俱乐部）大客厅遇裴昌会、周钦岳、税西恒及刘连波、方镇华等……方君又一再言，宓等讲《红楼梦》对重庆川剧院一团诸演员启发甚大，故《晴雯传》演出甚佳，此次荀慧生来渝，曾连观两次，甚为赞赏，回京携去剧本，拟改由京剧演出，云云。

当年《重庆日报》作了这样的报道：

今年是我国杰出的古典作家、《红楼梦》作者曹雪芹逝世二百周年，市川剧团特根据《红楼梦》的有关情节改编的《晴雯传》，于十八日起开始在重庆剧场上演。

---

①　原注：1951 年出版的彼德·亚历山大（格拉斯哥大学教授）所作《莎士比亚集序》。

由赵循伯改编的《晴雯传》，抓住了晴雯在《红楼梦》里的几个主要事件，歌颂了晴雯对封建礼教勇于反抗的性格。如《撕扇》、《结怨》、《搜园》等几场戏，都刻画了这个人物疾恶如仇，不畏强暴的可爱形象。可是，她那种心直口快、敢说敢为的个性和不甘同流合污的抱负，却遭到封建卫道者的忌刻和厌恨，终于以莫须有的罪名，在她病情严重时被逐出贾府，使她终于含恨而死。

《晴雯传》由周裕祥担任导演，刘卯钏饰晴雯，王世泽饰贾宝玉，许倩云饰袭人，张巧凤饰王熙凤，秦淑惠饰王夫人，曾双珠饰麝月。

虽然《晴雯传》演出效果不错。但接下来的对夏衍、阳翰笙的批判，也涉及一些改编戏。吴宓1964年10月16日日记有这样的记载：

又1963四月，值香港彩色电影《红楼梦》在渝碚放演（宓观二次，因初次座远，未看清）之时，宓并约林昭德，在重庆市政协俱乐部，对川剧二团讲《红楼梦》，助其演出《晴雯传》川剧（两月间，满座，秋冬又重演）。今该剧团已大进步，改演革命现代剧（周裕祥、袁玉堃已为省政协委员矣）。但宓当时只认识其"反封建"之优点，而未由阶级斗争处理《红楼梦》思想错误；宓与观众皆只赏《晴雯传》之美（封建官僚家庭之繁华富贵生活＋才子佳人恋爱），而未计及其腐蚀作用为如何之大也。今兹一半暴露（《晴雯传》），一半表示努力学习、改造（资产阶级知识分子）之决心。

二、为师生员工、为"红迷"答疑解惑，帮助教师成长

其日记记载如下：

一九五七年

五月二十二日　　星期三

晚，中文系一年级正式生朱占圻，重庆建工校进修教师李中坚来，求讲《石头记》之正副册诗、红楼梦曲、葬花词，宓为之大体解说，至9:00乃去。

一九六三年

一月二十五日　　星期五

姚大非副院长似已复职。及夫人徐明，留进茗点，谈《红楼梦》。宓简述"一从二令三人木"解。

一九六五年

一月二十二日　　星期五

4—5与林、荀君闲谈《石头记》等。

林君，为系上之中年教师林昭德，受吴宓的教诲和帮助最多的人之一。

一九六五年

五月十一日　　星期二

晨5时起，检得"文死谏，武死谏，不足为忠"云云。在《石头记》三十六回。即作柬。6:20送书与林昭德。

……

晚7—8林昭德来，读其新撰《红楼梦》讲稿，贾宝玉、林黛玉论，又托查一题。林君去后，8:30宓即寝。

一九七二年

十二月十二日　　星期二

本系教师林昭德所编写之件，须求借《石头记》一书，参阅。宓告雍

君：可命其来宓室借读。

十二月十九日　　星期二

晚七时，方读至《芙蓉诔》，林昭德如约来，彼方奉令撰文，遂取去《石头记》上下册，以供参考。约半月后还来。

十二月二十三日　　星期六

8时后，林昭德来，询《石头记》中"来旺妇倚势霸成亲"在何处？宓答，在七十一回。林君言："贾不假，白玉为堂金作马。……东海缺少个白玉床，龙王来请金陵王。"此段在书中第四回。宓按。诚是。

一九七三年

一月三日　　星期三

上午9：00至9：30林昭德来，以所撰《红楼梦简论》初稿一册（1—72页）求宓审阅，另纸写出意见。

一月七日　　星期日

上下午校读林昭德撰《〈红楼梦〉简论》凡七十二页，作出笔记（评论）。

下午续校读林昭德《〈红楼梦〉简论》至四十二页止。

一月八日　　星期一

晡夕及晚，续校读林昭德撰《〈红楼梦〉简论》四十三页至七十二页，完。就宓所见，写成评论及说明一纸，附入。

一月九日　　星期二

宓以林昭德撰《〈红楼梦〉简论》一册，亲手交还林君坐于室门外收，随即散归。

一月十二日　　星期五

次至文化村二舍二楼北端内侧第二家访林昭德，未遇。乃托其右邻第三家某夫人转告，请速送还所借《石头记》（《红楼梦》）一部第二册而归。

一月十六日　　星期二

散会时，林昭德请展期归还《红楼梦》，一部二册，宓告以已得《高兰墅集》等书。

今日上下午及晚，专读荣送来之（1）《高兰墅鹣集》（2）敦敏《懋斋诗抄》（3）敦诚《四松堂集》（4）张宜泉《春柳堂诗稿》各一册，并作笔

163

吴宓与胡适的《红楼梦》研究

记，录（1）（2）（3）（4）内容之涉及曹雪芹者，亦考证《红楼梦》作者之有关资料也。

一月二十日　　星期六

8：30至9：30林昭德仍居二舍旧室未迁来，讲述其新撰备交上《〈红楼梦〉简论》之内容。并还来由宓处所借汪声荣书1930年商务新版《增评补图石头记》一部上下二册。定价五元宓即以《高兰墅集》等书四册授林君读。林并研究《西游记》宓随意翻阅《石头记》百十九回，百二十回，真感觉宓亦已出家为僧，超尘杂俗者。

一月二十五日　　星期四

上午，林昭德送来其所著《〈红楼梦〉简论》第73至115页（完），宓续读并为校写晦字。至11时毕。询悉：宓读《高兰墅集》等四书笔记，不在林君处。11时出，遇汪正瑄。一时不能举其姓名宓即至二舍送还《〈红楼梦〉简论》，而取来林君所撰《〈三国演义〉简论》及《〈水浒传〉简论》。在林君宅中，见谭优学，谈至12时后，始归。

……

曾萍送来《石头记》下册。

下午，晴。宓校读林昭德所撰《〈三国演义〉简论》1—29页，未完。

一月二十六日　　星期五

上午，宓校读林昭德所撰之《〈三国演义〉简论》完，接校读林君所撰之《〈水浒传〉简论》1—39页。至下午3：30亦完。

……

下午3：30出，二舍访林昭德，送还其所撰之《三国演义》及《〈水浒传〉简论》。

二月十四日　　星期三

上午，续读《石头记》下册。

……

下午，续读《石头记》下册。……次至二舍北门内，遇林昭德于梯间，收回《高兰墅集》《楙斋诗抄》《四松堂集》《春柳堂诗稿》共四册。

十月四日　　星期四

回西师后，至六舍后，第一小巷内江家，遇冯昌敏，取还宓藏《增评

164

补图〈石头记〉》上下二厚册。

十月五日　　星期五

林昭德随宓来舍，借去《增评补图〈石头记〉》上下二册。——又欲借读宓撰之"读敦敏等著作中述及曹雪芹事迹"之笔记。宓为遍录不得。……

下午匆匆午眠起。2:40 林昭德特来告。所借去之《增评补图〈石头记〉》二册中，夹有（1）宓"读敦敏等著作中述及曹雪芹事迹"之笔记。（2）李希凡著《曹雪芹和他的〈红楼梦〉》小册。俾宓勿再费力寻找，云云。宓得悉，甚慰。

十月九日　　星期二

9 时宓服药。9:15 送交《北京日报》所载评论《红楼梦》文与林昭德亲收。

十一月五日　　星期一

上午雨止。……10:30 着胶鞋出。至文化村访林昭德，取还宓书《增评补图〈石头记〉》上下二册。内夹之文件及李希凡撰小册，仍存林君处。

十一月三十日　　星期五

龚文泉送来邮件……邮件系心一寄来之 1973 年十一月十九日《北京日报》，上有辛文彤撰《吃人的封建社会，血写的历史——看〈红楼梦〉中几十条人命》，宓即将该期《北京日报》，用红笔大书宓来意（求速送还十月五日借去之《增评补图〈石头记〉》上册），送二舍楼上林昭德宅又一次问确从门底穿入，而归。

十二月七日　　星期五

作大红字短柬致林昭德：（一）告宓《增评补图〈石头记〉》已寻获。（二）请收读宓多次送上之《北京日报》。11 时往二舍，仍由门缝底送入其室中。

由此可见，吴宓对《红楼梦》的研究以及对后辈的培养，是何等热心、何等耐心，可谓不遗余力，充分体现其崇高师德。

三、编辑《宓及同时代人士研究〈红楼梦〉文章汇编》

吴宓对俞平伯、胡适之前人们所编辑的有关《红楼梦》的资料是很不以为然的，他早就想自己编一套全面、准确的资料，供研究者参考。

20 世纪 50 年代前期，他与赖以庄谈《红楼梦》时就说：

> 晚赖公出示宓 1955 六月号之《西南文艺》42 期，其中 79 至 80 页载
> 陈守元撰之《殊途同归》一文粘存云云。① 宓独惜作者（亦如近出之《红
> 楼梦研究资料汇编》之未知未见未列举 1942 十一月《旅行杂志》十六卷十
> 一期所登宓撰之《石头记评赞》及 1945 成都各报所登宓撰之《红楼梦人物

---

① 陈守元撰之《殊途同归》是一篇批判吴宓《红楼梦》研究的文章。作者认为吴宓给佛教研究院的主持人王恩洋的信里，"不但极其简明地说明了他的所谓《红楼梦》的正旨，并且极其简明说明了他的讲《红楼梦》的目的和任务"。吴宓对陈文不满。所以日记中谈到编资料事。陈文中所引吴王的书信，刊该院 1946 年 11 月出版的《文教丛刊》五六两期合刊。书信，对了解吴宓的思想很有帮助。特将两人往来书信引录如后：

化中道兄：

多年虽未晤教，然于□兄，私心敬仰至极。所撰之书志，亦曾在友处或就书店中诵读若干种，弟既佩□兄之学，尤佩兄坚信佛教，有救世拯俗之热心也。在昆明及成都，两奉惠书，带于行箧，终未及复。原望贵院移蓉，借获长期聆教。今已矣，兹宓决赴武昌武汉大学任教授，从刘永济兄，现定八月二十日乘邮车赴内江，盼□兄赴城，以便一晤，俾得聆一夕之教，慰多年之怀。宓近年益趋向宗教，去年曾有到内江贵院住一年之意，友人尼之。总之，一切容面叙，幸勿以趋俗堕落相疑，又弟在各地讲《红楼梦》，原本宗教道德立说，以该书为指示人厌离尘世，归依三宝，乃其正旨。尊论痛斥大学中人讲《西厢记》者，弟极赞同尊论，但弟非其伦，所讲"貌同而心异"，□兄可勿怪弟讲《红楼梦》而拒不见，弟亦不因此而怩尼不敢见□兄也。

诸俟而谈，即颂
文安！
弟吴宓上
（1946 年）八月十六日成都

雨僧先生道席：

暑期归家，八月始还文教院，奉读赐书，感佩万分。先生为学界老师，言行思想，态度心情，影响于后学者极巨，即以赐书论其真挚乐善之情，当代学者，能更得耶。世衰道丧，大劫空前，均由众生共业所感。消此恶业，领导后学出幽暗而入光明，非有哲人之智慧，与宗教家之悲愿勇力，不足以任之。善哉乎先生近乃于佛法深生信仰，其外观世，内观心，历入世之曲折崄巇与内心之苦冈烦忧，必已入于大澈悟之境界，而悲愿亦必随智慧而万丈光芒，即于赐书已窥见其一斑矣。洋于先生有甚大之同情与祈祷，且期终得同偕遨游菩提清凉之大道，入地狱以度众生，先生之能辅助扶于我者其有量哉。惜当日过内未得一申怀，门人迎侯已至九钟不至。今特奉书道歉意，并奉上近著五十自述一册，希教正之，侯生春福黄生世彦，皆可造者，乞时诱导。即颂

教安！
弟王恩洋
（1946 年）九月二十四日

评论》各篇），而仅拈朋友通信以为说也。

"文革"末期，他终于编成了自己想编的《红楼梦》资料。这本资料已散失，我们只能试图从日记书信中去寻找线索，尽力复原其轮廓。从日记中的零星记载看，收入"汇编"的文章应该有：

（1）"石社"社员顾良、关懿娴、李宗渠、王先冲等的文论。

（2）他读到见到，认可的，如李辰冬、林语堂的文章。

在这里，我们不能不说到胡适。胡适没编辑过《红楼梦》资料，但他对李孤帆编的《〈红楼梦〉集评》提出了一些意见，其在 1961 年 6 月 5 日给李的信中写到：

> 你的"《红楼梦》集评"计划，我觉得太广泛，太杂，不容易断制选择……
>
> 有许多文章是不值得收集的，如李辰冬、林语堂、赵冈、苏雪林……诸人的文字。"集评"一名，似也不甚妥。因为"集评"一名词不能包括这四十年中出来的原料……如我的"甲戌本"之类。①

李辰冬、林语堂的文章，吴宓肯定是要收录的，赵冈、苏雪林的文章，吴宓大概是不会收录的。这就是吴、胡二人的区别。

下面的日记中所提及的，是吴宓首肯、赞扬《红楼梦》的研究文章，应该入选了他的汇编：

一九五三年

二月十日　　星期二

熏书志甚多，宓假得俞平伯著中国古典文学研究丛刊《红楼梦研究》凡二七二页，棠棣出版社出版。1952 九月初版，1953 一月三版。中国图书公司经售。实价一万一千元。归。读至深夜。毕，甚为欣佩。此书乃修改 1921 所作而 1922 出版之《红

---

① 宋广波：《胡适红学研究资料全编》，北京图书馆出版社 2005 年版，第 475—476 页。

楼梦辨》更加增改而成。要点为曹雪芹原书，约一百一十回。每回较今略长前八十回即今本之1—80回，为高鹗所续成81—120回，而1791程伟元铅印行世者。原书之后三十回即81—110回，曹雪芹业已撰成，但其稿已散佚（高、程迄未搜得）。今只能由有正书局《脂砚斋评本》之评注中，窥其大略。大体根据曹雪芹之实在生活，贾府以（一）抄家（二）内讧贾环当权，赵姨娘报复。（三）办皇家事用费浩大，不能节俭之故，日趋衰败。抄家极严厉，宝玉、熙凤等皆入狱。巧姐被卖入娼寮，遇刘老老救出。抄家后，并无给还家产及复世职之事。黛玉先死，而后宝玉娶宝钗，钗、黛并非敌对。"悲金悼玉"证明钗、黛各有所长而宝玉实兼爱。宝玉始终本其个性，不再入塾，不习八股文，不应科举，更无受封文妙真人及成仙得道之事。既遭穷困，无以为生，遣散婢妾，遂命袭人嫁蒋玉菡，袭亦欣愿。最后惟留麝月一人。湘云嫁夫卫若兰（金麒麟）而寡。诸人中惟李纨以子得享富贵，然贾兰成名未久，李纨即死。其他如香菱则死于夏金桂之手。如王熙凤则为姑邢夫人、夫贾琏所休而回王家。按此与宓所主张同。总之，一切逼真而悲惨，决无调和剥复之事。宝玉出家，半由穷困，半由痛恨一般人情，非仅因失黛而厌世。凡此雪芹原定之写法，固远胜于《后梦》《续补》等书，亦高出于高鹗之续作也。高鹗之续作，力求合于曹雪芹之本意。遵照原定计划，揣摩求合。惟以高鹗非特出之天才，见解庸俗，必求如是方得快意，故使宝玉出家而获荣显，贾府亦失势而得重兴，亦自然之势也。按宓谈《红楼梦》多凭揣想，未考版本，且素不信高鹗续补之说。若俞君所言，实甚分明，而更合于"千红一窟哭""万艳同杯悲"之本旨，使宓废然矣。

一九五四年

四月三日　　星期六

今日得读影印《越缦堂日记补》。咸丰十年1860八月八日清文宗车驾出京，避英法联军之逼，狩于热河。八月十三日，作者在围城中（时闻鏖兵齐化门外），读《红楼梦》以自遣。除关于版本，亲见有六十回之抄本两种外，力辟宝玉乃指纳兰成德之说。续谓，据作者之管见，贾宝玉必系八旗贵介，自记述其真实之恋爱经历，故能写得如是亲切，后有曹雪芹取其书扩而充之，演为小说，并增丑事为讳，遂成今书，云云。按此与宓平日主张者颇有合，故取其说，为我张目。《越缦堂日记补》原文待录备考。

一九六一年

七月二十日　　星期四

下午读《古典文学论丛》各册及《近代论文选集》上下册，中有季新（疑即汪精卫）作文《红楼梦评论》（记忆有误，为《红楼梦新评》）一篇，文言夹白话，其论诸人多与宓平日之见符合。

"新评"是如何论《红楼梦》的呢？摘引如下：

"此书是中国之家庭小说。中国之家庭组织，蟠天际地，绵亘数千年，支配人心，为中国国家组织之标本。国家即一大家庭，家庭即是一小国家。西国政治家有言，国家者家庭之放影也，家庭者国家之缩影也。此语真正不错。此书描摹中国之家庭，穷形尽相，足与二十四史方驾，而其吐糟粕，涵精华，微言大义，孤怀闳识，则非寻常史家可及，此本书之特色也。

"余今批此书，欲以科学的真理为鹄，将中国家庭种种之症结一一指出，庶不负曹雪芹作此书之苦心。

"然而变更家庭，较之变更国家组，更难十倍。

"我对于变更家庭组织之方法以感化第一义。……

"昔时法国革命，小说家福禄特尔鼓吹之力居多，将来中国家庭组织改良，安知不是起足于此呢？我们能将曹雪芹推到同福禄特尔一样，也不枉了他做这一本好书给我们看了。

"于《红楼梦》得深于情之人二焉，一曰紫鹃，一曰鸳鸯……紫鹃一生心神注于黛玉。惟其于中有耿耿者存。故一语一默，一动一止，其精专真挚之意，宛然如见其为人也。舍为黛玉打算之外无思想，舍逐黛玉之爱情之外，无志愿。"［此文原载于上海《小说海》第一卷第一期（1915年1月1日）第一卷第二期（1915年2月1日）］

可见，吴宓与季新的见解确实多有相似之处。

一九六二年

八月六日　　星期一

晴，云。25—35℃　早餐，粥，一皮蛋。上午9—11文史图书馆读清端木埰撰《读〈红楼梦〉劄记》（影印手稿）简而当。大旨以黛为君子，正、雅而清白。钗为小人，奸、俗而势利。忌黛而终逼黛死者，厥为王夫人，钗、凤、袭则皆王夫人引用而倚以成事之爪牙鹰犬耳。故王夫人为书中之首恶（villain），而贾府（荣府）治理不善，终至抄家，其咎其责亦在王夫人。至宝玉"好色即淫，知情更淫"，贪多而广施，不自检束克制，又复优柔寡断，昏昏度日。其内嬖为袭，外嬖为秦锺，再则碧痕侍浴，除此三人外，无淫行（无肉体之性爱），皆清白。又设以宝玉为中心之太阳，则妙、湘等，以至平、紫、鸳、菱皆重圆轨道上之行星（此喻乃宓加）。……书中，如论（1）参禅对答，是黛与宝借此直诉其肺腑之情，表明心迹，互诘态度；（2）金麒麟表示外形之偶合不足凭，湘之无缘，可证钗之金锁为有意造作者。（3）妙玉爱宝实深，于品茶、折梅、祝寿等事可证。（4）可卿与宝玉无私，由珍逼淫，事觉，自缢死；等，皆与宓多年所谈者不谋而合，宓甚欲与俞平伯讨论之也。

八月八日　　星期三

晴，云。24—35℃　今日立秋。早餐，粥。上午8—12偕徐仲林至文史图书馆（遇敬），指示其陈列之各种参考书。宓自读端木埰《读〈红楼梦〉劄记》完。作者力赞黛玉之矜严与贞洁，谓其在贾府，乃是身陷重围，孤军奋战，故不得不高自位置，藉以自全自保，惟其行真而守礼，人反谓其为孤僻固傲云云。……此正类似宓1934《空轩诗》（六）（七）及1941改《世难容》曲之自评自状之词也。

一九六四年

五月六日　　星期三

遂登楼，慰指示《光明日报》载汤用彤人大代表，政协常委，北京大学副校长。1964五月一日10：15 a.m. 在北京病逝。读周汝昌《曹雪芹》，作家出版社，1964年1月初版，0.64元。未完。回舍。

五月三十一日　　星期日

阴，小雨。20—32℃　三餐，六馒。午餐妙猪肝。晚餐，素烧白薯。

又每日上午，进牛乳及煮鸡卵一枚，如例。以后均省书。晨，续读周汝昌著《曹雪芹》，至上午 10 时完。此书诚可为曹雪芹之佳传，其与《石头记》之直接关系实甚少，惟书中征引二条：

> 韩非子《和氏篇》："吾非悲刖也，悲夫宝玉而题之以石也。"
>
> 庄子《齐物论》："觉而后知其梦也；且有大觉，而后知此其大梦也。"

按，此当为《石头记》书名及《红楼梦》曲名之来源，亦可明作者之意。……

上午 10—11 寝息。

六月六日　　星期六

晚，读 1944 年七月成都说文出版之《小说考证集》一册（卫聚贤编），中有方豪之《红楼梦新考》（1941），所考证以外国物品为主，谓"《红楼梦》所记者，乃顺、康、雍三朝之朝野恋爱逸事，而曹雪芹之个人生活史亦占一重要位置也"。又曰，"予认为雪芹不过凭其先人之笔记及家中之传说，为之剪裁穿插而已。"方君盖主顺治爱悼董鄂妃之说，并引陈恒先生之考证。但兹所云云，实为有见。又有吴羽白之《红楼梦的年代问题》，略谓曹雪芹撰作《红楼梦》之年，始于乾隆八年 1743 至乾隆十八年 1753 之间，而止于乾隆二十七年壬午除夕（1763 年 2 月 12 日），云云，按周汝昌亦取 1743—1763 说。（雪芹二十至四十岁）。①

一九七二年

五月十六日　　星期二

下午 1—3 撰《石头记》书中八年情事分年表。……

……

晚，读胡云翼著《新著中国文学史》，在其书中 287—289 页（论《红楼梦》）径简括书写宓对《石头记》第一回甄（真）贾（假）之解释，即是"把历史真实之事迹变成小说虚构之人物、情景。"（如生米煮成熟饭）。此解释

---

① 同上第 245—246 页。

吴宓与胡适的《红楼梦》研究

应写成专篇（尚未作）……云云。

五月十七日　　星期三

晨及上午续读胡云翼《新著中国文学史》，愈觉此书之佳。其选录之材料（原文、名作）重要者无所遗漏，而议论、见解新颖优卓，尤注重戏曲、小说等民间、通俗、文学（白话）。……下午及晚续读，至晚8：30全书1—320页读完。

五月十八日　　星期四

上午撰成《〈石头记〉第一回甄士隐与贾雨村解》。下午大晴。撰成该篇之前言、附言及年表。

五月十九日　　星期五

上午重翻读胡云翼《新著中国文学史》一过。9—10出，至邮局粘件；答客问，谓吴玉衡及吴宓名之意义。10—11作函致心一谢助款。又致陈道荣、杨宗福，寄去《〈石头记〉第一回甄士隐与贾雨村解》。

……

夕晚，重校读胡云翼《新著中国文学史》一过。晚9时寝。

五月二十日　　星期六

上午，复再校读胡云翼《新著中国文学史》一过，然后以该书授新读。

吴宓这里所说的"径简括书写宓对《石头记》第一回甄（真）贾（假）之解释"，指胡云翼《新著中国文学史》第二十七章"清代的小说"。如下：

第二十七章　清代的小说

长篇小说经过明代的发展，到了清代更是突飞猛进的发扬光大，乃造成长篇小说的黄金时代。这时，显然的，小说的产额已愈见其多，比《水浒传》和《三国志演义》的篇幅更浩繁的长篇大著作也继续地生产。宋明的著名文人向来是不理会小说的，到了清代的开明的文人（如袁枚、纪昀等），也知道欣赏小说，并进而创作小说了。小说批评的专家（如金人瑞）也诞生了，竟有人敢说"天下之文章无出水浒右者"的骇人听闻的话出来了。由此可知：小说的势力已从民众社会伸张到文人贵族社会里来；通俗的白话文学不仅为广大的民众所欢迎，亦渐次为文人所认识其价值，而慢慢地来蚕食正统派的古典贵族文学的地位了。

往下，我们分为四类来讲清代的长篇小说：

（一）言情小说　专讲才子佳人的悲欢离合的言情小说，在清代颇为流行。但最负盛名的杰作，则莫如一部《红楼梦》。

《红楼梦》一名《石头记》，曹霑作。霑字雪芹，一字芹圃，镶蓝旗汉军。生长南京。（一七一九—一七六四）祖与父均曾任江宁织造，豪于赀财。他的幼年就是娇养在这样的一个富贵豪华的家庭中。后不幸家道中落。至他中年的时候，竟至贫居北京西郊，啜饘粥。他的伟著《红楼梦》就是在他这种贫困的生活中写成的。关于《红楼梦》的背景（景），论者纷纭，有谓系记纳兰性德家事者，有谓系叙清世祖与董鄂妃的故事者，有谓系影射康熙朝政治状态者，皆捕风捉影之谈。实则此书乃作者自叙传也。在《红楼梦》第一回里有一段说得最明显的话："作者自云：因曾经历过一番梦幻之后，故将真事隐去，而借'通灵'之说，撰此《石头记》一书也。"又云："今风尘碌碌，一事无成，忽念及当日所有之女子，一一细考较去，觉其行止见识，皆出于我之上。何我堂堂须眉，诚不若彼裙钗女子？实愧则有余，悔又无益，是大无可如何之日也。当此，则自欲将已往所赖天恩祖德，锦衣纨绔之时，饫甘餍肥之日，背父兄教育之恩，负师友规训之德，以致今日一技无成，半生潦倒之罪，编述一集，以告天下人。"由此可见曹霑的创作动机是在于忏悔，是在潦倒的穷途追念过去的繁华。他的《红楼梦》正因为是抒写自己经历过的实生活，是表现自己奔逝着的生命，所以才写得那么活跃深刻。假若一定要说《红楼梦》不是表现作者的自身，则这部伟大的艺术，将无法解释其诞生的理由了。

《红楼梦》全部共一百二十回，曹霑所著仅八十回，未完稿，其后四十回相传为高鹗所续。内容系讲一个三角恋爱的悲剧。主角为贾宝玉、林黛玉、薛宝钗三人。贾宝玉与林黛玉有深挚的爱情而不能结合。后贾宝玉被骗与薛宝钗结婚，林黛玉则病死于贾薛结婚之日。最后贾宝玉亦遁迹空门以终。全剧的陪衬人物和事件极繁，结构似稍嫌散漫，然其艺术描写之工，实超乎任何说部之上。我们看着它处处是写些琐碎不经意的事情，然

而每一件琐碎的事情都被写得极精致，有意思，有风趣，文笔处处引人入胜，使我们很明快的（地）读下去，只觉其工细入微，而不觉其繁琐。至于描写人物，尤其是曹霑的大本领。他能把许多相类似人物的细微的不同处分别刻画出来。如贾府的子弟同是堕落，然而各人的僻性和弱点全然不同。又如大观园里的姊妹们，同是聪明才华，然而各人的风格和才具又各不相同。在《红楼梦》里面竟能把每个人所特具的细微的个性都表现得恰如其分。甚至于每个剧中人的作品也都写得各如其人；甚至于一座大观园也建筑得恰如各姊妹们的性格及身份。这都可看出曹霑实在是一位多才多艺的大文学家，才写出这部言情的圣品。

续百二十回《红楼梦》者很多，如《后红楼梦》《续红楼梦》《红楼复梦》《红楼梦补》《红楼补梦》《红楼重梦》《红楼再梦》《红楼幻梦》《红楼圆梦》《增补红楼》《鬼红楼》《红楼梦影》等，皆系承高鹗续书而补其缺陷，结以团圆。描写多拙劣异常，远不能和红楼梦比拟了。[①]

吴宓欣赏胡云翼的《新著中国文学史》，该著作有若干看法与他一致，但似乎与他"对《石头记》第一回关于甄（真）贾（假）之解释"并不一致。

经过几年的艰辛努力，吴宓终于在 1973 年底编成了他的《红楼梦》文章汇编。

一九七三年

十二月十日　　星期一

下午，翻阅并整理荣、富送来之书籍文件。编成《宓及同时代人士研究〈红楼梦〉文章汇编》。存箱中。

这是一本大型工具书。无论是对吴宓来说，还是对"红粉"来说，都是一件值得注意的事，算是吴宓自己和同时代人研究《红楼梦》的一个小结。可惜，这本书在"文革"中已失传了，不知落入谁人手中，盼望能贡献出来，那是功德无量。

---

① 胡云翼：《新著中国文学史》，上海北新书局 1947 年版，第 287－289 页。

四、从《红楼梦》中汲取和增强与暴力抗争的动力

吴先生晚年只要有机会便闭户读中西古典文学或重读早年师友以至自己的诗文集。这正说明他须不断地回到他精神世界的源头，去汲取和增强与暴力抗争的力量。[①]

确是这样的。他特别注意从《红楼梦》中吸取智慧和力量。有人早就指出：

《红楼梦》作者艺术甚高，故动人为甚，而促醒吾人扫除障碍之力量较任何著作为大，此《红楼梦》所以在文学作品中，地位甚高，而其价值，真与孔氏之经书，佛家之法典，耶稣之《圣经》，同一救世婆心也。[②]

这话有道理。

读完吴宓日记，我们可以清楚而又深刻地体会到：知识是力量的源泉。他无一天不读书。读得最多的、最勤的，莫过于《红楼梦》及相关的书籍，处境越险恶，读得越勤、越多，体会就越深。这种情形，在"文化大革命"中表现得尤为突出，有其日记为证，略举例如后：

一九五五年

六月十二日　　星期日

苏东坡诗"佛灯渐暗饥鼠出，山雨忽来修竹鸣。知是何人旧诗句，已应知我此时情。"宓按，凡诗为人所爱读，某人喜某篇某句之诗，其理由、其枢机，全在东坡此诗之后二句。所谓《石头记》"语语从我心中爬剔而出"者是也。又录东坡此诗题如下，《少年时，尝过一村院，见壁上有诗云，夜凉疑有雨，院静似无僧。不知何人诗也。宿黄州禅智寺，寺僧皆不在，夜半雨作，偶记此诗，故作一绝》。此旧诗句乃嵌宓之别字雨僧，又

① 余英时：《〈一滴泪〉新版序》，巫宁坤：《一滴泪》卷首，台北允晨出版社 2007 年版。
② 涛每：《读王国维先生〈红楼梦评论〉之后》，《清华文艺》1925 年 10 月第 1 卷第 2 期。

似为宓而作者矣。

一九五八年

八月八日　　星期五

午饭后，未眠。但读《石头记》，觉其中人物乃如父、碧柳、心一、彦等之一样真实，开卷任读一段，涕泪交流矣。

一九五九年

七月二十日　　星期一

上午读《石头记》，午饭后续读，流泪甚多。

一九六〇年

八月十七日　　星期二

汝须堂堂地做个"人"，宓言时且以左臂抱其躯，以右手伸指写一"人"字于其胸上。盖宓平昔立己化人之热诚，无所发泄，一时感情所激，遂又对朱君倾诉肺腑，《石头记》三十二回，宝玉向袭人"诉肺腑"，虽误认其为黛玉，实亦同此心理作用。且言，宓自解放后，自视毫无价值，又痛心中国文字与文化之亡，久欲自杀，而终不敢引决者，则以在今日自杀，当局必不谅我信我，必断我有某种政治阴谋，从而追迫牵连我之诸亲友，祸及于多人，是以苟活至今，愧未能效法王静安先生，云云。……夫宓知朱君极浅，如斯出言行事，匪特轻率贾祸，真是狂易失态，过顷悔痛无及。

九月二十四日　　星期六

上午至系中，取得驹、珍函及心一寄来挂号《石头记真谛》一部二册。安邑景定成、梅九著，民国二十三年西安日报社印。

九月二十五日　　星期日

下午寝息。读《石头记真谛》。

九月二十六日　　星期一

上下午续读《石头记真谛》。

九月二十七日　　星期二

上下午续读《石头记真谛》，复深沧桑故国之悲，然与景君所指在清而思明异矣。又读《石头记》五十八回眉批宝玉命芳官吹汤，其干娘（婆子）自效，被斥。二条云，（一）"有打了碗而可欢者，有不打了碗而必不可吹者，人苦不自知耳。"（二）"汤代一吹，即膺衍罪，世有不知。"

一九六二年

四月十九日　　星期四

近日无意中恒爱诵《红楼梦曲·虚花悟》一支，亦自然之机缘欤？作诗一首《壬寅谷雨上兰芳冢》。

《虚花悟》载《红楼梦》第五回，原曲如下：

虚花悟

将那三春看破，桃红柳绿待如何？

把这韶华打灭，觅那清淡天和。

说什么，天上夭桃盛，云中杏蕊多？

到头来，谁见把秋捱过？

则看那，白杨村里人呜咽，青枫林下鬼吟哦。

更兼着，连天衰草遮坟墓。

这的是，昨贫今富人劳碌，春荣秋谢花折磨。

似这般，天关死劫谁能躲？

闻说道，西方宝树唤婆娑，上结着长生果。

壬寅谷雨上兰芳冢

先春归去犹旬日，贷我馀生许七年。

上冢身衰迟谷雨，毁家痛在颂尧天。

红楼旧梦虚花悟，白首深情破镜缘。

早别空轩兰香室，^{一作不见空轩兰室毁。}如斯人世敢流连？^{一作茫茫人世任得迁。}[①]

---

① 《吴宓诗集》商务印书馆 2004 年版，第 513 页。

一九六四年

十一月四日　　星期三

晚，读《石头记》第十七回园景题联，第十八回省亲欢庆，顿觉神怡心安。

十一月五日　　星期四

下午1—5读《石头记》二尤故事始末。又断续翻阅至晴、黛之死，念兰，流泪甚多。

一九六六年

一月十四日　　星期五

按宓年过七十，老人最注意，首应解决者，为生与死之矛盾。宓今生活满意，心情乐观，健康无病，对于生死问题，宓今不思不计，谭君谓"置之度外"。听其自然。宓在1958年已曾宣布"对于现今之宓，我即刻死，明天死，二年五年十年二十年后死，心情上都一样的，早死不悲，迟死不喜，临死亦不惧，云云。"然在世一日，仍必勤学勤读，努力工作，一若我尚可在世许多年者。——附言，宓今虽不授课，然勤学勤读为宓之生性与习惯，故迳行不辍，不问其有用与否，亦不能言其目的何在，此宓今之实在情形也。

二月十九日　　星期六

晚，续作《近体诗之韵律图表》。又读《石头记》八十三至八十七回，深为妙玉及黛玉悲痛，11时寝。

四月二日　　星期六

下午……宓在会中，心甚愤懑。回舍，读《石头记》三十七、八回，乃略舒。

八月七日　　星期日

10时，同郑君绕行回舍；热水浴，读《石头记》一段，休息。

八月十七日　　星期三

晚8—10上班，宓自默《石头记》回目（失其六），未撰批判稿。

一九六七年

二月十二日　　星期日

[补记]今晨（未晓）将醒时，梦见敬，似其时解放不久，疑主不详。

（二）昔刘文典以宓拟妙玉，而 1941 宓遂改《石头记》之《世难容》曲以自悼。解放后，宓审知"风尘肮脏违心愿"及下句皆指解放后宓降志苟活，接受思想改造。

三月十五日　　星期三

昙。晨 5 时起。如厕。早餐，二糖馒。

晨及晚，读完 Logan Pearsall Smith（1865—　）著 *Milton & His Modern Critics*（1941）一书，得益不少。书中 56 页，引 *Paradise Lost* 神将 Michael 遣送天上罪谪之神下凡为人时，戒之以"勿贪生，亦勿寻死"，且勖之曰：——

   Not disconsolate……

Though sorrowing, yet in peace.

"悲哀而不失其度，愁苦而仍能安定"，诚为宓此时之所有事矣。按：自 1966 九月宓得罪以来，惕于"破四旧"，不敢读任何中西古今之旧书，精神干枯已极。今偶读此书，乃获滋润，慰乐无穷。决更多读，对应付人事，即对"思想改造"亦必有益，可断言也。

三月十七日　　星期五

阴转晴。　未晓 4 时起。读 *Shelburne Essays* V 卷 *The Theme of Paradise Lost* 篇①（完）深佩。按：　《石头记》之太虚幻境，正即 universal dream of a Golden Age 之旨，特用于男女爱情之范围者耳。Satan（其性格为 pride & evil ambition）今世亦有其人，Moloch 与 Belial 等皆然，故此诗实理想与写实兼到之作。又"梦"Dream＝回忆过去之生活；经验之理解与写真：老人之有 Dream，亦如少年人之各有 Vision 也。

早餐，三馒。

三月二十一日　　星期二

偶读《石头记》，愈见其"极真，极惨，极美"，读至林黛玉病深、焚稿等回，直不忍重读，即在平淡闲叙处，亦感其精当细宓，叹观止矣。

四月二日　　星期日

背诵《石头记》回目。蟣蟆甚多，为患，宓捕杀其四。

---

① 《谢尔本论文集》第五卷《〈失乐园〉之主题》篇。

四月三日　　星期一

读《石头记》43—44 回，流泪，觉甚舒适（宓此情形，少至老不异）。

四月九日　　星期日

下午 1—3 读《石头记》。

四月十五日　　星期六

午餐、晚餐后，读刘大杰《〈红楼梦〉的思想与人物》（1956）一书完。

四月二十八日　　星期五

读《石头记》37—38 回。

五月二日　　星期二

久读《吴宓诗集》；又读《石头记》65—70 回。

九月八日　　星期五

读《石头记》39—40 回。下午 1—2 寝息。

一九六八年

一月二十九日　　星期一

临寝，遥拜于□父之灵，兼对碧柳及兰芳辞岁，行跪叩祀。（六十年前此日，方遭□祖母丧，侍□父乡居，宓始读《石头记》未至半也。）

五月二日　　星期四

早餐煮鸡卵二枚。重草《改〈石头记〉聪明累曲，吊秦始皇帝》。

吴宓的改稿已无法见到了。但可以断定，诗吊秦始皇表达了他对"文化大革命"中王熙凤式的人物的痛恨。

原曲是这样的：

机关算尽太聪明，反算了卿卿性命！

生前心已碎，死后性空灵。

家富人宁，终有个，家亡人散各奔腾。

枉费了意悬悬半世心，好一似荡悠悠三更梦。

忽喇喇似大厦倾，皆惨惨似灯将尽。

呀！一场欢喜忽悲辛。

叹人世，终难定。

一九六八年

九月二十九日　　星期日

上午写昨日记。命唐昌敏送柬与江家骏，取回《增评补图石头记》上下册，遂读之久久。

……

晚，读《石头记》至10：30寝。

十月五日　　星期六

晚宓休息，读《石头记》。

十二月九日　　星期一

午饭后，宓久读《石头记》，忽已1：50p.m.，急由直路（穿林）奔往3004教室，至则众已齐，坐定惟领导人尚未来到。

十二月三十一日　　星期二

上午，宓以《增评补图石头记》上下二册送还江家骏，在其家门口交与其子江洪收。按：此是宓所久读心爱之书。1967年秋，以骏独欲得宓此一书，故赠与骏。近宓"借阅"，今送还。

1969年，学校迁至梁平，1971年5月4日吴先生也随之，在那里，他身心遭受到更大的创伤。5月9日批斗会时，红卫兵拖他上台，由于过猛，跌断了腿。尽管如此，他还时时想到《红楼梦》，没书读，就默诵背诵回目或诗词，又托人赠买《红楼梦》新版，买不着就向人家借，拿到书就读，天天读。读读他养病期间的日记吧：

一九七二年

四月十八日　　星期二

午餐后，卧息。背诵《石头记》回目（不缺）。回忆父仲旂公行事、生活、音容笑貌。

四月二十二日　　星期六

默诵《石头记》120 回目数过。

五月四日　　星期四

今日为宓 1971 年晨离北碚，而晚抵梁平之周年纪念日。

……另附一页，令荣、富、果、建四人，往设法取来江家骏所据有之宓藏《增评补图石头记》上下二册。

五月五日　　星期五

晡夕作函致李赋宁北京大学述宓近况，请宁在京代购新印行之《红楼梦》一部，寄至宓处书价及邮费，由宓补偿，为盼，此函，明日赴邮局发出。

五月七日　　星期日

阴，晦。近晓 4：30 醒，思《石头记》全书之结构。晨 5：30 起。

五月十五日　　星期一

8—10 大风雷雨。10 时后，较小。宓自拥被卧诵《石头记》回目，决一切消极，但求自保，只作生活中必须之事。

五月二十二日　　星期一

夕。孙中开来。宓为谈宓之《红楼梦》研究及宓自拟紫鹃，刘文典以宓拟妙玉等。

七月二十五日

由梁平回到北碚。

九月十一日　　星期一

又致心一函，请改买平装三册《红楼梦》一部寄来。

十一月十六日　　星期四

10 时休息时，宓出楼外散步。归中文系后，郭对宓大谈宓思想改造之必要，力劝责宓对（1）中国古典文学（2）《红楼梦》均应以新思想、新观点进行批判，应以鲁迅、郭沫若、范文澜、赵朴初为模范、榜样云云。

十二月二日　　星期六

荣此来，借得其友汪声荣之新版、铅印《石头记》一部，上、下二册，与宓读。

十二月三日　　　星期日

下午 1 时……晴，云，雾仍未尽消。宓坐窗前，对日光，读《石头记》卷首。至晚完。

……

晚粘贴（并修补）《石头记》之大观园图。又为《石头记》卷首绣像加标题、人名、校改错字。至晚 9 时寝。

十二月四日　　　星期一

上下午专读《石头记》。至下午 4 时读完第一回至六回，并校改错字，且加评注。

由此可以看到，他与《红楼梦》的关系是多么密不可分，《红楼梦》完全成了其生活中必不可少的内容。通过《红楼梦》研读，借以观察世态，寻找应对世事的方法。

下 篇

吴宓与胡适的《红楼梦》研究

"新红学""开山祖""奠基人"的争论

胡适最喜欢别人恭维他为新红学的"开山祖""开山宗师""奠基人"……在一次谈到好友陈西滢评论自己的著作,单取《胡适文存》,不取《中国哲学史大纲》,竟然说:

> 西滢究竟是一个文人,以文章论,《文存》自然远胜《哲学史》,但我自信,中国治哲学史,我是开山的人,这一件事,要算中国一件大幸事。这一部书的功用能使中国哲学史变色。以后无论国内国外研究这一门学问的人都躲不了这一部书的影响。凡不能用这种方法和态度的,我可以断言,休想站得住。①

"都躲不了这一部书的影响",这种"自信"还不算,胡适一直认为自己"对国家贡献最大的便是文学的玩意儿"。"文学的玩意儿",说的就是他的《红楼梦考证》。有的研究者便说:"胡适也好,俞平伯也好,他们本人并没有以红学自居"。这不合事实。说俞平伯"没有以红学自居"倒是对的;若说胡适"没有以红学自居",那就大错特错了。他从刊发《红楼梦考证》开始,到他《关于红楼梦最后一封信》(1962 年 2 月 20 日答金作明书),我们可以读到他一次又一次地大谈特谈自己对《红楼梦》的"贡献"一类的话。在《〈红楼梦〉考证》(改定稿)开头第一句就说:

> 《红楼梦》的考证是不容易做的,一来因为材料太少,二来因为向来

① 转引桑逢康:《胡适人际关系》,文汇出版社 2010 年 9 月版,第 201 页。

研究这部书的人都走错了道路。他们怎样走错了道路呢？他们不去搜求那些可以考定《红楼梦》的著者、时代、版本等等的材料，却去收罗许多不相干的零碎史事来附会《红楼梦》里的情节。他们并不曾做《红楼梦》的考证，其实只做了许多《红楼梦》的附会！①

师院同学曾要我谈谈《红楼梦》。《红楼梦》也是传记文学，我对《红楼梦》的作者曹雪芹作过考据，搜集曹雪芹传记材料，知道曹雪芹名霑，雪芹是他的别号，他的前四代是曹玺、曹寅、曹颙、曹洪。《现代名人大辞典》里列有曹霑的名字，使爱读《红楼梦》的人知道《红楼梦》作者的真名和他的历史，算是我的小小贡献。这种事情是值得提倡的。②

从1921至1933，我对《红楼梦》的研究历时十二年之久，先后作了五篇考证的文章。这项前所未有的研究的重要性是多方面的。在我作考证之前，研究《红楼梦》而加以诠释的已有多家。简直形成了一门"红学"。③

你不妨重读我的《红楼梦考证》，看我如何处理这个纷乱的问题。我那时（四十年前）指出"《红楼梦》的新研究"只有两个方面可以发展：一是作者问题，一是本子问题，四十年来"新红学"的发展，还只是这两个问的新资料的增加而已。④

对此，胡适还不满意，不但在《红楼梦考证》等书里予以鼓吹，更利用自己在新文化运动中获取的资本，抓住了标点《红楼梦》的机会，将其《红楼梦考证》作为新式标点《红楼梦》的序文，加以推广，这样便在无形中扩大了自己的影响。从此，胡适便以"新红学"祖师爷的口气，一再表达《红楼梦考证》如何了不起，"方法"如何"对头"。其弟子顾颉刚则正式将"开山祖""奠基人"的光环戴在胡适头上。当时，人们并没过分在意"开山祖""奠基

① 胡适：《〈红楼梦〉考证》（改定稿），《胡适文集》2，北京大学出版社1998年版。
② 胡适：《传记文学》，《胡适文集》12，北京大学出版社1998年版。
③ 胡适：《胡适口述自传·从旧小说到新红学》，《胡适文集》1，北京大学出版社1998年版。
④ 胡适：《复李孤帆》，《胡适红楼梦研究论述全编》，上海古籍出版社1988年3月版。

人"的头衔，也就跟着说了起来。一时间，似乎约定俗成了。

"新红学"这块招牌到底是怎样竖起来的呢？是胡适的徒弟顾颉刚最早挂出来的。他在《古史辨·自序》中说：

> 《红楼梦》问题是适之先生引起的，十年（1921 年）三月中，北京国立学校为了索薪罢课，他即在此时草成《红楼梦考证》。我最先得读。……
>
> 　　我的同学俞平伯先生正在京闲着，他也感染了这个风气，精心研读《红楼梦》。我归家后，他们不断地来信讨论，我也相与应和，或者彼此驳辩。这件事弄了半年多，成就了适之先生的《红楼梦考证》改定稿，和平伯的《红楼梦辨》。①

顾颉刚在为俞平伯著《红楼梦辨》一书写的序言里又说：

> "红学"研究了近一百年，没有什么成绩；适之先生做了《红楼梦考证》之后，不过一年，就有这一部系统完备的著作；……所以"红学"的成立虽然有了很久的历史，究竟支持不起理性上的攻击。我们处处把实际的材料做前导，虽是知道的事实很不完备，但这些事实总是极确实的，别人打不掉的。我希望大家看着这"旧红学"的打倒，"新红学"的成立，从此悟得一个研究学问的方法，知道从前人做学问，所谓方法实不成为方法，所以根基不坚，为之百年而不足者，毁之一旦而有余。现在既有正确的科学方法可以应用了，比了古人真不知便宜了多少；我们正应当善保这一点便宜，赶紧把旧方法丢了；用新方法去驾驭实际的材料，使得嘘气结成的仙山楼阁换做了砖石砌成的奇伟建筑。②

就这样，"新红学"的招牌挂了起来。

三十多年后，胡适自己于 1957 年又提起这段往事。他说：颉刚的《序》

---

① 顾颉刚：《古史辨·自序》。
② 俞平伯：《俞平伯论红楼梦》，上海古籍出版社 1988 年 3 月第 1 版。

的年月是一九二三年三月五日。平伯自己的《引论》题着"一九二二，七，八"。全书出版的年月是十二年（1923）四月。颉刚《序》中末节表示了三个愿望。其第一段最可以表示当时一辈学人对于《红楼梦考证》的"研究的方法"的态度：

> ……红学研究了近一百年，没有什么成绩。适之先生做了《红楼梦考证》之后，不过一年，就有这一部系统完备的著作。这并不是从前人特别糊涂，我们特别聪颖，只是研究的方法改过来了。从前人的研究方法不注重于实际的材料而注重于猜度力的敏锐，所以他们专喜欢用冥想去求解释。我们处处把（用?）实际的材料做前导，虽是知道的事实很不完备，但这些事实总是极确实的，别人打不掉。我希望大家看着旧红学的打倒，新红学的成立，从此悟得一个研究学问的方法，知道从前人做学问，所谓方法实不成为方法，所以根基不坚，为之百年而不足者，毁之一旦而有余。现在既有正确的科学方法可以应用了，比了古人真不知便宜了多少。……

颉刚此段实在说的不清楚，但最可以表示当时我的"徒弟们"对于"研究方法改过来了"这一件事实，确曾感觉很大的兴奋。颉刚在此一段说到"正确的科学方法"，他在下一段又说到"希望大家……〔读这部《红楼梦辨》〕而能感受到一点学问气息，知道小说中作者的品性，文字的异同，版本的先后，都是可以仔细研究的东西，无形之中养成了他们的历史观念和科学方法。……"他在《序》文前半又曾提到他们想"合办一个研究《红楼梦》的月刊，内容分论文，通信，遗著丛刊，版本校勘记等。论文与通信又分两类：（1）用历史的方法做考证的，（2）用文学的眼光做批评的。他（平伯）愿意把许多《红楼梦》的本子聚集拢来校勘，以为校勘的结果一定可以得到许多新见解。……"

平伯此书的最精采的部分，都可以说是从本子的校勘上得来的结果。

一九五七，七，廿三夜半

纪念颉刚、平伯两个《红楼梦》同志。

适　之①

---

① 《胡适全集》第34卷《日记》1957年7月23日，安徽教育出版社2003年版。

胡适为什么要一再鼓吹他的《红楼梦考证》呢？因为他自认为它对国家"贡献"最大？其实是他自己从中获利最大、也最多：

一、赢得了新红学"开山祖""奠基人"的头衔，成为了所谓"国人之导师"；

二、借《红楼梦考证》巩固了他"五四"时期所得文化界的领袖地位，进而成为政治明星，"特种学者"，得以全力推行其整理国故"再造文明"的计划；

三、自诩"赫胥黎杜威的思想方法的实际应用"成就，企图为推行杜威的实验主义打开一条更大的通道。

招牌挂出来了。

《红楼梦考证》可算是这块招牌的标志物。最早站出来对《红楼梦考证》进行系统批判的，是吴宓的好友、《学衡》杂志的同仁缪凤林，他以黄乃秋的笔名发表了《评胡适〈红楼梦考证〉》。接着便有《清华文艺》《南开双周》及其他一些报刊发文，纷纷指出：

《红楼梦》一书为中国小说界空前未有之著作，历来研究者非常之多，或从文艺方面，或从影事方面，或从考据方面；然而皆流于穿凿，蔽于一端，见其偏而不能见其全，务于小而失其大；因为研究批评者立足点不高，故不能赏识原书真正伟大价值。近读王国维先生以前所著之《红楼梦评论》一文，其见地之高，为自来评论《红楼梦》所未曾有。原文曾载《静庵文集》中，然此集今已不易得，他处亦未曾有。①

胡先生洋洋数万言的一篇《红楼梦考证》……只解释《红楼梦》的"著者"与"本子"问题，仍不能帮助我们研究《红楼梦》，了解《红楼梦》……

---

① 涛每：《读王国维先生〈红楼梦评论〉之后》，《红楼梦研究参考资料选辑》第三辑，人民文学出版社 1976 年 6 月北京 1 版。

胡先生自以为他的《红楼梦考证》是千真万确的，如照相版没走样子一般，其实哪里有这回事！我现在忠告诸位爱读《红楼梦》的人：我们若想真正了解《红楼梦》，必须去读《红楼梦》，从《红楼梦》里去了解《红楼梦》，必须打破各种《红楼梦》考证的论调……胡适之的洋洋数可万的《红楼梦考证》也一样是不必读！要了解《红楼梦》只有一条路：就是去读《红楼梦》。[①]

……

▶ 王国维主编的《教育世界》杂志，王氏前期的哲学、诗学、教育论文等，大都在此发表。

随着中外文化交流日益频繁，一些留学生更是从西方哲学、美学、文艺理论的角度审视《红楼梦》，指出王国维的《红楼梦评论》才是开山之作。有人说：

1904 年（光绪三十年），王国维作《红楼梦评论》，这是第一个会赏

---

① 怡墅：《各家关于红楼梦之解释的比较和批评》，原载 1928 年 10 月 29 日《南开双周》第二卷第三期，人民文学出版社编辑部、中国艺术研究院红楼梦研究所编：《红楼梦研究稀见资料汇编》（增订本），人民文学出版社 2001 年北京第 1 版。

鉴《红楼梦》的人。他拿了西洋美学的眼光，用着近代文艺批评的态度，来加以估量的。他敢说《红楼梦》是第一部艺术作品，他敢说《红楼梦》是相当于歌德的《浮士德》，他考察了真正的文艺上悲剧的意义——够了，他最了解《红楼梦》。不但在过去，就在现在，也无人及他。[①]

……

20世纪30年代，红学研究者，几乎有这样一个共识：即就王国维的《红楼梦评论》看，"悲剧解脱"说固不可恃，然试观旧红学中，可有一篇东西，能与王氏此文相抗衡吗？王氏的《红楼梦评论》才是一篇真正的新式的文学批评。自此文出，"红学"遂不能不转入另一个发展方向。

改革开放以来，越来越多的研究者撰文对王国维在《红楼梦》研究上的开山作用予以阐述、肯定。美籍华人叶嘉莹更是一再撰文大声疾呼：

本文全以哲学和美学为批评之理论基础……在七十多年前的晚清时代，能够具有如此的眼光识见，便已经大有其过人之处了。因为当时的传统观念中，小说不仅被人视为小道末流，全无学术上研究之价值，而且在中国文学批评史中，也一向没有人如此严肃而正确的眼光，从任何哲学或美学的观点来探讨过任何一篇文学作品。

所以静安先生此文在中国文学批评的历史中，实在可以说是一部开山创始之作。因此即使此文见解方面仍有未尽成熟完美之处，可是从写作之时代论，则仅是这种有开创意味精神和眼光，便足以使它在中国文学批评之拓新途径上占有不朽之地位了。[②]

《〈红楼梦〉评论》一文最初发表于《教育世界》杂志，那是在清光绪三十年（1904），（引者注：初刊1904年《教育世界》8、9、10、12、13各期，收1905年铅印本《静安文集》）比蔡元培所写的《〈石头记〉索隐》早十三年，《蔡氏索隐》初版，比胡适所写的《〈红楼梦〉考证》要早十七

---

① 李长之：《红楼梦批判》，《清华文艺》1933年3月15日—4月26日39卷第一、七期。
② 叶嘉莹：《从王国维〈红楼梦评论〉之得失谈到〈红楼梦〉之文学价值及贾宝玉之感情心态》《红楼梦研究集刊》第五辑，上海古籍出版社1980年版。

年，比俞平伯写的《〈红楼梦〉辨》要早十九年。蔡氏之书仍不脱旧红学的附会色彩，以猜谜的方法硬指《红楼梦》为清康熙朝之政治小说，固早被胡适讥之为牵强附会，至于胡适《〈红楼梦〉考证》之考订作者及版本与俞氏《〈红楼梦〉辨》之考订后四十回高鹗续书的真伪得失，在考证方面虽然有不少可观的成绩，……早在他们十几年前之静安先生的《〈红楼梦〉评论》一文，却是从哲学与美学观点来衡量《红楼梦》一书之文艺价值的一篇专门论著。从中国文学批评的历史来看，则在静安先生此文之前，在中国一向从没有任何一个人曾使用这种理论和方法从事过任何一部文学著作的批评，所以静安先生此文在中国文学批评史上实在乃是一部开山创始之作。因此即使此文在见解方面仍有未尽成熟之处，可是以其写作之时代论，则仅是这种富有开创意味的精神和眼光，便已足以在中国文学批评拓新的途径上占有不朽之地位了。这是我们为什么在正式讨论这篇论著前，先要说明其写作年代的缘故，因为必须如此才能明白这篇文章在文学批评史上的意义和价值。[1]

国内众多学者也积极撰文加以阐述。佛雏先生就曾在自己的专著中明确写道：

王国维的《红楼梦评论》（发表于 1904 年）是运用西方文论整理我国文学遗产的一次最早的尝试。此文的"立脚地"（王氏语）全在十九世纪德国哲学家叔本华的哲学、美学与悲剧理论。他以新的观点论述《红楼梦》的根本精神，《红楼梦》的美学价值与伦理价值，并对前人有关《红楼梦》的种种研究，提出了颇有力的批评。全书大包举洋洋一万三千余言，对我国一部"绝大著作"《红楼梦》作出如此系统、全面评论的大块文章，在王国维以前，是不曾有过的。旧式的"索引""影射""评点"一套，对此不能不黯然失色。《红楼梦评论》实际成了"新红学"的一篇开山之作（比胡适的《红楼梦考证》要早十七年）。[2]

① 叶嘉莹：《王国维及其文学批评》，北京大学出版社 2008 年第 1 版。
② 佛雏：《王国维诗学研究》，北京大学出版社 1987 年 6 月第 1 版。

俞晓红认为：

　　《红楼梦评论》自 1904 年面世以来，研究者甚多。在研究所切入的角度、对该文观点的诠释维度和成就高下的评价程度诸方面，学者们有不同的看法；但也在一些具体问题上形成了共识，概而言之，主要有以下四个方面：

　　1.《红楼梦评论》是中国文学批评史上第一篇运用西方哲学、美学的观点和方法研究中国文学作品的批评专著，它建立了一个严谨缜密的批评体系；

　　2. 它试图用叔本华的哲学来解说《红楼梦》的精神，将作品当作叔本华哲学观念的图解和佐证，见解难免牵强生硬之处；

　　3. 它敏锐指出和高度评价了《红楼梦》的美学价值，认为该作品是"悲剧中之悲剧"，具有中国传统文学作品所从未有过的悲剧精神；

　　4. 它提出了一种辨妄求真的考证精神，指破旧红学猜谜附会、索隐本事之谬误，为新红学的研究指明了一条正确的途径。[①]

饶芃子认为：

　　我认为，中国文学批评的现代转型始于王国维在 1904 年写的《〈红楼梦〉评论》。正是它，在中国文学批评史上第一次突破了传统批评的批评样式，自创一种新的批评范式，我将这一范式名之为"理论批评"。[②]

余英时认为：

　　从文学的观点研究《红楼梦》的，王国维是最早而又最深刻的一个人。但《红楼梦评论》是二十世纪初年的作品，并没有经过"自传派"红学的洗礼，故立论颇多杂采八十回以后者。此后考证派红学即兴，王国维

---

① 俞晓红：《王国维〈红楼梦评论〉笺说》，中华书局 2004 年 10 月。
② 饶芃子：《中国文学批评现代转型的起点——论王国维的〈红楼梦评论〉及其他》。

的评论遂成绝响，此尤为红学史上极值得惋惜的事，近几年来，从文学批评或比较文学的观点治红学的人在海外逐渐多了起来。这是研究《红楼梦》的正途。但是这种文学性的研究，无论其所采取的观点如何，必然要以近代红学历史考证为始点。否则将不免于捕风捉影之讥。而新"典范"适以在红学从历史转变到文学的过程中起着重要的作用，这是断然不容怀疑的。①

秉持这种见解的研究者越来越多。有研究者更是理直气壮，斩钉截铁地提出：

"新红学：从王国维开始。"②

王国维是"新红学"的开山祖，这才是不容置疑的。由于时代所赐，风气所及，有的学者往往是在世界范围内，把《红楼梦》置于同外国小说的比较中来认识其价值，评说其长短，吴宓就是很突出的一位。1919年春天，他应美国中国留学生学会邀请，用英文为哈佛学生作了题为《〈红楼梦〉新谈》的演讲。这个演讲就是吴宓以世界眼光，用比较文学方法研究《红楼梦》成果的最初亮相，早于胡适的《红楼梦考证》两年。

吴宓是五四后期《学衡》杂志的主编，曾极力反对白话文，反对批判孔夫子……由此而被视为"保守""落后""反动"……打入另册。他介绍新知，他引进比较文学理论、方法，他研究《红楼梦》，他办教育……许多作为却曾经被历史淹没，被人遗忘。直到粉碎"四人帮"后，"红楼梦"研究和比较文学在国内兴起，才陆续有研究者提到并关注他。1981年2月上海《学术月刊》发表了郭豫适先生题为《西方文艺思想和〈红楼梦〉研究——评介〈红楼梦〉研究史上的"新谈""新评""新叙"》的文章，分别评介了吴宓的《〈红楼梦〉新谈》，佩之的《〈红楼梦〉新评》，陈独秀的《〈红楼梦〉新叙》。文章这样评

---

① 余英时：《近代红学的发展与红学革命——一个学术史的分析》，原载《香港中文大学学报》1979年6月第2期，收于胡文彬、周雷编《海外红学论集》，上海古籍出版社1982年4月第1版。
② 胡文彬：《跨世纪的思考——写在20世纪"百年红学"的扉页上》，《红楼梦学刊》第二辑，1984年。

介吴宓的《〈红楼梦〉新谈》："全文论述的中心是关于《红楼梦》这部小说的
'宗旨'，通过贾宝玉这一人物形象的评论体现出来。"其基本观点："宝玉乃一
诗人也，而诗人最大的特点便是富于想象力，文中以'想象力'来解释贾宝玉
的思想性格及其悲剧形象的原因。毕竟太抽象，太简单化了，而且把贾宝玉对
待女性的态度跟雪莱相比，其实也不妥当。相对来说，关于《红楼梦》艺术性
方面的某些论述是比较可取的，如肯定小说的巨大艺术概括力，'运用思想，
将其炮制融化'，叙事同中见异等等，比起过去'旧红学'从所谓'隐语庾词'
的角度去赞美《红楼梦》的写作技巧自然是一种进步。"这是作者发表在1980
年第1期《学术月刊》上的《红楼梦研究小史续稿》的删节稿里的话。

吴宓的学生郑朝宗在《随笔》上发表文章对吴宓给以肯定：

> 他对中国新文化的建立多少有过贡献。就在他主编的《学衡》杂志
> 里，我们看到了最早有系统地介绍西洋文学的著译的资料，如《世界文学
> 史》《希腊文学史》《但丁神曲通论》《英诗浅释》《韦拉里说诗中韵律之功
> 用》《西洋文学精要书目》等，这些都出自他的笔下，因此，尽管《学衡》
> 的名声并不怎么好，而它的销路却广，许多新派学人也承认从那上面得到
> 了不少启蒙知识。[①]

20世纪80年代末，吴宓的冤案得到了平反。1990年9月在陕西召开了
《第一届吴宓学术讨论会》，对吴宓在新文学运动中的功过进行了探讨。之后，
陆续有研究者开始重视吴宓的《红楼梦》研究，且写入相关红学专著及红学
史。如胡邦炜在他的专著里就这样写道：

> 吴宓早年留学美国，是一位受过西方现代科学系统训练的学者，他的
> 《红楼梦新谈》在五四前后是很有代表性的文章。其主要特点也就是运用
> 西方学术思想和文艺理论来研究《红楼梦》这部中国最伟大的文学名著。
> ……特别是将《红楼梦》与但丁《神曲》相比较，更可谓慧眼独具。
> 因此，我们可以毫不夸张地说：吴宓《红楼梦》研究论文应该被看作是中

---

① 郑朝宗：《忆吴宓先生》，《随笔》1987年第5期。

国近现代最早的比较文学论著，应被看作中国近现代最早用比较文学方法研究《红楼梦》的论著。①

贾植芳写道：

八十年代，中国比较文学兴起，更多的人开始关注吴宓对比较文学在中国的传播，不断有人作了探讨。吴宓在《学衡》（1922 年 4 期）杂志先后发表的《评新文化运动》（1922 年 4 月 4 期）《论今日文学创造之正法》（1925 年 3 月 15 期）就有意介绍了比较文学理论……介绍了在两次大战之间执比较文学牛耳的法国派观点。……是中国第一次介绍了比较文学的理论观点。……吴宓其人在新文学初期属于《学衡》派，思想上、文学上都有许多保守可议之处，在文学史上自有公论，但他对于比较文学在我国的介绍与引进具有开创意义的，我们要尊重历史，也不必将其对吴宓的比较研究抹煞。②

著名学者，吴宓的学生钱钟书等人更是结合自己的亲身经历与体会对吴宓的比较研究给以高度肯定。钱钟书指出：

我们这一代的中国青年学生从他（引者，他，指吴宓）那里受益良多。他最先强调了"文学的延续"，倡导欲包括我国"旧"文学于其视野之内的比较文学研究。十五年前，中国的实际批评家中只有他一人具备对欧洲文学史的"对照"（Syno Dtical）的学识。③

冯至指出：

近十年来，国内不少文学研究者热心提倡比较文学，他们通过中外文

---

① 胡邦炜：《〈红楼梦〉中的悬案》，四川人民出版社 1994 年 6 月第 1 版。
② 贾植芳：《中国比较文学研究的过去、现在与将来》，见北京大学比较文学研究所、《中国比较文学年鉴》编委会编：《中国比较文学年鉴（1986 年）》，北京大学出版社 1987 年版。
③ 1937 年 3 月 7 日信，转引自胡志德：《钱钟书》，中国广播电视出版社 1990 年版。

学的比较，阔大视野，能更深入地理解本国文学和外国文学，更便于研究文学的本质。可是常听人说，"比较文学"是一门"新兴科学"，或者甚至说是"陌生的名词"。殊不知吴宓在 70 年前就撰写过《〈红楼梦〉新谈》，用西方的小说、悲剧与《红楼梦》相比较，探讨《红楼梦》的精神和价值。后来他在《学衡》《大公报·文学副刊》上发表过不少用比较文学观点的文章，他介绍西方的诗歌、文学理论，大都联系到中国文学，尤其是在清华开设"中西诗比较"的课程，这在当时是一个创举。我认为，如今谈比较文学，不仅要追溯到吴宓，而且有必要研究一下吴宓当年怎样对中西文学进行过平行比较。这样，比较文学在中国就不是"陌生的名词"了。[1]

赵连元指出：

吴宓先生用比较文学理论和中西小说比较的方法，写出具有独特见解的《〈红楼梦〉新谈》这篇论文，在红学研究上令人耳目一新。他突破了我国红学研究中所谓"索隐派""考据派""自叙派"等旧的窠臼，从相比较中探讨《红楼梦》的精神和价值，为红学研究开辟了新途径。在吴先生之前，中国从来没有任何一个人曾用西方小说理论和比较文学研究方法，从事过任何一部小说作品的评论。[2]

杨周翰指出：

吴先生可以说是国内最早比较有系统地用西方文学理论、用中西小说比较的方法来研究《石头记》的学者之一。从变法维新到"五四"运动，西方观念涌入中华，对小说有了一些新的看法，但就《石头记》而言，似乎仍停留在一般欣赏、批点或考证索隐的阶段。与吴先生前后差不多的王国维主要是用西方哲学美学观点来阐释这部小说的，而吴先生则是从文学

---

[1]　冯至：《略说吴宓》李继凯、刘瑞春选编：《解析吴宓》，社会科学文献出版社 2001 年 1 月第 1 版。

[2]　赵连元：《吴宓——中国比较文学之父》，《学习与探索》1993 年第 3 期，又收入《解析吴宓》。

观点阐释，更能说明一些文学特点。同样把这部小说看成是悲剧，王国维是从叔本华哲学出发，认为"悲剧"是："示人生最大之不幸"，这种不幸是"人生所固有"，但"又示解脱之不可已"，他认为这是"美学上最终之目的"。吴宓先生则用亚里士多德关于悲剧人物的理论来解释宝玉。……"吴先生这种做法是否显得生硬，可以讨论，但在当时不能不说是开辟了一个新视角"。"吴先生对宝玉的全面分析是颇有特色的"。

如果不作中外比较，《石头记》的特色很难更有说服力地突出出来，甚至根本显露不出来。从历史眼光看，早在 20 年代开始，吴先生有意识的比较研究应该说是给人们打开了新的眼界。①

杨牧指出：

它所介绍的美学思想，所主张的批评方法，所展现的文学术语，都有影响。王国维被杨牧推崇为"中国第一位从事东西比较文学研究的学者"。②

徐传礼指出：

关于新红学和小说比较，吴宓先生的功绩显而易见。在创立新红学方面，他比胡适更早就论证了《红楼梦》作为伟大小说在世界文学史上的地位。1919 年 3 月 2 日吴宓先生应哈佛大学中国学生会之请作《〈红楼梦〉新谈》演讲，用西洋小说法程即美国学者马格纳特儿关于小说的六项标准来评说《红楼梦》的艺术成就，称赞"其入人之深，构思之精，行文之妙，即求之西国小说中亦罕见其匹"。在红学史上，开始用西方文化来审视《红楼梦》的是王国维，但最早在西方和中国用比较文学方法系统研究和宣传《红楼梦》的是吴宓。他的《新旧姻缘》《纽康氏家传》译序评注、《〈石头记〉评赞》《〈红楼梦〉与世界文学》等，又进一步阐发其有关红学

---

① 杨周翰：《忧郁的解剖》，天津人民出版社 1998 年 3 月第 1 版。

② 杨牧：《文学知识》，台湾洪范书店 1979 年版，卢善庆：《台湾海峡两岸学术界研究王国维美学思想述评》，《社会科学战线》1984 年第 3 期。

的研究成果，有力地批判了旧红学的谬误，新红学中考据派"化酒为水与米"的"多事"，坚持在世界文学的大格局中从事义理与艺术的探求。①

可见，人们不但注意到吴宓以比较文学的观点、理论、方法研究《红楼梦》，而且将他和王国维联系起来给以评价。因此吴宓比胡适早一年多发表《红楼梦》研究成果，毫无疑问应该是继王国维之后又一位在《红楼梦》研究领域开拓新路的大师，是与胡适的《红楼梦》研究不同路的。如果说，最早用西方哲学、美学评论《红楼梦》的是王国维，那么以西方文论视野并自觉运用比较文学理论和方法研究《红楼梦》，明确指出《红楼梦》在世界文学中所占有的重要地位的，应该是吴宓。我们敢于下这样的结论：吴宓的优势正是胡适的劣势。世界文学的比较，需要更高的外语能力。有学者指出过：

> 如果从知识面，特别是语言能力上来看，白璧德的中国子弟，与他的对头杜威所培养的胡适、冯友兰相比，也的确胜上一筹。胡适、冯友兰都有哥伦比亚大学的博士学位，但似乎除了英语以外，并不能使用第二种外语。而只有哈佛硕士的吴宓却能翻译法文的文章，汤用彤也懂得一些梵文和巴利文。当然，语言能力的高低并不一定与学术成就成正比，但能掌握多种语言，对一位学者来说，毕竟只有好处而无坏处。②

从观点到方法，都具有世界眼光的人，事实告诉我们：应该是王国维、吴宓。陈寅恪对胡适的《红楼梦考证》有过好评，但对王国维的治学却有过更高的评价，他曾作过如下精确的概括。他说：

> 其学术内容与治学方法，殆可举三目以概括之者，一曰取地下实物与纸上之遗文互相释正，凡属于考古学及上古史之作如《殷卜辞中所见先王考》及《鬼方昆吾猃狁考》等是也。二曰取异族之故书与吾国之旧籍互

---

① 徐传礼：《一代宗师三不朽——略论吴宓先生创立比较文学中国学派的开创之功》，刘家全、蔡恒、石昀宪编：《第三届吴宓学术讨论会论文选集》，西安地图出版社 2005 年 12 月第 1 版。
② 王晴佳：《白璧德与"学衡派"——一个学术文化史的比较研究》，"中央研究院"近代史研究所集刊第 37 期。

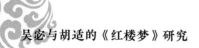

相补正，凡属辽金之史事及边疆地理之作，如《萌古考》及《元朝秘史之主因亦儿坚考》等是也。三曰取外来之观念与固有之材料互相参证，凡属文艺批评及小说戏剧之作，如《红楼梦评论》及《宋元戏曲考》等是也。（陈寅恪《静安遗书·序》，王德毅编：《王国维年谱》）

这一概括是非常精确的。

王氏的治学内容和方法在中国有深远的影响。这是不争的事实。关于胡适的《红楼梦考证》，早就有学者明确指出：

> 故凡先生有所言。胡氏莫不应之，实行之。一切之论，发之自先生，而衍之自胡氏。虽谓胡氏尽受先生之影响也。[①]

吴宓刚接手《大公报·文学副刊》就刊发了这样的文章，很显然，是对胡适的一种贬斥。

"胡氏尽受先生之影响"，一点也不错，尽管胡适从未提及过，更不要说承认过，但这却是铁的事实。王国维的《评论》，不仅用叔本华的哲学统领自己的文章，而且与歌德的《浮士德》巨著作比较，对贾宝玉为纳兰等猜谜附会、索隐本事等谬说予以否定，且对破解自传说，为深入研究《红楼梦》指明了路径。

王氏在自己的《评论》中特别强调了"若大作者之姓名与作书年月，其为读此书所当知，似更比主人公之姓名尤为要"，明确指出：

> 由此观之，则谓《红楼梦》中所有种种之人物，种种之境遇，必本于作者之经验，则雕刻与绘画家之写人之美也，必此取一膝，彼取一臂而后可。其是与非，不待知者而决矣。读者苟玩前数章之说，而知《红楼梦》之精神，与其美学、伦理学上之价值，则此种议论，自可不生。苟知美术之大有造于人生，而《红楼梦》自足为我国美术上之唯一大著述，则其作者之姓名，与其著书之年月，固当为唯一考证之题目。而我国人之所聚讼

---

① 壳永：《王静安的文学批评》，《大公报·文学副刊》1928 年 6 月 11 日第 23 期。

者，乃不在此而在彼；此足以见吾国人之对此书之兴味之所在，自在彼而不在此也。故为破其惑如此。①

胡适不正是按照王国维指出的路径，利用自己掌握的北京大学等校的资源，在作者和版本上下功夫，取得一定成绩吗？这显然是受惠于王国维等人。

周光午在答郭沫若关于王国维的考证时说：

> 盖王先生者，世徒知其为国学家，而不知这在五四运动之前，即努力于西洋哲学文学之研究，以谋有所树立与开启矣。（参阅《静安文集》）。终则以其性情，而移其志趣于考证之学。其"新文化运动"之第一把交椅，遂让请陈独秀与胡适之二氏矣。此其实情，非过言也。②

事实就是这样告诉我们：王国维、吴宓在《红楼梦》研究中才是最有世界眼光的开拓者。如果王国维只是以叔本华的哲学审视了《红楼梦》，以歌德的《浮士德》比较了《红楼梦》，那么吴宓则是最早以柏拉图、亚里士多德等人的哲学、美学来审视《红楼梦》，以梅纳迪博的文学教程来剖析《红楼梦》，以但丁、塞万提斯、巴尔扎克、歌德、萨克雷、卢梭等世界名家的作品来比较《红楼梦》，从而得出种种经得起历史检验的结论：《红楼梦》的卓越价值及其在世界文学史的伟大地位。

胡适的考证，比蔡元培"对一点"，但从本质上说，仍旧是传统的、诚如他的信徒唐德刚先生所说：

> 胡适的治学方法"只是集中西'传统'方法之大成。他始终没有跳出中国'乾嘉学派'和西洋中古僧侣所搞的'圣经学'的窠臼"。这一切不仅表浅，狭隘，且已陈旧，面对像《红楼梦》这样复杂的精神产品，一涉及社会历史内容，胡适的方法就破绽百出，无能为力了。③

---

① 王国维：《红楼梦评论》，《王国维文集》，北京燕山出版社 1997 年 2 月第 1 版，第 229 页。
② 周光午：《我所知之王国维先生——敬答郭沫若先生》《重庆清华》1947 年 4 月第 4 期。
③ 胡适：《胡适口述自传》，《胡适文集》，北京大学出版社 1998 年版。

在《红楼梦》研究方面，胡适确实找到了一些材料，如鲁迅所说："他的考证，我们可以知道大概了。"这是胡适的功劳，不必抹煞，也不能抹煞。但他由此得出的《石头记》是曹雪芹的"自叙传"，"出诸两位作家的手笔"的结论就大成问题了。

关于作者和版本，胡适的考证也存在着不少的问题。五十年代的大批判，有的人肯定有不实事求是的地方，甚至胡说八道，我们暂且不必云细论，但对他的徒弟俞平伯、周汝昌及自传口译者唐德刚所说的话，指出的问题，还是应该重视吧。

40 年代，陈寅恪与吴宓相晤，交给了吴宓一些材料，告知吴宓：

> 详告宓《故宫博物院画报》各期载有曹寅奏折。及曹氏既衰，朝旨命李榕继曹寅之任，以为曹氏弥补任内之亏空。李曾任扬州盐政。外此尚有诸多文件，均足为考证《石头记》之资。而可证书中大事均有所本。而后四十回非曹雪芹所作之说，不攻自破矣。又曹氏有女，为某亲王妃。此殆即元春为帝妃之本事。而李氏一家似改作为王熙凤之母家。若此之线索，不一而足，大有研究之余地也。（《日记》1944 年 12 月 21 日星期四）

吴宓后来在武汉、在西安所作的演讲，就运用了这些材料，得出了与胡适迥然不同的结论。（前面已讲叙了）

再看看俞平伯先生是怎样说的吧。他说：

> 这里我们应该揭破"自传"之说。所谓"自传说"，是把曹雪芹和贾宝玉看作一个人，而把曹家跟贾家处处比附起来，此说始作俑者为胡适。笔者过去也曾在此错误影响下写了一些论《红楼梦》的文章。这种说法的实质便是否定本书的高度的概括性和典型性，从而抹煞它所包含的巨大的社会内容。我们知道，作者从自己的生活经验取材，加以虚构，创作出作品来，这跟自传说完全是两回事不能混为一谈。持自传说的人往往迷惑于本书的开头一些话以及脂砚斋评，其实这都是不难理解的。本书开头仿佛楔子，原是小说家言，未可全信；而且意在说明这不是"怨时骂世"之书，在当时封建统治很严厉，自是不得已的一种说法，我们亦不能信以为

真。脂砚斋评承用了这种说法，但也只个别的就某人某事说它有什么真的做蓝本而已，也并没有概说全书都是自传。我们看《红楼梦》必须撇开这错误的"自传说"，才能得到比较正确的认识。①

俞平伯先生 1986 年 2 月 26 日对《索隐与自传说闲评》作了修改，把自己置身于"红学"圈外，不带任何成见地作了议论。且看他在《索隐与自传说闲评》一文中有一段极其重要的论述：

索隐、自传两派走的是完全不同的路，但他们都把红楼梦当作历史资料这一点却是完全相同。只是蔡元培把它当政治的野史，而胡适把它看成是一姓的家传。尽管两派各立门庭，但出发点是一个，而且还都有着一个共同的误会。

《红楼梦》是小说，这一点大家好像都不怀疑，而事实却并非如此。两派总想把它当作一种史料来研究，像考古学家那样，敲敲打打，似乎非如此便不能过瘾，就会贬低了红楼梦的声价。其实这种作法，都出自一个误会，那就是钻牛角尖。结果非但不能有更深一步的研究，反而把自己也给弄糊涂了。

当然，我们不能否认红楼梦有着极为复杂的背景和多元的性质，从不同的角度看，而会有差别。但是无论如何它毕竟是一部小说，这一点并不会因为观看角度不同而变化、动摇。小说是什么？小说就是虚构。虚构并不排斥实在，但那些所谓"亲闻亲睹"的素材，早已被统一在作者的意图之下而加以融化。以虚为主，实为从，所有一切实的，都溶入虚的意境之中。对这"化实为虚"的分寸，在研究过程中必须牢牢把握。如果颠倒虚实，喧宾夺主，把灵活的化为呆板，使微婉的变做质实，岂不糟糕？有很多事，是只可意会不可言传的，掌握了"意会"，对各种说法能看到它们的会通之处。否则，只要一动便有障碍，任何一个问题都可以引起无休止的争论。这边虽打得热闹，而那边的红楼梦还是《红楼梦》！②

① 俞平伯：《〈红楼梦〉八十回校本序言》，《俞平伯论〈红楼梦〉》，上海古籍出版社 1988 年 3 月第 1 版。

② 俞平伯：《俞平伯自选集》，首都师范大学出版社 2008 年 12 月第 2 版。

俞平伯的外孙说：外祖父晚年公开谈论《红楼梦》只有两次。其中一次是在 1986 年 1 月 20 日，中国社会科学院文学研究所为他从事学术活动 65 周年举行的庆祝会上。他整理了《一九八零年五月二十六日上国际〈红楼梦〉研讨会书》和旧作《评〈好了歌〉》作为大会发言。在《一九八零年五月二十六日上国际〈红楼梦〉研讨会书》一文中，他提出对《红楼梦》研究工作的三点意见：

（一）《红楼梦》可以从历史、政治、社会各个角度来看，但它本身属文艺范畴，毕竟是小说。论它的思想性，又有关哲学。这应是主要的，而过去似乎说得较少。王国维《红楼梦评论》有创造性，但也有唯心的偏向，又有时间上的局限。至若评价文学方面的巨著，似迄今未见。《红楼梦》行世以来，说者纷纷，称为"红学"，而其核心仍缺乏明辨，亦未得到正确的评价。今后似应从文、哲两方面加以探讨，未知然否。

（二）今之红学五花八门，算亟盛矣，自可增进读者对本书之理解，却亦有相妨之处，以其过多，每不易辨别是非。应当怎样读《红楼梦》呢？只读白文，未免孤陋寡闻；博览群书，又恐迷失路途。摈而勿读与钻牛角尖，殆两失之。为今之计，似宜编一"入门""概论"之类，俾众易明，不更旁求冥索，于爱读是书者或不无小补。众说多纷，原书具在。取同、存异、缺疑三者自皆不可废。但取同，未必尽同；存异，不免吵嘴；"多闻阙疑"虽好，如每每要道歉，人亦不惬也。而况邦国殊情，左右异轨，人持己说，说有多方，实行编纂，事本大难，聊陈管见，备他年之采取耳。

（三）另一点，数十年来对《红楼梦》与曹雪芹多有褒无贬，中外同声，且估价越来越高，像这一边倒的赞美，并无助于正确理解。我早年的《红楼梦辨》对这书的评价并不太高，甚至偏低了，原是错误的，却亦很少引起人的注意。不久我也放弃前说，走到拥曹迷红的队伍里去了，应当说是有些可惜的。（我在《红楼梦底风格》一文中，两稿不同。依《红楼梦辨》之说"我虽以为应列第二等"；依《研究》新说"仍为第一等的作品"，其改变颇大，此不细说了。一九八六年补记。）既已无一不佳了，就或误把缺点看成优点；明明是漏洞，却说中有微言。我自己每犯这样的毛病，比猜笨谜的，怕高不了多少。后四十回，本出于另一人手，前八十回亦有残破缺处，此人所知者。本书虽是杰作，终未完篇；若推崇过高，则离大众愈远，曲为比附则真赏愈迷，良为无益。这或由于过分热情之故。如能把距离放远些，或从另一角度来看，则可避免许多烟雾，而《红楼梦》的真相亦可稍稍澄清了。①

胡适的"最后一个大徒弟"周汝昌说得更愤慨。他说：

胡适作为五四以后新红学的开创者，是有不少贡献的，不应该忘记历史，不应因人废言。但是他在"程乙本"这个问题上犯了很大的罪过，这也是不能原谅的，——"程乙本"原来刊印后流传甚稀，未起作用。百年间坊间本一直是"程甲本"系的支裔本。而到胡适这么一做（拿出"程乙本"让亚东废弃旧版，重新排版，为之作序赞助宣传）这个最坏的本子才得大行其道，流毒之深广，无法尽述。胡适对这个罪恶要负主要责任。②

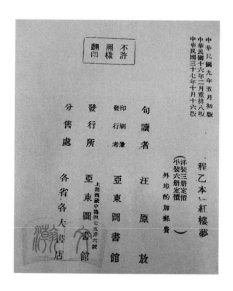

---

① 转引自韦奈著：《红楼一梦，无怨无悔》，见《旧时月色：俞平伯身边的人和事》，中国华侨出版社 2012 年 1 月第 1 版。

② 周祜昌、周汝昌合著：《石头记鉴真》，书目文献出版社 1985 年 5 月第 1 版。

这种谴责自有它的原因，本书不能详谈，如果读者有兴趣，不妨将《胡适与周汝昌的恩怨纠葛》找来读读，问题就明白了。但有一点可以肯定：这个版本自 1920 年 5 月初版，到 1948 年 10 月印了 10 版，几乎两年一版，共印了多少册，不得而知。此版本占领了市场，不，垄断了市场。这是不争的事实。这意味着胡适的主张占领了市场，显示了胡适的"高明"。

唐德刚则在口译胡适自传的不少地方加了按语。关于版本，他说：

> 刚按：胡先生这些话不但太武断，而且也"破绽"重重。曹雪芹在乾隆二十一年（丙子）1756 年，已成书八十回；此时距他死还有七八年之久。乾隆二十五年庚辰（1760 年），该书已经脂砚斋"四阅评过"，此时距雪芹"书未成，泪尽而逝"也还有三年。那末雪芹在"泪尽而逝"之前在写些什么呢？所以林语堂先生断定高鹗是"补"足残稿而不是"续作"，是极有见地的话；也是笔者深信不疑的。①

俞平伯先生进行自我反省与批评的意见特别值得深思。平心而论，胡适的《红楼梦》研究致命的错误是：不把《红楼梦》看作是文艺作品，而当作史料；看作是曹雪芹的自传，是自然主义杰作，专注在著者、版本两个问题上，有意抛弃对作品思想内容、社会价值的探究，艺术手段的分析，语言文字的探讨，这与他运用杜威的实验主义，与他一心要通过学术入世，与他旨在"重造文明"的研究目的分不开……

这样的著作，开的什么山？奠的什么基？我们必须认真反思了！

---

① 《胡适口述历史》，林语堂所云，见林语堂著：《平心论高鹗》，载"中央研究院"历史语言研究所集刊 1958 年 11 月第 29 本。

一场适得其反的所谓“鏖战”

关于新文化运动者与“学衡派”的斗争，有研究者曾写过一篇《五四新文化运动与学衡派文学论争大事记》，较为详细地叙述了双方斗争的经过。结束语是这样写的：

> 一般认为新文学者与“学衡派”的斗争，从一九二二年《学衡》杂志创刊开始，至一九二四年为高潮。而远在《学衡》杂志创刊以前，留学美国的梅光迪与胡适就曾针锋相对地辩论过；胡先骕和吴宓也曾撰文鼓吹封建复古的文学主张，并遭到罗家伦等人非常及时的批判。到了一九二五年，继“学衡派”之后出现了“甲寅派”，新文学者纷纷参加了对《甲寅》的斗争，文白之战的中心已经转移。至此，《学衡》杂志所刊载的攻击新文学、鼓吹旧文学的文章也所见无几，愈加显得冷落了。然而，“学衡派”是不甘失败的，《学衡》杂志一直刊行到一九三三年（其中一九二七、一九三〇、一九三三年停刊）。共出七十九期，在最后一期上，还发表了《评文学革命与文学专制》一文压场。

该结束语简括地勾画了斗争的经过，给研究者提供了不少的方便。但对这场由来已久的论争揭示似乎过于简单了一点，人们难以窥见论争的来龙去脉。

论争确实早在他们在美国求学期间就开始了。

梅光迪去美国留学晚于胡适，两人同乡，因此很快建立了友谊，且相互钦佩，但后来，他们在文学革命问题上发生分歧，产生争论，近乎决裂。梅于1916年8月8日在致胡适的信中就如此写道：

　　读致叔永书，知足下疑我与足下绝，甚以为异。足下前数次来片，立言已如斩钉截铁，自居"宗师"，不容他人有置喙之余地矣。夫人之好胜，谁不如足下？足下以强硬来，弟自当以强硬往。如今日"天演"之世，理固宜然。此弟所以于前书特持强项态度而于足下后片之来。竟不之答者也。①

两人的关系，后来虽有所缓和，但各自的观点却更加坚固，且都在寻找并联络同志，为实践自己的主张努力。

1918年3月初二，吴芳吉日记告知我们，吴宓在给他的信中说：

　　又谓陈独秀辈，大呼文学革命益厉，推翻周秦以来数千年文学，谓如有美观而无实用，绝不认以文载道之说。其徒甚众，咸以北京大学为根据地。然矫枉过正，是由白昼见鬼，操刀杀人。欲救其弊，非以大力与之对垒，旗鼓相当，未言也。②

1918年7月，施济元介绍吴宓与梅光迪相识。两人可谓一见如故，对文学革命问题的见解几乎完全一致，因而，友谊很快得到发展。

吴宓说：

　　八月初，遂来访宓，并邀宓宿舍，屡作竟日谈，梅君慷慨流涕，极言中国文化之可爱，历代圣贤，儒者思想之高深，中国旧礼俗旧制度之优点，今被胡适等所言所行之可痛恨……宓听后十分感动，当即表示，宓当效力追随，愿效驰驱，如诸葛武侯之对刘先生，"鞠躬尽瘁，死而后已"，云云。（同上）

吴宓很快把与梅光迪的结识告知国内的知己吴芳吉，吴芳吉1918年八月初四的日记写道：

---

① 转引自耿云志：《胡适研究十论·胡适与梅光迪》，复旦大学出版社2019年7月第1版。
② 吴芳吉：《吴芳吉全集·卷五日记》，华东师范大学出版社2014年8月第1版，第1156页。

又谓得一新文友梅光迪君晥人，辛亥年即已来美。其志业与我辈吻合，彼专治文学，谓文学功用今尤切要。彼深鄙北京大学诸人如胡适、陈独秀辈一流。又谓哈佛大学有教师某某极有实才……以脱离无政府之个人主义，而归本于伦理美术之至理，以造就至善之文学，取各国文明之精华镕铸之。此其在世界地位，亦与我等在中国将来之攻斥《新青年》杂志一一流同也。又谓四年后必归，美洲诸友皆无恙。①

1917 年 6 月 11 日，胡适离开美国，经过加拿大，由温哥华乘船，7 月到达上海，经陈独秀推荐，9 月 10 日任教北京大学，不久又参加《新青年》《新潮》等刊物的工作，一时间声誉鹊起。胡适主持英语系工作期间，与辜鸿铭在新文学问题上多有矛盾，且不断加深，遂想以梅光迪取而代之，于是先后致函即将回国的梅光迪。梅两次回复了胡适。说：

适之足下：

前日由叔永转来手书一纸，谢谢。嘱来北京教书，恨不能从命。一则今夏决不归国，二则向来绝无入京之想。至于明夏归去，亦不能即担教授之职，须在里中徜徉数月或半年，再出外游览数月，始可言就事。然亦决不作入京之想矣。

向称头脑清楚之人，何至随波逐流，以冒称人道主义派。在今世西洋最合时宜——popular & fashionable——故云。毫无分别，眼光如是。西洋文学界近百年来如英之维利多亚（应为"维多利亚"——引者注）时代数人，总之，葛脱美之爱谋孙外，皆自郐以下，何足道者。吾料十年廿年以后，须有力有识之评论家痛加鉴别，倡新文学，则托尔斯泰之徒将无人遇之矣。草此，即问

起居

弟迪上　七月廿四日

---

① 同上。

适之足下：

数日之谈，总于彼此之根本主张无所更变，然误会处似较从前为少，此亦可喜之事。今日言学，须有容纳精神（spirit of toleration），承认反对者有存立之价值，而后可破坏学术专制。主张新潮之人焉不知此。凡倡一说，动称世界趋势如是，为今所必宗仰者，此新式之学术专制，岂可行于今日之中国乎？今日倡新潮者，尤喜言近效，言投多数之好，趋于极端，主功利主义，非但于真正学术有妨，亦于学术家之人格有妨也。凡一上所言，不过兴来偶一提及，非与足下挑战也。弟意言学术者，须不计一时之成败，尤须不期速成，不从多数，故弟之不服，欲与足下作战者以此。若足下以为一学说之兴，能风行一时，即可称其成功，不□反对者之崛起，则误矣。

此间正商开课之事，尚无头绪，此殊无聊。弟谓今之执政与今之学生，皆为极端之黑暗（学生之黑暗，足下辈之"新圣人"不能辞其责焉）。政府无望，若学生长此不改，亦终无望焉。

弟来北大授课事，究竟为足下所欢迎否？弟朴诚人，决不愿挟朋友之情而强足下以为难。若足下真能容纳"异端"，英文科真需人，则弟自愿来，否则不必勉强也。若来京，则须授课五六时，否则往返时间费用得不偿失。弟所愿授课者为 General Principle of Literature or Introduction to Literature; Great English Prose Writing of the 19th Century; Advanced Composition; The Teachings of the Novel 等课。若能授两门，则须早日商决，俾弟能从事预备，且可向凡善堂购书，望足下速行示知。

弟此，即问

起居

慰慈处望代通候。

弟　光迪　三月二日①

明眼人一眼就可以看出：梅光迪对胡适是不信任的，既不相信他的"文学

---

① 转引自殷怀靖：《胡适与辜鸿铭：两代"海归"之间的语言文学之争》，见《纪念胡适先生诞辰 120 周年国际学术研讨会专辑》，社会科学文献出版社 2012 年 4 月版。

革命"主张及行动，也不相信他聘请自己的诚意。胡适要聘请梅光迪，恐怕也只是一种策略：安抚而已，避免其将在美国时关于文学问题的争论带回国内……

梅光迪于 1919 年 10 月离美返国，吴宓日记 10 月 4 日载："梅君迪生将首途归国，赴南开学校英文教员任。频行数日，为助足旅费，琐务碌碌。十月四日晚，共诸知友，会于陈君寅恪室中，而亦未及谈志业之正事"；10 月 5 日日记云："星期。晨，偕锡予为梅君运搬箱箧。午，由锡予及施君济元及宓，共约梅君在汉口楼祖饯。四时半，送至南车站，握手而别。"

梅光迪与吴宓诸友告别时，虽未谈及"志业之正事"，但各自都没忘记初心：办刊物，反对胡适的新文学主张。1919 年回国后，梅虽然还与胡适有往来，胡适也给予了他经济上的支援，且仍有意邀请他到自己主持的北大英文系作教授，但梅光迪最终还是选择了到南京高等专科学校担任西洋文学系主任，因为那里有一个志同道合的刘伯明作副校长。

这时，倡导新文学运动的刊物更多……《民心》又遭受了致命的打击。吴宓更加愤慨，在日记里不断写道：

> 近见中国所出之《新潮》等杂志，无知狂徒，妖言煽惑，耸动听闻，淆乱人心，贻害邦家，日滋月盛，殊可惊忧。又其妄言"白话文学"，少年学子，纷纷向风。于是文学益将堕落，黑白颠倒，良莠不别。弃珠玉而美粪土，流潮所趋，莫或能挽。呜呼，宓等孜孜欣欣，方以文章为终身事业，乃所学尚未成，而时势已如此。譬如种花者，浇壅培植，含苞未吐，而风雨骤作；益以芟锄，花即开而果即结，恐亦随根以俱尽耳。①
>
> 宓归国后，必当符旧约，与梅君等，共办学报一种，以持正论而辟邪说。非居京，则不能与梅君等密迩，共相切磋；故不克追陪杨公，而径就北京之聘，至不得已云云。……
>
> ……现决到京以后，每月薪资之所入，以五十元捐作办报经费，与梅君等共办学报；至少以五十元购书，按日计时，自行研读，以期学业有进

---

① 吴宓著，吴学昭整理、注释：《吴宓日记》1919 年 11 月 12 日，生活·读书·新知三联书店 1998 年 3 月第 1 版。

无止。其余乃奉亲瞻家。(《日记》1920 年 3 月 4 日)

星期。读书如恒。近接张幼涵君来信,知已卸去《民心》报总编辑职务。缘《民心》资本,由聂氏兄弟及尹君任先捐出。幼涵持论平允,不附和白话文学一流。聂慎馀赴京,胡适、陈独秀向之挑拨,于幼涵漫加诋辱。聂氏兄弟与尹君,本无定见,为其所动,遂改以其戚瞿君为总编辑,而将幼涵排去。幼涵后曾投稿,亦不见采登。现《民心》已出至第十四期,然一味趋时,殊无精采,比之首出数期、幼涵所主办者,顿异蹊径。

幼涵来书,慨伤中国现况,劝宓等早归,捐钱自办一报,以树风声而遏横流。宓他年回国之日,必成此志。此间习文学诸君,学深而品粹者,均莫不痛恨胡、陈之流毒祸世。张君鑫海谓羽翼未成,不可轻飞。他年学问成,同志集,定必与若辈鏖战一番。盖胡、陈之学说,本不值识者一笑。凡稍读书者,均知其非。乃其势炙手可热,举世风靡,至于如此,实属怪异。然亦足见今日中国人心反常,诸凡破坏之情形。物必先腐,而后虫生。经若辈此一番混闹,中国一线生机,又为斩削。前途纷乱,益不可收拾矣。呜呼,始作俑者,其肉岂足食乎?清华学校,近以学生妄起风潮,拒校长而不纳。又提出条件,种种无理之行事。现闻美人已出而干涉,将以美人为校长。美人之庸愚无学,远不如中国之才隽,况以中国之学校,焉可听命于外人?呜呼,清华学校者,中国之小影耳。今学生风潮盛起,持久不散,逾越范围,上下撑拒攻击,到处鸡犬不宁,不日必来外人之干涉,以外人为中国之君主。中国之人,犹不憬悟。清华之失,尚其小焉者矣。(《日记》1920 年 3 月 28 日)

今国中所谓"文化运动",其所提倡之事,皆西方所视为病毒者。上流人士,防止之,遏绝之,不遗余力。而吾国反雷厉风行,虔诚趋奉。如此破坏之后,安能再事建设?如此纷扰之后,安能再图整理?只是万众息心敛手,同入于陆沉之劫运而已。(《日记》1920 年 4 月 19 日)

目今,沧海横流,豺狼当道。胡适、陈独秀之伦,盘踞京都。势焰重天。专以推锄异己为事。宓将来至京,未知能否容身。出处进退,大费商量。能洁自保,犹为幸事,梅君即宓之前车也。(《日记》1920 年 5 月 31 日)

　　二十六日晚，接阅北京高等师范学校寄来所出《教育丛刊》等件，粗鄙卑陋，见之气尽。而白话文字、英文圈点。学生之所陈说，无非杜威之唾余，胡适之反响，且肆行谩骂，一片愤戾恣睢之气。呜呼，今国中教育界情形，一至于此，茫茫前途，我忧何极？明年宓归去之所遭遇，此时已可想见。虽然，中国之运数如此，夫复何言？通观世界大势，历史实迹，则个人之成败得失，以及死生祸福，真如沧海微尘，不足计较者矣，回国以后，只有尽我之时之力，竭诚猛做。以虎穴之孤身，为补牢之左计，不问收获，但问耕耘，以求内心之稍安而已。（《日记》1920 年 10 月 25 日至 27 日）

从这些日记，不难看出吴宓的思想、抱负。

1920 年南京高等师范专科学校升格为东南大学。梅光迪任西洋文学系主任，便计划聚集人马与胡适大战。于是，写信催促吴宓赶快回国。吴宓向恩师白璧德报告说：

　　梅君的策略是我们能在中国的高等教育机构站稳脚跟，而不是北京大学。他强烈地反对我们中的任何人去北京大学，或受北大影响控制的北京其他大学。梅君为了实现他的策略，催促我们迅速回国。他写道，不应错失任何机会，不应继续允许文化革命者占有有利的文化阵地。①

梅光迪一再催促吴宓早日回国，告知吴宓说：

　　己和中华书局有约，拟由我等编撰杂志（月出 1 期）名曰《学衡》，而由中华书局印刷发行。此杂志之总编辑，尤非宓归来担任不可。兄素能为理想和道德作勇敢之牺牲，此其时矣。②

正是梅光迪的一再催促，吴宓不但放弃了继续深造，毅然决然地回国了，

---

① 吴学昭整理、注释、翻译：《吴宓书信集》，生活・读书・新知三联书店 2011 年 11 月第 1 版。
② 吴宓：《吴宓自编年谱（1894—1925）》，生活・读书・新知三联书店 1995 年版。

也放弃了应聘北京工作。他于 1921 年 7 月 19 日启程，8 月 6 日抵达上海，匆忙与陈心一完婚，9 月底即赴南京东南大学任教。同时与刘伯明、梅光迪、胡先骕等人着手筹办《学衡》，经过短短两个多月的筹备，1922 年 1 月创办了与胡适展开"鏖战"的《学衡》。

"鏖战"阵势如图：

胡适一方		论争焦点	吴、梅一方	
鲁迅、沈雁冰（茅盾）、郑振铎、钱玄同、罗家伦、沈泽民、胡适	主战人员	如何对待传统建重设发建新扬文文光明化大	主战人员	吴宓、梅光迪、胡先骕、缪凤林、吴芳吉
主要阵地	《新青年》《新潮》《小说月报》《晨报副刊》《时事新报·文学旬刊》《民国日报·觉悟》……		《学衡》《华国》《湘君》	主要阵地

《学衡》一亮相，就火力全开，向着既定目标胡适发起猛烈批评：梅、胡、吴接连在《学衡》刊发文章。

梅光迪的文章主要有：

《评提倡新文化者》，载《学衡》1 期。

指斥胡是"非思想家，乃诡辩家"，"非创造家，乃模仿家"，"非学问家，乃功名之士"，"非教育家，乃政客也。"

《论今日吾国学术之需要》，载《学衡》4 期。

胡先骕的文章主要有：

《评〈尝试集〉》，载《学衡》1—2 期。

认定"胡君之《尝试集》，死文学也。……物之将死，必精神失其常态，言动出于常轨"，卤莽灭裂趋于极端，正必等"死文学"。

《论批评家的责任》，载《学衡》3 期。

《今日教育之危机》，载《学衡》4 期。

吴宓的文章主要有：

《文学研究法》，载《学衡》2 期。

《论新文化运动》，载《学衡》4 期。

认为："中国之新体白话诗，实效美国之自由诗（free verse）。……今美国虽有作此种诗者，然实系少数少年，无学无名，自鸣得意。所有学者通人，固不认此为诗也。学校之中，所读者仍不外荷马、桓吉尔、弥尔顿、丁尼生等等。报章中所登载之诗，皆有韵律，一切悉遵定规。岂若吾国盛行之白话诗，而欲学前人之诗，悉焚毁废弃而不读哉！"

《新文化运动之反应》，刊于 1922 年 10 月 10 日出版的《中华新报·增刊》。刊登时，有一个"记者识"，如后："泾阳吴宓乃美国哈佛大学文学硕士，现为国立东南大学西洋文学教授，既精通西洋文学，得其神髓，而国学涵养甚深，近编撰《学衡》杂志，以提倡实学为任，一时论崇之，兹承以鸿著见惠，刊登如左，并致谢意焉。"有人说后由《亚洲学术杂志》转载，不确。

《论写实小说的流弊》，刊于《中华新报·星期论文》（1922 年 10 月 22 日）。

指出所谓"文化运动"，"其所提倡之事，皆西方所视为病毒者"。（1920年 4 月 19 日）

胡适很明白："东南大学梅光迪等所办《学衡》，几乎专是攻击我的。"（1922 年 2 月 4 日日记）。但他很不在乎。日记中写道：

《中华新报》，上海有赞成我的论调，《时事新报》有谩骂的批评，多无价值。今天《晨报》有"式芬"的批评，颇有中肯的话，末段尤不错。

我在南京时，曾戏作一首打油诗《题〈学衡〉》。

老梅说：

"《学衡》出来了，老胡怕不怕？"迪生问叔永如此。老胡没有看见什么《学衡》，

只看见了一本学骂！

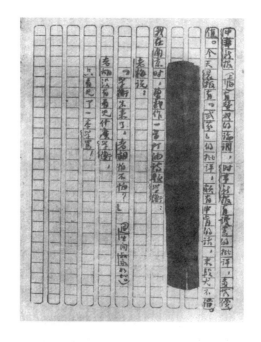

　　这首打油诗，当年没有公开，直到胡适逝世后，编写年谱、出版日记时，才公诸于世。

　　直到 1920 年 4 月 24 日，胡适才以 QV 为笔名在《晨报副刊》发表了一篇题为《读仲宓君的思想界的倾向》。算是间接给予了一个回答。文章写道：

　　　《学衡》的攻击新文化运动，章太炎的攻击白话文，其实都代表着已经过去和即将过去的倾向，并不代表将来的倾向。至于参禅、扶乩之类，本来就当不起思想界的雅号，更不能代表思想界的倾向。我们不能叫梅（光迪）、胡（先骕）诸君不办《学衡》，也不能禁止太炎先生的讲学。我们固然希望新种子的传播，却也不必希望胡椒变甜，甘草变苦。现在的情形并无"国粹主义的勃兴"的事实。"仲宓君所举的许多例，都只是退潮的回波，乐终的尾声。""文学革命若经不起一个或十个百个章太炎的讲学，那还成个革命军吗？"①

---

　　① 《晨报副刊》1922 年 4 月 24 日，《胡适年谱》108 页。

《学衡》火力大开，胡适根本无心迎战。

真正给《学衡》以沉重打击的是鲁迅、茅盾等人。《学衡》一出现，1922年9月，鲁迅便以"风声"的笔名，在《晨报副刊》发表了题为《估〈学衡〉》。文章尖锐地指出：

> 夫所谓《学衡》者，据我看来，实不过聚在"聚宝之门"左近的几个假古董所放的假毫光；虽然自称为"衡"，而本身的称星尚且未曾钉好，更何论于他所衡的轻重的是非。所以，决用不着较准，只要估一估就明白了。

鲁迅便将《弁言》《中国提倡社会主义之商榷》《国学樴谭》《记白鹿洞谈虎》《渔丈人行》《浙江采集植物游记》，以及连题目都不通的文章，逻辑混乱、自相矛盾等，一一加以揭露，最后总结道：

> 总之，诸公捧击新文化张皇旧学问，倘不自相矛盾，倒也不失其为一种主张，可惜的是于旧学并无门径，并主张也还不配，倘使字句未通的人也算国粹的知己，则国粹更要惭惶煞人！"衡"了一顿，仅仅"衡"出了自己的铢两来，于新文化无伤，于国粹也差得远。

这是一次沉重的打击，完全出乎吴宓等人的意料。多年以后，吴宓自订年谱，痛悔当年的仓促上阵，尤其对第一期《学衡》的低质量，感到痛心。作为创刊号，推出的一些"作品"，让人不敢恭维，鲁迅对其进行了辛辣的嘲讽，轻而易举挑出一大把错误，正如吴宓自己承认的那样，"实甚陋劣，不足为全中国文士、诗人以及学子之模范者也"。吴宓把过错推到了一个叫邵祖平的人身上，他写道：

> 鲁迅先生此言，实甚公允。《学衡》第一期"文苑"门专登邵祖平（时年十九）之古文、诗、词，斯乃胡先骕之过。而邵祖平乃以此记恨鲁迅先生，至时1951年冬，在重庆诋毁鲁迅先生之事，祸累几及于宓，亦可谓不智之甚者矣。

这其实是在为同人打掩护。鲁迅先生矛头直指梅光迪，直指胡先骕，这些都是《学衡》的核心人物，想赖也赖不了。（参见叶兆言：《阅读吴宓》）

几十年后，吴宓终于对友人说："那时候我们的观点绝对了，鲁迅是对的。"

11 月 3 日，鲁迅又以"风声"的笔名发表了题为《一是之学说》，对准吴宓的《新文化运动之反应》，可谓当头一棒。文章概括了吴文的内容，抓住吴宓举出所谓"反应"的七种报刊，特别是《民心周刊》，一一予以剖析，深刻地揭露了"所谓反应者非反抗之谓……读得幸论列于此，而遂疑其不赞成新文化者"，反对新文化"非吾之初意也"的假面目。

吴宓是如何为《民心周刊》辩护的：请读一读他的"反应"吧！

（一）民心周报　民心周报者，中国国防会所办也。先是民国四年，日本以二十一条迫我之后，留美学生中之笃实有志者，痛愤国事，乃创国防会专以培养国民自卫力为宗旨。其致力范围，不限于军事，凡实业教育等，直接间接可以增进国力民力者，皆拟从事。民国五年出有《国防报》一册。民国七年改为《二十世纪报》亦出一册。民国八年出《乾报》二册，均在上海印刷发行，以军事外交为主。民国八年秋，国防会总会由美移回本国，设于上海。先已捐集美金七千余圆，拟办印书局一所。旋以资本不足，经理无人而止。民国八年冬，即在上海刊发《民心周报》。共出一百二十期，至民国十一年二月停刊。其间之经费多由捐助及会中人筹垫。国防会移回本国后，举聂云台君为名誉会长。故《民心周报》性质渐变，除每期评述国内外政局外。几成为商业金融之专门杂志矣。惟自发刊以至停版，除小说及一二来稿外，全用文言，不用所谓新式标点，即此一端，在新潮方盛之时，亦可谓砥柱中流矣。民国八年夏，吾为该会驻美分会编辑部长，曾草拟周报编辑及办事章程，会员某某诸君亦各具意见书若干条，其后《民心周报》出版之时，仅各采数条，加以变更。初办之时，张贻志君为总编辑。后易他人，此报驯至漫无宗旨，为人所讥。然初办之时，尚思有所表见，兹略论其内容。

第一卷第一期发刊宣言，首言本报所不为之事。如不偏持一成不变之学说，不偏取何种社会主义，不营私利等。次述其宗旨六条。第三条云："根据吾国固有文明特长之处，以发挥而光大之，使人人知吾国文明有其真正之价值，知本国文明之所以可爱，而后国民始有与之生死存亡之决心，始有振作奋发之精神，遇外敌有欲凌辱此文明者，始有枕戈待旦之概"。第五条云："对于欧美输入之新思想及学说，皆以最精粹独立之眼光观察审断之，不惟使普通国民具有世界知识，且使其对于西洋文化之真粹与皮毛有鉴别取舍之能力，至对于吾国一切之固有社会制度，不为笼统的诋毁攻击，务以历史眼光究其受病之源而求适当改良之法"。其所列本报言论之性质八条有云："不尚新奇，不主偏激，不事谩骂，不尚武断。"其所列本报言论之态度六条有云："贵持平，主虚衷，用分析的眼光，为有条理之批评。"凡此皆针对当时之新文化派报章杂志而言也。此其陈义不可谓不高。所惜该报内容遽变，未能实行耳。

第一卷第一期民心释义篇述本报之志愿，其第四条略谓国人作事，往往不按程序，本末倒置，不察实事，而竟倡无政府主义，大同主义，劳动主义等，应为之矫正云云。

第一卷第一期评新旧文学之争一文。张贻志君作，略谓文学之价值，不在其新旧，惟视其优美如何，适用与否而已。今之所谓文学革命不惟不能改良，适足变恶，其理由有二：一则白话繁复冗长，徒使笔书字数加多，略识字者亦不易读，且费时耗纸。二则白话仅为一地之方言，不通普通话者反难索解，且无以传神。当世有志之士，欲行文学革命，则宜改良语言，统一方言，普及教育，铸造新字及术语，而决非以相冗之白话尽代文言所可致也。云云。此论平心说理，按切事实，乃当时新文化派之报纸竟大肆攻诋。第一卷第九期中。张君又作论国粹再答某君，以解发刊宣言中宗旨第三号之义。乃攻者仍蜂起，主持《民心周报》之人，怵于大势，欲俯仰随俗，又为离间者所媒孽，卒至张君辞去总编辑之职。而《民心周报》亦遂再不敢谈及新文化。虽有第一卷第四期雅触君作之文化运动及第一第七卷期次羽君作之白话文与应用文，两篇皆无足重轻者也。

然第一卷第七期中，有梅光迪君作自觉与盲从一文，略谓人贵有自觉之心，乃为真知灼见，若今之纷纷附和新文化者，皆盲从者耳。此后惟于第一卷第三十七期，陈茹玄君作亡国之朕兆一文。述其由欧美初抵本国之所感，语重心急，所谓亡国之朕兆者，即指举国汹汹，甚嚣尘上之白话文，新体诗，无政府主义，马克斯学说等耳，总之。《民心周报》志切爱

国励群，初出时确具宗旨。甚足嘉赞。惟其后一变而为工商金融之摘钞陈编。则卑卑不足道者已。

文章很难找，目前人们所编的资料也未收录过这篇文章，所以引用如上了。

茅盾也曾直接著文对《学衡》予以批驳。1922 年 2 月 21 日在《时事新报·文学旬刊》第 29 期，他署名"郎损"刊发了《评梅光迪之所评》，就《学衡》第一、第二两期发表的梅光迪所著《评新文化运动者》《评今人提倡学术之方法》两文宣扬文学进化的议论进行了批驳，指出梅文"见一隅而不见全体"，"总不是学者精神所应有"的态度。又在 11 月 1 日《时事新报·文学旬刊》54 期署名"冰"刊发了《"写实小说之流弊"？请教吴宓君，黑派与礼拜六派是什么东西!》，文章以事实为根据指出：

> 吴君此文最大的谬点，在以坊间"新小说"上的作品比西洋写实小说，而把俄国写实小说混捉在一处。吴宓批评"小杂志"上的小说是"好色而无情，纵欲而忘德"，原本不错，但不知何以忽混拉他们做写实小说？我以为中国不能有好的写实小说问世，实因这些"小说匠"以假混真所致。不谓吴宓君尚以为这就是"吾国今日之写实小说"，真要令人觉得"是可叹也"呵！

吴宓遭批驳后，立即写信给刘永济、吴芳吉说：《湘君》一期所载宓之日记"贾祸招尤之媒"。而今遭恶少之刻薄，累及父母妻族，则痛心"尤有甚者，在上海有一班人，近专与宓寻隙，《新文化运动之反应》一文，受痛攻，犹可说也；至《写实小说之流弊》，而亦受痛攻则冤矣。"

……

《学衡》诸公把矛头直端端地对准了胡适，然而他却不发声。这使许多人纳闷。于鹤年就直接写信给他，信中分析了反对新文化运动的言行，说：

> 今日中国须多多介绍外国人的思想及方法，然介绍自介绍，切不[可]抱我独尊的态度，说我的是真的圣道。一般新文化运动很有这种毛

病，他们亦是一丘之貉，不见有何特别。

就几种事业说罢。《学衡》确有几种有价值的，如《西洋文学精要书目》，很有益于学生。……

言尽于此，改日再谈。愿先生给我指正。尤望先生发表或示我对新文化运动之反动者的意见。（于鹤年：《致胡适》1922 年 10 月 16 日，《胡适来往书信选》上，中华书局 1979 年 5 月第 1 版第 168－169 页）

郑振铎先生更是直接写信质问胡适，并随信寄去《学衡》与《华国》两种攻击新文化运动的刊物，希望他像从前发表《评梁漱溟的〈东方文化及其哲学〉》及《科学与人生观序》那样，继续做"思想的医生"，对其中的谬说予以批驳。胡适回信对他给陈独秀信中说的"挤香水"的话作了解释。说：

"挤香水"的话是仲甫的误解。我们说整理国故，并不存挤香水之念；挤香水即是保存国粹了。我们整理国故，只是要还他一个本来面目，只是直叙事实而已，粪土与香水皆是事实，皆在被整理之列。如叙述公羊家言，指出他们有何陋处，有何奇特处，有何影响，有何贡献，——如斯而已，更不想求得什么国粹来夸炫于世界也，你说是吗？

《华国》《学衡》都已读过。读了我实在忍不住要大笑。近来思想界昏谬的奇特，真是出人意表！我也想出点力来打他们，但我不大愿意做零星的谩骂文章。这种膏肓之病不是几篇小品文字能医的呵。"法宜补泻兼用"：补者何？尽量输入科学的知识，方法，思想。泻者何？整理国故，使人明了古文化不过如此。"七年之病求三年之艾"，虽似迂远，实为要图。老兄不要怪我的忍耐性太高，我见了这些糊涂东西，心里的难受也决不下于你。不过我有点爱惜子弹，将来你总会见我开炮时，别性急呵。你信上也曾提起我的《评东西文化……》及《科学与人生观序》。我觉得这两炮不算不响。只是这种炮很费劲，我实在忙不过来，如何是好？

这封信写了两天，时作时辍；若今晚不寄出，怕又要搁起来了，因为明天我有五点钟的课。①

---

① 胡适：《致钱玄同》，《胡适书信集》上，北京大学出版社 1996 年 9 月第 1 版。

原来胡适对《学衡》等反对派，不主动回击，而是想以逸待劳。后来他又向苏雪林说：

> 不知为什么，我总不会着急。我总觉得这一班人成不了什么气候。他们用尽方法要挑怒我，我总是"老僧不见不闻"，总不理他们。你看了我的一篇《西游记的八十一回难》没有（《论学近著》）？我对他们的态度不过如此。这个方法也有功效，因为是以逸待劳。我在一九三零年写《介绍我自己的思想》，其中有二三百字是骂唯物史观的辩证法的。我写到这一页，我心里暗笑，我知道这二三百字够他们骂几年了！果然，叶青等人为这一页文字忙了几年，我总不理他们。《致雪林》①

《学衡》遭到新文化阵营特别是鲁迅、茅盾等人的强力批判，加之支持者刘伯明的去世，梅、胡与吴产生矛盾而先后离去。1924 年，吴宓只好应聘奉天东北大学英语系教授，离开北京。他在给恩师白璧德的信中说：

> 这里不容所谓"新文化运动"的影响潜入，对那些敢于反对胡适博士等的人（像我自己）来说，也许是找到了一个避难所和港湾，东北大学的学科长是赞同我们的行动的。（吴宓《致白璧德》《吴宓书信集》，1925 年8 月 2 日，第 34 页）

吴宓虽然"找到了一个避难所和港湾"，但其心仍系念北京的"鏖战"，不但仍然掌控《学衡》，让其继续出版，而且想寻找机会"杀"回北京。机会终于来了。1925 年 2 月 12 日，时在外交部任职的好友顾泰来举荐，清华学校校长曹云祥委派了吴宓到清华大学国学院（亦称清华研究院国学门）任筹备主任。吴宓因此回到了北京，如他所说，能与志趣相投的人合作，由此为《学衡》巩固了撰稿人的关系，解决了稿源，让《学衡》度过了这次大危机。

吴宓回北京后，随即全力投入清华研究院的筹备工作，经过多方努力，礼

---

① 《胡适来往书信选》中册，中华书局 1979 年 5 月第 1 版，第 338 页。

聘了著名学者王国维、梁启超、赵元任、陈寅恪为研究院四大导师。6 月 18
日，研究院正式成立，吴宓也正式被委任为主任。不久，他又争取到《大公
报·文学副刊》的主编职位，似乎无心也无力与胡适"鏖战"了。一方面要集
中精力发展研究院，同时，要调整《大公报·文学副刊》的编辑方针及事务，
把重点转移到新知的介绍，更要大力加强人才的培养，自己还开设"文学与人
生""中西诗学比较"等全新的课程，运用全新的教学方法。从此，国学院和
《大公报·文学副刊》都出现了新气象。

就在吴宓转向的时候，北洋军阀政府司法总长兼教育总长章士钊以为这是
一个机会，一个争取反对新文化运动的《学衡》派的好机会，于是在 1925 年
7 月 28 日复刊了《甲寅》周刊。新文化工作者都清楚：该刊 1914 年创刊于日
本东京，初衷是启发民众，以图推翻封建专制政体，建立资产阶级君主立宪议
会制，是当时发行量较大，影响广泛的一种刊物。胡适、陈独秀等都曾在该刊
发表过文章。章士钊回国后，逐渐"灰心政治"，立志从事"学术"。但由于他
对新文化运动不满，于是公开反对，到处演讲，如长沙、南京、上海、北京等
处，后来还将在杭州暑期的学校讲演整理成文章《评新文化运动》，欲以"行
严"之名在《东方杂志》刊发。但不知何故，该杂志未曾刊载。1923 年 8 月
21—22 日，上海《新周报》登载了这篇文章，攻击新文化运动，矛头指向胡
适。1925 年 8 月章士钊将《甲寅》正式复刊（1927 年 3 月 5 日停刊，共出 45
期），开宗明义地宣布"文字求雅训，白话恕不刊布"，进一步向新文化运动挑
衅，向胡适挑衅。对于章士钊的挑衅，又是鲁迅率先给予回击，撰写了《答
K.S君》刊于 1925 年 8 月 28 日出版的《莽原》周刊 19 期。文章指出"将章
士钊当作学者或智识阶级的领袖看"的"谬误"，"蒙着公正的皮的丑态，又自
己开出账来发表了"，"即便费尽心机，结果仍然是一个瞒不住。""倘说这是复
古运动的代表，那可是只见得复古派的可怜，不过以此当作讣闻，公布文言文
的气绝罢了！"这时，胡适再一次"被逼上梁山"，在 1925 年 8 月 30 日的《京
报副刊·国语周刊》上刊发了题为《老章又反叛了》，从章士钊曾当面"投降"
的经过，分析了章士钊"不甘心""落伍""不肯服输"，又要想作"领袖"的
矛盾心理，最后再次警告章士钊："谩骂决不能使陈源胡适之不做白话文，更
不能打倒白话文的大运动。"

章士钊遭到鲁迅的打击、胡适的反攻，并不甘心失败。一方面继续在

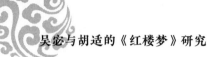

1925 年 10 月出版的《甲寅》第一卷 14 号上以"孤桐"之名再次发表题为《评新文化运动》的文章以攻击新文化运动，挑战胡适，胡适没有回答。鲁迅又给予迎头痛击，撰写了《十四年的"读经"》，"不再客气"，将章士钊一流"归入诚心诚意主张读经的笨牛类里去了"。成仿吾也写了《读章氏〈评新文学运动〉》刊发于 1925 年 12 月 1 日《洪水》半月刊第一卷第六号，从事实与理论两方面指摘了《评新文化运动》一文的"误谬"，有力地回击了章士钊的挑衅。

章士钊遭到如此沉重的打击，仍然不甘心失败，妄想联盟《学衡》，以便组成统一战线，南北呼应，共同对付新文化运动，对付"文学革命"，遂决定资助《学衡》一千元大洋。吴宓对此毅然决然地予以拒绝。他不愿更不耻依附军阀。

40 年代，吴宓知好友张其昀办《思想与时代》接受了蒋介石的资助后，在日记中感慨万千地写道：

> 夕，麟来。知昀在蒋公处领得十四万元而办《思想与时代》。该刊稿酬每千字 $30 云。宓念昔经营《学衡》等，不为名利，不受津贴，独立自奋之往迹。不觉黯然神伤已！①

鉴于章士钊的地位和影响，新文化运动的战士们立即把斗争的矛头对准《甲寅》，从而放松了对《学衡》的批判。虽然如此，吴宓仍旧困难重重，一方面，要把更多的力量投入新知的介绍与人才的培养，另一方面又要推行白璧德的人文主义，竭尽全力苦苦挣扎，《学衡》仍难以存活，于是只好在终刊号上刊发易峻的《评文学革命与文学专制》，严厉指斥胡适在"学术上运动之不足"，"更思假政治权力实行专制"，算是对胡适的反击，并特别指出：《新青年》分化前，他就在"假政治权力实行专制"，《新青年》分化后更是千方百计推行他的实验主义政治。

章士钊拉拢《学衡》派组成统一战线的计谋算是失败了。《学衡》虽然与章士钊的《甲寅》划了一条界线，但还是以失败告终。《学衡》之所以惨败，

---

① 《吴宓日记（1941—1942）》，第八册，1941 年 9 月 22 日。

原因在于：

一、误判了形势

"新文化运动"，如孙中山先生所说："他在我国今日成思想界空前之大运动"，"决不是几个人，少数人可以完全左右的。"《学衡》派诸公身在美国根本不懂得其性质和意义。郑振铎作过这样的分析。他说：

> 他们当时都在南京的东南大学教书，仿佛要和北京大学形成对抗局势，林琴南们对于新文学的攻击，是纯然的出于卫道的热忱，是站在传统的立场来说话的，但胡梅辈却站在"古典派"的立场来说话了。他们引致了好些西洋的文艺理论来做护身符，声势当然和林琴南，张厚载们有些不同，但终于"时势已非"，他们是来得太晚了一些。新文学运动已成了燎原之势，决非他们的书生微力所能摇撼其万一的了。①

二、看轻了论敌

《学衡》几个战将，认定新文化运动是胡适、陈独秀几个人干的，根本看不到李大钊、鲁迅、茅盾等作为核心力量的引领。因而，"鏖战"发起时，将主要矛头指向胡适。但此时的胡适，已非昔日在美国的胡适了。胡适于1917年6月离开美国，7月回到上海，由陈独秀推荐、蔡元培邀请而进入五四运动的摇篮——北京大学，担任教授，还先后参加《新青年》《每周评论》的编辑，受聘《新潮》顾问，1919年12月任北京大学教务长，出版《中国哲学史纲》，1920年3月由上海亚东图书馆出版《尝试集》，1921年5月写成《红楼梦考证》，收入汪放原校点的《红楼梦》，12月又出版《胡适文存》（平装、精装两种）……他不但在新文化运动阵营威望与日俱增，而且俨然成了新文化运动的领袖人物，掌控了不少资源特别是舆论阵地。所以胡适后来敢说：

> 《学衡》的议论，大概是反对文学革命的尾声了。我可以大胆地说，

---

① 郑振铎：《中国新文学大系、文学论争集·导言》，良友图书印刷公司，1935年10月。

文学革命已过了议论的时期，反对党已破产了。从此以后，完全是新文学的创造时期。①

　　胡适虽然是"一个极高明的入世者"，但也离不开时代给予的机遇。如有的学者指出："胡适的生命里如果没有《新青年》、陈独秀、蔡元培和那'首善之区'里'最高学府'来配合他，那他那个'善假于物'的'君子'恐怕也找不到适当的地方去'登高而招'，'顺风而呼'了。这都是一些偶然的际遇，客观条件配合得好才能使那个主观条件具备的大才子扶摇直上，手揽日月！"我们必须要看到：胡适大搞中国古典小说的考证，特别是《红楼梦考证》，是别有用心的。有学者说，"陈独秀的红学研究与胡适一生基本上是学者不同，陈独秀的一生是革命家和政治家……由于他的特殊身分和巨大影响，其《红楼梦新序》刊于亚东图书馆出版的《红楼梦》卷首，随着《红楼梦》的广泛流传，其影响也就很大。"（胡邦炜：《〈红楼梦〉中的悬案》，四川人民出版社 1994 年6 月）这实在是不对，有必要多说几句，以还原真相。
　　胡适一生基本上是"学者"吗？
　　这种分析是赞扬胡适呢？还是批评胡适？新文化运动本来就是五四反帝反封建运动的组成部分。胡适反对五四运动，绝对不是"反对政治"。请看他本人怎样说的吧。
　　1947 年 9 月 21 日下午 4 时，他在天津南开女中礼堂讲演时，回顾了自己从不谈政治到不得不谈政治的经过。他说：

　　　　但是不到二十年我却常常政治（原文如此，政治前似乎缺"谈"字），先后我参加或主持过《每周评论》《努力周报》《独立评论》和《新月》等政治性杂志。因为忍不住不谈政治，也可以说不能不问政治，个人想不问政治，政治却时时要影响个人，于是不得不问政治。（曹伯言整理《胡适日记全编》第 7 卷，第 678—679 页）

---

　　① 胡适：《五十年来之中国文学》，刊《申报》50 周年纪念刊《最近之五十年》（1923 年出版），后收入《胡适文存》二集卷二。

1953 年 1 月 7 日在台北"记者之家"演讲时又说：

> 《努力周报》是谈政治的报。以前我们是不谈政治的，结果政治逼人来
> 谈。后来只是不干政治。正如穆罕默德不朝山，山朝穆罕默德一样，把二
> 十年不谈政治的禁约放弃了。（胡适：《报业的真精神》，《胡适文集》12 卷，
> 北京大学出版社 1998 年版，第 618 页）

胡适以学术钻进政治，又利用政治帮助学术，这才成就了他在学术上的某
些成就。所以有学者说：他是"一个极高明的入世者"。世人多没看清，吴宓
等人更没注意到这一点。

三、主要成员过早分化

分化，是任何一种势力在行进过程中必不可免的事。《学衡》主要成员却
过早分化。这些人在鲁迅、茅盾等新文化运动主将们反击下，简直无还手之
力，很快就溃不成军，星散四方。主角、经济来源的后盾——刘伯明 1923 年
11 月逝世；梅光迪 1924 年 8 月去了哈佛大学任汉语讲师；不久，胡先骕也去
了美国。剩下的就只有吴宓了，可谓单枪匹马，无可奈何。

梅光迪虽然离开了《学衡》，但对他的努力，人们并没有忘记。他于抗战
期间逝世，竺可桢曾致信胡适，请其为梅作一传略，并寄去郭斌龢起草的初
稿。竺可桢的信是这样写的：

适之吾兄著席：

迪兄作古经年，同深悼痛。其夫人李今英先生率儿女留杭，任教敝
校，近况尚佳。前承　惠允为迪生兄作传，俾资流传，仅附奉参考资料一
包，切恳拨冗挥就，垂光泉壤，拜赐何穷。收到后并乞　先示一笺，用释
悬悬。此颂

书祺！

　　　　　　　　　　　　　　　　弟　竺可桢顿首　十一月十九日

附《梅光迪先生传略》

……

十年，任东南大学西洋系主任，时年甫逾三十，意气发扬。聘哈佛同学吴宓君归任教授，创刊《学衡杂志》、思树新猷，以开风气。吾国自晚清以来，震慑于欧西诸邦之富强，颇慕而效之，初则仅美其工艺制造，继则以严又陵《天演论》《群学肄言》诸书行世，始渐歆向其学术思想。惟严氏所译，泰半为十九世纪英国功利主义者之作，而西方文化导源希腊罗马，蕴积深永，中土人士，尚多昧然。先生与吴君则致力迻译或绍介欧西古代重要学术文艺，以及近世学者论学论文之作，冀国人于西方文化有更真切深透之了解，而融新变故，能寻得更适当之途径。一时东南士气发皇，惜甫及三四年，先生与吴君皆以故离去，所倡导者亦渐消歇矣。①

吴宓等人发起的"鏖战"以惨败告终，完全是适得其反帮了倒忙，不但没伤及胡适的毫毛，反而让胡适获取了更多的资本，巩固了在文化界的领袖地位，掌控了更多的文化资源，为他利用学术闯入仕途打开了新的途径。唐德刚先生说：

陈独秀和当年的"新文化运动"，在胡适看来，都是"政治"的牺牲品。胡适先生是反对五四运动的。他认为新文化运动的"夭折"，便是五四运动把它政治化的结果。②

所谓"把它政治化的结果"，就是马克思主义在中国的步步胜利！所以，吴宓反对胡适，不能简单地认为就是反对鲁迅，反对新文化运动，更不能就给他戴上"落后""保守""反动"……一顶又一顶的帽子，将之赶出学术主流圈子。其间，不少的中国现代文学研究者，对其予以批判，弄得其一蹶不振。吴宓日记中有这么一条：

1955 年 12 月 8 日　　星期四

宓邮局送信后，在校新华书店观书，见丁易又王瑶著《中国现代文学

---

① 《胡适来往书信选》下，内部发行，1980 年 8 月中华书局第 1 版，第 146 页。
② 唐德刚：《胡适杂忆》，广西师范大学出版社 2015 年 2 月第 2 版。

史》，均叙及《学衡》杂志，云迪、骕、宓等所撰，与严复、林舒等同调，为封建军阀及英美帝国主义鼓吹，遭鲁迅之抨击，载《热风》中，而一蹶不振矣。云云

从这些现代文学史的批判，可见当年的行为所造成的后果。

程裕祯主编的《中国学术通览》，由北京语言学院出版社 1995 年 2 月出版，被称为"可以在永不停歇的文化探索和学术研究中发挥应有的作用"的工具书。该书从儒学到钱学，对跨越几千年的重要学术流派作了简明的介绍，其中水平参差是必然的，譬如红学，作者就有很大的忽视，对吴宓的红学研究更是只字未提。

《中国大百科全书·中国文学》上下五册，180 多万字，不仅没有对《学衡》的介绍，"学衡派"三个字也只在一个长词条的夹缝中出现过一次，而且与最反动的"戡乱文学"混在一起。

这就是后果，吴宓的处境……

"悲剧英雄"与"特种学者"的持续较量

从两人的"封号"说起。

吴宓借别人说自己"具有亚里士多德所言悲剧主角之资格"而接受了"悲剧英雄"这个比喻,自嘲、自讽、自励、自勉……要像希腊悲剧中的主角一样,为既定目标,不惜牺牲,抗争到底。

这个比喻是吴宓的弟子钱钟书在给他的信中赠予的。吴宓欣然认可,立即回信,并以《赋赠钱君钟书_{锡存}即题中书君诗初刊》[①] 回赠如下:

> 才情学识谁兼具,新旧中西子竟通。
> 大器能成由早慧,人谋有补赖天工。
> 源深顾(亭林)赵(北瓯)传家业,气胜苏(东坡)黄(山谷)振国风。
> 悲剧终场吾事了,交期两世许心同。

后收入《吴宓诗集》时,他加作了如下注释:"七句答来函之意。来函谓宓具有亚里士多德所言悲剧主角之资格云云。按 John. A. StoEC 所作 *Unity of Homer* 书中第七章,以海克多 Hector 为'道德之英雄',解释悲剧主角最精。可参读。八句兼谓尊人子泉先生(基博)。本集卷七有唱和诗":

---

① 《吴宓诗集》卷十三《故都集》,中华书局版卷十三,第29页。

赋呈短章奉贺雨僧先生新岁之禧

钱基博 ^{子泉江}
_{苏无锡}

鼙鼓惊心急，屠苏著意醇。清华新日月，薄海旧沈沦。
所贵因时变，相期济时屯。寸心生趣茁，大地自回春。

依韵奉和子泉先生

道高文益贵，交浅味偏醇。感子情何厚，相看世已沦。
寸心倾日月，万劫数艰屯。长夜终须旦，花开及早春。①

"*Unity of Homety* 书中第七章，以海克多 Hector 为'道德之英雄'解释悲剧主角最精。"徐葆耕对此注释作过解释。他说：

> 海克多（现译赫克托尔）是《荷马史诗》中所写的特洛伊城的英勇保卫者。他明知命运险恶仍一往无前。他具有弃个人幸福（娇妻，爱子）而为城邦献身的"责任意识"，故 scott 称其为"道德英雄"。作为罗马人的祖先，海克多的精神是典型的罗马悲剧英雄的精神。统观先生一生为民族文化复兴而呕心沥血的历史，特别是在文革的险恶环境中不畏抛出自己的头颅捍卫民族文化精魂的气概，确乎与海克多神似。所不同的，海克多以高超的武艺保卫城邦和人民，吴氏却是凭文化武器，"以天道启悟人生"，作为一个希腊式的悲剧角色，他是一位殉情者；作为一个罗马式的悲剧角色他是一个殉道者。②

吴宓原本是一位"道德救国"论者，所以对钱钟书的评断，他非常高兴地接受了，并以此作为座右铭。他的另一位弟子郑朝宗说：

---

① 《吴宓诗集》卷七《京国集上》，中华书局版，第7页。
② 徐葆耕：《吴宓的文化个性及其历史命运》，见李斌宁、孙天义、蔡恒编：《第一届吴宓学术讨论会论文选集》，陕西人民教育出版社1992年3月。

他常常自比希腊悲剧里的主人公，因为他相信他那不幸的遭遇，正和那些人的一样，全由于无可如何的天意的作弄，并非当事人自己有什么不对的地方。虽然灵感来时，他也会忽忽如有所悟地吟出一联未经人道的佳句来："始信情场原理窟，未甘术取任缘差！"①

没兴的事一齐来。大约就在这前后，《学衡》杂志宣告停刊，由吴先生主编的另一刊物——《大公报·文学副刊》也改由别人（引者注：沈从文）接管编辑新文艺副刊。吴先生向来以古希腊悲剧英雄自比，认为一生常受命运女神的摆弄、事事不如意。现在他的悲剧情绪更浓厚了。②

他的这种性格，在与胡适、沈从文辈的论争中表现得特别明显。如温源宁所说：

雨生办《学衡》，一切立论与胡适正正相反。《学衡》明明是大张旗鼓以与白话文学反抗，而保守旧有生活的。反抗是失败了，但是其勇气毅力是可嘉的。他编《文学副刊》之勇气毅力也是一样的可嘉。他要叫中国读者注意西洋文学之史实，而不仅摭拾那文学的皮毛。史实、年月、数目，这是多么干燥乏味。现代人要的是趋时喜新、随波逐流，摭拾这文学潮流上之泡沫草芥——Dowson，Bnudelaire，Valery，Virgin ia Woolf，Aldous Huxley 等等。在现在时代，像雨生那样孜孜叫人研究 Homer，Virgil，Dante，Mileonl 雅典文学，就要遭人不齿。③

"特种学者"是鲁迅先生赠送给胡适的雅号，非常准确地刻画出胡适的治学之道及其治学的目的。大致包含了这么三层意思：

---

① 郑朝宗：《怀吴雨僧先生》，《宇宙风》乙刊第二期，1939 年 3 月 16 日。
② 郑朝宗：《忆吴宓先生》，《随笔》1987 年第 5 期。
③ 《文人画像》，见温源宁英文原著、林语堂汉译：《林语堂名著全集》第十八卷，上海晨光出版公司 1947 年版。

一、"和官僚一鼻孔出气"

非常了解胡适的唐德刚说：

> 我们的胡老师就是一个最高明的"入世的学者"，他老人家哪里能谈禅！①

鲁迅先生在致朋友信中说：

> 新月博士常发谬论。都和官僚一鼻孔出气，南方已无人信之。（鲁迅：《致曹靖华》，《鲁迅全集·书信》第十三卷）

二、根本不懂小说人物的创造

鲁迅曾特别指出：

> 然而纵使谁整个的进了小说，如果作者手腕高妙，作品久传的话，读者所见的只是书中人，和这曾经实有的人倒不相干了。例如《红楼梦》里的贾宝玉的模特儿是作者自己曹霑，《儒林外史》里马二先生的模特儿是冯执中，现在我们所觉得的却只是贾宝玉和马二先生，只有特种学者如胡适之先生之流，这才把曹霑和冯执中念念不忘的记在心儿里，这就是所谓人生有限，而艺术却较为永久的话罢。②

这是对"特种学者""自传说"的有力的批判。

三、"恃孤本秘笈，为惊人之具"

鲁迅先生在致友人信中写道：

---

① 《胡适口述自传·从整理国故到研究和尚》，《胡适文集》1，北京大学出版社 1998 年版，第 395 页。

② 《鲁迅全集·且介亭杂文末编·〈出关〉的"关"》，人民文学出版社 1981 年版。

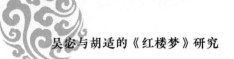

郑君治学，盖用胡适之法，往往恃孤本秘笈，为惊人之具，此实足以炫耀人目，其为学子所珍赏，宜也。我法稍不同，凡所泛览，皆通行之本，易得之书，故遂孑然于学林之外，《中国小说史略》而非断代，即尝见贬于人。①

可以说，胡适既是学术明星，又是政治明星，可谓双料。学术让他巧妙地入世，迅速成为政治明星；政治为他的学术增加助力，插上翅膀，两者互相推动，双双获益。学术服务于政治，政治则替学术张目，更好地实现其"国人导师"的野心。所以，雷震说他"深谙人情世故"，唐德刚赞扬他是"最高明的入世者"。

吴宓与胡适"鏖战"，异常复杂，相当微妙，既有人事方面的纠葛，也有学术上的纷争，明的，暗地……吴宓始终处于被动、"挨打"的地位，胡适总是占有绝对的上风。

这里，我们主要论述两人在《红楼梦》研究方面的一些较量。

关于《红楼梦》研究，吴宓曾作过三次回顾或总结：

一、1952年思想改造运动中

他在向文教部派来西师指导思想改造的沈忠诚、鲁国珍汇报思想后，在日记中写道：

先答二同志所问宓个人生活及西师各方面情形，表示宓自知旧思想包袱甚重，极愿意参加而切实改造。次简述宓之履历及事业，举出（一）《学衡》（二）《大公报·文副》（三）《吴宓诗集》（四）《红楼梦》演讲四件，均承认缺失，俟后自加评责。但申明宓乃一国粹主义者，又为感情主义者，故只壮岁随友参加事功，三十七八岁以后，则只注重个人生活情趣及男女恋爱问题，所读所作，除《世界文学史》外，惟以此为范围及目的。对政治素漠不关心，乃一逃避现实之一无用文人，学者而已。（吴学昭整理注释《吴宓日记·续集》1952年5月9日，生活·读书·新知）

---

① 鲁迅：《致台静农》，《鲁迅全集》书信第12卷。

这个回答，可谓半真半假，举出自己履历中的"四件"，是真，"申明"自己的一番评价，则不全真。

二、"文化大革命"初期

《红楼梦》讲演成为"罪行"，得向"无产阶级革命派"交待。他在 1967年的日记里是这样写的：

> 二月一日　　星期三
>
> 阴历十二月二十二日。阴，小雨，风，寒。3－7℃，夜 3：30a. m，起，4－6 撰《交待我的罪行：第九篇　演讲〈红楼梦〉》，成总说及批判一段，凡大半页。早餐，粥，二馒。
>
> ……晚……
>
> 10p. m.—2a. m. 续撰写《交待我的罪行：第九篇　演讲〈红楼梦〉》，叙述 1907—1963 宓一生有关《红楼梦》之事实经历，二页有余；全篇成，凡三页满。2a. m.始寝。

吴宓交待的"一生有关《红楼梦》之事实经历"的文字，我们是无法寻觅了，这实在是难以弥补的损失，不仅对了解吴宓、分析吴宓、评价吴宓，而且对《红楼梦》研究、"红学"史的研究来说，也不能不说是一个极大的遗憾。

但他留下的不完整的"交待"，还是给我们提供了少许可供研究的重要线索。

三、"文化大革命"后期

这时，吴宓惨遭迫害，身心大受摧残，仍然坚强地活着。……1973 年 1月 3 日至 14 日在校勘张尔田的《遁堪文集》的过程中，他回顾了自己研究《红楼梦》的道路，写下一则带总结性质的批语：

> 吾人进知进学，不外两途。（一）曰考据之学，务在增益知识，由"读书得闻"来，至于博学多识，西汉之古文学家及后世之考据家，属此派，注重事实（facts），以勤为贵，能有成绩者多。（二）曰义理之学，

务在综合思想，由"统系归纳"来，至于精思独造，西汉之今文学家及宋
明儒者，以及今世新人文主义大师白璧德先生等属之。王静安先生之感
情、理想及其"志行"截然与其学识研究划分，故由其忠于清朝之志，终
乃毅然自沉，而治学脱离人生，不求用世，则逃于纯粹之考据"研究"
矣。若夫张尔田先生，则坚守义理（Ideas）之学，博古而更能通今。至
于宓亦窃划于此流。即如《红楼梦》之研究。胡适至周汝昌，是（一）考
据派，而宓则属（二）义理派，以《红楼梦》阐我之人生哲学，至以教后
学及凡俗也。①

　　这是他晚年重新回到从《红楼梦》吸取力量的过程中对自己的《红楼梦》
研究所作的一次总结。他再次与胡适等人的《红楼梦》研究划清界限，并阐明
了自己研究《红楼梦》、演讲《红楼梦》的目的和方法。吴宓的《红楼梦》研
究，无论是讲演，还是文章，无不具有鲜明特色："务在综合思想"，"统系归
纳"，"精思独造"，比之《学衡》《大公报·文学副刊》《吴宓诗集》三项研究，
其困难更是重重。他虽然编辑过《红楼梦讲演录》《红楼梦研究集》，但都遗失
了，因此今人研究起来也格外困难，愿更多的学者加以注意。
　　这三次回顾或总结，告诉了我们一些什么信息呢？
　　（一）《红楼梦》研究始终是他的"事业"或"志业"的重要组成部分；
　　（二）他从事《红楼梦》研究与胡适是完全不同的，无论是道路和方法，
或目的；
　　（三）研究《红楼梦》的方法一定要中外会通，绝不能丢掉传统。
　　吴宓从未停止过对"特种学者"胡适的《红楼梦》研究的批驳。
　　他主编《学衡》第一期就刊发了萨克雷的《纽康氏家传》。
　　吴宓在一九一九年八月三十一日的日记中说：

　　读 Thackeray 之 Newcomes（注：英国小说家萨克雷著《纽康氏家传》）毕，
绝佳。英国近世小说巨子，每以 Dickens（林译迭更司），与 Thackeray 并
称，其实 Dickens 不如 Thackeray 远甚。约略譬之，Dickens 之书，似

---

① 转引自傅宏星：《吴宓评传》，华中师范大学出版社 2008 年版。

《水浒传》，多叙倡忧仆隶，凶汉棍徒，往往纵情尚气，刻画过度，至于失真，而俗人则崇拜之。见 F. E. More "Shelburne Essays" 论 Dickens 之论文（穆尔《谢文盖论文集》）。而 Thackeray 则酷似《红楼梦》，多叙王公贵人，名媛才子，而社会中各种事物情景，亦莫不遍及，处处合窍。又常用含蓄、褒贬寓于言外，深微婉挚，沉着高华，故上智之人独推尊之。乃 Dickens 全集，几皆译成中文，而 Thackeray 之书，则尚无一译本，宁非憾事？宓读 Newcomes 竟，决有暇而必译之。每日译一页半，约五百字，三年可毕。译笔当摹仿《红楼梦》体裁，于书中引用文学美术之字面，则详为考证，并书中之外国人名、地名、史事，均另加注解，以便吾国人领悟。宓尝有志著小说。或著或译，不久必将着手也。①

吴宓是一位说干就干的人。真的，不久他就摹仿《红楼梦》的体裁译出萨克雷的小说《纽康氏家传》，刊于 1922 年 1 月出版的《学衡》杂志创刊号，连载至 8 月 8 期。恰好三年时间，前有译序，后有"译者谨识"。"译序"和"谨识"是出色的比较文学论文。他说：

> 窃尝比而论之迭更司之书似《水浒传》。而莎克雷之书则似《石头记》，二人之短长得失，以及读者轻重抑扬之处，悉可由此定之矣。

吴宓将《水浒传》、《石头记》与英国古今最为重要的四大小说家作追根溯源的纵横比较，作图如下：

$$\begin{array}{ccc}
\text{迭更司（作品）} & \longleftrightarrow & \text{萨克雷（作品）} \\
\text{似《水浒传》} & & \text{似《石头记》} \\
\updownarrow & & \updownarrow \\
\text{李查森（感情派）} & \longleftrightarrow & \text{费尔丁（写实派）}
\end{array}$$

他说：

> 吾国人仅知有其一，窃意费尔丁及萨克雷之书尤宜争译。

---

① 《吴宓日记》11，第 58 页。

这就是他要译《纽康氏家传》的动机，且与《红楼梦》作比较。

值得我们注意的是：吴宓并不是一味反对白话文，反对新思潮。他在"译者谨识"中说得非常清楚。他说：

> （二）吾屡言今日吾国文学界最急要之事，即为创造一新文体。强以固有之文字，表西来之思想。以旧形式入新材料，融合之后，完美无疵。此本极难之事，执笔者人人有责。时人竞尚语体，而欲铲除文言，未免有误，且无论文言白话，皆必有其文心文律，皆必出以凝练陶冶之工夫，而至于简洁明通之域，大凡文言首须求其明显，以避艰涩佶钉，白话则首须求其雅洁，以免冗沓粗鄙。文言白话，各有其用，分野殊途，本可并存，然无论文言白话，皆须精心结撰，凝练修饰如法，方有可观。昔约翰生博士 Dr. Johnso 赞阿狄生 Addison 之文章。谓为 fumiliar but not coarse, elegant but not ostentations 其上半句可用作吾国今日白话之模范，下半句可用作吾国今日文言之模范。吾译《纽康氏家传》，亦惟兢兢焉求尽一分子之责。以图白话之创造之改良而已。①

30 年代初，茅盾的《子夜》出版后，他写了评论，说：

> 吾人始终主张近于口语而有组织有锤炼之文字为新中国文艺之工具。国语之进步于兹亦有赖焉。茅盾君此书文体已视《三部曲》为更近于口语，而其清新锤炼之处亦更显者。始所谓渐近自然者，吾人尤钦茅盾君于文字修养之努力也。（云）（吴宓：《茅盾的长篇小说〈子夜〉》，《大公报·文学副刊》1933 年 4 月 10 日）

后来他又在《武汉日报·文学副刊·序例》中写道：

> 本刊不拘文体，不别形式，文言语体，古文白话，或摹古，或欧化，

---

① 吴宓：《纽康氏家传·译者谨识》，《学衡》第一卷第八期。

本刊兼收并收。

这体现了他对白话文的态度，可以说是客观的、公允的、明确的、一贯的。

吴宓忙于《学衡》的编辑，没能亲自撰文批判胡适的《红楼梦考证》，但他还是时刻关注胡适的《红楼梦考证》传播所带来的危害。1925年2月出版的《学衡》38期刊发了黄乃秋（实为缪凤林）的题为《评胡适〈红楼梦考证〉》的长文，对胡适"考证著者与本子，其所得著者之结论，谓书中甄贾两宝玉，即著者曹雪芹之化身，甄贾两府，即当日曹家之影子；其所得本子之结论，谓《红楼梦》最初只八十回，后四十回（自八十一回至百二十回）为高鹗补作"，进行了严厉有力的批驳。

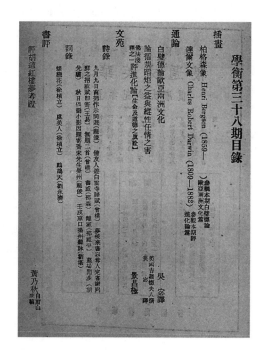

论者说：

　　余赏细阅其文，觉其所以斥人者甚是；惟其积极之论端，则犹不免武断，且似适踏王梦阮，蔡子民附会之覆辙，故略论之。

论者"先及其本子之考证，次及其著作之考证"，紧接着抓住胡文"与立论之根本相抵触"，"证据之不充"，"大背于小说之原理"，"红楼为已经渲染之人生"等四个方面，一一予以批驳。文章指出："胡君谓考证《红楼梦》，范围限于著者与本子，不容以史事附会书中之情节"，然"其自身之考证"，"谓甄贾宝玉即曹雪芹，甄贾两府，即曹家"，与他归纳的"附会"三派"如出一辙"……"胡氏的种种附会的根本之蔽，就在于它大背于小说创作之原理"。"《红楼梦》之所叙人生，与实际人生迥不相同""断不能以实际人生相绳"，"居今日而读《红楼梦》，首当体会其所表现之人生真理，如欢爱繁华之梦幻，出世解脱之为究竟，如黛为人之卒失败，如钗为人之终成功等。次当欣赏其所创造之幻境（即一串赓续之想象事物，如布局之完密，人物之才绝，设境之奇妙，谈话之精美等）。不此之务，而尚考证，舍本逐末，玩物丧志，于己徒劳，于人鲜益。在研究文学者视之，本已卑无足道，然即欲考证，亦只限于著者本子二问题"。文章最后以愤恨之情作结。说：

> 余愤自来考证《红楼梦》者之谬妄，而惜胡君之所以责人者是，而所以自处者非也。

这是瞄准胡适的《红楼梦考证》放出的"第一炮"。开火的人黄乃秋，真实姓名叫缪凤林。

吴宓后来在《王际真英译节本〈红楼梦〉述评》文中进一步明确了这一点。他说：

> 此事时贤已有论列（参阅《学衡》杂志第三十八期缪凤林《评胡适〈红楼梦考证〉》篇）。

缪凤林（1899—1959），字赞虞，浙江富阳人。1923年南京高等师范学校毕业，后从欧阳竟无习佛学。同年秋赴沈阳东北大学，讲授历史，1927年任江苏国立图书馆印行部主任。1928年执教中央大学，任史学系教授。《学衡》杂志的编者之一。由此，我们知道了其《评胡适〈红楼梦考证〉》一文的撰写，吴宓可能参与其事。该文章的观点也与吴宓的看法一致。

缪凤林向胡适的《红楼梦考证》开了"第一炮"。胡适是默认呢,还是后发制人,等待时机呢?

吴宓不但利用《学衡》阵地批评胡适的《红楼梦考证》,而且还不断开辟新的战场,与胡适较量。其日记有这样一些记载:

一九二四年

七月三十一日

三时。……访张季鸾君炽旁。于南成都路新乐里176号寓宅,谈甚久。张君将以吴鼎昌之资助,创办大规模之新式日报一种。约予半年后,事成,来任该报文艺编辑。

一九二五年

二月七日　　星期六

上午……至新月社,二次,乃遇之。并见胡适、徐志摩。在其处午饭。

这次见面是不是两人第一次见面?谈了些什么?不得而知。不久,他在梁启超的宴会上谈到胡适。其日记中载:

一九二五年

十一月二十四日　　星期二

晚8—9得柬招,谒梁任公。梁甚愿就校长,询校中内情甚悉,但拟以余绍宋任机要主任。又云此事如决办,宜得仲述同意。又云,胡适可聘来研究院云云。

归后,觉连日奔走校长事,殊无味,此席恐终为余日章所得。我等劳碌,何益?即梁就职,且招胡来,是逼宓去。张任校长,其不利于宓,尚未至此也。大好时地,不能安居读书,奔走何苦哉?宓乃爽然自失矣。

一九二八年

三月十二日　　星期一

第十期《文学副刊》出版。《胡适评注词选》一条,竟排为四号大字,开前此所无之例。谅系馆中人欲借名流以自重之意。以宓之辛苦劳瘁,而

所经营之《文学副刊》乃献媚于胡适氏，宁不为识者齿冷？以是宓愧愤异常，即作长函，致张季鸾，责问之。谓若馆中以捧胡适为正事，宓即请辞职。旋恐此函太伤感情，乃抑置未发。但作短函，严嘱其以后非经宓诺，不得擅改字体大小云云。见十八日所记。

三月十八日　　星期日

得张季鸾复函，并附示原稿，始悉《胡适评注词选》一文之用四号字排印。乃宓以红笔批明者。宓一时荒唐，自家错误，而妄以责人；且牵引大题目，几伤感情。幸长函未发。可见人间几多误会，悉出不经意之故。今兹愧悔之余，当切戒之。且当收心敛志，毋再荒疏若此。慎之勉之。

这些虽然与胡适的《红楼梦考证》没有直接的关系，但足以说明吴宓与胡适的关系是较为紧张的。

1928年，吴宓主持《大公报·文学副刊》后，很快刊发了四篇针对胡适《红楼梦考证》的文章，其中三篇是他自己写的，一篇是蔡元培为《红楼梦本事辨证》所写的序文。

1928年1月9日，《文学副刊》第二期刊发了他撰写的《红楼梦本事辨证》。

红楼梦本事辨证

《红楼梦本事辨证》一册，寿鹏飞著，商务印书馆出版。列入文艺丛书乙集。内容係钞集各家之说，而证明《红楼梦》一书，乃暗叙清代朝廷及宫闱秘事。其异于蔡元培氏《石头记索隐》等书者，则谓书中所指非止一时之事，而係分别影射数件大事。按此书无甚新材料，其论点亦属陈腐。以吾人之见。《石头记》一书乃中国第一部大小说，其艺术工夫实臻完善。其作成之历史及版本之源流，固应详为考定。然此乃专门学者之业，普通人士，只应当原书作小说读。而批评之者亦应以艺术之眼光从事，即使《红楼梦》作者对于种族国家心中偶有感慨，其描写人物亦有蓝本，间参一己之经验，然后写入书中，必已脱胎换骨，造成一完密透明之幻境，而不留渣滓，寻根觅底，终无所益。是故蔡元培氏之《石头记索隐》，以及类此之书，实由受排满革命思想之影响，而比附太过，近于穿凿。胡适氏之《红楼梦考证》，则又受浪漫派表现自我及写实派注重描写实迹之影响，认为曹雪芹之自传，殊属武断。其他近今之考证论辨，优劣互见。然皆未尝以艺术之眼光评此大书。王国维氏之评论较佳，然专以叔本华一家哲学之论点临之，亦嫌一偏，有所未尽。是诚可惜。若今兹新出之小册。更无足观已。（1928年1月9日《大公报·文学副刊》第2期）

同时刊发了蔡元培的《红楼梦本事辨证·序》，该文章是蔡氏为自己的《石头记索隐》一书所作的辩护，说：

同乡寿鹏林先生新著《红楼梦本事辨证》，则以此书为专演清世宗与诸兄弟争立之事；虽与余所见不尽同，然言之成理，持之有故。此类考据，本不易即有定论；各尊所闻以待读者之继续研求，方以多歧为贵，不取苟同也。先生不赞成胡适之君以此书为曹雪芹自述生平之说，余所赞同。以增删五次之曹雪芹，为非曹霑而即著《四焉斋集》之曹一士，尤为创闻，甚有继续讨论之价值。因怂恿付印，以公同好。

1928年2月27日，又刊发一则书讯，介绍容庚和胡适标点本的异同。全文如下：

红楼梦善本之新刊布

现坊间所售新旧式标点之《红楼梦》，大抵直接或间接以乾隆五十六年程伟元排印本为依据。此本后经程与高鹗"聚集各原本，详加校阅、改定无讹"。（高鹗引言中语）校定本流传极稀。现所得知者，惟胡适藏有一本、燕大教授容庚藏有一写本。最近胡氏以藏本付标点印行。（上海亚东图书馆出版、式样及定价与旧泰东标点本同）、卷首有胡氏一新序。驳正容氏以其所藏写抄百三十回本为曹氏原本之说。容氏说见者北京大学《国学周刊》（第五第六第九期）。此本文辞与事实多较旧本为优，书中有校读后记、将新旧本重要异点对照举出，举其一例。如旧本第二回［第二胎生了一位小姐（元春）……不想次年又生了一位公子（宝玉）……］而第十八回谓［宝玉未入学之先三四岁时，已得贾妃口传授受了几本书，识了数千字在腹中，虽为姊弟、有如母子。］则元春

断不止长宝玉一岁。新本作［不想隔了十岁年、又生了一位公子。］便
无牴牾矣。

该短文肯定了胡适标点印本"文辞与事实较旧本为优",体现了吴宓的实
事求是。

1929 年 6 月 17 日《大公报·文学副刊》75 期刊发了吴宓以笔名"余生"
撰写的题为《王际真英译节本〈红楼梦〉述评》。这是继黄乃秋在《学衡》刊
发《评胡适〈红楼梦考证〉》后又一篇炮轰胡适《红楼梦考证》的力作。

"述评"从对焦理氏与韦理氏之英译《红楼梦》的比较谈起,批判了王译
书中所引韦里氏关于中国小说起源的"谬误",特别是引用胡适"自传"说的
谬论。

该述评概述了韦理氏所作序之内容,"谓小说在中国夙为人所轻视,故小
说不外(1)附会名人轶事及(2)托于鬼神仙佛二种。……此后千年中,则有
于空场上说书者,逐渐产生小说。……其影响之最著者四事:一、篇幅长至百
二十回,二、不敢明写人生实事,而托于神怪仙佛虚空幽渺之传述,三、注重
每回每段之描写,而轻视全书之布局及结构,四、附会道德训诲之目的,如宝
玉之出家是也。"然后明确指出:

> 按韦理氏兹所言四事皆误。盖(一)《红楼梦》一书晚出,至长且精,
> 其艺术乃中国小说之登峰造极者。此正文学进化之公例。(二)《红楼梦》
> 中所谓真境幻境,为表明文学创造之秘诀,显示人生实际经验与艺术中之
> 理想化而因果分明曾经选择锻炼者之有别,此正作者之卓识,非不敢以写
> 实自见。(三)《红楼梦》全书结构及布局至精,且以贾府之盛衰为宝黛爱
> 情生灭之背景,感情与事实互相呼应,尤为可称。(四)宝玉出家,乃喻
> 人生之解脱,立意最高,岂以教人成佛为宗旨者乎?凡此种种,须另篇详
> 为阐发,若韦理氏殊未能窥见《红楼梦》之精且大,然不足深责矣。

> 然《红楼梦》之特长,在直写人生之实况,不托附名人及鬼神仙佛之
> 事迹,且为曹雪芹之自传。

> 按韦理氏取胡适君之说。惟从古中西伟大之小说,虽亦本于作者之经
> 验,然其著作成书,决非以自传为目的及方法者。故谓《红楼梦》一书直

为曹雪芹之自传，殊属武断错误。盖不知 fiction 与 history 之别，又不知 Dichtung 与 Wahrheit 之别。此事时贤已有论列（参阅《学衡》杂志第三十八期缪凤林《评胡适红楼梦考证》篇）。容另篇更详说之。以其为自传，故书中列叙琐事，不厌详悉，不嫌重复，如宝黛之屡次争闹及第一百十六回宝玉重游太虚幻境是也。

按以吾人观之，此诸件均深有意味：（1）宝黛屡次会晤情形，乃表示二人年龄爱情之成长及精神心理之变迁，何重复之有？（2）梦为人生经验之重要部分。写梦便是写实。韦理氏必以象征及寓言释之，谓宝玉代表想象力及诗情，贾政代表艺术家生活之困难及所受之阻碍与痛苦云云，殊嫌胶柱鼓瑟。以此法解释《西游记》则可，而决不可用之于《红楼梦》。盖《红楼梦》乃至精且正之描写真实人生之小说也。

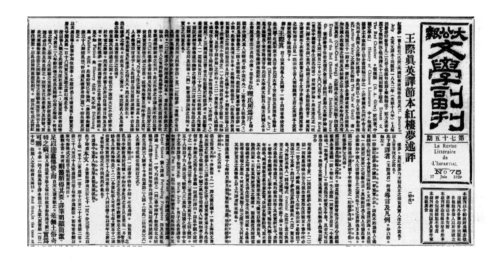

在批驳了韦理氏谬说后，文章介绍王际真"所为导言及凡例"。……最后对王氏的译本给予很高的评价。"述评"，完全可以说是《评胡适〈红楼梦考证〉》的姊妹篇。

吴宓本想以《大公报·文学副刊》为阵地，继续与胡适作战，但同人却无兴趣，不愿相助。日记写道：

一九二九年

一月十六日　　星期三

宓本拟以《大公报·文学副刊》为宣传作战之地，乃《学衡》同志一派人、莫肯相助。宓今实不能支持，只有退兵而弃权之一法耳。

尽管无人"相助"，他并没有退兵弃逃，而是千方百计，想方设法，采取各种各样的方式与胡适作战，持续斗争。

他利用自己讲授"文学与人生"课程，在为《红楼梦》颂扬与辩护的过程中直接或间接批驳胡适的谬说。如他在讲"文学与人生之关系"时强调：

并非一切文学都是自传性质。文学写作的目的不是总自我暴露。因此，在所谓"文学研究"上多费功夫是愚蠢的。

他特别举了四个例子，其中两个，一个就是胡适，一个是自己。

［例二］《石头记索隐》《红楼梦考证》等。比较曹雪芹之假贾真甄及太虚幻境之义解。

［例三］我之《忏情诗》与陈慎言之《虚无夫人》。

这里所举的例证，他在后面的章节里还作了详细讲解，这里就不再引证了。他在讲"天人物三界"时说：

语其分界，则如 Darwin（达尔文）"物竟天，此天乃<u>自然</u>，即物理择，适者生存"之说，描状生物界之实况，原本不误。若 J. Dewey（杜威）及胡适之徒，另以优胜劣败，适应环境之论，用之于教育及文学，即阑入天人二界，则大误。①

1929 年 1 月，在温源宁的宴会上，吴宓、胡适两人又见了一次面。吴宓

_____

① 吴宓：《文学与人生》，清华大学出版社 1993 年版。

的日记这样写道：

> 一九二九年
>
> 一月二十七日
>
> 七时许，偕陈君至东安门外大街东兴楼，赴温源宁君招宴。客为胡适、周作人、张凤举、杨丙辰、震之。杨宗翰、徐祖正、童德禧禧文，湖北，蕲春。共十人。胡适居首座，议论风生，足见其素讲应酬交际之术。胡适拟购《学衡》一整份，嘱寄其沪寓。上海极司非而路四十九甲，电话二七一二。又拟刊译英国文学名著百种，请宓亦加入云云。

事后，吴宓没有参加胡适"刊译英国文学名著百种"的工作，但按所嘱寄去了《学衡》一整份。寄时，附有一封给胡适写的短信。如下：

> 适之先生：
>
> 在平聆教，甚畅。驾想已抵沪。《学衡》整部六十册，已分五包由邮挂号寄上。按照社中发售章程，六十册连邮费总价大洋十二元整。如蒙汇款，不必汇下。请派　仆人就近送交上海敝友黄华律师收。缘弟欠黄君小款，正可以此抵补，彼此均省事也。附名片一，请照此片送去。
>
> 前在东兴楼席上，谈辜鸿铭君轶事，彼用以挽张勋联语"荷尽已无擎雨盖，菊残犹有傲霜枝"。此二句乃苏轼诗，彼借用之确甚妙也。
>
> 专上即颂
>
> 文安
>
> 弟　吴宓顿首

这恐怕是两人唯一的一次通信吧。

1929 年 1 月的这次见面，气氛似乎很和谐。胡适还向吴宓请教联语出处，并有意将吴宓拉入自己的圈子。但吴宓没有加入。之后，胡适对吴宓的排挤仍在暗暗地进行……趁吴宓去欧洲访学期间，他便以《大公报·文学副刊》没完全使用白话文为由向《大公报》老板施压（参见拙文《吴宓为什么认定沈从文"为"自己的敌人》），终于在 1933 年让沈从文取代了吴宓主持《大公报·文学

副刊》的位置，而且自己亲自出马主持《大公报·星期论文》专刊，1937 年又支持朱光潜、沈从文等人创办大型《文艺杂志》。

吴宓便这样失去了作战阵地，很长时间，无法公开发表自己的主张，吴、胡等人的关系由此更加紧张、微妙！吴宓日记有若干记载：

一九三七年

四月二十四日　　星期六

晴，风。是日为清华成立纪念节之前日（明日为正日），已甚热闹。宓以屡年参与此会，随众周旋，独无妻友，悲苦厌倦已极，而今年校中更请胡适演讲考证学之来源，使宓列坐恭听，宓尤不耐，乃决入城避之，遂于今日上午 11：00 入城。至中央公园长美轩，独坐，午餐，阅报，但心神翻觉爽快。

六月二十八日　　星期一

12：00　文学院长冯友兰来。言外国语文系易主任之事，以宓欲潜心著作，故未征求及宓，求宓谅解。又言，拟将来聘钱钟书为外国语文系主任云云。宓窃思王退陈升，对宓个人尚无大害。惟钱之来，则不啻为胡适派，即新月新文学派，在清华，占取外国语文系。结果，宓必遭排斥。此则可痛可忧之甚者。

六月二十九日　　星期二

12：00　方午餐，文学院长冯友兰君，送来教育部长公函，拟举荐宓至德国 Fran Kfourtam—am—Main 之中国学院任教授。月薪仅四百马克，不给旅费。按此职即昔年丁文渊君所任，原属微末，而校中当局乃欲推荐宓前往。此直设计驱逐宓离清华而已。蛛丝马迹，参合此证，则此次系主任易人之事，必有一种较大之阴谋与策划在后，宓一身孤立于此，且不见容，诚可惊！……

8—10　陈寅恪来，其所见与宓同，亦认为胡适新月派之计谋。而德国讲学，实促宓离清华之方术，谓当慎静以观其变云。

一九四〇年

四月一日　　　星期一

上午8—10上课。以十六世纪法国政治文学，比拟今日中国。以胡适比 Pleiades，（七星社）鲁迅比 Rabelais（拉伯雷），而自比 Montaigne（蒙田）。

四月二十七日　　　星期六

晨9—10　宁陪导宓至校中图书馆检阅去年三月十八日北京《新民报》第一版王一叶君按即王荫南。撰文，斥驳胡适之白话，而称道宓与梁实秋之介绍人文主义。结处盛加勖勉。谓不患此二三子势力影响之小，而惟忧其志气信仰之不坚云云。

八月二十三日　　　星期五

……嗟伤不止，并云，炜知彦深。彦嫁熊公必由负气，而嫁后必甚痛苦，可以断言。至于"图财害命"（胡适语）之说。真不知彦者之谰诬。其可恶也云云。宓得炜如此为彦辩护，中心殊慰。

一九四四年

五月四日　　　星期四

今日五四，联大放假。昨晚今宵，更事讲演庆祝。宓思胡适等白话文之倡，罪重未惩，举国昏瞀。心厌若辈所为，故终日深居简出。……早寝。

……

沈从文除了听命胡适而排挤吴宓，还利用《大公报·文艺》《文艺杂志》等刊物阵地，向左翼发起一次又一次的挑战……

面对沈从文、朱光潜的挑战，吴宓真是一筹莫展，只有招架之功，毫无还手之力，最多只能在课堂上出出气，更多地则是在日记中发泄发泄……

看几则日记吧：

一九四六年

十一月十日　　　星期日

田来，赞成宓十一月四日至梅校长函，十一月八日致吴达元长函。而

诸友生之通习世事者，则皆谓宓不宜有所表示，当静待清华之来求宓。岂可自请求归？杜润生且谓，武大甚可有为，何必归去投入 F、T 部下？娴则劝宓接洽燕京聘约，免到平后，进止失据，无所托足云云。按以世中实事论之，宓之求归清华，诚大错误，徒为 F、T 之党冷笑，谓宓在外受挫折而归耳。即胡适、傅斯年、沈从文辈之精神压迫，与文字讥诋，亦将使宓不堪受。然则孜孜求归胡为者，宓病仍在不能安静自守，而轻举妄动。凡兹荆棘矛盾，皆宓所自造，所谓"天下本无事，庸人自扰之"。于人乎何尤！

1946 年 11 月 26 日，吴宓得知胡适即到北京大学作校长后，极其反感，当晚中宵枕上，曾仿《石头记》，写下一个"见宓之志"回目："（1）梅迪生艰逝播州城，胡适之荣长北大校。（2）吴雨僧情道齐亏损，冯友兰名利两双收。（3）陈寅恪求医飞三岛，俞大维接轨联九洲。"可惜，这仅仅是一个回目。

《学衡》、《大公报·文学副刊》、《吴宓诗集》、《红楼梦》讲演是吴宓自己认定一生所从事的最重要的四项事业。他在从事这四项事业的历程中，遭遇了不少的挑战，既有政治的，也有学术的，尤其是演讲《红楼梦》。其中，贯穿着他对胡适、沈从文等人的"文字相讥""精神压迫"的"抗争"。

他曾计划将胡适之等人写入他的长篇小说《新旧姻缘》。他说：

> 宓之亲戚关系，不同林黛玉，宓自幼读《石头记》，恒以胡原堂为我之荣国府，大观园。近之详记宓幼年所知，所见胡适之种种人物、事实，不厌其繁琐者，正犹宓在撰作我之长篇小说《新旧姻缘》，故率先草出"冷子兴演说荣府""大观园试才题对额"两回，将其中人物及地理之大要，综合叙述，交待清楚而已。①

由于种种原因，《新旧姻缘》没写出，甚为可惜。其日记载：

---

① 吴宓：《吴宓自编年谱（1894—1925）》，生活·读书·新知三联书店 1995 年版。

一九四八年

十月四日　　星期一

正午，赴校约，随众主要职员、教员，在会议厅款待胡适、李济陪宴，酬酢，饮酒甚多。胡、李对宓，交际欢洽。胡与宓叙年庚。又谈关于《石头记》之新发现。（1）为震钧之弟之诗文集已全出。（2）为戚蓼生之身世已大白。云云。在系中略息。下午 2：30－5：00 在大礼堂陪聆胡适、李济二君演讲。李讲《青铜时代之殷文化》。胡讲《两个世界两种文化》。听众拥塞。胡讲指民主国家与共产党之苏联。省主席张笃伦亦在座。

这是吴宓、胡适两人最后一次见面。吴宓致力于《红楼梦》研究，胡适是知道的，因此见面中，胡适特别谈及一点关于《石头记》的新发现。

人民解放战争取得决定性胜利后，胡适离去大陆跟随蒋介石，吴宓留居大陆服务人民，两人互不知情，但吴宓一直关注胡适的动态。无论读书看报，或是和人交谈时，仍不忘胡适。现择日记中若干片段，以见一斑。

一九五二年

十月三日　　星期五

今日作《壬辰中秋》五首，（一）首三四句乃指昨日上午李耀先告宓，闻当局已将宓之思想改造文，译成英文，对美国广播宣传，以作招降胡适等之用。此事使宓极不快，宓今愧若人矣。

（一）

心死身为赘，名残节已亏。

逼来诅楚状，巧作绝秦资。

恋旧从新法，逢人效鬼辞。

儒宗与佛教，深信自不疑。①

日记中所记之诗，表达了吴宓对于当局以自己的文字去作"招降胡适等之用"的不满。难怪接着而来的批判胡适运动，他采取完全敷衍的态度。

---

① 《吴宓日记·续集Ⅰ》，第 432—433 页。

吴宓与胡适的《红楼梦》研究

1954 年，一场声势浩大的批判俞平伯《红楼梦》研究之唯心主义的运动开始了，并由俞平伯而追溯到胡适，对胡适开展了更为猛烈地批判，而这不可避免地涉及吴宓。面对这个批判运动，吴宓与胡适两人态度迥异：身在大陆的吴宓的办法是虚以周旋，无心投入；远在美国的胡适却十分关心，观望，辩解，甚至谩骂……

先看看吴宓是如何周旋的吧。其日记写道：

一九五三年

二月七日　　星期六

10—1，又下午 2—6，晚 7—11 皆在舍撰作《红楼梦是怎样作成的》一文，约八千字，初稿成，熏命为《西南文艺》小说专号而作者。

以用心过劳，寝后久不寐。

二月九日　　星期一

晴。上午写日记。10：00 起，修改宓七日所撰《红楼梦》文，下午及晚同。

二月十日　　星期二

上下午续修改《红楼梦》文，至晚而毕。……宓乃持所撰《红楼梦》文，送交熏。熏细阅后，云，体例不合，恐《西南文艺》不能登载，但仍当送该志编辑部，以了责任，云云。熏示宓 1953 二月之《西南文艺》中载刘又辛等之《儒林外史》研究二篇，皆政治宣传而已。与熏久谈。

一九五四年

十一月十九日　　星期五

此运动（根据重庆市宣传部长任白戈报告）乃毛主席所指示发起令全国风行，特选取《红楼梦》为题目，以俞平伯为典型，盖文学界、教育界又一次整风运动，又一次思想改造。自我检讨而已。宓自恨生不逢辰，未能如黄师、碧柳及迪生诸友，早于 1949 年以前逝世，免受此精神之苦。

前数日，枕上曾作四诗，由俞平伯而怀诸师友，所怀甚多，先成四首，题曰《怀人诗》。

据整理者介绍，作者本日先作成（一）（二）（五）（六）四首，下月又作成（三）（四）两首，共六首。第（六）首是怀俞平伯的，抄录如后：

雪苑声名水绘居，吟诗度曲意优舒。

无端考证《红楼梦》，举国矛锋尽向渠。

俞平伯（铭衡）

此次批判检讨，宓自不得不参加，幸宓自解放后，绝口不谈《红楼梦》，此次尚未遭曳出受审，未尝非韬晦之益。宓缘此复甚忧惧。

一九五四年

十一月二十五日　　星期四

午前赖公名肃，字以庄，年六十四岁。巴县人。邀同何剑熏、李效庵酒叙其斋中。宓饮白酒半茶钟，谈《红楼梦》之批判。熏谓宓之《红楼梦》解说，实较俞平伯为"进步"，且熏凤知宓与胡适无关系，文联有人疑及此。昔尝为敌云云。熏拟定期开会，嘱宓预备发言。

十二月十二日　　星期日

上午9：00至12：30，又下午2：30至6：00在教室大楼1201室，赴中文系所召集之讨论《红楼梦》研究中的错误问题座谈会。来函特约宓系主任何剑熏主席。吴宓以第四人发言，分三段（一）我对此会及本运动之认识。引昨报载郭沫若之言。（二）我自己思想之检讨。（三）我旧日对《红楼梦》之评论。

十二月十四日　　星期二

出遇李一丁，命撰《红楼梦》检讨文登报。

一九五五年

一月十六日　　星期日

约11：00谒谢院长，呈初稿，大不谓然，命改撰；必须自行批判胡适、《红楼梦》二运动中之宓。宓归，大伤悲，自视如囚之陪受死刑。回舍，午饭前后勉撰次稿成，凡四段（二运动）。

一月二十日　　星期四

晚饭后，乐怡然导统战部杨同志来，还宓稿，多所指责，命另作，专谈《红楼梦》，不许述及胡适，亦不许自高自大。宓苦甚，但即在灯下（对李承三）作出大纲（存）、又全文（一）（二）段。

一月二十六日　　星期三

上午 9：00 刘尊一如约来，偕出访谒拜年，并呈报以政协委员赴蓉开会情形：（一）谢院长夫妇，留呈宓《红楼梦》发言二份。（二）张永青院长，留呈宓在蓉开会 i 议事日程；ii 政协选出职员表；iii 政协委员名单三件（各一份）；在其宅中，并见姚大非院长、李一丁处长（宓述发言情形，并以《红楼梦》发言稿一份呈交）……

一月二十七日　　星期四

萧端华来……命萧赴邮局续寄与郑……以宓《红楼梦》发言之印稿一份，赠萧端华。

二月五日　　星期六

归后，复贺麟一月二十九日函。

承寄示麟撰二文（1）《为解放台湾给在台湾的教育界旧友一封公开的信》，载 1954 年 10 月 7 日天津《大公报》。（2）《两点批判——一斥胡适，二责梁漱溟，一点反省麟引咎自责，极痛快淋漓》。载 1955 年 1 月 19 日《人民日报》，二文宓阅毕，即寄还。并以宓《我对自己〈红楼梦〉研究的批判》一文寄示麟，以答其意。虚与周旋而已。

二月二十日　　星期日

饭后，在穆济披楼室中小坐稚荃亦至，见阎崇阶贵州修文承询宓研究《红楼梦》之大旨，宓具述之。

谈至近 5：00，林送宓至中山三路 140 号九三学社。坐楼上，侯谢院长开会毕。近 6：00 邀宓在该社同晚餐，甚丰美。席间与重庆大学教务长王际强等谈《红楼梦》。

三月三十日

坐读俞平伯今春所作《自我检讨》长文，不胜同情悲苦。亦如黄有敏君所吟"自讼万言流涕读"也。

四月十一日　　星期一

宓读之大悲苦（引者注：指简化字）。文字改革之谬妄……，昔之数十年中，吾侪与全中国同心同道之士，固皆有完全之自由。以反抗、攻诋、辩驳，甚至辱骂胡适等人，以明真是而存正气，以保国粹而存文化。呜呼，在今则如何者，吾侪乃如犬之摇首摆尾于主人之前，主人指某人为盗，犬即向之狂吠，宁敢稍吠途中之行人，更勿言主人之亲与反矣。或曰，子胡不省胡适等惟好名好利，其立说之诬，以其见之卑，意之俗耳。其心固犹固犹爱中国者也。绝无以英文或日文替代中国之汉文，更无尽铲德文法文而除之意也。

六月六日　　星期一

下午在系图书馆翻阅杂书，读《宋史》岳飞传，而恨商务所出书，编校粗疏，普通句读亦多误点者。又读郭沫若《青铜时代》，见其论定（1）墨子以天为本，是宗教，虽言兼爱而主专制政治。（2）孔孟儒家，以一切人为本。若荀，则在儒法之间。（3）老庄以个人为本，重自由与主观云云。此郭君所见，皆远在胡适之上。昔人谓汉外崇儒术而内用法治。郭君则谓西汉之政治学术思想是综合各家（Eclecticism）而归于实用者，亦是。宓按先秦中国如希腊，汉如罗马，晋如东罗马，佛教如基督教。罗马之所取于希腊而传于后世者，固亦是综合各家而归于实用者也。近读希腊罗马史，觉其可与中国史比论之处甚多，惜无暇秉笔抽思——写记之也。

胡适倡导白话自有其目的，吴宓将它与文字改革同日而语却是十分错误的。

吴宓为什么不愿投入批判宿敌胡适的斗争中，而要采取"虚以委蛇"的态度呢？他此时有一个最大误解，即误以为批判胡适是共产党仅仅为了自己的党派利益，因此他免不了有保全自己的考虑。

我们知道：青年时期，他就抱有这样的宗旨。他说：

吾自抱定宗旨，无论何人，皆可与周旋共事，然吾决不能为一党派一潮流所溺附、所牵绊。彼一党之人，其得失非吾之得失，其恩仇非吾之恩仇，故可望游泳自如，脱然绝累。此就行事言之也。若论精神理想一方，吾自笃信天人定论、学道一贯之义，而后兼蓄并收，旁征博览，执中权衡，合覆分校，而决不一学派、一宗教、一科门、一时代所束缚，所迷惑；庶几学能得其真理，撷其菁华，而为致用。吾年来受学于巴师，读西国名贤之书，又与陈、梅诸君追从请益，乃于学问稍窥门径，方知中西古今，皆可一贯。天理人情，更无异样也。此"无所附丽"之又一解也。……总之，吾但求心之安，逃于忧患。凡此种种皆皆不

弃也而图自救之术耳。勖哉！（1919 年 7 月 24 日日记）

正是这种信念，使他对批判胡适产生过偏见误解，如他自己所说：

　　苏联专家 C. A. 彼得鲁舍夫斯基由北京来临，定五月九、十、十一、十二日在重庆演讲《列宁反对主观唯心主义的斗争及其对科学的心理学和教育学的意义》。有命西师教职员应尽量入城听讲，学校备汽车送接或另发给车费，云云。宓乃至史系秘书李世溶处，请病假，未往听讲。五月十至十一日，此公来校，与一部分教师会谈，宓亦未参与。顾其所讲，先已编译成小册印发，宓今夕取而读之，见其内容及语调，仍为政治辩争及宣传，而以攻击美国为主。詹姆士①与杜威②而外，兼及胡适。如该书第八章题曰“杜威和胡适——实用主义的热烈宣扬者，苏联和中国人民的最凶恶的敌人”。呜呼，此所谓专家之学术著作也！宓由是方知，今中国批判胡适以及俞平伯、胡风思想之风靡全国之运动，亦由苏联之所发纵指示，攻讦胡适，实攻击美国而已。若以学术之异同、典籍之考证，究论胡适著作言论之是非短长，反失其旨矣。夫詹姆士、杜威之俗谬，吾先师白璧德先生五十年前早已攻辟之；胡适之狂妄，吾友梅光迪等及宓三十余年前亦已绳纠之。然我辈之所恶于詹姆士、杜威、胡适者，正以其学说主张有近似于马列主义唯物论社会主义等耳。语云，“其父杀人，其子行劫”。以此为喻，子之攻讦其父，嫌父之但杀人而不行劫，故不满意。若宗教、道德、法律，于杀人者犹必严科其罪，则于行劫者更将如何？彼行劫之子，虽恶其父，固不若其痛恨宗教、道德、法律之甚也。噫嘻！此宓之所以艰于成篇，不能作出批判胡适文也。所能言者，实不敢言，亦不必言。即言其一二，亦徒批逆鳞，取速祸而已。顷闻冯友兰又攻讦梁漱溟。宓幸逃之四川，且数年来极力韬晦；若宓在北京，则揭发宓之著作而盛事攻讦宓者，恐正即冯友兰、贺麟一辈人。今后若攻击至宓，只有速死之一法。……（1955 年 5 月 7 日日记）

---

① William James（詹姆士，1842—1910），美国心理学家和哲学家，实用主义的创始人之一。
② John Dewey（杜威，1859—1952），美国哲学家、心理学家和教育家。与波尔斯和詹姆士共享实用主义哲学学派创立者之荣誉，并协助建立实用心理学派。

　　远在美国的胡适，面对大陆的批判，心情更为复杂，关心、辩解、谩骂……应有尽有。1955 年 1 月 3 日，胡适在给沈怡的信中说："俞平伯之被清算，诚如尊函所论，'实际对象'是我，——所谓'胡适的幽灵'！此间有一家报纸说，中共已组织了一个消除胡适思想委员会，有郭沫若等人主持，但未见详情。倘蒙吾兄继续剪寄十一月中旬以后的此案资料，不胜感祷！"同年冬天，胡适写了《论中共清算胡适思想的历史意义》，又名《四十年来中国文艺复兴运动留下的抗暴消毒力量》。文章表明他阅读了当时大陆发表的大量批判他的文章。他认为自己之所以成为大陆"批判的目标"，是因为"中国文艺复兴运动的近四十年的过程中，有好几位急先锋或是早死了，或是半途改道了，或是虽然没有改道而早已颓废了"，"只剩下我这一个老兵"，"没有半途改道，没有停止工作，又没有死"。胡适说，他几十年来的工作，"渐渐的把那个运动（指文艺复兴运动——引者）的范围扩大了，把它的历史意义变得更深厚了，把它的工作方法变得更科学化了，更坚定站得住了，更得着无数中年和青年的信任和参加了"，而"它的军械只是一个治学运思的方法"。

　　唐德刚说：

　　　　胡适之也是反马的。他反对马学思想倒似乎是次要的。他不能容忍马学派的专断。所以大陆上《胡适思想批判》百余万的长文，胡先生是一篇篇看过的。有时他还在那些文章上写了些有趣的眉批。但他看过，也就认为"不值一驳"丢在一边。①

　　唐德刚说得对，又不全对。对，指出了胡适之是反对马列主义的；不全对，在于胡适不仅是反马列主义，而且从五四运动开始，一直都是反马列的，是利用学术进行反马克思主义的，且后来与蒋介石同流合污。正如郭沫若在批判中指出的：

　　　　他由学术界、教育界而政界，他和蒋介石两人一文一武，难兄难弟，

──────────

① 唐德刚：《胡适杂忆》，广西师范大学出版社 2015 年 2 月第 2 版，第 52 页。

倒真是有点象"两峰对峙,双水分流"。①

唐德刚说,胡适看过,认为"不值一驳",这更不对。胡适说"不值一驳",实际是无法驳。

吴宓与胡适在《红楼梦》研究上的不同,也可以看出吴宓对胡适的态度始终如一。其日记载:

一九五七年

五月二十三日　　星期四

敬(指诗人,时任西师院副院长)述胡适讲学办事谈话之诸多轶事。而断定适为骄傲自满,极富于虚荣心之人。宓早拟适乃 Burke 评卢梭为"虚荣之哲学家"一流。

一九六一年

一月三十日　　星期一

晨微雨,北风寒。上午 7：40 起,在教研组查得"鲁连黄鹂绩溪胡"之出典(另录稿)(引者注:见陈寅恪《王观堂先生挽词》),知此句之含义有二:(1)鲁仲连喜为人排难解纷(2)鲁仲连年十二而说胜田巴,韩诗谓其"初生之犊不怕虎"。胡适之自矜爪觜,大挂旗帜,推倒一切旧中国之老辈诗人、文人、书家,得"文学革命"之功,寅恪以鲁连比胡适,誉之亦所以讥之也——于此见寅恪诗用典之工细,引文引句,其内容无不详实切合,为不可及也。……以上写示郑祖慰君。

一九六三年

一月二十七日

胡适殁后,台湾不为荣哀。台湾大学未为设立纪念堂,仅陈源在伦敦为举行追悼会,约述其文化功绩云。

吴宓似乎也在为"虚荣的哲学家"胡适抱屈,但有什么用呢?现实告诉我

_____

① 郭沫若:《三点建议——一九五四年十二月八日在中国文学艺术界联合会主席团,中国作家协会主席团扩大联席会议上的发言》,见《郭沫若全集》文学编第十七卷《雄鸡集》,人民文学出版社1989年版。

们：特种学者，双料明星，虽然高明入世，红极一时，最后还是被时代所抛弃……胡适自己也不得不发出这样的感慨：

> 结果呢？我们的考证学的方法尽管精密，只因为始终不接近实物的材料，只因为始终不曾走上实验的大路上去，所以我们的三百年最高的成绩终不过几部古书的整理，于人生有何益处？于国家的治乱安危有何裨补？虽然做学问的人不应该用太狭义的实利主义来评判学术的价值，然而学问若完全抛弃了功用的标准，便会走上很荒谬的路上去，变成枉费精力的废物。（胡适：《治学的方法与材料》，《胡适文集》，第四卷，第112页）

胡适的感叹是有道理的。由于他始终如一，坚持运用杜威一套实验主义，其学问过于功利化、实用主义化，最终不能不走上"很荒谬的路上去，变成枉费精力的废物"。

胡适死了。但吴宓反对他的言行并未停止。日记中记了这样一笔：

一九六六年

四月三日　　星期日

下午1—3寝息。3—5访新闲谈，新示所读写叙东南亚现状之新书，并述侧闻骏到图书馆对孙馆长畅说《大英百科全书》中有胡适一条，盛赞胡适之功业学术云云。其时丑而谲狡之高兆奎右派分子，已摘帽。亦在旁，窃恐"立功表现"宓报当局，则类似《大英百科全书》一类之书，将作为"禁书"封藏，而当日主张购置此书之人，亦将被议，获罪，不可不慎，云云。①

---

① 《吴宓日记·续集Ⅶ》，第406页。

吴宓与胡适《红楼梦》研究的比较

1964 年 8 月 18 日毛泽东在北戴河找几个哲学工作者谈话，说：

> 《红楼梦》我至少读了五遍……。我是把它当历史读的。开始当故事读，后来当历史读。什么人都不注意《红楼梦》的第四回，那是个总纲，还有《冷子兴演说荣国府》，《好了歌》和注。第四回《葫芦僧乱判葫芦案》，讲护官符，提到四大家族，"贾不假，白玉为堂金作马；阿房宫，三百里，住不下金陵一个史；东海缺少白玉床，龙王来请金陵王；丰年好大雪（薛），珍珠如土金如铁。"《红楼梦》写四大家族，阶级斗争激烈，几十条人命。统治者二十几人，（有人算了说是三十三人），其他都是奴隶，三百多个，鸳鸯、司棋、尤二姐、尤三姐等等。讲历史不拿阶级斗争观点，就讲不通。《红楼梦》写出二百多年了，研究红学的到现在还没有搞清楚，可见问题之难。有俞平伯、王昆仑，都是专家。何其芳也写了个序，又出了个吴世昌。这是新红学，老的不算。蔡元培对《红楼梦》的观点是不对的，胡适的看法比较对一点。①

近三十年，胡适对《红楼梦》的看法，经过某些人的"拨云见适"，"重新发现"，不是"对一点"，而是"全对"，《红楼梦考证》不仅成了"新典范"，而且是"中国青年运用科学态度与方法进行考证与研究的活生生的教本"。我们不必否认，也不能否认，胡适的《红楼梦考证》，在著者、版本两个问题上

---

① 龚育之、宋贵仑：《"红学"一家言》，见《毛泽东的读书生活》，生活·读书·新知三联书店 1986 年版，第 220—221 页。

确实有过贡献，但绝对谈不上"新典范"，更谈不上"成为运用科学态度与方法进行考证与研究的活生生的教本"。

胡适炫耀自己的《红楼梦》研究，最主要的是炫耀其"考证方法"。直到晚年，他还无不得意地说：

> 从 1921 年至 1933 年，我对《红楼梦》的研究历时十二年之久，先后作了五篇考证的文章。这项前所未有的研究的重要性是多方面的。在我作考证之前，研究《红楼梦》而加以诠释的已有多家，简直形成了一门"红学"。①
>
> 这种考证的方法，除了《董小宛考》之外，是向来研究《红楼梦》的人不曾用过的。我希望我这一点小贡献，能引起大家研究《红楼梦》的兴趣，能把将来的《红楼梦》研究引上正当的轨道上去，打破从前种种穿凿附会的"红学"；创造科学方法的《红楼梦》研究！②

胡适离开大陆时，他从自己的藏书中就只挑选了《红楼梦》。看他怎么说的吧：

> 一年前我离开北平时，已有一百箱书，约计一二万册。离平前几小时，我暗想自己非藏书家，但却是用书家。收集了这么多书，舍弃太可惜，带走，坐飞机又带不了。结果只带了些笔记，并在那一二万册书中，挑选了一部书，作为对这一二万册书的纪念。这一部书就是残本的《红楼梦》，四本只有十六回。这四本《红楼梦》可说是世界上最老的抄本。收集了几十年书，到末了只带了四本，等于当兵的缴了械，我也变成了个没有棍子，没有猴子的变把戏的叫化子。③

---

① 胡适：《胡适口述自传》第十一章《从旧小说到新红学》，《胡适文集》1，北京大学出版社 1998 年版，第 463 页。

② 胡适：《红楼梦考证》（改定稿），《胡适红楼梦研究论述全编》，上海古籍出版社 1988 年版，第 118 页。

③ 胡适：《胡适全集》第 34 卷，第 606 页。

可见胡适自己多么重视《红楼梦》的研究，其学生顾颉刚更是不遗余力地对之加以称赞，什么"新红学"的"开山祖"，"奠基人"……实际上最后也是落脚到"方法"。

20世纪50年代，也有人把吴宓和俞平伯连起来批判，说：

> 在所谓新红学家中，与研究《红楼梦》三十年的俞平伯好像"两峰对峙，双水分流"的，就是历年在各地讲《红楼梦》的名教授吴宓。吴宓的《红楼梦》讲学比起俞平伯的《红楼梦》研究，可以说是"各有千秋"，"互相辉映"。[①]

这是批判俞平伯《红楼梦》研究中的唯心主义开始后，一位叫陈守元的先生著文《殊途同归》，呼吁对吴宓进行批判写下的话。事实上，吴宓不但在各地演讲《红楼梦》，而且同样撰写了不少具有开拓性的《红楼梦》研究著作，还着力培养红学研究人才……被业界人士，特别是青年"红迷"，誉为"红学大师""红学权威"……当年其名声远远超过俞平伯，也决不下于胡适。

是"政治"决定了吴、胡二人的命运，使二人声望发生巨变，地位出现巨大落差。胡适愈来愈红，吴宓则渐渐被人遗忘，连红学界的好些人也知之太少，甚至根本不知道其人。近三十多年来胡适的《红楼梦》研究著作铺天盖地地出版，吴宓的红学讲演、论著却少见踪影……

胡适和吴宓的《红楼梦》研究到底有哪些不同？其成就和贡献又应该如何估量？吴宓对我们今天的《红楼梦》研究有没有什么启示？难道不值得今天的研究者注意吗？

好，我们先作一个图表，予以最简括的比较吧：

---

① 陈守元：《殊途同归》，《西南文艺》1955年6月号（第42期）。

胡适与吴宓《红楼梦》研究对照

作　者 项　目	胡　适	吴　宓
指导思想	杜威实验主义（实用主义）	白璧德新人文主义（包括希腊古典主义）
研究动机	"做国人之导师"，"重造文明"，"传播我从证据出发的治学方法""一项科学法则和科学精神"，"教人怎样思想""防身""不让人牵着鼻子走"	"根据吾国固有文明特长之处，以发扬而光大之"。"阐述自己的人生哲学"，宣扬"殉道殉情"的人生观，"以我的一生所长给与学生"
研究时间	一九二一—一九三三 一九五一—一九六二	一九一九—一九七八
研究内容	从实用工具去研究： 《红楼梦》作者身世 《红楼梦》版本	始终作为文艺作品，从文学、哲学、社会学角度去研究： 探索"宗旨"　估量价值 评论道德　剖析人性
研究方法	考据的方法： 大胆的假设　小心的求证	"重义理、主批评"，"平心审察，通观比较"，"尤注意文章与时事之关系"
研究结论	《红楼梦》这部书是曹雪芹的"自叙传"，《红楼梦》是一部隐去真事的自叙：里面的甄贾两宝玉，即是曹雪芹自己的化身；甄贾两府即是当时曹家的影子。 　曹雪芹写《红楼梦》，并不是什么"微言大义"，只是老老实实描写一个"坐吃山空"，"树倒猢狲散"的"一部自然主义的杰作"。 　《红楼梦》不是一部好小说，因为没有 Plot。 　比不上《儒林外史》，在文学技术上比不上《海上花列传》《老残游记》。	《石头记》为中国小说之登峰造极之作，决不能与比之者。 　实足媲美且凌驾欧美而无愧，求之西国小说中，亦罕见其匹。 《石头记》是"文艺作品"，"小说"，全书均为曹雪芹"一人"所撰。 　《石头记》书中每一人物，各有其个性，而又代表一种典型，出一于多，乃成奇妙，乃其真实。 　能描写封建贵族家中人性（尤其妇女习性）。 　若以结构或布局 Plot 判定小说等的优劣，则《石头记》可云至善。

　　从以上简表，我们可以清楚地看到胡吴二人的《红楼梦》研究，从动机到方法到结论，处处针锋相对。

　　吴宓与胡适之间，人事纠葛与学术歧见相互交织，相互影响，极为复杂，又极为微妙，将吴宓与胡适的《红楼梦》研究作比较，不但是一件很有趣的事情，能够更好地还原两人的"真面目"，而且对红学史的研究也必定有一定的

助力。

下面，就两人围绕《红楼梦》研究的最突出的分歧作点叙述：

一、《红楼梦》有"微言大义"，还是"平淡无奇的自传"？

什么是"微言大义"？

《辞海》《辞源》《中华成语大辞典》……都收了这个条目，并作了解释。《中华成语大辞典》的解释如下：

> 微言：精微，深奥的语言；大义：旧指有关诗书礼乐等经典书的要义。指在精心推敲的片言只语中包含着十分深刻的道理。汉·班固《汉书·艺文志》："昔仲尼没而微言绝，七十子丧而大义乖。"汉·刘歆《移书让太常博士书》："及夫子殁而微言绝，七十子卒而大义乖。"［例］这篇文章未必有什么值得大学反复推敲的。①

胡适在谈《红楼梦》研究方法及成果时说：

> 我考证《红楼梦》的时候，……找到许多材料。……我把这些有关的证据都想法找了出来，加以评宓的分析，结果才得出一个比较认为满意的假设，认定曹雪芹写《红楼梦》，并不是什么微言大义；只是一部平淡无奇的自传——曹家的历史。我得到这一家四代五个人的历史，就可以帮助说明。②

其实在这之前，已有不少读《红楼梦》的人看出，并认定《红楼梦》是以史家笔法撰写，"微言大义"蕴含其中。如《脂砚斋重评石头记》就引用了乙丑孟秋青士椿馀同观于半亩园并识的话，说：

> 红楼梦虽小说，然曲而达，微而显，颇得史家法。余向读世所刊本，

---

① 向光忠、李行健、刘松筠主编：《中华成语大辞典》，吉林文史出版社 1986 年版，第 1310 页。

② 胡适：《治学方法》，《胡适红楼梦研究论述全编》，上海古籍出版社 1988 年版，第 231－232 页。

辄逆以己意，恨不得起作者一谭。睹此册，私幸
予言之不谬也。子重其宝之。

另一跋语则云：

> 《红楼梦》非但为小说别开生面，真是别一种
> 笔墨。昔人文字有翻新法，学梵夹书。今则写西
> 洋轮齿，仿《考工记》。如《红楼梦》实出四大奇
> 书之外，李贽、金圣叹皆未曾见也。
>
> 戊辰秋记

这一条跋语道出了《红楼梦》所受西洋文学的
影响。

这正是要探寻《红楼梦》的"微言大义"，因为
《红楼梦》确确实实蕴含着"微言大义"。后来，季新
在自己的《〈红楼梦〉新评》中说得更明白，他说：

> 西方政治家有言，国家者，家庭之放影也。
> 家庭者，国家之缩影也。此语真真不错。此书描
> 摹中国之家庭，穷形尽相。足与二十四史方驾，
> 而其吐糟粕，涵精华。微言大义，孤怀闳识，则非寻常史家可及。此本书
> 之特色也。①

对胡适的"不是什么微言大义"的论调，吴宓针锋相对，他在《〈红楼梦〉
新谈》《石头记评赞》《红楼梦的文学价值》一系列文中进行阐释，还曾口头作
过回答。

他说：

---

① 季新：《〈红楼梦〉新评》，《小说海》第一卷第一期，1915 年 1 月 1 日；第一卷第二期，1915
年 2 月 1 日。

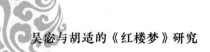

凡小说巨制，每以其中主人之祸福成败，与一国家一团体一朝代之兴亡盛衰相连结，相倚作。《石头记》写黛宝之情缘，则亦写贾府之历史。……

昔人谓但丁作《Dirine Comedy》一卷诗中，将欧洲中世数百年之道德宗教，风俗思想，学术文艺，悉行归纳。《石头记》近之矣。（吴宓：《〈红楼梦〉新谈》）

是故《石头记》一书中所写之人与事，皆情真理真，故谓之真，而非时真地真。若仅时真地真，只可名为实，不能谓之真；即是未脱离第一世界，不能进入第三世界。书中"甄"字（甄士隐、甄宝玉）乃代表第一世界（实），"贾"字（贾宝玉等）却是代表第三世界（真）。甄（假）贾（真）之关系如此。例如甄宝玉一类人，到处皆是，吾人恒遇见之；然其人有何价值与趣味？何足费吾笔墨（甄宝玉在书中，无资格，不获进大观园）；必如贾宝玉等，乃值得描写传世。由此推求，一切皆明了矣。

…………

《石头记》之义理，可以一切哲学根本之"一多（One and Many）观念"解之。列简表如左：

一、太虚幻境——理想（价值）之世界。

　　人世：贾府，大观园——物质（$\genfrac{}{}{0pt}{}{\text{感官}}{\text{经验}}$）之世界。

二、木石——理想、真实之关系（真价值，天爵）。

　　金玉——（$\genfrac{}{}{0pt}{}{\text{人为}}{\text{偶然}}$）之关系；社会中之地位（人爵）。

三、贾（假）——实在（$\genfrac{}{}{0pt}{}{\text{真理}}{\text{知识}}$），惟哲学家知之。

　　甄（真）——外表（$\genfrac{}{}{0pt}{}{\text{幻象}}{\text{意见}}$），世俗一般人所见者。

四、贾宝玉——理想之我，人皆当如是。

　　甄宝玉——实际（世俗）之我，人恒为如是。

附按：《石头记》作者之观点，为"如实，观其全体"；以"一多"驭万有，而融会贯通之——此即佛家所谓"华严境界"也。而《石头记》指示人生，乃由幻象以得解脱（from Illusion to Disillusion），即脱离（逃避）世间之种种虚荣及痛苦，以求得出世间之真理与至爱（Truth and Love）也。佛经所教者如此，世间伟大文学作品亦莫不如此。宓于西方小说家最爱 Vanity Fair（《浮华世界》）之作者沙克雷 Wm. M. Thackeray 氏，实以此故。①

宓不能考据，仅于 1939 年撰英文一篇，1942 年译为《石头记评赞》，登《旅行杂志》十六卷十一期（1942 年 11 月）自亦无存。近蒙周辅成君以所存剪寄，今呈教，（他日祈　带还）此外有 1945 年在成都燕京大学之讲稿，论宝、黛、晴、袭、鹃、妙、凤、探各人之文若干篇，曾登成都小杂志、容检出后续呈，但皆用《红楼梦》讲人生哲学，是评论道德，而无补于本书之研究也。②

1972 年 11 月 4 日学习毛主席致江青函，中间休息时，有人询问吴宓《红楼梦》之价值何在？他不假思索地回答道：

在能描写封建贵族家中人性（尤其妇女习性）之真实。③

这一见解，与鲁迅先生的看法不谋而合。鲁迅先生在其《小说史大略》一书中批判了"清世祖与董妃故事说""康熙时政治状态说""纳兰容若家世说""作者自叙说"后指出：

此后叙宁国公、荣国公两贾家之盛衰，为期八年。所见人物，有男子二百三十五人，女子二百十三人，用字九十万。然其主要则在衔玉而生之宝玉，与其周围之金陵十二钗，曰：贾元春、迎春、惜春、探春、林黛

---

① 吴宓：《石头记评赞》，《旅行杂志》1942 年 11 月第 16 卷第 11 期。
② 吴宓：《致周汝昌》，《吴宓书信集》，生活·读书·新知三联书店 2011 年版。
③ 《吴宓日记·续编》，第 218 页。

玉、薛宝钗、王熙凤、与其女巧姐、李纨、秦可卿、史湘云、尼妙玉。又有副者十二人,皆侍婢也。

贾氏之统系及十二钗与宝玉之关系如下表:

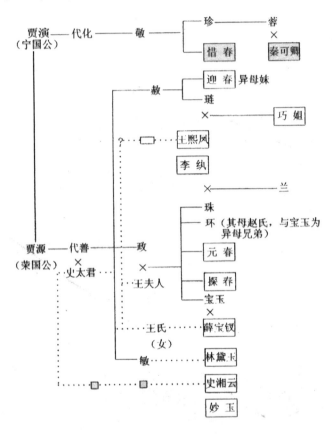

紧接着,鲁迅对其关系作了简要分析。他说:

十二钗中,又以林薛与宝玉之关系贯全书。宝玉者,贾政次子,为父所憎,而为祖母所爱,性情甚异,恶男子而尊女人。己酉年(第一年)林黛玉、薛宝钗皆以事寄居贾氏,林与宝玉皆十一岁,薛十二岁。幼时尝从癞和尚得金锁,颇与宝玉之衔玉相应,而宝玉则远薛而慕林。

最后明确指出:

据此文，则书中故事，为亲见闻，为说真实，为于诸女子无讥贬。说真实，故于文则脱离旧套，于人则并陈美恶，美恶并举而无褒贬，有自愧，则作者盖知人性之深，得忠恕之道，此《红楼梦》在说部中所以为巨制也。①

前人的见解，特别是鲁迅对《红楼梦》所作的这些阐述，大可以帮助我们理解《红楼梦》的"微言大义"。吴宓非常注意《红楼梦》的"微言大义"，注意作品与时代的关系，特别是对人性的发掘，对《红楼梦》中人物的人性剖析，……这些虽然不一定都很准确，但随着时间的推移，其剖析也在不断地进步。

二、《红楼梦》有 Plot？还是没有 Plot？

胡适说，《红楼梦》不是一部好小说，因为没有 Plot。他把 Plot（即结构）作为评判作品好坏的唯一准绳，这是十分荒谬的。《红楼梦》的"Plot"，前人早就指出过：

但观通体结构，如常山蛇首尾相应，安根伏线，有牵一发全身动之妙，且词气笔意，前后全无差别，则所增之四十回……觉其难有甚于作书百信者，虽重以父兄之命，万金之赏，使谁增半回不能也。（《增评补图石头记》卷首《读法》）

吴宓在自己的文章中对《红楼梦》无"Plot"这一类论调多次进行过批判。他说：

然吾国旧日小说如《石头记》等，不但篇幅之长，论其功力艺术，实足媲美且凌驾欧美而无愧。西洋之长篇史诗_{一译叙事诗}为文学之正体，艺术规律之源泉，宏大精美。吾国文学中则无之，然有长篇小说，亦可洗此羞而

---

① 刘运峰编：《清之人情小说·小说史大略十四》，《鲁迅全集补遗》，天津人民出版社 2006 年版，第 289—291 页。

补此缺矣。但所谓长篇小说者，非仅以其字数之多，篇幅之长，而须有精整完宓之结构。结构之优劣，则可别小说之高下种类。亦可觇小说进化发达之次第。……长篇章回体小说，惟《石头记》足以代表之，篇幅甚长，人物甚夥，事实至繁。然结构精严，以一事为骨干，以一义为精神，通体贯注，表里如一，各部互相照应起伏，丝毫不乱。而主要之事，又必有起源，开展，极峯，转变，结局之五段，斯乃小说之正宗，文章之大观。而其撰著之难，亦数十百倍于短篇小说，非有丰识毅力，不敢从事也。①

这里，吴宓就"结构"（Plot）问题作了极好的阐释。抗日战争时期，他在《石头记评赞》等文中更是直截了当地指出：

> 若以结构或布局 Plot 判定小说之等第优劣，则《石头记》之布局可
>
> 云至善。析言之：（1）以贾府之盛衰，为 宝 钗——黛 三角式情史之成败离
>
> 合之背景，外圈内心，互同演变。 （2）如一串同心圆 ，
>
> 宝 钗——黛 以外，有大观园诸姊妹丫头，此外更有贾府，此外更有全中国
>
> 全世界。但外圈之大背景，只偶然吐露提及，并不详叙，（如由贾政任外
>
> 官，而写地方吏胥之舞弊；又如写昔日荣、宁二公汗马从征，及西洋美人
>
> 等等）愈近中心则愈详，愈远中心则愈略。（3）依主要情史之演变，而全
>
> 书所与读者之印象及感情，其 atmosphere 或 mood，亦随之转移，似有由
>
> 春而夏而秋而冬之情景。但因书中历叙七八年之事，年复一年，季节不得
>
> 不回环重复，然统观之，全书前半多写春夏之事，后半多写秋冬之事。

胡适口述自传的译者唐德刚先生在其著述中几次谈到这个问题。他说：

---

① 吴宓：《评杨振声的小说〈玉君〉》，《学衡》第 39 期，1925 年 3 月。

批评也有大小之分。胡适说："《红楼梦》不是一部好小说。因为它没有一个 Plot。"这话虽是西洋文学批评中的老调或滥调，但是这也是个从大处着眼的大批评。纪晓岚评《文心雕龙·原道篇》说："文以载道，明其当然；文原于道，明其本然。识其本，乃不逐其末；首揭文体之尊，所以截断众流。"现在受西洋文学训练的"红学家"，所搞的都是这个"大批评"派。从好处说，他们是"识其本，乃不逐其末"。从短处说：读"红楼"的人，如不从十来岁开始，然后来他个五六遍（毛泽东就说他看了六遍），不把《红楼梦》搞个滚瓜烂熟，博士们也就无法"逐其末"了。这大派便是当代文学界新兴的青年职业批评家。[①]

胡先生是搞"红学"的宗师。但是他却一再告诉我"《红楼梦》不是一部好小说"！为什么呢？胡先生说"因为里面没有一个 Plot"（有头有尾的故事）。

"半回'焚稿断痴情'也就是个小小的 Plot 了！"我说。但是那是不合乎胡先生的文学口味的。这也可看出胡先生是如何忠于他自己的看法——尽管这"看法"大有问题。但他是绝对不阿从俗好，人云亦云的！[②]

唐先生的既批评又辩护的论述，其实泄露了天机：

那是不合乎胡先生的文学口味的。

是啊！？胡适的"口味"已西化、洋化了。
唐先生又辩称：

尽管这"看法"大有问题。但他是绝对不阿从俗好、人云亦云的！

① 胡适：《胡适口述自传》第十一章《从旧小说到新红学》注释〔5〕，《胡适文集》1，北京大学出版社 1998 年版，第 410 页。
② 唐德刚：《照远不照近的一代宗师》，《胡适杂忆》，广西师范大学出版社 2015 年版，第 95 页。

可见，胡适是何等的顽固，毫无在事实面前低头认错的学者风度。但早年，胡适对《红楼梦》的看法却是另一个样。他在和陈独秀、钱玄同讨论古典文学时，曾在给陈独秀的信中赞扬过《红楼梦》的结构。他说：

> 钱先生谓《水浒》《红楼梦》《儒林外史》《官场现形记》《孽海花》《二十年目睹之怪现状》六书为小说中有价值者。此盖就内容立论耳，适以为论文学者固当注重内容。然亦不当忽略其文学结构。结构不能离内容而存在。然内容得美好的结构乃益可贵。（圆点为引者所加）……故鄙意以为吾国第一流小说，古人惟推《水浒》《西游记》《儒林外史》《红楼梦》四部，今人惟推李伯元吴趼人两家，其余皆第二流以下耳。质之足下及钱先生以为何如!?①

> 其时现时中国文学，足与世界第一流文学抗衡的，惟有白话文学一项。至如《水浒传》《红楼梦》《三国志演义》《儒林外史》……之类以及元代词曲都能不摹仿古人，而用白话实写社会情状，故能成真正文学。（《胡适研究通讯》二期）

看，胡适早年一再说《红楼梦》"美好的结构"，是"吾国第一流小说"，"足与世界第一流文学抗衡"……时过境迁，竟说《红楼梦》"没有 Plot"，"不是一部好小说"？特别是晚年，他一而再、再而三地给友人说：

> 我写了几万字的考证，差不多没有说一句赞颂《红楼梦》的文学价值的话，——大陆上中共清算我，也曾指出我止说了一句："《红楼梦》只是老老实实的描写这一个'坐吃山空''树倒猢狲散'的自然趋势，因为如此，所以《红楼梦》是一部自然主义的杰作。"此外，我没有说一句从文学观点赞美《红楼梦》的话。
>
> 老实说来，我这句话已过分赞美《红楼梦》了。书中主角是赤霞宫神瑛侍者投胎的，是含玉而生的，——这样的见解如何能产生一部平淡无奇

---

① 胡适：《致陈独秀》，《胡适书信集》，北京大学出版社 1998 年版，第 96 页。

的自然主义的小说!①

我写了几万字考证《红楼梦》，差不多没有说一句赞颂《红楼梦》的文学价值的话。大陆上共产党清算我，也曾指出我只说了一句"《红楼梦》只是老老实实的描写这一个'坐吃山空'，'树倒猢狲散'的自然趋势，因为如此，所以《红楼梦》是一部自然主义的杰作。"

其实这一句话已是过分赞美《红楼梦》了。

《红楼梦》的主角就是含玉而生的赤霞宫神瑛侍者的投胎；这样的见解如何能产生一部"平淡无奇的自然主义"的小说!②

口味的变化，太大太快，这或许是他中杜威之流的毒太深!

三、《红楼梦》比不比得上《儒林外史》？

胡适对《儒林外史》一向赞扬有加，特别花力气撰写了《吴敬梓传》《吴敬梓年谱》，一次，在和友人的谈话时，还非常自豪地说道：

我们安徽的大文豪不是方苞，不是刘大櫆，不是姚鼐，是全椒县的吴
敬梓。
・・・・・・・・・・・

1948 年底卸任的安徽老乡、湖南省主席王东原到北平访问身为北京大学校长的他。两人一见面，胡适开口便对王东原说：

"你是全椒人，在清朝康乾时代，全椒有一个大文豪，叫做吴敬梓，他用白话文写的《儒林外史》，对当时社会的毛病，描写无遗。他痛恨八股文取士制度，害死了读书人，他是八股国里一个叛徒。他反对女子缠足的，他反对讨小老婆的，他主张寡妇改嫁的，他反对对学生体罚的。他看破了功名富贵，他变卖家产救济穷人。他有新的观念，新的思想。我替他

---

① 胡适：《致高阳》，《胡适书信集》下，北京大学出版社 1998 年版，第 1563 页。
② 胡适：《致苏雪林》，《胡适书信集》，北京大学出版社 1998 年版，第 1559 页。

撰了一篇《吴敬梓传》，使出版商用标点符号印了《儒林外史》风行一时，连印三版，遂使这书畅销起来，你知道么？"

王东原回答说："我听说过有这么一回事，我在家乡听说他的家在康乾年间，是赫赫有名的，他的老宅在全椒南门大街街口，他过年的门联有'一门三鼎甲，四代六尚书'。到了吴敬梓这一代，他的才华，诗词歌赋，无一不精，著有《文木山房集》。不过，他中了秀才后，看破了功名富贵，乡试不应，科岁亦不考，亦不应政府征召。他好交朋友，变卖了家产救济穷人，逍遥自在，做他的学问，到后来衰落下来，卖文为生。他的后代有吴小侯者，在北洋政府时代做了国会议员，现在也不知道他的下落了。"

两个安徽人，对安徽的大文豪吴敬梓说了不少赞赏的话。《儒林外史》的确定写得不错，自此书问世"乃始有足称讽刺之书"。①

胡适抬高《儒林外史》，一再贬低《红楼梦》，说了又说：

如果拿曹雪芹和吴敬梓二人作一个比较，觉得曹雪芹的思想很平凡，而吴敬梓的思想则是超过当时的时代，有着强烈的反抗意识。吴敬梓在《儒林外史》里，严刻地批评教育制度，而且有他的较科学化的经验。②

他说《儒林外史》是部骂当时教育制度的书，批评政治制度中的科举制度。在吴敬梓的《文木山房集》中包括有赋一卷（四篇），诗二卷（一三一首），词一卷（四七首）。一百年前我国的大诗人金和，在跋《儒林外史》上说他收有《文木山房集》，有文五卷，诗七卷。可是一般人都说没有刻本，我不相信，便托人在北京的书店找，找了好几年没有结果，到民国七年才在带经堂书店找到了。我用这本集子参考安徽《全椒县志》，写成了一本一万八千字的《吴敬梓年谱》，中国小说家的传记资料，没有一个能比这更多的，民国十四年我把这本书排印问世。③

① 桑逢康：《胡适逸闻·对〈儒林外史〉作者吴敬梓赞赏有加》，北岳文艺出版社 2007 年 7 月第1 版。
② 胡适《找书的快乐》，《中国图书馆学会会报》第 14 期，1962 年 12 月。
③ 《胡适全集》，第 34 卷，日记，1959 年。

　　我常说,《红楼梦》在思想见地上比不上《儒林外史》,在文学技术上
比不上《海上花》(韩子云),也比不上《儒林外史》,——也可以说,还
比不上《老残游记》。(那些破落户的旧王孙与满汉旗人,人人自命风流才
子,在那个环境里,雪芹的成就总算是特出的了。)①

　　我向来感觉,《红楼梦》比不上《儒林外史》;在文学技术上,《红楼
梦》比不上《海上花列传》,也比不上《老残游记》。②

《红楼梦》与《儒林外史》哪个更好? 吴宓早在 1928 年就明确指出过,
他说:

　　夫《石头记》为中国小说登峰造极之作,决无能与之比并者,此已为
世所公认。吾人当以西洋小说之技术法程按之《石头记》,无不合拍。因
叹曹雪芹艺术之精,才力之大,实堪惊服。又当本西洋文学批评之原理及
一切文学创造之定法,以探索《石头记》,觉其书精妙无上,义蕴靡穷。
简言之,《石头记》描写人生之全体而处处无不合于真理。兹即不论内容,
但观技术?《石头记》亦非他书所可企及矣。至于《儒林外史》,专写读书
人,又往往形容太过。刻画失真。而其书漫无结构,一人或数人之为一
段,前后各不相关。仅藉明神宗下诏旌儒之榜(第六十回)为之强勉辑
合。与《水浒传》之梁山石碣刻示天罡地煞姓名同。而《儒林外史》近倾
乃极为人所重。至选为学校读本,实为异事。此盖由攻诋中国旧礼教者,
喜此书有摧陷廓清之功。故竭力提倡而奖遗之。然平心而论,《儒林外史》
之所讽刺者,乃科第功名官爵利禄之虚荣心,非穷理居散修身济世之真学
问。乃假托欺人小廉曲隐之恶行为,非博思明辨克己益人之真道德。《石
头记》为小说正宗,《儒林外史》为小说别体。一正一奇,故大小显分,
谓可并驾。实属讆言,且以一己之性好嬉笑怒骂,而遂专务推崇刻画丑诋
之小说。如斯人者实为未明文学与道德之真关系者也。(文章未署名,从

①　胡适《致高阳》,1960 年 11 月 24 日。
②　胡适《致苏雪林》,1960 年 11 月 20 日夜。

整个文章内容、语言、风格看，很可能为吴宓所写。)①

这只能证明胡适不大懂文学。刘文典曾说："胡适之先生样样都好，就是不大懂文学。"其实，这话说得过头了，不是他不大懂文学，他之所以如此看待《红楼梦》，实际上是别有用心，可惜，不少研究者没有注意到这一点。

唐德刚先生还为胡适辩解道："且把六十年来的文学家也点点名，试问又有几个比胡适更懂得文学？""红学界具有丰富创作经验的唯鲁迅与林语堂"。这种说法实在太绝对了，难道郭沫若、茅盾……吴宓……没有丰富创作经验吗？即使当代作家中有丰富创作经验的也不乏其人。

鲁迅确实懂文学，对《红楼梦》也有过精到的见解，完全是事实。他说：

> 《红楼梦》以文意俱美，故盛行于时；又以摆脱旧套，故为读者所嗛，于是续作峰起，曰……诸书所谈故事大抵终于美满，照以原书开篇，正皆曹雪芹唾弃者也。

---

① 吴宓：《评歧路灯》，《大公报·文学副刊》1928年4月23日第16期。

林语堂也曾著文批评过胡适"不懂文学"。

著名作家王蒙还曾辛辣地讽刺胡适不懂文学，说：

> 我非常佩服胡适先生的学问，成就，可是我看胡适对《红楼梦》的评价，看完了我就特别难受，不相信这是胡适写的。胡适他说："《红楼梦》算什么好的著作，就冲它的这个衔玉而生这种乱七八糟的描写，这算什么好作品。"哎呀，我就觉得咱们这个胡博士呀，他学科学，他从妇产科学的观点来要求《红楼梦》的呀，他要求医院有个纪录，那么到现在为止，我不知道有这个纪录，但是也可能有，全世界有没有这个纪录，哪怕是含着一粒沙子，或者是……这可能吗？子宫里头有胎儿，胎儿嘴里含着什么元素，假冒伪劣也可以，一个他批评这个，一个就是他批评曹雪芹缺少良好的教育。如果曹雪芹也是大学的博士的话，他还写得成《红楼梦》吗？他倒是可以当博导，有教授之称，甚或是终身教授，但他写不成《红楼梦》。①

资深文学史家刘梦溪说：

> 《红楼梦》与我们民族的关系太密切了，也太特殊了。如果没有了《红楼梦》，对我们历史悠久的民族文化来说，将是怎样的一种缺陷啊！《红楼梦》的问世，虽然是在已经进入封建社会末期的十八世纪中叶，这以前，我们的民族早经创造了光辉灿烂的古代文化，涌现出不少对民族文化艺术作出宝贵贡献的伟大作家；但无可否认，《红楼梦》一经出现，就与我们的民族结下了不解之缘，成为我们民族文化的象征。②

除了"人神共钦"的胡适大叫《红楼梦》不是好小说，中国能够找出第二个这样评论《红楼梦》的吗?!

世界上凡是读过《红楼梦》的人，能找出第二人如此贬低过《红楼梦》

---

① 王蒙：《红楼启示录》，安徽教育出版社 2010 年版。

② 刘梦溪：《红学三十年》，转引自韩进廉：《红学史稿》，河北人民出版社 1982 年版。

吴宓与胡适的《红楼梦》研究

吗？日本著名的文艺评论家盐谷温在他的《中国小说概论》一书中说：

> "《红楼梦》之华丽丰赡，正配列天地人三才，不独在中国小说史上鼎立争雄，即入世界文坛，毫无逊色。"由此可见《红楼梦》的价值。①

还有人说：

> 西洋小说多得很，但是文学史上所称为第一流的伟大小说，我几乎都读过。其中最长，最有名的，如俄国托尔斯泰的《战争与和平》《安娜小史》《复活》，好则诚然好，但是比起《红楼梦》来，我总觉得还不如。也许是因为文字隔膜。其他法国嚣俄的小说，福楼拜的小说，莫泊桑的小说，英国的狄福，斯威夫特；狄金斯，奥斯丁，哈代，也无一可比拼。我问过许多深通西洋文学的人，也都说，未曾有，有个英国人说："为读《红楼梦》，也该学习中国文。"②

> 读完了这本《红楼梦研究》，谁也会想到有世界最伟大的四个文豪——但丁、莎士比亚、歌德、曹雪芹一并列在脑海里罢!③

吴、胡的见解如此针锋相对，全由于两人对传统文化的态度的迥异、研究目的与方法的不同。

四、中国古代文化是有"价值""可爱"，还是"不过如此""原来如此"？

1925年4月12日，钱玄同质问胡适为什么不出面回击《学衡》《华国》的攻击。他回信说他的方法是：

> "法宜补泻兼用"：补者何？尽量辅入科学的知识，方法、思想。泻者

---

① 转引自红瓣：《红楼梦杂话》，中国艺术研究院红楼梦研究所、人民文学出版社编辑部合编：《红楼梦研究稀见资料汇编》，人民文学出版社 2018 年版，第 714 页。
② 白衣香：《红楼梦问题总检讨》，《民治月刊》第二十四期，1938 年 9 月 1 日。
③ 雅兴：《红楼梦研究》，《文讯月刊》第三卷第二期，1942 年 8 月。

何？整理国故，使人明了古代文化不过如此。①

梁漱溟先生在他的书里曾说，依胡先生的说法，中国哲学也不过如此而已（原文记不起了，大意如此）。老实说来，这正是我的大成绩。我所以要整理国故，只是要人明白这些东西原来"也不过如此！"本来"不过如此"，我所以还他一个"不过如此"。这叫做"化神奇为臭腐，化玄妙为平常"。②

我们整理国故只是研究历史而已，只是为学术而作工夫，所谓实事求是是也。从无发扬民族精神感情的作用。近时学者很少能了解此意的，但先生从朴学门户中出来，定能许可此意吧？③

《红楼梦》是中国古代最有价值的文化成果之一，是民族文化的象征，这已成为中外人士公认、不可动摇的事实。

林纾说：

中国说部，登峰造极者无若《石头记》。叙人间富贵，感人情盛衰，用笔缜密，著色繁丽，制局精严，观止矣。其间点染以清客，间杂以村姬，牵缀以小人，收束以败子，亦可谓善于体物，终竟雅多俗寡，人意不专属于是。④

鲁迅说：

至于说到《红楼梦》的价值，可是在中国底小说中实在是不可多得的。其要点在敢于如实描写，并无讳饰，和从前的小说叙好人完全是好，

---

① 胡适：《致钱玄同》，《胡适书信集》上，北京文学出版社1998年版，第360页。
② 胡适：《整理国故与打鬼给徐浩先生信》，《胡适文集》4，北京大学出版社1998年版，第116页。
③ 胡适：《致胡朴安》，《胡适书信集》上，北京大学出版社1996年版，第465页。
④ 林纾：《孝女耐儿传序》，转引自朱一玄：《红楼梦资料汇编》，南开大学出版社1985年版，第850页。

坏人完全是坏的，大不相同，所以其中所叙的人物，都是真的人物。总之自有《红楼梦》出来以后，传统的思想和写法都被打破了。①

苏联红学专家说：

曹雪芹的《红楼梦》在绵绵二百年里，一直广为流传，对这部作品的研究已成为一门专门的学问，其评论著述浩如烟海。在中国文学史上这种现象是绝无仅有的。……Ａ·Ｎ·科万科还认为这部作品淋漓尽致地描写了那个时代的日常生活，称得起是一部中国人生活的百科全书。……

Ｂ·Л·瓦西里耶夫（1818—1900）后来在《论彼得堡大学的东方藏书》一文里写道：《金瓶梅》通常被誉为（中国）小说的代表作，其实《红楼梦》更高一筹，这本书语言生动活泼，情节引人入胜。坦率地说，在欧洲很难找到一本书能与之媲美。

著名中国文学研究家Л·Э·艾德林的文章题为《伟大的现实主义者曹雪芹》。艾德林的论述很深刻，他认为"没有一部文学作品和历史著作，能像《红楼梦》那样鲜明地揭示行将灭亡的中国封建社会的全部特点和流弊"。②

蒋介石在悼念胡适当天的日记中也不得不这样写道：

盖棺论定胡适，实不失为自由民主者，其个人生活亦无缺点，有时亦有正义心与爱国心，惟其太褊狭自私，且崇拜西风而自卑其固有文化，故仍不能脱出中国书生与政客之旧习也。（潘光哲：《胡适和蒋介石"抬横"之后》，《胡适研究通讯》2019年第1期）

---

① 鲁迅：《中国小说史略·附录·中国小说的历史变迁》，《鲁迅全集》第九卷，人民文学出版社1976年版，第398页。
② 苏联科学院高尔基世界文学研究所Б·李福清、苏联科学院东方研究所列宁格勒分所Л·孟列夫《列宁格勒藏抄本〈石头记〉的发现及其意义》，《苏联列宁格勒藏抄本〈石头记〉第一册》，中国艺术研究院《红楼梦》研究所、苏联科学院东方研究所列宁格勒分所编定，中华书局1986年4月1版。

"崇拜西风而自卑其固有文化"，这是典型的民族虚无主义，其目的用胡适自己的话说是要"在思想文艺上替中国政治建筑一个革新的基础"，通过所谓"文艺复兴"而"再建文明"，即再建所谓美国式的"文明"国家。难怪他要声嘶力竭地叫喊：

> 少年的朋友们，现在有一些妄人要煽动你们的夸大狂，天天要你们相信中国的旧文化比任何国高，中国的旧道德比任何国好。……
>
> 我要对你们说，不要上他们的当！不要拿耳朵当眼睛！睁开眼睛看看自己，再看看世界。我们如果还想把这个国家整顿起来，如果还希望这个民族在世界上占一个地位——只有一条生路，就是我们自己要认错。我们必须承认我们自己百事不如人，不但物质机械上不如人，不但政治制度不如人，并且道德不如人，知识不如人，文学不如人，音乐不如人，艺术不如人，身体不如人。[①]

吴宓对"吾国固有文明"及欧美文化则是另一种态度。出道之始，他便在《〈民心周刊〉发刊宣言》中明确宣布：

> 三、根据吾国固有文明特长之处，以发挥而光大之，使人人知吾国文明有其真正之价值。知本国文明之所以可爱，而后国民始有与之生死存亡之决心，始有振作奋发之精神，遇外敌有欲凌辱此文明者，始有枕戈待旦之慨。
>
> 四、唤起国民对于国家社会之责任心，使其不必依赖政府，诿责他人，而可自办种种国家社会事业，并讨论做人的方法，养成一种中坚社会富于自动及健实精神。惟对于今日万象昏沉之社会神气沮丧之国民，专取鼓励抚慰主义。使其知事有可为，国未灭，发生一种愉快的希望心。始有活泼的进取心。
>
> 五、对于欧美输入之新思想及学说，皆以最精粹独立之评论观察审断之，不惟使普通国民具有世界知识，且使其对于西洋文化之真粹与皮毛有

---

① 胡适：《介绍我自己的思想》，《新月》第三卷第四期。

鉴别取舍之能力。至对于吾国一切固有之社会制度不为笼统的诋毁攻击，务以历史眼光究其受病之原，而求适当改良之方法。

这就是吴宓对"吾国固有文明"和欧美文化的认识和采取的态度。这种认识和态度贯串了他的一生，无论是回国后办《学衡》杂志，还是办《大公报·文学副刊》，还是后来办《武汉日报·文学副刊》，都是如此。诚如他所说：

> 其办报目的，并无作用，亦无私心。不过良心冲动，出于不能自已。思刊行一健全之报纸，求有真正舆论之价值，以达其言论救国之初心，以尽其为国服务之天职。如此而已。[①]

对于《红楼梦》，吴宓更是尊重。可以说，其一生都没有停止过对《红楼梦》的赞颂、辩护……无论是文章里，课堂上，演讲，书信、日记，还是闲谈中，都能看到他对《红楼梦》的赞颂和辩护。

1919 年春在哈佛大学作《〈红楼梦〉新谈》演讲时，他开头就说："《石头记》（俗称《红楼梦》）为中国小说一杰作。……若以西国文学之格律衡《石头记》，处处合拍，且尚觉佳胜。"此后，他将世界各名著与《红楼梦》及国内作品作了反复比较，一再指出：

> 今英国大学汉文主教 Herbert A Ciles 所著《中国文学史》一书，论《石头记》，谓其结构之佳，可媲美者费尔丁。吾则以《石头记》一书，异常宏伟而精到，以小说之法程衡之，西洋小说中，实罕见其匹。若必欲于英文小说中，其最宵而差近者，则唯沙克雷之《钮康氏家传》The Newcomes 一书，足以当之。[②]

> 盖小说乃写人生者，而惟深思锐感，知识广、阅历多之人能作之。吾近三十年来，国家社会各方，变迁至钜。学术文艺，思想感情，风俗生

---

① 《〈民心周报〉发刊宣言》，1919 年 6 月 2 日。
② 吴宓：《钮康氏家传》译序，《学衡》1922 年第 1 期。

计，尤有泡影楼台、修罗地狱之观，凡此皆长篇小说最佳之资料，任取一端，皆成妙谛。如能熔铸全体，尤为巨功，而惜乎少人利用之也。作此类小说之定法，宜以一人一家之事，或盛衰离合，或男女爱情，为书中之主体，而间接显示数十年历史社会之背景，然后举重若轻，避实就虚，而无空疏散漫之病。自昔大家作历史及社会小说者，靡不用此法。一者如曹雪芹，则以宝黛之情史，贾府之盛衰，写清初吾国之情况。二者如沙克雷，作 Henry Esmond，则以此人之遭遇及家庭爱情，写十八世纪初年英国之情况及一六一四年政变之始末。三者如 Geovge Eliot 作《Middlemarch》，则以三对男女之爱情，写十八世纪初年英国村镇之情况，外此例不胜举，今均可取法也。①

吴宓对为什么要研究《红楼梦》？怎样研究《红楼梦》？也曾作过多次说明。1946 年在武汉接受记者访问时，他的回答是：

问：吴先生研究《红楼梦》之经过如何？有何心得？
答：予有一贯综合之人生观及道德观。予之讲《红楼梦》，只是取借此书中之人物事实为例，以阐述人生哲学而已。

在给朋友的信函中他又说：

又弟在各地讲《红楼梦》，原本宗教道德立说，以该书为指示人厌离尘世，归依三宝，乃其正旨。②

深信宇宙间之精神价值永久长存，不消不灭，仅其所表露之形色，所寄托之事物，隐现生灭，变化不息，是为正信。由此而自愿毕生为一尽力，不疑不懼，不急不怠，无论如何结果，仍可安心意得，有内心之安定与和平，是曰殉道殉情之人生观：即以仁智合一，情理兼到为其一生之目

① 吴宓：《论今日文学创造之正法》，《学衡》1923 年 3 月第 15 期。
② 吴宓：《致王恩洋》，《吴宓书信集》，生活·读书·新知三联书店 2011 年版。信，初刊《文教丛刊》五六两期合刊的《通讯》栏。

的与方针者也。①

　　宓近数年之思想，终信吾中国之文化基本精神，即孔孟之儒教，实为政教之圭臬、万世之良药。盖中国古人之宇宙、人生观，皆实事求是，凭经验、重实行，与唯物论相近。但又"极高明而道中庸"，上达于至高之理想，有唯物论之长而无其短。且唯心唯物，是一是二，并无矛盾，亦不分割。又中国人之道德法律风俗教育，皆情智双融，不畸偏，不过度，而厘然有当于人心。若希腊与印度佛教之过重理智，一方竞事分析，流于繁琐；一方专务诡辩，脱离人事，即马列主义与西洋近世哲学，同犯此病者，在中国固无之。而若西洋近世浪漫主义以下，以感情为煽动，以主观自私为公理定则者，在中国古昔亦无之也。（1955 年 11 月 6 日日记）

　　宓之人生观，道德观，一生殉道、殉情之行事。（1967 年 2 月 26 日日记）

吴宓谈《红楼梦》，讲《红楼梦》，赞颂和辩护《红楼梦》，就是为了宣扬他的人生观、道德观：殉道、殉情。

五、是"平心审察，通观比较"？还是"大胆的假设，小心的求证"？

胡适从二十世纪初《红楼梦考证》出炉到 1962 年去世，只要谈到《红楼梦》，从未离开过谈"方法"，即如何运用杜威的实验主义方法，如何利用《红楼梦》研究来推行杜威的实验主义，搞所谓的"文艺复兴"，"重建文明"。请看胡适是如何炫耀自己的研究"方法"的：

　　我对《红楼梦》最大的贡献，就是从前用校勘、训诂考据来治经学、史学的，也可以用在小说上，校勘必须要有本子，现在本子出来了，可以工作了。②

---

①　吴宓：《一多总表》，《武汉日报·文学副刊》1947 年 4 月 1 日。

②　《1961 年 6 月 21 日谈话》，《胡适红楼梦研究论述全编》，上海古籍出版社 1988 年版，第 376 页。

我是用乾、嘉以来一班学者治经的考证训诂的方法来考证最普遍的小说，叫人知道治经的方法。当年我做《红楼梦》考证，有顾颉刚、俞平伯两人在着一同做，是很有趣味的。(《1961年5月6日谈话》)①

我这几年做的讲学的文章，范围好像很杂乱，——从《墨子·小取》篇到《红楼梦》——目的却很简单。我的唯一的目的是注重学问思想的方法。故这些文章无论是讲实验主义，是考证小说，是研究一个字的方法，都可说是方法论的文章。②

从1920年到1933年，在短短的十四年间，我以《序言》《导论》等不同的方式，为十二部传统小说大致写了三十万字［的考证文章］。那时我就充分利用这些最流行、最易解的材料，来传播我的从证据出发的治学方法。③

方法是什么呢？我曾经有许多时候，想用文字把方法取成一个公式、一个口号、一个标语，把方法扼要地说出来；但是从来没有一个满意的表现方式。现在我想起我二三十年来关于方法的文章里面，有两句话也许可以算是讲治学方法的一种很简单扼要的话。

那两句话就是："大胆的假设，小心的求证。"要大胆的提出假设，但这种假设还得想法子证明。所以小心的求证，要想法子证实假设或者否证假设，比大胆的假设还更重要。这十个字是我二三十年来见之于文字，常常在嘴里向青年朋友们说的。有的时候在我自己的班上，我总希望我的学生们能够了解。今天讲治学方法引论，可以说就是要说明什么叫做假设；什么叫做大胆的假设；怎么样证明或者否证假设。

……

要知道《红楼梦》在讲什么，就要做《红楼梦》的考证。现在我可以跟诸位做一个坦白的自白。我在做《红楼梦》考证那三十年中，曾经写了

---

① 同上，第374页。
② 《胡适文集》2，《胡适文存》，序例第1页。
③ 《胡适口述自传》第九章《"五四"运动》，《胡适文集》，北京大学出版社1998年版，第257页。

十几篇关于小说的考证，如《水浒传》
《儒林外史》《三国演义》《西游记》《老残
游记》《三侠五义》等书的考证。而我费
了最大力量的，是一部讲怕老婆的故事的
书，叫做《醒世姻缘》，约有一百万字。
我整整花了五年工夫，做了五万字的考
证。也许有人要问，胡适这个人是不是发
了疯呢？天下可做学问很多，而且是学农
的，为什么不做一点物理化学有关科学方
面的学问呢？为什么花多年的工夫来考证
《红楼梦》《醒世姻缘》呢？我现在做一个

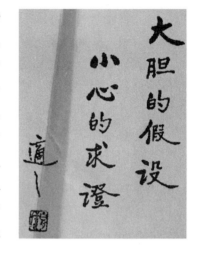

坦白的自白，就是：我想用偷关漏税的方法来提倡一种科学的治学方
法。……拿一种人人都知道的材料用偷关漏税的方法，要人家不自觉的养
成一种"大胆的假设，小心求证的方法"。①

　　我治中国思想与中国历史的各种著作，都是围绕着"方法"这一观念
打转的。"方法"实在主宰了我四十多年来所有的著述。从基本上说，我
这一点实在得益于杜威的影响。②
　　近几十年来我总喜欢把科学法则说成"大胆的假设，小心的求证"。
我总是一直承认我对一切科学研究法则中所共有的重要程序的理解，是得
力于杜威的教导。③

　　他又是怎样"得益"于杜威的"教导"呢？
　　他告诉我们："在一九一五年的暑假中，发愤尽读先生的著作，做详细的
英文提要。……从此以后，实验主义成了我的生活和思想的一个向导，成了我
的哲学基础。"

① 胡适：《治学方法》，《胡适文集》12，第131、134—135页。
② 胡适：《胡适口述自传·哥伦比亚大学和杜威》，《胡适文集》1，第265页。
③ 同上，第269页。

　　我的思想受两个人的影响最大：一个是赫胥黎，一个是杜威先生。赫胥黎教我怎样怀疑，教我不信任何一切没有充分证据的东西。杜威先生教我怎样思想，教我处处顾到当前的问题，教我一切学说理想都看待证的假设，教我处处顾到思想的结果。这两个人使我明了科学方法的性质与功用，故我选前三篇①介绍这两位大师给我的少年朋友。②

　　这让我们总算明白了：胡适四十年来，不但大肆宣扬杜威的实验主义，想方设法实践杜威的实验主义（实用主义），而且一再号召青年人学习他的榜样，跟着他干、跟着他走！

　　吴宓谈《红楼梦》研究，绝对没有"方法"前，"方法"后，左一个"方法"，右一个"方法"，而总是"主义理""重批评"，"平心审察，通观比较"，与时代联系。

　　我们现在能够找到的只有 1922 年《学衡》二期发表的题为《文学研究法》是吴宓谈"方法"的。其实这篇文章也不是吴宓专谈自己如何运用方法，而是他对当时美国流行的文学研究四派，即"商业派""涉猎派""考据派""义理派"，作出了自己的评介，批判了前三派，肯定了第四派，并就"师友所言"及自己"平生所经验实用而获益者，条列十事，以为修学者之一助云尔"。

　　文章一开头就指出："吾国先儒所论列研究文学之法术义理，亦必与西洋之说，互相发明，是在学者之融会贯通，择善取长以用之耳。"接着便将先儒的"义理"之说与西洋的"义理"之说相互发明之处，"择善取长"，"融会贯通"，予以解说。不妨引录如后：

　　（四）义理派　此派文人，重义理，主批评，以哲学及历史之眼光，论究思想之源流变迁，熟读精思，博览旁通，综合今古，引证东西，而尤注意文章与时势之关系。且视文章为转移风俗，端正人心之具，故用以评文之眼光，亦即其人立身行事之原则也。此派文人，不废实学，而尤重识见，谓古今文字，固必精通娴习，以求词义无讹，而尤贵得文章之旨要，

---

① 三篇是：《演化论与存疑主义》《杜威先生与中国》《杜威论思想》。
② 胡适：《介绍我自己的思想》，《新月》杂志第三卷第四期。

及作者精神之所在。然后甄别高下精粗。于古之作者，不轻诋，不妄尊；于今之作者，不标榜，不毁讥。平心审察，通观比较。于既真且美而善之文，则必尊崇之，奖进之。其反乎是者，则必黜斥之，修正之。盖能守经而达权执中以衡物，不求强同，亦不惧独异。本其心之所是，审慎至当，而后出之。故其视文章作家，必当以悲天悯人为心，救世济物为志，而后发为文章。作文者以此志，而评文者亦必以此志。盖其所睹者广，而所见者大，其治学也，不囿于一国一时，而遍读古今书籍，平列各国作者，以观其汇同沿革，而究其相互之影响，至其衡文也。悬格既高，意求至善，常少称许，其待人接物也，风骨严正，而又和蔼可亲。盖希踪＝踪于古哲，深得文章之陶镕者之所为。其治世也，以崇文正学为本务。教育必期养成通人，化民成俗，必先修身正己，以情为理之辅，情须用之得宜，而不可放纵恣睢。谓幻想可助人彻悟，而不可堕入魔障。凡此毫釐之别，切宜注意。而非拘泥固执，以及囫囵敷衍者之所可识也。惟然，故此派文人，如凤毛麟角，为数甚少，或任大学教师，或为文坛领袖，其学识德业，所至受通人尊崇。而流俗则鲜能知之，且有名著欧陆，而在本国反无闻焉者。盖棺论定，异日文学史上，江河万古流，则必为此派之魁硕无疑。而此派者。实吾侪研究文学所应取法者也。……

文章介绍、分析了美国文学研究前三派的弊病后，着重指出应"从所言第四派之行"。且提出警告，说：

在吾其吾国因时势所趋，恐（一）（二）（三）派，亦将有日盛之势。然有志于文学者，应效法第（四）派之方法及精神。此不容疑者也。自新文化运动以来，吾国学生热心研究西洋文学者甚多，然盲从一偏，殊多流弊。吾另有文言之。今惟搁诚，为海内有志文学者正告曰：（一）勿捲入一时之潮流，受其激荡，而专读一时一派之文章。宜平心静气，通观并读，而细别精粗，徐定取舍（二）论文之标准，宜取西洋古今哲士通人之定论，不可专图翻案，而自炫新奇（三）研究文学之方法与精神，宜从上所言第四派之行事，外此则专书具在。不待末学之哓哓也。

后来，他又在一则"按语"中说：

> 吾人不废考据。然若专治考据而不为义理、词章，即只务寻求并确定某一琐屑之事实，而不论全部之思想，及中涵之义理，又不能表现及创作，则未免小大轻重颠倒，而堕于一偏无用及鄙琐。此今日欧美大学中研究文学应考博士之制度办法之通病，吾国近年学术界亦偏于此。吾人对于精确谨严之考证工作，固极敬佩。然尤望国中人士治中西文哲史学者，能博通渊雅，综合一贯，立其大者，而底于至善。夫考据、义理、词章三者应合一而不可分离，此在中西新旧之文哲史学皆然。吾人研究《红楼梦》，与吾人对一切学问之态度，固完全相同也。（《〈红楼梦〉之人物典型按语》）

吴宓研究《红楼梦》就是用的他所说的这些方法，特别是比较的方法。他一贯如此，一生如此。因为两相比较，孰优孰劣，人人都会明白。

比较科学是当今一门显学。西方学者认为：行为科学家所掌握的锐利武器之一，便是"比较研究"（comparanvestudy）。

胡适晚年口述自己的历史时也说："人类文明发展到今天，任何民族的历史，都已不能孤立研究，'孤立'便有'偏见'，有偏见则无真知。"

鲁迅早就说过："比较是医治受骗的好方子。"[①]

闻一多也说过，"一切的价值都在比较上看出来"。[②]

朱光潜更是斩钉截铁地写道："一切价值由比较而来。"[③]

唐德刚先生回忆胡适时，就直指他不懂现代社会科学、比较科学。他不得不发出这样的疑问：

> 搞"整理国故"的人，多少要有一点现代社会科学、比较史学（comparative history）、比较文学（comparative littrature）比较哲学（comparative philosophy）等等方面的训练，各搞一专科。否则只是抱着

---

① 鲁迅：《随便翻翻，且介亭杂文》
② 闻一多：《艾青和田间》，《闻一多选集》第一卷，四川文艺出版社。
③ 朱光潜：《研究诗歌的方法》，《朱光潜全集》第九卷，安徽教育出版社。

部十三经和诸子百家"互校",那你就一辈子跳不出"乾嘉学派"的老框框。跳不出偏要跳,把一部倒霉的老杜威的"思维术"也拖下水,那就变成贝聿铭所说的"穿西装戴瓜皮帽"一类不伦不类的"过渡时代的学术"了。①

他老人家治学,对任何学派都"不疑处有疑",何以唯独对杜威"有疑处不疑",还要叫他自己的小儿子"思杜"(思念杜威)一代接着一代的思下去呢?②

青年期的胡适是被两位杰出的英美思想家——安吉尔和杜威——"洗脑"了;而且洗得相当彻底,洗到他六十多岁,还对这两位老辈称颂不止。这也就表示胡适的政治思想,终生没有跳出安、杜二氏的框框。胡适之先生一生反对"被人家牵着鼻子走",可是在这篇自述里,我们不也是看到那个才气纵横的胡适,一旦碰到安吉尔、杜威二大师,便"尽弃所学而学焉",让他两位"牵着鼻子走"吗?适之当然不承认他被人家牵着鼻子走,因为他不自觉自己的鼻子被牵了。这并不表示他老人家没有被牵。相反的,这正表示牵人鼻子的人本事如何高强罢了。③

所以,胡适从杜威那里学到"牵着鼻子走"的本领,真可谓青出于蓝而胜于蓝。原来,他的谈方法,其实就是谈政治,就是"牵着鼻子走"的方法,从而达到其目的。

梅迪生说我谈政治"较之谈白话文与实验主义胜万万矣",他可错了;我谈政治只是实行我的实验主义,正如我谈白话文也只是实行我的实验主义。

实验主义自然也是一种主义,但实验主义只是一个方法,只是一个研

---

① 《胡适口述自传》第十章,《胡适文集》1,注释〔4〕,北京大学出版社 1998 年版,第 391 页。
② 《胡适口述自传》第五章《哥伦比亚大学和杜威》,《胡适文集》1,北京大学出版社 1998 年版,第 287 页。
③ 《胡适口述自传》第四章《青年期的政治训练》,《胡适文集》1,北京大学出版社 1998 年版,第 253 页。

究问题的方法。他的方法是：细心搜求事实，大胆提出假设，再细心求证。……

我这几年的言论文字，只是这一种实验主义的态度在各方面的应用。我的唯一目的是要提倡一种新的思想方法，要提倡一种注重事实，服从证验的思想方法。古文学的推翻，白话文的提倡，哲学史的研究，《水浒》《红楼梦》的考证，一个"了"字或"们"字的历史，都只是这一个目的。我现在谈政治，也希望在政论界提倡这一种"注重事实，尊崇证验"的方法。①

他在《介绍我自己的思想》一文中说得更露骨。他说：

我觉得我们做《红楼梦》的考证，只能在"著者"和"本子"两个问题上着手，只能运用我们力所能尽搜集的材料，参考互证，然后抽出一些比较的最近情理的结论。这是考证学的方法。我在这篇文章里，处处撇开一切先入的成见，处处存一个搜求证据的目的，处处尊重证据，让证据做响导，引导到相当的结论上去。这不过是赫胥黎杜威的思想方法的实际运用。我的几十万字的小说考证，都只是用一些"深切而著明"的实例来教人怎样思想。

……

我为什么要考证《红楼梦》？

在消极方面，我要教人怀疑王梦阮、徐柳泉一班人的谬说。

在积极方面，我要教人一个思想学问的方法。我要教人疑而后信，考而后信，有充分证据而后信。

我为什么要替《水浒传》作五万字的考证？我为什么要替庐山一个塔作四千字的考证？

我要教人知道学问是平等的，思想是一贯的。……肯疑问"佛陀耶舍究竟到过庐山没有"的人，方才肯疑问"夏禹是神是人"。有了不肯放过一个塔的真伪的思想习惯，方才敢疑上帝的有无。

---

① 胡适：《我的歧路》，《胡适文集3·胡适文存一集》，北京大学出版社1998年版，第365－366页。

少年的朋友们，莫把这些小说考证看作我教你们读小说的文字。这些都只是思想学问的方法的一些例子。在这些文字里，我要读者学得一点科学精神，一点科学态度，一点科学方法。科学精神在于寻求事实，寻求真理。科学态度在于撇开成见，搁起感情，只认得事实，只跟着证据走。科学方法只是"大胆的假设，小心的求证"十个字。没有证据，只可悬而不断；证据不够，只可假设，不可武断；必须等到证实之后，方才奉为定论。

少年的朋友们，用这个方法来做学问，可以无大差失；用这种态度来做人处事，可以不至于被人蒙着眼睛牵着鼻子走。

从前禅宗和尚曾说，"菩提达摩东来，只要寻一个不受人惑的人"。我这里千言万语，也只是要教人一个不受人惑的方法。被孔丘朱熹牵着鼻子走，固然不算高明；被马克思列宁斯大林牵着鼻子走，也算不得好汉。我自己决不想牵着谁的鼻子走。我只希望尽我的微薄的能力，教我的少年朋友们学一点防身的本领，努力做一个不受人惑的人。

※　　　　　※　　　　　　※　　　　　　　※

抱着无限的爱和无限的希望，我很诚挚的把这一本小书贡献给全国的少年朋友！

十九，十一，二十七晨二时将离开江南的前一日　胡适①

我就是用上述的治学方法来延续我们的"文艺复兴"的传统。从历史上看，这种工作似乎无损于他人。但是最近我发现中国共产党对我这项工作竟大感兴趣。他们向我猛烈攻击。并经常征引一段我那本包括有三篇《红楼梦》考证文章的《文存》序言。在那篇《序言》里我就说明我研究《红楼梦》的目的并不是要教导读者如何读小说；我所要传播的只是一项科学法则和科学精神。科学精神便是尊重事实，寻找证据，证据走向那儿去，我们就跟到那儿去。科学的法则便是"大胆的假设，小心的求证"。

---

① 胡适：《介绍我自己的思想》，初载《新月》三卷 4 期，后收入《胡适文选》自序，上海亚东图书馆 1930 年版。

只有这一方法才使我们不让人家牵着鼻子走。我说被孔丘、朱熹牵着鼻子走，原无骄傲之可言；但是让马克思、列宁、斯大林牵着鼻子走，也照样算不得好汉。这就是为什么共产主义者就一直认为我的"考证"，我的学术工作是一种毒品；我反对马克思主义是有其恶毒的用意的。他们因而把我打成马克思主义的头号敌人。简单的道理便是我曾经传播过一种治学方法，叫人不要让别人牵着鼻子走的缘故。（我从未写过一篇批评马克思主义的文章！）

上面说的这一点，就是我的学术研究在政治上所发生的政治性的严肃意义——特别是我用历史方法对（传统）小说名著的研究。[①]

有人对上述这段话作了这样的翻译：

我以这种方式延续着文艺复兴的传统。它在历史上似乎无害于他人。不过我现在发现，共产党对我的这项工作很感兴趣。他们猛烈打击我的这项工作。他们经常引用我《胡适文选·自序》中的一段话（《胡适文选》中收有关于《红楼梦》的三篇文章）。在《胡适文选·自序》中我这样说道，我研究《红楼梦》不是为了教读者如何去读小说；我想教给读者的，是一种科学的方法和科学的精神。科学的精神就是尊重事实，跟着证据走，不论证据将把你引向何方。科学的方法就是"大胆的假设，小心的求证。"有了这种方法，就能避免被别人牵着鼻子走。我还说，被孔丘、朱熹牵着鼻子走算不得好汉；被马克思、列宁、斯大林牵着鼻子走也算不得好汉。正因为如此，共产党把我的考证工作视为一种毒素，认为我的恶毒用意是为了反对马克思主义。他们把我称为"马克思主义的头号敌人"，其原因仅仅为：我宣传一种方法，使人们能够避免被别人牵着鼻子走（我从来没有写过一篇批评马克思主义的文章）。这就是我学术研究工作（尤其是关于通俗小说的考证工作）的政治意义。[②]

---

① 胡适：《胡适口述自传》第九章《"五四运动"》，《胡适文集》1，北京大学出版社1998年版，第357—358页。

② 胡适口述，唐德刚整理，张书克重译：《胡适口述自传》（征求意见稿），《胡适研究通讯》2019年2期。

唐德刚以自己的亲身经历谈了胡适宣扬的这种方法，他说：

> 生为胡适时代的大学生，我学会了"大胆假设"和"小心求证"。但是我也犯了胡适的毛病，不知道如何把求证的结果，根据新兴的社会科学的学理加以"概念化"（conceptualization）。为求证而求证来研究《红楼梦》，那就只能步胡适的后尘去搞点红楼"版本学"和"自传论"。①

> 胡适之先生求学时期，虽然受了浦斯格和杜威等人的影响，他的"治学方法"则只是集中西"传统"方法之大成。他始终没有跳出中国"乾嘉学派"和西洋中古僧侣所搞的"圣经学"（Biblical－Scholarship）的窠臼。②

> 正因为"胡适的治学方法"受了时代的局限，未能推陈出新，他底政治思想也就跳不出"常识"和"直觉"的范围。最主要的原因便是由于他的"治学方法"不能"支持"（Support）他政治思想的发展。③

尽管如此，胡适还是要顽固地教人按照他的方法去做。1961年6月5日他给友人信中说：

> 你不妨重读我的《红楼梦考证》，看我是如何处理这个纷乱的问题。我在那时（四十年前）指出"《红楼梦》的新研究"只有不过两个方面可以发展：一是作者问题，一是本子问题，四十年来"新红学"的发展，还只是在这两个问题的新材料的增加而已。④

---

① 唐德刚：《曹雪芹的"文化冲突"》，《史学与红学》，广西师范大学出版社 2020 年版，第 237 页。

② 《胡适口述自传》第六章《青年期逐渐领悟的治学方法》，《胡适文集》1，注释〔2〕，北京大学出版社 1998 年版，第 304 页。

③ 《胡适口述自传》第六章《青年期逐渐领悟的治学方法》，《胡适文集》1，注释〔3〕，北京大学出版社 1998 年版，第 305 页。

④ 胡适：《答李孤帆书》，《胡适红楼梦研究论述全编》，上海古籍出版社 1988 年版，第 357 页。

此时，尽管胡适已行将就木，但他还是想千方百计、竭尽全力将《红楼梦》研究引入他设计的轨道：作者、版本。不让人去触及"微言大义"，若不如此，他"再建文明"的梦想必将破产。

胡适的《红楼梦》研究大概二十年左右，前后可分为两个阶段：1921 年至 1933 年为前期，1951 年至 1962 年为后期，其研究随着政治形势的变化而有所变化。前期，他对传统文化持虚无主义态度，主张"不过如此"、"原来如此"，从思想上反对马克思主义；后期，他则由"文艺复兴"，"再建文明"，到"改造中国"，旨在打着自由主义的旗帜，以不直接、公开参加蒋介石政权为掩护，死心塌地做蒋介石的谋士。如他自己所说：

> 我在野，——我们在野，——是国家的、政府的一个力量，对外国，对国内，都可以帮政府的忙，支持他，替他说公平话，给他做面子。若做了国府委员，或做了一院院长，或做了一部部长，虽然在一个短时期也许有做面子的作用，结果是毁了我三十年养成的独立地位，而完全不能有所作为。结果是连我们说公平话的地方也取消了。——用一句通行的话，"成了政府的尾巴"！你说是不是？
>
> 我说，"是国家的、政府的一个力量"，这是事实，因为我们做的是国家的事，是受政府的命令办一件不大不小的"众人之事"。如果毛泽东执政，或是郭沫若当国，我们当然都在被"取消"的单子上，因为我们不愿见毛泽东或郭沫若当国，所以我们愿意受政府的命令办我们认为应该办的事，这个时代，我们做我们的事就是为国家，为政府，树立一点力量。①

这就是晚年胡适的本来面目。

1949 年 4 月，胡适离开大陆去美国当寓公。到达美国时，人民解放军已攻克南京，蒋家王朝宣告灭亡。胡适表示："不管局势如何艰难，我始终是坚定的用道义支持蒋总统的。"还三次去华盛顿寻求美国政府对蒋介石的继续支

---

① 肖伊绯、吴政上、王汎森：《关于胡适致傅斯年一封信的通信》，《胡适研究通讯》2018 年第 4 期。

持。回台湾后，仍然千方百计效忠蒋介石。难怪台湾学者殷海光①发出这样的声音：

> 有些人把我看成胡适一流的人，早年的胡适确有些光辉，晚年的胡适简直沉沦为一个世俗的人了。他先怕人家不捧他，惟恐忤逆现实的权势，思想则步步向后溜。我岂是这种名流。②

一贯鼓吹人性论，反对阶级论的梁实秋也不得不承认："任何人都不能和政治脱离关系，学生如何能是例外。"③

侯外庐先生说得好：

> 对胡适的文艺批判，如果忽视了他的政治目的，就易于被他俘虏。④

---

① 原名殷福生（1919.12—1969.9），湖北黄冈人。1942 年西南联大毕业，入清华大学哲学研究所。1944 年参加青年远征军。1945 年因身体不适提前退伍入重庆独立出版社任编辑。期间，在《扫荡报》发表大量论文，被陶希圣看中，调入《中央日报》任主笔。1949 年，去台湾，11 月与胡适、雷震等人创办《自由中国》半月刊，任编委加主笔。1954 年以访问学者赴哈佛大学考察、研究、讲学一年。1955 年回台，一面执教台大，一面继续为《自由中国》《祖国》撰稿。其言论多有触犯蒋家王朝，因而受到迫害。殷悲愤交加，于 1969 年 9 月 6 日离世，终年 50 岁。台湾、大陆均有文集问世：《殷海光全集》，1989 年台北桂冠图书出版公司出版，2009 年台湾大学出版中心出版发行重编版；张斌峰、何卓恩编《殷海光文集》，湖北人民出版社 2009 年版。

② 殷海光：《致陈平原》，《殷海光文集》第二卷。

③ 梁实秋：《学生与政治》，重庆《中央周刊》第四卷三十八期，1942 年 4 月 30 日出版。

④ 侯外庐：《揭露美帝国主义奴才胡适的反动面貌》，《胡适思想批判论文汇编》三集，生活·读书·新知三联书店 1955 年版，第 58 页。

怎样才算"替"胡适"恢复名誉"？

毛主席逝世后，全国各地陆续出版了不少回忆他在不同时间、不同地点、不同场合，与不同人士关于文艺问题的谈话、书信、读书笔记、批语……其中涉及《红楼梦》和《红楼梦》研究，涉及胡适的功过……给我们如何研究《红楼梦》、如何研究胡适做了一次又一次的示范。

在写作这本小册子时，作者尽可能去寻觅这些材料、学习和研究这些材料，从中受到极大启示……

著名鲁迅研究权威、中国现代文学史研究专家唐弢先生就有这样的回忆。他在文章中写到，1956 年 2 月，毛泽东在怀仁堂宴请知识分子。……那时正在批判胡适，席间曾提到这个问题，毛主席说：

"这个人也真顽固，我们托人带信给他，劝他回来，也不知道他到底留恋什么？"

有人插话，声音很低。

"批判嘛，总没有什么好话。"毛主席说："说实在话，新文化运动他是有功劳的，不能一笔抹煞，应当实事求是。"

又有人插话，我听不清楚。

"到了二十一世纪，那时候，替他恢复名誉吧"毛主席说着笑了。①

"托人带信给他，劝他回来"是怎么一回事呢？据朱庄《毛泽东眼中的胡

---

① 唐弢：《春天的怀念——为人民政协四十周年征文作》《唐弢文集·诗词·小说·散文卷（下）》，社会科学文献出版社 1995 年版，第 590 页。

适》一文介绍，事情的来龙去脉是这样的：

1956 年 9 月 16 日，中国外交学会副会长、外交部顾问周鲠生，到瑞士出席"世界联合国同志大会"，利用这一机会，他辗转向胡适传达了有关的信息，劝他不要乱说。周鲠生 1949 年前曾任北京大学教授兼政治系主任、武汉大学校长，与胡适颇有个人交情。在瑞士会议结束后，他又应"英国联合国同志会"的邀请赴伦敦访问。在伦敦，周鲠生会见了创办《现代评论》时期的老友，同时也是他执掌武汉大学时的下属陈源（陈当时在武大英文系任教）。周鲠生代表周恩来，劝陈源回大陆看看，同时通过陈源动员在美国的胡适也回大陆。陈源依老友之托，于 9 月 20 日致信胡适，将周鲠生的原话转告：

"我说起大陆上许多朋友的自我批判及七八本'胡适评判'。他说有一时期自我批判甚为风行，现在已过去了。

对于你，是对你的思想，并不是对你的个人。你如回去，一定还是受到欢迎。我说你如回去看看，还能出来吗？他说'绝对没有问题'。

他要我转告你，劝你多做学术方面的工作，不必谈政治。他说应放眼看看世界上的实在情形，不要将眼光拘于一地。"

然而，胡适并不相信周鲠生所说的话，他针对陈源的信中所说的"是对你的思想，并不是对你个人"一句话，在下面划了线，并在一旁批注说："除了思想之外，什么是'我'？"

胡适与共产党的对立，主要是在思想、信念上，他深知自己的思想与共产主义思想是无法沟通和相容的，因而也就不可能相信来自共产党的任何劝说。①

从这里我们可以非常清楚地知道，胡适之所以如此顽固，原因就是要捍卫并推行他的"思想"。什么"思想"？最简单的回答，就是杜威的实验主义，再造文明，将中国变成一个美国式的自由、民主国家。然而若是这样，实质上只能是美帝国主义的殖民地。他早在 1929 年 7 月 1 日，复信李璜、常燕生时就

---

① 朱庄：《毛泽东眼中的胡适》，《人物》1999 年 1 期。

说过："宁可宽恕几个政治上的敌人，万不可容纵这个思想上的敌人。"(《胡适往来书信》上册) 五十年代批判他的时候，他的反应是："思想是无法清算的东西。感谢他们在铁幕里替我宣传我的思想。"可以说，从二十年代起，他就认定马克思主义是他思想上的最大敌人，不但绞尽脑汁散布反马克思主义的言论，而且由"小骂大帮忙"，迈向"过河卒子"，直到为蒋介石出谋划策。即使如此，共产党、毛主席还是千方百计争取他，挽救他……即使在批判他的思想时，也留有余地。

1939 年 2 月，毛泽东有三封长信给陈伯达，对陈关于诸子哲学的论文提意见。其中有一段话是这样说的：

"诸文引了章、梁、胡、冯诸人许多话，我不反对引他们的话，但应在适当地方有一些批判的申明，说明他们在中国学术上有其功绩。但他们的思想和我们是有基本区别的，梁基本上是观念论和形而上学，胡是庸俗唯物论与相对主义，也是形而上学，章、冯……（章、冯二家我无研究），等等。若无这一简单的申明，则有使读者根本相信他的危险。"章，是章太炎，梁，是梁启超，冯，是冯友兰，胡，就是胡适。毛泽东要求作者申明："凡引他的话，都是引他们在这些问题上说得对的，或大体上说得对的东西，对于他们整个思想系统上的错误的批判则属另一问题，须在另一时间去做。"[①]

1954 年前后，毛主席曾亲自发动并领导的全国范围内的一次大规模的对俞平伯《红楼梦》研究中的唯心主义的批判运动，最终把矛头指向了胡适，也主要是指向他宣扬杜威的实验主义。运动的范围之大，参加的人数之多，都是空前的。毛主席不但于 1954 年 10 月 16 日亲自写了著名的《关于〈红楼梦〉研究问题的信》，要求刘少奇、周恩来、陈云、朱德、邓小平、彭真等中央主要领导人，陆定一、习仲勋、胡乔木、凯丰、张际春等分管意识形态领域工作的主要负责人，郭沫若、沈雁冰、周扬、丁玲、冯雪峰、何其芳、林默涵等文艺部门的负责人，认真对待这项批判工作，而且还亲自审阅报刊发表的部分按

---

① 郁之：《毛与胡适——大书小识之二十四》，《读书》1995 年 5 月号。

语，并进行修改。如对冯雪峰起草，经中宣部审阅过的《文艺报》发表李希凡、兰翎文章的编者按语，他就亲自作了修改：

> ……
>
> 编者说：转载这篇文章，是"希望引起大家讨论，使我们对《红楼梦》这部伟大杰作有更深刻更正确的了解"，"只有大家来继续深入地研究，才能使我们的了解更深刻和周密"，毛泽东在两句"更深刻……"旁边，画了两道竖线，打了一个问号，分别批注："不应当承认俞平伯的观点是不正确的"，"不是更深刻周密的问题，而是批判错误思想的问题。"①

毛主席还对一些个人所写的批判文章作了修改，如艾思奇批判胡适哲学思想那篇文章，他也作了修改。等等。可见，毛主席对这次批判运动的重视，他一直掌握运动的每一个环节，以避免出现偏差。在1957年2月16日的一次谈话时说：

> 我们开始批判胡适时，很好，但后来就有点片面性了，把胡适的一切都抹杀了，以后要写一两篇文章补救一下。②

1964年8月18日，在北戴河和几位哲学工作者谈话。谈到《红楼梦》时，他说：

> 《红楼梦》写出二百多年了，研究红学的到现在还没有搞清楚，可见问题之难。有俞平伯、王昆仑，都是专家。何其芳也写了个序，又出了个吴世昌。这是新红学，老的不算。蔡元培对《红楼梦》的观点是不对的，胡适的看法比较对一点。③

---

① 陈晋：《毛泽东文艺生涯（1949—1976）》下卷，人民文学出版社2014年版。
② 转引自陈晋：《毛泽东文艺生涯（1949—1976）》下卷，人民文学出版社2014年版。
③ 龚育之、宋贵仑：《"红学"一家言》，见《毛泽东的读书生活》，生活·读书·新知三联书店1986年版，第221页。

自批判胡适的运动以来，特别是改革开放以来，因为打破了禁区，红学研究出现了很多新气象，取得了不少新成就，诸如"中国艺术研究院红楼梦研究所"的成立，研究《红楼梦》的专刊《红楼梦研究》的出版，国内国际召开了多次关于《红楼梦》的会议……出版了不少的"红学"研究的专书……其中就有"替"胡适"恢复名誉"的。但值得注意和警惕的是：仍然有人对胡适的"成就"不但缺少马克思主义的分析，而且对他的错误的东西还加以宣扬，甚至还欢呼："又见当年胡适之"了。① 什么样的胡适之？他们说：

> 胡适的考证，鲁迅的评论，成为这个阶段《红楼梦》研究的两个高峰。②

> 作为"新红学"的开山大师，胡适是 20 世纪红学史上影响最大的一个人。

> 胡适之所以对包括《红楼梦》在内的中国古典小说情有独钟，最主要的原因是为了提倡白话文学，要为中国创造一种国语的文学。所以，"新红学"是新文化运动的产物。

> 胡适在"新红学"方面的成就与贡献，是将杜威的实验主义思想与方法引入《红楼梦》研究之中，从而将"红学"纳入学术轨道，开创了《红楼梦》研究的新纪元。从此，"红学"才真正成为一门现代学术。这种研究具有"新典范"的意义，"为中国青年学者运用科学的态度与方法进行考证与研究提供了活生生的教本"。众所公认的，"新红学"的影响与贡献，不限于《红楼梦》研究领域，其对中国现代学术之建立，亦具有深远影响。③

这不就是那个拼命地"将杜威的实验主义思想与方法引入《红楼梦》研究之中"，其研究"具有'新典范'的意义"，"为中国青年学者运用科学的态度与方法进行考证与研究提供了活生生的教本"的胡适么？！如果真的以胡适之

---

① 沈治钧：《又见当年胡适之——评宋广波编辑〈胡适批红集〉》，《博览群书》2010 年 2 月。
② 白盾主编：《红楼梦研究史论》，天津人民出版社 1997 年版。
③ 宋广波：《胡适批红集·序》，北京大学出版社 2009 年版。

用杜威实验主义思想和方法写成的《红楼梦考证》做"教本"去教育青年，不知要把青年带向何方？？？

杜威的实验主义到底是什么样的货色？

《胡适口述自传》的译者唐德刚先生作了这样的回答。他说：

> 胡适之先生在中国文化史上的贡献和地位，不是因为他是个什么"实验主义者"。实验主义者在中国，说穿了只是一些早期留美学生带回国的美国相声。一阵时髦过去了，在近代中国文化史上，只能做做注脚，是不值得多提的。[1]

这个回答形象而又通俗，可以说明一些问题。

当年的胡适到底是什么人？熟知他的朱光潜说：

> 谈到胡适，在这次学习中，还有人把他和五四运动联在一起想，因此也就把他和李大钊等几位先进共产主义者联在一起，以为他们当时都是北京大学同事，共同主持《新青年》《每周评论》之类进步刊物，所以他们在新文化运动中都站在一条线上的。要认清胡适的面貌，首先要澄清的就是这种错误思想。在五四时代，胡适就已经和李大钊等同志同床异梦……
>
> 自从他"走红"之后，他成为了一个学阀，把持北京大学，把持中央研究院，把持"中美文化基金"，甚至把持到几家大书店，对捧他的爪牙施行恩惠主义，……要革命就要革他的命，他已经高高的坐在太师椅上，睥睨一世，他为什么还要革命呢？他抗拒新的进步思想，愈来愈反动，……[2]

难怪研究者说：他"是在五四运动中暴得大名"[3]，"踏着中国人民心血结成的彩虹似的桥梁"，"进入了大学的高墙，坐上文化界一把交椅"（即北京大

---

① 胡适：《胡适口述自传》第七章《文学革命的结胎时期》，《胡适文集》1，注释〔1〕，北京大学出版社 1998 年版，第 322 页。

② 朱光潜：《澄清对于胡适的看法》，《朱光潜全集》10，第 25 页。

③ 陈漱渝、宋娜：《蒋介石与胡适》，团结出版社 2019 年版。

学校长）。①"又是一个口头上标榜'不谈政治'，但实际上却有浓厚的政治情结的人。"（《胡适与蒋介石》）"一个最高明的入世者。"（唐德刚：《胡适口述历史》）由"小骂大帮忙"，到"过河卒子"、"骑士"、"高参"……《红楼梦考证》就是他"政治情结"中最重要的、最核心的内容，是他用以推行杜威实验主义的最重要的工具。

胡适就是这样一个人。直到晚年，他还在为蒋介石出谋划策……所以1954年批判俞平伯《红楼梦》研究中的唯心主义，最终将矛头指向了他是自然而然的事。后来，三联书店从这些批判文章中选录了一部分，编成十本《胡适思想批判》出版，应该承认其中有价值的批判文章还是不少的。

读读当年领导这场批判的文艺界两位主要领导人的文章吧！

郭沫若在《三点建议》中，重点批判了胡适的"大胆的假设，小心的求证"。他说：

> 这是把科学的研究方法根本歪曲了。科学是允许假设的。科学当然更着重实证。假设是什么？假设是从不充分的证据所归纳出来的初步的意见。它还不能成为定论，但假如积累了更多的证据或经得起反证，它有成为定论的可能。所以真正的科学家倒是采取着相反的态度的，便是："小心的假设，大胆的反证。"②

周扬在《我们必须战斗》中则着重批判了胡适运用杜威的实验主义研究《红楼梦》的唯心主义。他说：

> 胡适对《红楼梦》及其他中国古典作品的研究，却是完全从美国资产阶级主观唯心论——实用主义的观点出发的，因而也就没有可能作出正确的真正科学的评价。首先，他对古典作品的考证和评价，完全是为了反革命的目的，这已由他自己明白宣告了。其次，他对古典作品又单纯地只从它的语言形式，即白话来着眼，而不注重作品的思想内容和艺术价

① 巴人：《胡适的梦》，《华商报》1947年11月19日。
② 郭沫若：《三点建议——一九五四年十二月八日在中国文学艺术界联合会主席团、中国作家协会主席团扩大联席会议上的发言》，见《郭沫若全集》第十七卷，人民文学出版社1989年版，第24页。

值。……他认为《红楼梦》的"真价值"只是在它"平淡无奇的自然主义"的描写手法。①

这样的批判如何？

所谓"活生生的教本"的鼓吹者，请你们再去好好读一读所谓"新典范"论者、自诩"重新发现了胡适"的耿云志先生所列的胡适 1947 年到 1960 年间利用文化问题，特别是利用传统文化宣扬反马列主义的文章：

1947 年 8 月 1 日，在北平讲演《眼前世界文化的趋向》；

1948 年 9 月 4 日，在北平电台播讲《自由主义是什么》；

同年 9—10 月间，在南京讲演《当前中国文化问题》；

同年 10 月 4 日，在武汉讲演《两个世界的两种文化》，次日讲演《自由主义与中国》；

1949 年 3 月，在台北讲演《中国文化里的自由传统》；

1950 年 12 月 4 日，在美国加州大学讲演《中国思想与文化的存在价值——在中国思想与文化中哪些东西是不会为共产主义所摧毁的》；

1953 年 1 月 3 日，在台湾新竹讲演《三百年来世界文化的趋势与中国应采取的方向》；

1954 年 3 月 5 日，在台北讲演《从〈到奴役之路〉说起》；

同年 4 月 1 日，在《自由中国》杂志十卷七期发表《中国古代政治思想史的一个看法》；

同月，在哥伦比亚大学讲演《中国思想史上的怀疑精神》；

1955 年 12 月，开始写《中共清算胡适思想的历史意义》；

1958 年 3 月 14 日，在耶鲁大学主办的修姆博士基金会上讲演《中国文化史上一种科学治学方法的发展研究》；

同年 6 月 13 日，在台湾大学讲演《从中国思想上谈反共运动》；

1959 年 7 月 7 日，在夏威夷大学主办的第三次东西方哲学家会议上

---

① 周扬：《我们必须战斗——一九五四年十二月八日在中国文学艺术界联合会主席团、中国作家协会主席团扩大联席会议上的发言》，见《周扬文集》第三卷，人民文学出版社 1985 年版，第 308—309 页。

宣读论文《中国哲学里的科学精神与方法》；

同年 7 月 16 日，同地讲演《杜威在中国》；

1960 年 7 月 10 日，在华盛顿举行的"中美学术合作会议"上讲演《中国的传统与将来》。①

请注意：这只是一个很不完全的简表。

从目前已披露的材料看，胡适的所谓什么全集、全编，其实都是不全的，他利用传统文化宣扬反马列主义的文章、讲演、书信……还多着呢。如他的《〈自由中国〉的宗旨》、《陈独秀的最后见解宣言》等都是所谓反马克思主义的文章。

唐德刚先生说："胡适不是什么超人，更不是什么圣人"……从学理上说，"胡适这个'但开风气'的'启蒙大师'哪有'批不倒'之理?"② 因此对胡适的评价免不了争论，昨天如此，今天如此，明天还将如此。

"替他恢复名誉"是必要的，应该的，此项工作人们已经做了而且还在做。但到底如何"替他恢复名誉"，恢复什么样的"名誉"? 这就是一个非常复杂的问题了，必须下点功夫去研究。胡适在新文化运动中，在学术上，有功，也有过，一定要让青年明白，决不能含糊，也不允许含糊，这就要如鲁迅先生早先教导我们那样："倘要论文，最好是顾及全篇，并且顾及作者的全人，以及他所处的社会状态，才较为确凿。要不然，是很容易近乎说梦的。"（鲁迅：《"题未定"草》《且介亭杂文二集》）

"替他恢复名誉"，恢复什么样的"名誉"? 我以为最重要的是实事求是。如何才能做到实事求是呢? 那就一定要以马克思主义、毛泽东思想为指针，否则一定会入歧途!

---

① 耿云志：《胡适研究论稿》，四川人民出版社 1985 年版。

② 转引自吕启祥：《史家风范　作家文采——我心目中的唐德刚先生》，见《红楼梦会心录》，商务印书馆 2015 年 12 月版。

关于《红楼梦》诗词注释二三事
——忆吴宓、俞平伯、周汝昌、马克昌诸位先生的帮助

20 世纪 70 年代，人们对所谓"文化大革命"越来越感到厌倦，不愿无端地浪费自己的生命，纷纷去做自己喜欢的事情。

雍国瑢、田志远、宋传山和我便干起编书的事来了，先后编印了《成语故事》（六册）、《毛主席论作家作品》（油印版上下两册），群众反映还不错。

在编辑《毛主席论作家作品》的过程中，读到很多毛主席关于作家作品的精辟论述，特别是关于《红楼梦》的论述，给人很大的启示。

这些论述，当时或后来或者公开发表了，或在别人的文章中被引用了……"文化大革命"后期，毛主席还曾要求干部读点鲁迅，读点《红楼梦》。他说：

> 《红楼梦》我至少读了五遍……我是把它当历史读的。开始当故事读，后来当历史读。
> ——1964 年 8 月在北戴河同哲学工作者的谈话①

> 你现在也在看《红楼梦》了吗？要看五遍才有发言权呢。……中国古典小说写得好的是这一部，最好的一部。创造了好多文学语言呢。
> ——1973 年 12 月 12 日谈话②

> 读过一遍没有发言权参加议论，你最少要读五遍。这部书不仅是一部

---

① 见龚育之、宋贵仑：《"红学"一家言》，见《毛泽东的读书生活》，生活·读书·新知三联书店 1986 年版。

② 见陈晋编：《毛泽东读书笔记解析》，广东人民出版社 1996 年版。

文学名著，也是一部形象的阶级斗争史……不读《红楼梦》，就不知道中国的封建社会。

　　　　——谭启龙《坚持实事求是，深入调查研究》①

　　根据毛主席的指示，全国各地陆续编印了一些读《红楼梦》的辅导材料。我们几个（田志远、雍国璿、宋传山，还有武汉大学李达校长的原秘书曾勉之同志等）几经商量，决定也编一点读《红楼梦》的资料：一本《红楼梦》评论资料，一本《红楼梦》诗词注释。

　　诗词注释，我们选用了哈尔滨师范学院的《"红楼梦"诗词选注》和南京师范学院的《"红楼梦"诗词译注》做底本，根据各方面读者的意见，参考其他兄弟院校和当时一些报刊编辑的有关材料对《选注》和《译注》作删改、增补……

　　正好，这个时候，我得到一个出差的机会，便带着关于鲁迅和《红楼梦》研究中的问题，从重庆出发，到武汉，到南京，到上海，到北京，历时 50 余天，访问了一些大学、报社、出版社、研究所……会见了不少老朋友……见了一些单位的负责人及好些靠边站的鲁迅研究专家和红学专家。我在日记中有这样的记载：

　　一九七四年

　　十二月十五日　　晴　太阳

　　10 时半，至何其芳处，复至俞平伯处，讨教关于《红楼梦》诗词问题。（早先我已致信先生请教且得到他的回信）

　　十二月十六日　　阴间晴

　　下午，至冯雪峰处，谈三十年代文艺问题，约三小时。

　　晚，将哈师《红楼梦》诗词选注交周汝昌。周说：此书无自己的见解，都是抄袭前人的。一个什么随笔里的东西。一从二令三人木。一、二、三都是虚数：从，跟从，嫁给贾琏，到了贾家，什么都要听王夫人的；令，不久通过联姻等手段，逐渐掌握了统治权，一朝权在手，便把令

――――――――――――

① 见《缅怀毛泽东》上册，中央文献出版社 1993 年版。

来行。人木，是休字。我看不管怎么说，这句，反映王熙凤地位的变化是无疑的。

十二月十九日　　　晴

上午，与周汝昌先生再次交谈《红楼梦》诗词注释。

这次历时 50 余天的奔波，收获可不小，不但带回了一些资料，还听取了很多好的建议……我们便着手《读〈红楼梦〉资料选》第二辑诗词的再修订、增补……此时，吴宓先生也从梁平回到了北碚。我们诗词注释中遇到不少难题，特别是"春灯谜·怀古诗谜"问题，当然得向身边这位红学权威请教。一天上午，我跑到文化邨吴宓住处，与他作了一个上午的长谈。他告诉我：《石头记》是中国古典小说最值得研究的，文字之美，世界之最，你只要看一看回目就知道了。他便将《红楼梦》的回目背诵起来。这使我十分惊奇而难忘。那情景到如今还历历在目。他叫我去找《旅行杂志》上刊登的《石头记评赞》一文，我立即设法找来看了。评赞（伍）说：

《石头记》之文字，为中国文（汉文）之最美者。盖为文明国家，中心首都，贵族文雅社会之士女，日常通用之语言，纯粹，灵活，和雅，圆润，切近实事而不粗俗，传达精神而不高古。正如古希腊纪元前五世纪之诸剧（通译为喜剧）及四世纪柏拉图语录（俗译曰对话）中之希腊文。又如但丁理想中之意大利文，而采用入《神曲》中者。又如十七世纪巴黎客厅中之谈话，及当时古典派大作者如莫里哀喜剧中之法文。皆历史世运所铸造，文明进步所陶成，一往而不可再得者也。而《石头记》书中用之，又能恰合每一人物之身分，而表现其人物之性格，纤悉至当，与目前情事适合。《石头记》之文笔更为难及，可云具备中国各体各家文章之美于一人一书者。每一文体（如诗、词、曲、诔、股等）均为示范，尤其余事。

《石头记》文章之美，艺术之精，言不胜言。但观其回目。如：

三十五回　白玉钏亲尝莲叶羹

　　　　　黄金莺巧结梅花络　　（对偶之工丽）

四十三回　闲取乐偶攒金庆寿

　　　　　不了情暂撮土为香　　（自然，合情）

六十九回　弄小巧用借剑杀人

　　　　　　觉大限吞生金自逝　（评判深刻）

九十八回　苦绛珠魂归离恨天

　　　　　　病神瑛泪洒相思地　（对举，哀艳）

西洋小说，如《名利场》（*Vanity Fair*）（伍光建译名《浮华世界》）等之回目亦工，然无此整丽也。

由此可见，先生在《石头记》上所下的功夫实在惊人。据当时师从吴宓先生的任继愈教授回忆：

有一段时间，赵紫宸教授家定期约集几位对人文科学有兴趣的学者举行茶会，大约两周（也许一个月）聚会一次。……这样的聚会吴先生取名"心社"（Mind Society），只有四五个人。……吴先生讲过一次"《红楼梦》的文学造诣"。吴先生说《红楼梦》内容且不说，只就章回小说的标题而论，其对仗之工，文字之美，任何章回小说都难比得上，还随手举出第三十五回"白玉钏亲尝莲叶羹，黄金莺巧结梅花络"为例。①

《吴宓日记》出版后，我读到其中不少先生关于背诵《石头记》、回目的记载：

一九四二年

四月二十七日　　星期一

10—11 上课，讲《石头记》回目之美。②

七月十五日　　星期三

偕关懿娴地坛借书，未得，为讲《石头记》回目。（同上第八册）

一九四四年

七月十八日　　星期二

---

① 刘家全、蔡恒、石昀宪编：《第三届吴宓学术讨论会论文选集·序》，西安地图出版社 2005 年 12 月第 1 版。

② 吴宓著，吴学昭整理、注释：《吴宓日记》第八册，生活·读书·新知三联书店 2006 年版。

宓默诵《石头记》回目。（同第九册）

一九六七年

四月二日　　星期日

下午，1：30—6：00 菜圃（坐肥料室）宓专职看守粪池，自阅昨日《新重庆报》，读《杜诗镜铨》，背诵《石头记》回目。①

一九七一年

十二月五日　　星期日

在劳改队外遇唐季华，多所规慰。知新入市，乃至大礼堂独坐，背诵《石头记》回目完，乃赴食堂，立侯正午午餐：米饭三两，素胡萝卜片一份（五分）（同上第九册）

一九七二年

四月十八日　　星期二

午餐后，卧息。背诵《石头记》回目（不缺）。回忆　　父仲旃公行事、生活、音容笑貌。（同上第十册）

九月二十二日

默诵《石头记》120 回目数过。（同上第十册）

……

看来，背诵《石头记》回目和诗词是先生的课题，既是他生活在《石头记》中，也是他为了从《石头记》中汲取力量的实际行动！

"文化大革命"后期，我曾经多次去请教他关于《石头记》诗词事，每当我问一首诗词中的问题时，他总是很快将全诗背诵一遍，然后予以解答。他的记忆力，实在令我难以相信。我问的问题很多，他都一一作了回答。他的不少意见后来都融入了诗词注释里。今天我已无从分辨哪一条是他的意见，哪一条有他的意思……但下面这几首诗词的注释，则主要根据他和俞平伯、周汝昌先生的意见。

《红楼梦》第五回王熙凤判词：

---

① 吴宓著，吴学昭整理：《吴宓日记·续集》第八册，生活·读书·新知三联书店 2006 年版。

凡鸟偏从末世来，都知爱慕此生才；

一从二令三人木，哭向金陵事更衰。

我们是这样注释的：

△凡鸟："凤"（凤）的拆字，隐王熙凤名。典故见《世说新语·简傲》："嵇康与吕安善，每一相思，千里命驾。安后来，值康不在。喜出户延之，不入，题门上作凤字而去。喜不觉，犹以为忻。故作凤字，凡鸟也。"凤从鸟，凡声。拆开来就是凡鸟，比喻庸才，这是吕安对嵇康的哥哥嵇喜的讽刺。曹雪芹用这个典故当然也是对王熙凤的讽刺。

△一从二令三人木：曹雪芹原书只存八十回，凤姐的结局不得而知。高鹗续书，也没有被休事。所以对这一句历来有各种猜测。下面介绍两种说法。一种说法指贾琏对凤姐态度变化的三个阶段：最初是听从，然后是冷淡，最后是休弃。周春《红楼梦随笔》："诗中'一从二令三人木'一句，盖'三令'，'冷'也；'人木'，'休'也。"另一种说法是："凤姐对贾琏最初是言听计从，继则对贾琏发号施'令'，最后事败终不免'休'之，故曰'哭向金陵事更衰'云云。"（吴恩裕《有关曹雪芹十种·考稗小记》）

下面这首诗的注释，不但参考了当时能见到的资料，更参照了俞平伯先生的意见：

贾探春 簪菊

瓶供篱栽日日忙，折来休认镜中妆。

长安公子因花癖，彭泽先生是酒狂。

短鬓冷沾三径露，葛巾香染九秋霜。

高情不入时人眼，拍手凭他笑路旁。

这首诗里的"长安公子"到底指何人，请教了先生及另一些人，最后作了这样的注释：

△长安公子：当指唐代诗人杜牧。这是因为：一、杜牧为杜佑之孙，长安人。杜佑在德宗、宪宗两个封建帝王当政时，都做宰相，可谓世宦之家。其子孙称长安公子，系旧时习惯称呼；二、杜牧曾写《九日齐山登高》诗，内有"尘世难逢开口笑，菊花须插满头归"这样的句子。"菊花须插满头归"与《簪菊》不但十分吻合，而且也可以视为杜牧积久成习的一种嗜好；三、杜牧，唐代著名诗人，从行文上看，与下句的彭泽先生恰好相对，完全适当。

彭泽先生句：彭泽，即陶潜；酒狂，《续晋阳秋》："陶潜尝九月九日无酒，宅边东篱上菊丛中，摘菊盈把，坐侧。未几，望见白衣人至，乃王弘送酒也，即便就酌，醉而后归"。

△葛巾：用葛布做的帽子。这里是借用，指女人包头的头巾。

九秋：秋天，秋季三个月共九十天，故称三秋或九秋。

△拍手句：这里用襄阳山简的典故。山简嗜酒，醉后丑态百出。儿童在路旁唱歌嘲笑。事见《晋书·山简传》。李白《襄阳歌》："襄阳小儿齐拍手，拦街争唱《白铜鞮》。"

关于"长安公子"到底是谁，我又再次写信向俞平伯先生求教，俞平伯先生的答案是：

锦厚先生：

四月五日惠书诵悉，我对《红楼梦》久已抛荒，垂询未能确答，"长安公子"二说，后者为胜，决非李琏；牧之虽为长安人，却未闻有长安公子之称亦难定也。寒簧为女仙之名，亦习见。初出何书却不记得。在类书中"仙女"项下当可觅得。若《长生殿》传奇等书，时代很晚不宜入注。又弄玉与月宫无关，这些只是仙女之名而已。匆复候

康健

四月十二日　　俞平伯

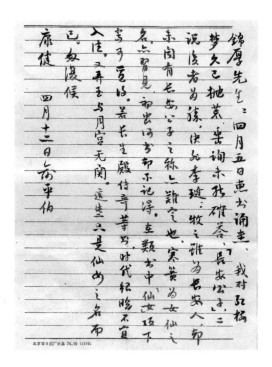

就是这一年冬天，我因事出差北京，还专门到俞府拜访了先生，谈了诗词注释的一些问题。

《春灯谜》中的《怀古诗谜》不少地方很难确解。如薛宝琴的《钟山怀古》：

> 名利何曾伴汝身，无端被诏出凡尘。
> 牵连大抵难休绝，莫怨他人嘲笑频。

关于这首诗，很让人费解。我请教林昭德先生，未能得到满意的答复。林先生便请教吴宓先生。吴宓先生于1975年3月4日给了书面答复。

林昭德先生：

日昨承问《石头记》五十一回薛小妹^{宝琴}新编"怀古诗"第三首《钟山怀古》云：

先须改正版本排印之错误。"名利何曾伴女身"（第一句）应改正为"名利何曾绊汝身？"言周颙本是自由、闲适之隐士。不受名利之羁绊。"无端被诏出凡尘"，第二句言：周颙中间"卖身求荣"，自己去作了几年的官，人格已卑下矣。而"牵连大抵难休绝"第三句，言周颙是自作自误。第四句"莫怨他人嘲笑频"，言：周颙既已作过官，现在又来到"钟山之英草堂之露"。这个清静地方来"隐居"，再来充当隐士、名流，无怪孔稚圭作出《北山移文》责骂汝也。

参阅《六朝文絜》。

1975 年三月四日　吴宓上

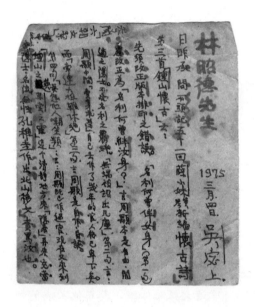

得到吴宓先生的答复后，我又向在武汉大学时结交的朋友马克昌先生请教。据说他们也在注释《红楼梦诗词》，很快便得到了他的回信：

锦厚同志：

来信收阅。遂即遵嘱对日文《红楼梦》怀古诗注释进行翻译。由于最近（本月十九日）日本创价学会话华团来我校访问，并举行赠书仪式，我馆日夜加班整理图书、布置会场、准备接待，星期天也不休息。因之能够坐下翻译的时间不多，加上我的日文水平很低，进度较慢，以致未能很快翻译好寄去。请谅！

《怀古诗》注释，上星期五翻译完毕，但我感到其中问题不少，于是作了一些查对，将有关资料加上"按"字，附在每首后面，又重新誊写一遍。现已结束。这些资料，可供你们注释时参考，要搞好这十首怀古诗的注释，还要作很多加工工作。这十首诗都是怀的什么人和事，大部分已很清楚，只有《钟山怀古》还拿不准。日文译注，说是雷次宗，但我感到，雷次宗的事迹，和《钟山怀古》并不十分切合，我觉得可能是王安石，理由是我所作的补充注释材料，可是也有问题，即"无端被诏出凡尘"。所用钟山道上的故事，是王安石离开人世，谜底是"耍猴儿"，从猴儿来看，应当是来年尘世。因之有同志认为，当系指周彦伦，所以，我把周彦伦的材料也附在后面，究竟应当指谁，请你作一番研究吧！

前日收到，江西大学中文系《红楼梦诗词注释》征订单，据上面所载，该书不仅对《红楼梦》诗词全部作了注释，而且对其中的对联和有关名词，也都作了翻译，不知你是否知道这个消息！

曾勉之同志已从沙洋回到学校，你给他的信我已阅过，看到你要他催我翻译的话，知道你急于看到这个材料，现已整理完毕，即与你寄去，以供参考，有什么意见和要求，请再来信告知。只要我能做到的，无不乐于从命。再谈。

　　　　此致
敬礼

　　　　　　　　　　　　　　　　　　　　　　　　　　　马克昌
　　　　　　　　　　　　　　　　　　　　　　　　　　　75.4.25

　　　另附寄我馆出版的《读书通讯》一册，内载我所写的《评红楼梦诗词题注》，请指正。又及

老王：

4月23日来信收阅。《怀古诗》译文和我写的评论都已寄上，谅此信现在途中，此时，当已收到。

《学习与批判》第四期批评《选注》的文章，在我给你发出上封信时，

还未看到，下午到邮局寄印刷品时已经看过了。该文确实提出了《选注》存在的问题，对严肃认真进行注释工作是有意义的，但把注释《红楼梦》诗词本身说成是"出冷门"，并根据其中两则译文的问题就把《红楼梦》诗词注释说成为"吊膀子百书"，从而完全否定《选注》，我认为恐怕还不妥当。在我看来，该书尽管存在不少问题，甚至是严重的问题，但总的说，①它适应广大读者希望读懂《红楼梦》诗词的要求。②主流还是好的。这也就是我所写的评论的基调，现在我仍然这样看，只是感到我现时提它的缺点时，在文章中说的不那样尖锐。看后，你有什么意见，盼告。希望你不要放在你的书里，那样，就有些不伦不类了。至于翻译，我感到以删掉为好。

　　此致
敬礼

克昌上
4.28 晚草

锦厚同志：

　　一个多月前，从您给曾勉之同志的信中，知道您想要一本浙江图书馆出版的《红楼梦诗词评注》，当时我馆采购同志正购回二十本，我便从中给你买了一本，因为不知你是否回到重庆，而我又因开门办馆，都在外面奔跑，所以没有即时给你寄去。最近问及勉之同志，他说现在你在重庆，因之，昨天就把书给你寄去了。听勉之同志讲，你问书价，几角钱一本的书，我还送得起，就不必再提书价事了。

　　这本诗词评注，有它自己的特色，它多用戚本当底本，注释简明扼要，说明能注意从政治上看问题，这些是它的优点，但我感到还是稍微简单了一些，一般读者看了他的注释，有些地方恐怕还会不懂。

　　你们的作品印出来了吗？现在进展到什么程度？希望印出来后能即时寄来，寄最好至少寄来两本。

　　从今年九月下半月，我校宣传科又同我合作进行《红楼梦诗词》的注释，我们选了一百三十多首，参考各家的本子进行注释，不要翻译，说明也都重写。现在初稿已基本完成，正在互相传阅修改，不过这工作量仍然不小。很希望在修改过程中，能看到你们的作品以资参考。

　　此致

敬礼！

马克昌

1975 年 12 月 17 日

我们便根据吴宓先生的意见，又参考马克昌先生寄来的日本人的注释材料，对《钟山怀古》诗作了这样的注释：

钟山怀古

名利何曾伴女身，无端被诏出凡尘。

牵连大抵难休绝，莫怨他人嘲笑频。

钟山怀古：钟山，即紫金山，位于今南京市东。怀古，指周颙借隐居钟山沽名钓誉，出而为宦事。南朝齐孔稚珪《北山移文》吕向注：“钟山在都北，其先周彦伦（即周颙）隐于此山，后应诏出为海盐令，欲却过此山。孔生乃假山灵之意移之，使不许得至。”本诗谜底，徐凤仪《红楼梦偶得》：“钟山似隐傀儡。”

△名利句：伴女，脂本作“绊汝”。绊，羁绊，不自由，不闲适；汝，你。“芥千金而不盼，屣万乘其如脱。”对谜语说，谓傀儡系无知之物，本与名利无涉。

△无端句：无端，没有理由；被诏出凡尘，被朝廷叫去做官。指周颙不应“应诏出为海盐令”事。对谜语说，谓傀儡被人操纵。

△牵连句：谓周颙的出仕是因为他根本无心做隐士，做隐士是做官不成，一有机会做官，就不隐了。对谜语说，指傀儡被丝绳牵引。

△嘲笑频：指周颙被孔稚珪等人嘲笑是自作自受，周做隐士，又要去做官，做了官又来做隐士，难怪孔作《北山移文》“于是南岳献嘲，北陇腾笑，列壑争讥，攒峰竦诮”给予嘲笑。谜语，指观众对剧情中可笑之处的嘲笑。

319

正是在吴宓先生、林昭德先生、周汝昌先生、马克昌先生诸位先生的帮助、支持下，我们对哈尔滨师范学院、南京师范学院等校编注的《红楼梦》诗词作了补充、修正、重注，共四百余处，终于编完了一本供校内工农兵学员参考的资料。资料编选完后，又得到重庆市印刷一厂的同志们的大力支持，很快地将书印了出来。《读红楼梦资料选》（诗词注释）印成后，很得好评，大受欢迎。

我将印成的书，分别寄给了有关先生。俞平伯先生得书后，立即作了回复，说：

锦厚同志：

前寄来《红楼梦诗词》已收到。此书有参考价值。谢谢。

我近来身体不太好，有轻微半身不遂现象，写字不太方便。这封信是请人代写的。

此致

敬礼！

俞平伯

七六.元.廿五

俞先生还亲自签上了自己的名字。

周汝昌先生则给我寄来他的大著《红楼梦新证》修订本。

……

谁也没有想到，《红楼梦》诗词注释居然也触犯了"四人帮"。"四人帮"在上海的帮刊《学习与批判》中竟然针对几本高等学校内部印制的《红楼梦》诗词注释，于 1975 年 4 期特地发表了一篇专文《谈出冷门》，对《红楼梦》诗词注释大加指责，说什么"放着《红楼梦》这么丰富的思想内容不去好好研究，偏要拣几首冷背的诗来注释，这不是够冷门的吗？注诗，这样个注法，这不是更冷门了吗？正因其冷门，于是也就引起一些人的热心来了。"这种注释方法与清代以戴震为首的乾嘉学派专搞烦琐考证出冷门方法是"共通的"。这样"稀奇古怪的研究，就必然会闹出把《红楼梦》看成是爱情小说或风月宝剑的笑话"，"出冷门是资本家追求利润的一条捷径，这种风气侵入学术领域，便出现了那种把学问当成商品的学风，这种学风在今天的社会里是完全要不得的"，等等。读了这篇"有来头"的文章，我们很气愤，竟也冒天下之大不韪，决定著文反驳。于是和工农兵学员一道写了《"出冷门"质疑——致〈学习与批判〉编者》，分别寄给了《学习与批判》《哈尔滨师范学院学报》《南京师范学院学报》。前者，当然不会刊登；两个学报编辑先后回信，不便于刊载，因为《学习与批判》是有"来头"的。后来才知道，《出冷门》文章原是有所指的。当年国务院教育组办了一个《教育革命通讯》，曾连载过哈尔滨师范学院的《红楼梦》诗词注释，而负责教育组的是周总理的秘书周荣鑫同志。周荣鑫正是"四人帮"为了反对周恩来总理而首先集中火力攻击的目标。"项庄舞剑，意在沛公"，一篇短短的文章，背后竟满布杀机。"文化大革命"时期的中国，事情就是如此复杂，这是今天的青年读者（更不用谈后代人了）所无法想象的。《学习与批判》是"四人帮"的风向标。当时在全国各地，几乎都有那么一批"善观风向"的论客，以揣摩此刊的风向为能事。南京一个文艺刊物1975 年 4 期也刊出了一篇题为《警惕〈红楼梦〉研究中的沉渣淀起》，矛头直接南京师范学院《文教资料简报》1974 年 8、9 期（总 23 期）发表的红学家吴世昌关于《红楼梦》原稿后半部若干情节的推测——试论书中人物命名意义和故事关系。结果，不但印好了的《文教资料简报》不能发行，作者吴世昌也受到批判。……这些情节，直到粉碎"四人帮"后，我们才明白。

1975 年 6 月粉碎"四人帮"前夕，我们给《学习与批判》编者的"质疑"信终于在哈尔滨师范学院《各地学报动态》上摘要发表：

本刊于六月二日收到西南师范学院中文系学员叶德春等十二名同志的来信和来稿，题为《"出冷门"质疑——致〈学习与批判〉编者》，摘要如下：

《学习与批判》七五年四期发表的《谈"出冷门"》一文，尖锐地提出了一些值得注意、值得深思的问题，我们非常欢迎。但文章的主要观点，我们认为很值得商榷，特提出来就教于《学习与批判》编辑部的同志们。

"出冷门"的论者，"随手"择了两段《红楼梦诗词选注》一书的翻译，就极其武断地结论："你看，放着《红楼梦》这么丰富的思想内容不去好好研究，偏要拣几首冷背的诗来注释，这不是冷门吗？"（黑点是引者所加，下同）而且最后还引用鲁迅的话，把广大《红楼梦》爱好者出于响应毛主席的号召，为读好《红楼梦》而积极地寻找一点辅导材料的革命行动斥之为"无聊"，断定要"灭亡"。

这简直是辱骂和恐吓。

有谁能否认：《红楼梦》中一百多首诗词是《红楼梦》这部政治历史小说的一个有机组成部分呢？！《红楼梦》中的大部分诗词，完全是为塑造《红楼梦》中的各种类型人物、表达《红楼梦》的政治主题服务的。事实上，诗词也确实表达了作者的思想，成为他塑造人物形象的极其重要的艺术手段。口碑《护官符》是阅读《红楼梦》的一个提纲。书中所写的种种矛盾和斗争，都在《护官符》上得到解释，所写的主要内容都是从《护官符》上伸展而出，可以说提纲挈领地揭示了《红楼梦》的政治斗争主题。《好了歌》《好了歌注》这两首诗，对《红楼梦》全书故事情节的发展和主题思想，都具有重要的提示作用，可以说是《红楼梦》的主题歌。它以朴素的辩证法、唯物论，选用典型事例进行鲜明的对比、概括地反映了封建社会的尖锐矛盾，预示着封建社会的必然灭亡，有力地驳斥了所谓"天不变，道亦不变"这种孔孟之道的反动观念，体现了《红楼梦》的反儒倾向。对这些诗歌加以注释，不是可以引导读者更好地理解《红楼梦》的深刻主题、重大意义吗？同样，金陵十二钗判词和《红楼梦》十二支曲，对我们理解《红楼梦》所写主要人物不是也有着重要的提示作用吗？不仅如此，而且是我们窥视被高鹗续书所歪曲了的《红楼梦》的结局和人物命运的重要材料。贾雨村的《对月寓怀》诗，不是生动而又形象地暴露了这个封建官僚的典型代表追求显贵的丑恶灵魂吗！薛宝钗、林黛玉的《柳絮词》，是那么不同，两种性格、两种思想、两种命运，简直跃然纸上。其他如《葬花词》《芙蓉女儿诔》……不都是《红楼梦》不可缺少的内容吗？不都是作者塑造人物的成功的艺术手段吗?！试试看，删掉这一百多首诗词，《红楼梦》又将是怎样的一种情况呢？《红楼梦》中的人物又将是一种怎样的人物呢？我们主张注释研究诗词，决不是以诗词来代替整个《红楼梦》的研究，而是把它摆在适当的位置，通过对它的注释，以期达到更好地理解《红楼梦》的丰富思想内容。《红楼梦》中的许多诗词和《红楼梦》中的许多语言一样，一直为人们所熟知，至今还有着强烈的生命力，广泛地被运用。

"机关算尽太聪明，反误了卿卿性命。"不是常常被广泛用来揭露和批判那些两面三刀的阴险人物吗！无数历史和现实的事例告知我们：正确地注释研究诗词，是可以更深入地研究《红楼梦》的丰富内容；要很好地研究《红楼梦》的丰富内容，也必须对它的诗词作一些探讨。《红楼梦》中的诗词，由于是用古诗写的，而古诗又远离人民，难懂，所以，它已成为阅读和评论《红楼梦》的一大文字障碍。这不仅对一般青年阅读者，就是对一些研究者来说，诗词也不能不说是一个难点。因而，对它进行一些正确的注释是完全"需要"的。

"冷门"论者不是说了吗，"我们反对追求'出冷门'，但并不笼统地一律反对冷门的研究。在古典文学研究中，只要有需要的话，完全应当努力地对某一首诗乃至某一个字作出周密的注释和考证。"既然论者也承认"需要"，而且"完全还应当努力地对某一首诗乃至某一个字作出周密的注释和考证"，那么我们也想劝论者听听鲁迅先生的话吧！鲁迅先生说：

　　"世间有所谓'就事论事'的办法，现在就诗论诗，或者也可以说是无碍罢。不过，我总以为倘要论文，最好是顾及全篇，并且顾及

作者的全人，以及他所处的社会状态，这才较为确凿。要不然，是很容易近乎说梦的。"(《题未定草》)

"这'猛志固常在'和'悠然见南山'的是一个人，倘有取舍，即非全人，再加抑扬，更离真实。"(《题未定草》)

对作为《红楼梦》有机组成的一百多首诗词加以正确的注释，阐明它在表达《红楼梦》全书的思想内容和艺术结构中的作用，不正是要使读者更好地"顾及"《红楼梦》的"全篇"，接近《红楼梦》的"真实"吗？我们可以肯定地说，正确注释《红楼梦》诗词，一定能帮助读者更具体、更全面地理解《红楼梦》的丰富内容，更有效、更深刻地探讨《红楼梦》的巨大价值，从而更充分地利用《红楼梦》这部封建社会的百科全书给我们提供的材料，为加强今天的无产阶级专政服务。这难道是"放着《红楼梦》这么丰富的思想内容不去研究，偏要拣几首冷背的诗来注释"吗？这难道就叫"冷门"吗？只有把《红楼梦》诗词和《红楼梦》全书对立起来或者割裂开来加以歪曲，那才叫"冷门"，把《红楼梦》诗词的正确注释与什么乾嘉学派和旧红学家寻找"京华何处大观园"完全等同起来，那更是风马牛不相及！

我们认为，问题的关键不在于注释诗词本身，而在于为什么要注释，用什么样的立场、观点、方法去注释。如果为了更好地帮助读者阅读《红楼梦》的巨大意义，以无产阶级的立场、观点、方法对诗词加以正确的注释，我们认为还是应该允许的，也是有意义的，无可非难；如果为了《红楼梦》的诗词而注释诗词，以地主资产阶级的立场、观点、方法加以歪曲，我们认为，这才应该坚决反对，彻底批判。显然，《红楼梦诗词选注》是有错误的。尽管作者从主观上是为了帮助读者阅读《红楼梦》，理解《红楼梦》，掌握《红楼梦》，也力图用正确的观点、方法加以注释，但客观上没完全做到，如有的翻译就宣扬了《红楼梦》的糟粕部分，甚至没能摆脱地主资产阶级修正主义新旧红学家的某些影响。对这样的问题，我们是严肃而又热情地批评呢，还是因此竟连这个工作就一概否定呢？如列宁在《唯物主义和经验批判主义》中所形容的，费尔巴哈对黑格尔哲学的态度："他们反对形而上学（是恩格斯所说的形而上学，不是宵证论者即休谟主义所说的形而上学）的唯物主义，反对它的片面的'机械性'，可是同时把小孩和水一起从浴盆里泼出去了。"（《列宁选集》1972 年 10 月 2 版 268 页）很显然，这不仅关系到《红楼梦》诗词到底"需要"不需要加以正确的注释问题，而且涉及到如何开展文艺批评的重大问题。所以不能等闲视之！

曾记否？《红楼梦》问世后，一代又一代新旧红学家，不是也利用《红楼梦》诗词的难懂来歪曲《红楼梦》的主题、阉割《红楼梦》的意义、宣扬他们的各种谬论吗？不是曾以"悲金悼玉"为依据，极力鼓吹"钗黛合一"论吗？不是硬把《飞鸟各投林》中所列的封建社会崩裂时出现的种种衰败现象分派给十二钗，竭力兜售胡适派的资产阶级的一套考证法吗？凡此种种，如果我们能反其道而行之，以子之矛，攻子之盾，不仅有助于我们对《红楼梦》本身的了解，而且有助于我们清除新旧红学家散布的各种迷雾，揭穿各种假面，肃清其流毒，更好地利用《红楼梦》提供的阶级斗争的种种感性材料来为巩固无产阶级专政服务。

可见，在"阶级斗争为纲"的时代，学术领域也变成了政治斗争角逐的战场。我便把哈尔滨师范学院《各地学报动态》刊发我们"质疑""出冷门"文章的消息告知了好友曾勉之、马克昌。马克昌先生回信说：

王锦厚同志：

来信早已收到，迟复为歉。

你调到四川大学中文系工作，实在为你高兴。你们写的批判《出冷门》的文章，在粉碎"四人帮"后，毕竟在《哈尔滨师院学报》上发表了，确实替我们出了一口气。老曾同志告诉我后，我将此文看了一遍，真有说不出的愉快。

你托我查找的两本书，经在我馆内查找，一本都没有，没有满足你的要求，甚为抱歉！

这两年来，主要忙于清理"四人帮"的图书和开放被"四人帮"封禁的图书，编辑资料的工作，丝毫没有开展。现在中心任务转移了，我也要跟着转移。今年打算根据需要编辑一点资料，希望保持联系，得到你的帮助。

　　此致

敬礼！

马克昌

79 年 11 月 12 日

我们这本小小的《红楼梦诗词注释》，凝聚了不少人的心血。如今，吴宓先生、俞平伯先生、周汝昌先生、马克昌先生都先后作古。最近翻阅旧日的资料，找到了部分信件，不禁勾起了往日的回忆，真是感慨万千，忍不住写成了这篇短文，算是对吴、俞、周、马几位先生的一点迟到的纪念。

2017 年 12 月 20 日

于川大花园

附记：

马克昌（1926.8—2011.6），河南西华县人，著名法学家。

1958 年被错划为"右派"，下放劳动改造；1959 年摘帽，回武大伙食科工作；1961 年，调武大图书馆做管理员；1979 年错划"右派"得以纠正，8 月，参与重建武汉大学法律系，不久，出任系主任，并被批准为教授。1986 年，武汉大学法学院正式成立，出任院长，从此，工作于法学界，著作丰富，桃李满天下。

曾因参加"世纪审判"扬名。

1980 年 10 月，受全国人大法制委员会邀请赴京参加对"林彪、江青反革命集团"起诉书的讨论，并被司法部指派为林彪死党原空军司令员吴法宪的辩护律师。12 月 18 日，最高人民法院特别法庭第二庭开庭，马克昌以辩护人身份为吴法宪作了辩护，法庭最后判处吴法宪有期徒刑 17 年，剥夺政治权利 5 年。吴对马克昌为他的法庭辩护感恩戴德，对特别法庭的判决心服口服。

1964 年，我在武汉大学师从刘绶松先生攻读中国现代文学专业，先后和李达校长的生活秘书曾勉之、时任图书馆管理员的马克昌相识，相熟，一起编资料……在我离开武汉大学后相当长一段时间，我们还保持书信、资料来往。

（本文初刊于 2019 年 1 期《新文学史料》。《读书文摘》等刊物先后予以转载）

附 录

吴宓为什么认定"沈从文"是"他的敌人"？

这是一个叫人惊讶的题目，然而，却是一段活生生的史实……其中似乎不乏秘闻。

探知其中的秘闻得从吴宓的《文学与人生》说起，《文学与人生》是吴宓先生"毕生心血之凝聚和理想之寄托"，可以称之为百科式的著作，不仅涉及文艺学、创作心理学、比较文学，且包含了哲学、美学、伦理学等。此书从 20 世纪 20 年代末撰写到 90 年代出版，几乎经历了 70 余年，乃至吴宓生前未能见到书的问世。可谓遗憾，可谓幸运。

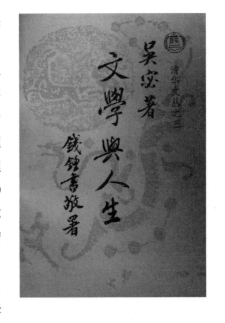

20 年代，吴先生任教清华大学研究院，他就为高年级的本科生及研究生开设"文学与人生"的选修课，同时在北平一些大学兼授此课。抗战时期，他执教过的西南联合大学、成都燕京大学、武汉大学等校都曾开过此课。据他的女儿吴学昭讲：1948 年冬，吴宓考虑到今后未必再有机会讲授这门课程，便将讲义撰写成文，写完之后，并亲笔誊写，亲手装订成上、下两册。1949 年 4 月，由武汉匆匆飞往重庆，想去峨眉山出家为僧，随身携带的物品中就有这部"文学与人生"的讲义。"文化大革命"中，他将这部讲义交由一位学生保管。后来，这位学生坚决不肯将它交还。党的十一届三中全会后，吴宓先生的冤案得以平反。后来，清华大学校史办会同吴学昭，请吴宓早年受业弟子李赋宁教授、王岷源先生根据"文学与人生"底稿校勘整理，并翻译了书中的英文，交由清华大学出版社作为清华丛书之三，于 1993 年 8 月正式出版。

在书中"阅读萨克雷《英国 18 世纪幽默作家》札记"一节，吴宓谈到与《红楼梦》一书的异同时，赫然写道：

Mr. 吴宓 in his life experience, and in his literary writings, has meant to carry on and introduce, to express and crease, this conception and ideal of Women and of Love, as Thackeray conceived and formulated them. So, he（Mr. 吴宓）is bound to be misunderstood and attacked, both by his friends（E. G. Mr. 吴芳吉）and by his enemies（E. G. Mr. 沈从文）; both by the practical men of society and by the moral idealists of a traditional and conservative type.

吴宓先生在他的生活经验中，以及他的文学作品中，曾想继承与介绍，表现与创造这种对女性、对爱情的概念与理想，正如萨克雷所设想与表述的那样。所以，他（吴宓先生）必然会被两方面的人所误解与攻击——他的朋友（如吴芳吉先生）和他的敌人（如沈从文先生）；既被实际的社会人士误解与攻击，也被传统的和保守型的道德理想主义者误解与攻击。①

吴宓先生竟在自己最重要的著作中公开认定"沈从文先生"为"他的敌人"。这实属罕见，而且奇妙。这一认定，到底意味什么？其中又有一些什么秘密值得我们去追寻呢？

吴宓是一个公认的道学家。无论是在个人的行为上，还是对文艺作品的看法上，他对于以道德进行"劝说""训诲"，是非常反感的、厌恶的。他说过：

文学不以提倡道德为目的。而其描写则不能离于道德。文学表现人生，欲得全体之真相，则不得不区别人物品性之高下，显明行为善恶因果关系，及对己对人之影响，其裨益道德，在根本不在枝节，其感化者凭描写而不事劝说，若乎训诲主义（lyida cticism）与问题之讨论，主张之宣

---

① 吴宓：《文学与人生》，清华大学出版社 1993 年版，第 51 页。

传，皆文学所忌者。①

1929年他做了一件令业内人士震惊的事：那就是与原配夫人陈心一离婚而另寻新欢。此事在学术界、教育界闹得可谓沸沸扬扬，有人支持，有人反对，有人谴责。吴宓说到的"好友"和"敌人"，就是代表！

好友碧柳（即吴芳吉）对于吴宓的婚恋反应强烈，多次写信给吴宓，批评、规劝，甚至谴责。我们虽然不能看到碧柳的原信，但从吴宓日记中的片断可得知一斑。不妨引录如下：

一九三〇年

三月二日　　　星期日

阴。　　星期。上午剪发，阅《翻译》课卷。

下午二时，接碧柳来函，殊为愤慨。盖碧柳仍以宓离婚为非，责数宓罪，而又欠款不还，反使宓自向新月书店提取书款，实属无理。按碧柳乃一 Romanticist with a strong moralistic poise②，而宓则为一 Moral Realist，with poetic or romantic temperament③。碧柳虽日言道德，而行事不负责任。以宓生平与碧柳关系之深，待遇之厚，则碧柳对宓离婚事，应极力慰藉宓，而对外代宓辩护；今外人未闻责言，碧柳反从井下石，极力攻诋，以自鸣高。可谓仁乎？且宓之注重义务，注重事实，对心一处置之善，帮助之殷，断非碧柳所能为，亦非碧柳所能喻。彼其同情心一，尤具虚说，而藉此机会诈取宓之钱财，尤为无行。岂宓犯离婚之罪，别人皆可乘火打劫以剥夺宓蹂躏宓乎？是不特无理，且极无情者矣！碧柳如此待我，反自居密友，屡言报恩，外似多情多感，实则巧诈虚伪。呜呼，我又何言！

3—5访陈仰贤于燕京大学姊妹楼。原拟向之诉说我之种种气愤痛苦，略得发抒安慰。乃陈似不欲闻，但求为讲中国诗。又言叶君为世中之"完全人"。彼之生活一切，均拟效法叶君。至询及宓事，则谓彦对宓无情，

---

① 吴宓：《评歧路灯》，《大公报·文学副刊》1928年4月23日第16期。

② 具有强烈道德姿态的浪漫主义者。

③ 具有诗人或浪漫气质的道德现实主义者。

　　此事早成过去，尚何足挂心云云。宓窃思女子心理大率如是，陈之爱叶，亦属痴极，毫不顾事实。而对宓则同情已减。今后宓亦不再寻陈作深谈矣。是日乘人力车往，道极泥泞。

　　毕竟是好友，吴芳吉、吴宓二人不久终于达成谅解，和好如初。

　　"敌人"沈从文则别具一格地表达他对此事的意见：以自己的特长，写了一篇题为《自杀》的短篇小说。1935 年 9 月 1 日，《大公报·文艺副刊》和《小公园》合并为《大公报·文艺》。就在改版的这一天，头条发表了沈从文的《自杀》，讨论"道学家的革命"（所谓革命就是"离婚""自杀"）这种"流行传染病"应如何"治疗"的问题。

　　作品通过"美与惊讶"的情节，写被同事称为幸福的刘习舜一天的故事。上完"爱与惊讶"课回家和太太讨论朋友赵愚公虞先生的"离婚""自杀"，是一种流行的"传染病"，"目前似乎还无法可以医治这种病"；又到公园赴约会，从一个吸引眼球的"自杀"桃色案件的"遗孽"，十二岁的小美女，引起的"惊讶"，又说到"自杀"；约会回到家中，夜晚撰写应约"人为什么要自杀"的文章时与太太的情爱心理。其中一些对话："社会那么不了解我，不原谅我，我要自杀"，几乎是吴宓对朋友说过的原话。吴宓读后，非常愤怒，认为是在影射自己、讽刺自己，便向沈从文提出抗议。沈从文很快作出回答，写了《给某教授》，刊发于 9 月 15 日《大公报·文艺》，辩称自己"无兴趣攻击谁"，并非针对吴宓。但文中点明："先就用毋忘我草作对话，正针对那个男子已忘了女人。"当初发表时这里写道："这文章虽嫌细一点，但从整个篇章说来，还不算是顶坏的文章。从艺术言，还不能得人赞美，也不致于使一个不相关的人头痛。"收入全集时删去了这些话。小说竟以傲慢的态度分析了"生活上与心灵上的悲剧"是"命定的"。"要活下去可不知道怎么样活下去，要死更不能死。""末了你当然不是发疯就得自杀。"……

　　最后竟以"训诲"的口吻写道：

　　　我的年龄学问比你少得多，可是对于观察人事或者"冷静"一点也就"明白"一点。我很同情您，且真为您担心。从您看我小说而难过一件事说来，可以知道您看书虽多，却只能枝枝节节注意；对于自己恋爱或教书有关的便十分注意，其余不问。您看书永远只是往书中寻觅自己，发现自己，以个人为中心，因此看书虽多等于不看（无怪乎书不能帮助您）……如今任何书似乎皆不能帮助您，因为您有病。这种病属于生理方面，影响到情绪发展与生活态度，它的延长是使得您的理性破碎。治这种病的方法有三个：一是结婚；二是多接近人一点，用人气驱逐您幻想的鬼魔，常到××，××，与其他朋友住处去放肆的谈话，排泄一部分郁结。三是看杂书，各种各样的书多看一些，新的旧的，严肃的与不庄重的，全去心灵冒险看个痛快，把您人格扩大，兴味放宽。我不是医生，不能乱开方子，但一个作者若同时还可以称为"人性的治疗者"，我的意见值得你注意。①

　　这里沈从文为"治疗"吴宓这位道学家所得的"流行病"开出的药方也就是研究者日后引用的"人性的治疗者"的来龙去脉，也就是吴宓视沈从文是"他的敌人"的导火线。但问题似乎没有那么简单，恐怕还有更深层的原因。这不得不追寻到《大公报·文学副刊》的创办及变迁。

　　"五四"前后，政党、社团兴起，为了宣传自己的主张，宣传自己的学说，大办报刊。胡适为首的新月派一班人马一直十分重视办报刊，特别是报纸的副刊。朱光潜说：

　　　　在现代中国，一个有势力的文学刊物比一个大学的影响还要更广大，更深长。②

　　沈从文出道不久就一心想办刊物，他在给朋友的信函及自己的文章中，反复地说过：

　　　　我成天都想有一个刊物办下去，不怕小，不怕无销路，不怕无稿子，一切由我自己来，只要有人印，有人代卖，这计划可以消磨我的一

---

① 沈从文：《给某教授》，《沈从文全集》第17卷，第194—195页。
② 朱光潜：《论小品文（一封公开信）——给〈天地人〉编辑徐先生》，《朱光潜全集》第3卷，安徽教育出版社1987年版。

生。……我只想办一个一星期一万多字的周刊，就找不到一个书店出版。①

一个文学刊物在中国应当如一个学校，给读者应有的是社会所必需的东西。②

刊物纯文学办不了，曾与林同济办一《战国策》已到十五期，还不十分坏，希望重建一观念。③

在中国报业史上，副刊原有它的光荣时代，即从五四到北伐。北京的"晨副"和"京副"，上海的"觉悟"和"学灯"，当时用一种综合方式和读者对面，实支配了全国知识分子兴味和信仰。④

看，沈从文对办刊物是何等的热衷，用心又是何等的深远。沈从文早在20年代末就和胡也频、丁玲在上海先后办了《红与黑》副刊和《红黑》《人间》月刊。

吴宓回国执教东南大学时，就和吴先骕、梅光迪等人一道办起了宣扬、提倡白璧德人文主义的《学衡》。但他不满足于《学衡》的编发，早就想在报纸办副刊。于是致函《大公报》的张季鸾。从他的日记中可以看出：

一九二七年

十二月五日　　星期一

阴。风。　　上课如恒。前日在城中函张季鸾，谓以季鸾之政治，与宓之文学，若同编撰一报，则珠联璧合，声光讵可限量。而乃为境所限，不能合作，各人所经营之事业，均留缺憾。宁不可伤也乎？是日上午。又草拟《大公报·文学副刊》编撰计划书，寄季鸾。自荐为主持编撰《文学副刊》，不取薪金，但需公费。不为图利，但行其志。且观结果如何，能不负宓之热心否耳。

① 沈从文：《致王际真——朋友已死去》（1931年2月27日），《沈从文全集》第18卷，第133页。
② 沈从文《论"海派"》，《沈从文全集》第17卷，第57页。
③ 沈从文：《复施蛰存》，《沈从文全集》第18卷，第390页。
④ 《编者言》，天津《益世报·文学副刊》1944年10月2日第11期。

第二天便得到张季鸾复函。日记中这样记载的：

十二月六日　　星期二

夕接张季鸾复函，谓《大公报》各项原可如意改良。宓等如能竭力相助，极为欢迎云云。宓现决经营《文学副刊》，拟日内赴津面商一切，4—6访陈寅恪，亦极赞成宓主编《文学副刊》，谓此机不可失，并自言愿助宓云云。

十二月七日　　星期三

下午侯厚培来。再接张季鸾快信，促宓星期五赴津面商一切。决即前往。

晚，7—9访 Winter，饮我以酒。宓以《文学副刊》事告 Winter，Winter 欣允竭力相助云。

又函景昌极，拟约其来此助宓办《文学副刊》云。

十二月八日　　星期四

上午草拟《办理〈大公报·文学副刊〉待商决之各问题》，备携至津与季鸾等商定。

⋯⋯

十二月九日　　星期五

晴。　晨七时许，出。至东车站，乘 8：25A.M. 特别快车（＄2.50）赴天津。

十一时，抵天津老车站。先在车站附近之清真羊肉馆内草草午餐，即至四面钟大公报馆。坐待久之，张季鸾始起。又介见胡政之（霖）商谈编撰《文学副刊》事。

⋯⋯

五时归大公报馆，续谈所商之事。卒定结果如下：（一）宓之职务为《大公报》编撰每星期之《文学副刊》，兼为《国闻周报》撰译长篇文，每月至少一篇。（二）《大公报》月给宓酬金二百元。系包办性质，凡特约或投稿人之酬金，及购书邮寄各费，均由此二百元中取给。归宓担负。又议决办法如下。（三）由宓月以百元，转聘景昌极，住清华助宓编撰。其《文学副刊》之通论及《国闻周报》中之长篇文，景所作者，亦可充替宓所担负之篇数。此外谈话甚多，不悉记。

7—8 张、胡二君邀宓至菜根香酒馆便餐。毕，送宓至北洋饭店二楼25 号室居住（＄2.75 由《大公报》付账）。二君去后，宓作函致景昌极，询其意向。极盼其能来京相助。

9—10 至大公报馆，与张、胡二君言别。以景函交其代发。又晤张警吾、张立卿等。归至北洋饭店 25 室，读新月书店寄赠各书。气管热甚，久久始寝。喉哑神倦，诚所谓自寻苦恼、自增牵累也。

十二月十日　　星期六

晴。晨八时，出北洋饭店，至大公报馆，留片言辞。即至老车站，乘9：15A.M. 特别快车回北京。

经过如此一番紧锣密鼓的奔波筹划。1927 年 12 月 23 日天津《大公报》刊出《文学副刊》出版预告：

自一九二八年一月二日起，每逢星期一，增出《文学副刊》一版。特请名家担任撰述投稿。内容略仿欧美大报文学副刊之办法，而参以中国之情形及需要。每期对于中外新出之书，择优介绍批评；遇有关文学思想之问题，特制专论；选录诗文小说笔记等，亦力求精审。

1928 年 1 月 2 日《大公报・文学副刊》正式和读者见面了。第一期刊发了吴宓起草的《本副刊之宗旨及体例》：

（一）本报今兹增设文学副刊。略仿欧美各大日报之文学版（littérature et critique）及星期文学副刊（Literary Supplement；Review of Literature）之体例。而参以中国现今之情形及需要。盖以日报杂志之内容不外政治与文学。而二者实关系密切。广义之政治，包含经济实业教育及国民之各种组织经营活动。广义之文学，包含哲理艺术社会生活及国民凡百思想感情之表现。政治乃显著于外之事功。文学则蕴蓄其内之精神。互为表里。如影随形。政治之得失成败因革变迁。每以文学之趋势为先导为枢机。而若舍政治而言文学。则文学将无关于全体国民之生活。仅为文人学士炫才斗智消遣游戏之资。是故欲提高政治而促进国家之建设成功。应先于文学培其本、植其基、溶其源。而欲求文学之充实发挥光大，亦须以国家政治及国民生活为创造之材料、为研究之对象、为批判之标准，更就狭义之政治与狭义之文学而论。征之中西往史。无分专制共和。凡在国运兴隆民生安乐之时。文学与政治常最接近而相辅相成。而当衰亡离乱之秋。则文学与政治牵背道而驰，各不相谋。吾人望从事于政治者毋蔑视文学，并望努力文学者能裨益政治，凡此均指广义。如上所说，惟文学亦自有其价值与标准，不可不知耳。总之，本报注重政治，而尤着眼于国民生活之全体，故设各种副刊。而今兹对于文学特为加意改良，努力从事。国中爱读本报之人士，幸其指教而助成之。

（二）本报文学副刊每星期出一期。每期一版，其内容约分十余门，各期互见。除主要之二三门外，以材料之优劣精粗为去取之权衡，不以门类为重。但总括。可分四大类：一曰通论及书评；二曰中西新书介绍间附短评；三曰文学创造，诗词小说等择尤登录，笔记谈丛之类亦附此中；四曰读者通信、问答及辩难。各门体例及范围，不须详说，当于内容见之。

（三）本报之宗旨为大公无我，立论不偏不倚。取公开态度，愿以本报为国中有心人公共讨论研究之地，此宗旨亦即文学副刊之宗旨。文学副刊之言论及批评，力求中正无偏，毫无党派及个人之成见。其立论，以文学中之全部真理为标准，以绝对之真善美为归宿。以古今中西名贤哲士之至言及其一致之公论为权威（Authority）以各国各派各家各类之高下文学作品为比较，以兼具广博之知识及深厚之同情为批评之必要资格，以内外兼到，即高尚伟大之思想感情与工细之技术完美之形式合而为一、为创造之正当途径。以审慎之研究、细密之推阐、及诚恳之情意、为从事文学批评及讨论者所应具之态度。更释言之，则重真理而不重事实，论大体而不论枝节，评其书而不评其人。但就此册作品之文字及内容以推勘评判，而不同作者之为人及其生平行事如何。诗词小说等之选录去取，惟以其作品之精美程度为断。登载与否，其间绝无表彰此人推重此人或专提倡此体标榜此派而压抑其余之意存。本报文学副刊，既系大公报之一部，又非一人编撰，且又极端欢迎社外投稿。故其绝非代表某党派之主张或某个人之意见，自无疑义。即对于中西文学、新旧道理、文言白话之体。浪漫写实各派、以及其他凡百分别，亦一例平视，毫无畛域之见，偏袒之私。惟美为归，惟真是求，惟善是从。此须郑重声明于始，而望读者鉴谅者也。综上所言，本报文学副刊之宗旨及态度，为纯然大公无我，而专重批评之精神。(critical attitude) 虽然文字雠仇，自古为烈，抑扬褒贬，怨毒所丛。自本真诚，人疑诈伪。虽矢坦白，亦类偏私。既不得人人而赞扬之推崇之，则或因失望而致愤懑，亦人情之常，故西方多有主张对于现今新出书籍及文学作品之批评，作者以不署名为善者。（Anonvmous Reviewing) 亦自持之有故，言之成理，但本报同人以为文学固非宣传之资，不可有训诲之意。然在其最高境界，文艺实可与道德合一。本报常思提倡树立大国民之态度，及忠厚仁爱之诚意。故文学副刊，无论讨论辩难，决不流于偏狭之意气，决不登谩骂攻讦之文章。于创造文学、则不取专务描写社会黑暗及人类罪恶之作品。于文体（Style）、则力避类酸刻薄讥讽骂詈之风尚。此则本报文学副刊于无成见无一偏主张之中、所具之微意也。

（四）欧美各大日报之文学副刊，每期必有最近一星期中所出版之新书书目。分类汇列，而详记其书名作者、及出版书局、发售价目。择尤撮叙内容，并加评断。新出杂志及小说，亦在其中。但中国习惯不同，交通不便，实难仿行。今兹本报文学副刊，虽有此意，惟不能每期编列新出书目，仅能就本报同人所见及所得知者，为读者批评介绍，且篇幅有限，故重选择。极望国内外各书局各出版社各报馆各个人，以新出之书籍报章，多多寄赠本报，以供介绍批评。此事既甚便利全国之读者，而于该书之销售流行，亦大有裨。至若在本报文学副刊登载广告，尤易接近一般好读书愿购书之人士，出版界及著作界幸其注意。按以上乃指国内出版之书籍而言，至若欧美日本新出之书及出版界消息，较易知晓，但若于种类繁多，不及具录，且亦不必多录。故本报文学副刊拟但择其极重要者、及与中国有特别关系者、而论列之。余悉从略。

（五）本报文学副刊既愿为全国文学界之公开机关，故所有各门，均极端欢迎社外人士投稿，而通论及长篇小说，尤为重视。来稿文字及通信地址，务祈书写清楚，直寄天津大公报馆收。来稿需酬报者须先声明，本报亦可酌奉酬金。长篇稿于决定不登之时即寄还，短篇恕不奉还。文字偶尔笔误及引书叙事有误者。本报得径行改正，至署名一照稿上所写者，真名别号听便。

（六）本报文学副刊力求与读者发生关系。后幅专为读者而设，读者惠寄之书函，当择优选登。但力避标榜及诋评之习。又设问答一门，凡读者如有疑难。倘承下问，当就本报同人所知。并征询专门学者。详为解答。惟问题须为新颖正大而关系重要者，若平常检书问人即可得知之琐屑知识及事项，恕不答复。凡读者对于本副刊之文字，如有辩难之作，本副刊亦极愿登载。遇必要时，且请原文作者另篇解释答复，一同录布。若读者与读者藉本副刊之地位，互相通信辩难，结文字因缘，尤增趣味而资切磋，并所欢迎。但辩论宜重主旨而持大体，不可流于支离琐碎。又切戒谩骂诋毁，此类辩难之作，概屏不录，亦不答复。凡读者通信问答辩难之文既蒙赐教，即经登录，亦不给酬。

（七）以上所言，仅其大略。一切应俟逐渐计划改良，尤望读者不吝赐教，是为至幸。

吴宓《文学与人生》的"通论"共四章，分别在《文学副刊》1928 年 1 月 9 日二期、1 月 23 日四期、2 月 18 日七期，1929 年 11 月 25 日九十八期刊登。这个"通论"，后来清华大学出版社出版的《文学与人生》没有选入，或许是因为整理时不知道它早已在《大公报·文学副刊》刊发过。因此，按原样引录如下：

文学与人生（一）

文学以人生为材料。人生藉文学而表现。二者之关系至为密切。每一作者。悉就己身在社会中之所感受。并其读书理解之所得。选取其中最重要之部分。即彼所视为人生经验之精华者。乃凭艺术之方法及原则。整理制作。藉文字以表达之。即成为文学作品。此尽人所知晓。惟其间有数事。似为今日吾国人所宜注意者。爰分述之。

文学之范围本无一定。广义之文学、包含所有书籍著作之有可读之价值者。哲理政治历史等等皆在其中。如圣亚规那 St. Thomas Aquinas 之神学大全。Summa Ttcologtae 如卢梭之民约论。如达尔文之择源论。如孟森 Mommsen 之罗马史。皆文学也。中国之红楼梦、儒林外史、七侠五义、施公案等尤为文学。而十三经、二十四史、六朝隋唐人翻译之佛经、宋明诸子之论学语录等。尤不能排斥于文学疆域之外。此就广义而言之者也。若夫狭义之文学。或称纯粹文学。则但取直接表现人生之实况者。而弃其虚空论究人生之真理者。此亦未尝不可。但在纯粹文学中。更不宜妄生分别。有入主出奴之见。如新旧及平民贵族文学等之区别。岂可适用为抑扬去取之标准。西洋现代生活与中国古代生活。同为实际之人生。帝王卿相学士文人倡优皂隶以及工人教徒军阀政客。其在文学上之价值相等。均可用为材料。但视作者描写如何耳。总之。吾人决不可以己意中之文学标准妄定文学之范围。盖标准乃用以衡量各个作品之高下。而明示文学创造之方法与其鹄的者。今若不论标准。不分别审究作品之价值。而遂谓内容描写某时代某种生活之书均非文学。均在应行屏弃摧毁之列。此实未见文学之全体。未明文学之真相者也。近今中国与西洋接触。政治社会经济思想种种变迁。人生之经验遽增。人生之情况益繁。故中国文学之范围不得不随之而扩大。应合中国古今及西洋古今人生之经验而为一。居今日而欲创造及评论文学。均当以中外东西古今新旧人生之总和。及中外东西古今新旧文学之全体为思想之对象。为比较及模仿之资料。乃若故步自封。限于一隅。尊己而蔑人。是丹而非素。己身为渊博之学者。则谓诗中每字每句均应取材于典籍。而不问情感之真挚与否。己身为达官贵人。则谓洋车夫及农民生活不宜入诗。而不问其描写之工力如何。己身提倡某种主义。则谓前此之文学。均为专制君主骄奢贵族歌功颂德。或为资本家及帝国主义助虐张目。而不细究其作品之内容及作者之意旨。己身富于情感。喜作抒情诗。则谓凡文学以感情为主。说理叙事均非文学。此等议论。吾人目前见之极多。不胜列举。盖皆由不知文学之范围实与人生之全体同大。而未可以一时一事限之也。　　　　　　　　　　（本节完　本篇未完）

文学与人生（二）

　　人之本性。原甚复杂。其所禀赋。有本能。有直觉。有理性。有意志。有感情。有想像。人之生活及行事。实为以上各种同时运用活动之结果。文学中所描写之人生。亦为本能直觉理性意志感情想象联合所构成。人性固有所偏。然理性强者不乏想像。意志强者非无感情。其他类推。就一人所行之事言。于此时或专重理性。于彼事或纵任感情。又以此人与彼人较。其本性中之理性感情等成分之比例各不同。然就其人之一生全体论之。未有不兼其上言各种性行之原素者也。是故文学描写人生欲得其真。必同时兼写此诸种性行原素之表现于事实者。如所写之人纯为意志或感情所支配。则其人不啻傀儡。其书毫无文学趣味。但足宣示作者之主张见解而已。古学派（一译古典派）之伦理的主张。乃以各种性行原素之调和融洽。平均发达。适宜运用。为修养之鹄的及人格之标准。然希腊罗马文学中之上品。如荷马之诗。苏封克里之悲剧。以及桓吉尔（Virgil）之诗。其描写感情想象非不强烈。岂仅专重理性者。中世之基督教文学。似重意志。然亦不能废理性及感情。后来之新古学派及伪古学派。特重一偏之理性。致有浪漫派之反动。专务提倡感情及想象。写实派继浪漫派而兴。復趋他一端。专主以冷静之头脑。观察社会人生之实况。详细描写。不参己见。其所重者乃为科学之理性。自然主义变本加厉。专重本能及冲动。最近对于自然主义之反动又起。将来趋向尚难预言。统观西洋文学之全史此兴彼仆。各派循环递代。实足证明专重性行原素之一之文学决非正当。亦不能持久。其始也补偏救弊。为时世所需要。受众人之欢迎。其弊旋即由此而生。所长即其所短。其情形有如欹器独乐。倾覆旋转。当倾向于中心。欲归于静止。而不能。又如调色和味。注此挹彼。终难得所求之色。或匀正之味。而于其经过中。则遍见各色。备尝见各色。备尝各味焉。既知夫此。则吾人今日。对于已往之各派文学。俱应充分欣赏。并择己之所好者。自由仿作。然决不可专举注重性行之一原素之某派文学。归为批评之标准。创造之模范。而不许他派文学之存在或处同等之地位也。

　　于此宜注意者。文学界中有天演淘汰适者生存之公例。而各派之文学作品。其地位及权利同等。凡能历久而传于后者。必系伟大之作。而劣下之作品终归淘汰。文学史上兴灭起伏之陈迹与各派文学作品本身之价值毫无关系。不得以甲派先出。乙派后兴。遂谓凡属甲派之作品其价值均在乙派作品之下也。又不得以今日所流行者偶为丁派。遂谓丁派为文学之正宗。而以前之甲乙丙各派悉应废止蔑弃也。总之。吾人研究文学。不可过于注重文学史上之各派。更不可惑于其名。而资为去取。每一文学作品。自其作成之日。即永久存在迄于今日犹存。古至今之文学。为积聚的。非递代的。譬犹堆置货物行李。平列地面。愈延愈大。并非新压旧上。欲取不能。吾人今日之文学财产。乃各时代各国各派之文学作品之总和。非仅现今时代（或本国）所作成者而已。有财而不用。反谓无财。推以与人。或毁之而自安于贫穷。是诚愚不可及矣。

文学与人生（三）

文学既系作者人生经验之表现。故世无绝对主观亦无绝对客观之文学。每一作品中主观客观之程度或成分。应视其作品之种类体制性质目的而定。例如史诗必须客观。情诗自宜主观。戏剧则当以客观为主观。述论哲理。宜凭客观之理性。而作书函或演说。意在动人。则宜用主观之感情。斟酌于主观客观二者之间而得其宜。此固古学派最高之鹄的。而未易言也。浪漫派最重主观。以"表现自我"为口号。欲纵任一己之冲动欲望及感情。听其自然发泄。不加制止。叙述一己之奇特感想。以及谬误之行事。不事讳饰。其所重惟在对己能诚。然人乃社会环境经验与其本性相合而产生之物。人莫不受前古或同时之影响。诸多年少浪漫之人。当谓吾性奇特。前无古人。后无来者。吾之思想感情不与人同。一切是吾独创。然细考之。实未必然。如卢梭幼读布鲁特奇之英雄传。长读李查生（Richardson）之小说。而其谓科学文艺发达足使风俗衰败之论文。（一七五〇年）乃采其友狄德罗（Diderot）之意见。如雪莱（Shelley）尝奉古德温（Goodwin）为导师。如济慈（Keats）则以斯宾塞（Spenser）为模范。而如拜轮之与自然亲近。视人类如仇敌。此不过其对于社会家庭失望愤恨之一种表示。其厌世之深。正显其爱世之切也。夫人既不能与社会绝缘。与人类隔离。则不能有完全之主观。不受他人丝毫影响。表现之时。固可偏重自我。然欲所表现者为完全纯粹之自我。实不可得也。

写实派与自然派最重客观。一则曰、吾但就吾观察所得者而实叙之。

不敢参以己见。吾之材料方法。皆与科学家所用者无异。吾所描写者。一人之声容衣饰。一物之颜色形状。悉本事实。惟真是崇。再则曰、吾为艺术而作艺术。吾非欲提倡某事。亦非欲褒贬某种人物。吾但注意吾作品之佳妙而已。虽然。人生材料至极繁博。今欲写入书中。自难遍收而无遗漏。其不能不加以选择者势也。选择之际。自必有一定之标准。凭此以为去取。此其选择之标准。非主观而何。且实际之人生常为迷乱而无序。写入文学或艺术。则必加以剪裁修缮。斟酌改变。增减分合。重行排列而整齐之。使合于艺术之形式及需要。然后读者方能知其事实之因果。人物之关系。而与作者同其感想。此种整理之工夫。又非主观而何。

是故文学虽为模仿人生。然非印版照像之谓。文学中所写之人生。乃由作者以己之意旨及艺术之需要。选择整理而得之人生。且加以改良修缮。使比直接观察所得者更为美丽。更为真切。更为清晰。知乎此。则浪漫派之表现自我。与写实派自然派之惟真是崇。为艺术而作艺术。并属一种理想。不惟尚多可议之处。且决难实现。而吾人今日不当以此或彼为一切文学去取抑扬之标准。更不待辩而明矣。

文学与人生（四）

夫文学既以人生（Life）及人性（Human Nature）为材料及范围矣。然人生及人性有变有常。匪特人生及人性然也。宇宙原理，世界万事，莫不如是。盖皆无独有偶，相反相成，（此题甚大，容俟另释）。惟变与常亦然。变必有常，常能生变。世无绝变之常。亦无离常之变。知常而不知变，则为拘泥。知变而不知常，则为浮嚣。二者皆一偏而愚昧，非真知灼见也。凡论事衡物，须明一多并存之义，即须知常变同存之旨，否则陷于迷误，其说不确不完。今但论文学与人生人性。文学所表现者，乃人生与人性之常，兼及其变。苟常与变二者缺一，则不能有博大充实之文学，亦不能成精警奇妙之作品。凡批评文学或有志创造者，均可以此为衡鉴之标准，致力之途径矣。

文学与写（写即表现）人生人性之常，故凡古今伟大之文学作品，无论何类何式，必各撷取人生人性中之一根本普遍之事实，为其题材。藉是以成其伟大。如西班牙席万德（Cervantes，1547－1616）之《魔侠传》

Don Quixote（原书系一六〇五年出版，续编系一六一五年出版，此书商务印书馆说部丛书中有节译本）。其影响及声名之大。固由作者之意在攻诋彼盛极当时风行一世之描写中世武士义侠恋爱之小说，书出而此类小说无复诵读或著作者。而亦由其书之主要题材，为显示人生人性中理想与实际（The Ideal and the real）之两方面。二者对立共存，及其相互之关系，此书均描写如法。夫人之性情行事（一）有伤于浪漫而趋重理想者，书中以魔侠 Don Quixote 代表之。此类人激于热诚及至情。认幻作真。为己所实爱所尊尚之理想价值牺牲奋斗，出死入生，冒万苦千辛而不悔。其结果多竟无所成就，憬然自失。间亦有杀身成仁，惠及百世者，为圣为狂，殉道殉情，悉属此类。其例甚多，不备举，孔子曰惟上智与下愚不移，莎士比亚谓疯人情人诗人乃是一类，拜伦谓霸主辩士哲人骚客以狂导狂滋蔓无已，皆指此类人而言。（二）有偏于实际而趋重功利者，书中以魔侠之从仆 Sancho Panza 代表之。此类人心思平淡，目光短小，情感缺乏，锐察锐激，计算精密。凡事脚踏实地，谨守范围，以一己之利益为归，本当前之事境为断。其结果无大成功，亦无大失败。无大苦，亦无大乐。为辕下驹，为井底蛙，庸庸碌碌，泯泯棼棼，饱暖终身，没而无闻。然社会之组成，人类之绵续，亦实有赖于此大多数人。孔子所谓乡愿，孟子所谓凡民；弥儿顿所谓 of men the common rout，今人所谓"普通之公民"或"群众"，皆是也。此二种人之苦乐利害得失短长各别，性习所定，莫能自择。然每人之性行中，有其理想浪漫之成分，亦有其实际功利之成分在，随时依事，重甲轻乙。而同一之事，亦有此两种看法及做法，错综糅杂，不易分辨。要之，理想与实际之对立，为人人观察经验所有之事，而席万德乃用为《魔侠传》之题材，且解释描叙得真而合法，故天下后世人莫不喜其书也。

文学又必写人生人性之变，故重选择。专取人生经验中最有价值最有趣味之部分，写入书中。庸陋平凡者须从删弃。选择愈精严，则愈为佳作。例如古今男女莫不恋爱，莫不婚嫁，然必如宝玉黛玉之爱，或罗蜜欧与朱丽叶之爱，始值得一写。即在《石头记》中，于宝玉黛玉之爱，不惜费许多篇幅字数，而于秦司棋潘又安之爱，则数十百字而尽，以其价值趣味不相等也。又如人莫不有父母，莫不有室家，乃若哈孟雷特 Hamlet

（莎士比亚所为悲剧）之母淫于叔而酖杀父，已亦遂不得不手刃叔而逼母自刎以报父仇。以及古希腊之腫足王（Oedipus 乃苏封克里氏 Sophocles 所为悲剧）误杀其父而蒸其母且生二子二女，阅二十余年始知真相悔痛无地求死不得。此皆人生之异事，人性之奇变。当局者固已震骇迷惘，闻之者亦皆动魄惊心，而作者写来酣畅淋漓，尤能使千万读者莫不激切感动。必选取类此不常见之经验事实境遇情感，以为题材，方可成文学之伟制。惟于此有需申明者二事。【一】所谓人生经验之价值与趣味，系于其人之贵贱尊卑贤愚美丑。不系于其事之公私大小成败得失，亦不系于其人所信持之道理之真伪高下及其作此事之动机之是非精粗。但须作者用此为题材，写来酣畅淋漓，使读者激切感动，便为有价值有趣味。如娼妓淫贱者多。而乃有怒沈百宝箱之杜十娘，血染桃花扇之李香君、狄佛（Defoe）之 Moll Flanders 传（小说），罗色蒂之锦妮 Jenny 之诗，托尔斯泰之《复活》译（心狱）小说等。又农夫牧童愚蠢无学。而乃有《豳风·七月》之时，李绅《悯农》柳宗元《田家》之歌，桓吉尔（mirgil）之田功诗（Geotgics），彭士（R. Burns）之《村氓之星期六夜》诗，华次华斯之 Michael 诗，丁尼生之新式旧式之北方农夫诗等。皆不失其为佳作。再则如嚣俄之《活冤孽》（电影译名曰《钟鼓怪人》）及最近 Feuchtwanger 之《丑郡主》The Ugls Duchess，小说，以丑男丑女用为书中之主人，亦前此所不多见。【二】梦幻想象中之仙佛鬼怪，以及寓言神话中之奇事异蹟，亦（广义的）人生经验之一部，苟其确具趣味与价值，则可取以人书，不当以迷信诞妄有悖科学而非难之。故《西游记》《伊索寓言》《天方夜谭》《天路历程》《海外轩渠录》《阿丽思漫游奇境记》等。皆有其文学中之地位也。

　　文学写人生人性之常，又写人生人性之变，此乃一事而非二事。不但一书中之材料有常有变，且其常者即是变，变者即是常。常变合一，不可分离。易言之，即伟大文学作品中之主要题材，必为人生人性中根本普遍之事实，但其事又奇特精妙，富有价值与趣味，而为常人平居所不能见所不能行者。如抢劫奸淫到处有之，然必如《水浒传》中写吴用智取生辰纲或武松杀嫂方足称为文学，以其奇美动人也。文学兼写常变，其法惟在注重必然及当然之律（Law of Probability and Necessity）。盖人事可分三

类。（一）曰必然 Necessary，乃事势之所必至。（二）曰当然 Probable，乃情理之所当有。（三）曰偶然 Possible，乃经验之所偶逢。文学作品面写人事，其中最重要之关节及结局，应为必然的。其中大部分之事实，应为当然的。仅有一二无关重要之处。可写作或然的。作者能谨守此律。则所叙述者奇美而不失真。如《石头记》第九十八回黛玉之死，是为必然。前此凤姐定策等等，是皆当然。而九十六回黛玉遇傻大姐而得知宝玉娶亲，则为偶然的是其佳例也。

又按常者生人性行经验之所共同，变者一时一地事实情态之所独异。文学既兼写常变，故其题材 Subject 难免与昔之作者雷同，而其描写之方法（Treatment）要必为我之所自创。由是更得一义，即文学中之所谓新旧，不以题材而分，乃以描写之方法为断。但使我之作法与前人不同，虽皆用此题材，我之所为亦系创造而非因袭或模仿也。

以上总论文学中常变之理。以下分述各派文学对于常变之所偏重。

古典派文学注重表现人生人性之常。希腊罗马作者之所谓 Nature 乃指常人之本性而言。谓文学以直接模仿或描摹（Imitate）常人之本性为职志，故其所写之事皆必合于各人之身份地位（Decorum）而有平和中正之意。不务奇僻。不取险怪。世或以平淡枯窘为古典文学病。殊不知古典文学之巨子皆能兼写人生人性之变（如前举苏封克里之肿足王悲剧是），但虽变而不离于常（如肿足王难虽抉自椎心悔痛无地类似疯狂而仍不离人之本性且不失彼之特性）。易言之。即真正之古典文学，实能兼写人生人性之常与变。即并具奇美而不失真。此诚文学之极诣，而为后世所难及。不幸文艺复兴以远，十七十八世纪中之新古典派及伪古典派，不知观察人生以自行直接模仿，但务熟读希腊罗马古贤之作而模仿其书中所写之人物事实。故其所得者，非直接之人生真谛，乃辗转抄袭之古代文学作家之意想。譬之照像印刷。翻版愈多，愈益失真。且其途径益狭，范围愈小，此诚不免枯窘平庸，了无生气。是故新古典派及伪古常，且系由书本中得来之知识，既无奇无美而亦失真。然后世末流之弊如此。决不能持为古典派文学咎也。

浪漫派文学不遵规矩。惟务创新。以奇特为高。以诡异为尚。又凡事喜趋极端。矜炫浮夸。纵获奇美而失真善。写实派文学描绘务期得真。惟观察不广。选择不精。每以一时一地偶然掇拾之材料，概括人生人性之全体。故不免拘围而陷于一偏。自然派文学味于人性二元之要理。不知人实兼具神性与物性。而视人如物。谓人之生活纯为物质机械。受环境之支配。为情欲所驱使。无复意志责任道德之可言。此其对于人生人性仅知其半，而未识人之所以为人者何在。总之。浪漫派，写实派，自然派，皆只注重表现人生人性之变，而遗弃其常。未若古典派文学之真切而完善也。

以上泛论人生人性全体之变与常。更就一人之身论之。则每人各具有普通善恶二元之人性，又自有其特殊之品格。由少而壮而老，此品格之必不能改。是其常也。然此人之感情行事嗜好态度则随时随地而改异，似若矛盾迁转不可捉摸，此其变也。在昔文学未发达之时期。小说中描写一人，率皆始终如斯，毫无更改。此固简陋不合于真。而最近小说作者则喜用，"意识之流"之说。谓人生是断而非续，是离而非整，无所谓人格与特性，仅有在时间之长流中显映之影片而已。从此说，则是人生一切，有变无常。时间之观念大盛，支配一切。空间之观念甚衰，几于消失。此现代文学哲学中甚著明之一事也。

我原封不动将吴宓的开场白及《文学与人生》引录，其目的不是评论其论正确与否，而是表明，他如此论述，如此行文，给自己留下了后患，给了人以口实。因为早已有人把他看作眼中钉了。

但《大公报·文学副刊》出版后反应较好。吴宓日记有记载："昨罗振玉函赵万里，谓《文学副刊》议论明通云云。又张季鸾函言叶恭绰甚佩《文学副刊》云云。"4月21日，吴宓再赴天津与张季鸾胡政之晤谈，"渠等对《大公报·文学副刊》内容甚满意"。又从陈寅恪处得知："《大公报·文学副刊》编撰之事，众已知吴宓所为。只有努力，精选材料，不惧不缩、不慌不急、以毋负自己耳。"

《大公报·文学副刊》，每星期一出版。1928年1月2日至1934年6月1日，共出版313期。除吴宓1930年8月初至1931年9月底游学欧洲期间，托浦江清君代理（从130期至194期），均由吴宓编辑。

吴宓赴欧期间，胡适辈便趁机干预《大公报》副刊的人事安排。吴宓在日记中有这样的记载：

一九三一年

六月十二日（Friday）

……

晚归，阅《大公报》万号特刊，见胡适文，讥《大公报》不用白话，犹尚文言；而报中季鸾撰文，已用白话，且约胡之友撰特篇，于以见《大公报》又将为胡辈所夺。且读者评《文学副刊》，是非兼有；宓在国外，未为《文副》尽力，恐《大公报》中人，不满于宓，而《文副》将不成宓之所主持矣。又胡适文中，讥《大公报》中小说，为讦人阴私。若指潘式君，则殊诬；且潘君方遭冤狱，胡不营救，且施攻诋，以视 Zola 之于 Dreyfus，何相去之远耶？念此种种，及中国人之愚妄，破坏本国文明，并吾侪主张之难行，不胜闷损，久不成寐。

胡适在 1931 年 6 月 12 日《大公报》万号特刊上发表的文章题为《后生可畏》，赞扬《大公报》"改组"后，已从"一个天津的地方报变成一个全国的舆论机关，并且安然当得起'中国最好的报纸'的荣誉"，"我们爱读《大公报》的人"，"期望他打破""中国最好报纸"的纪录，要"在世界上的最好报纸之中占一个荣誉的地位"。要做到这点，他提出了特别值得"注意的"三点：

第一，在这个二十世纪里，还有那一个文明国家用绝大多人民不能懂的古文来记载新闻和发表评论的吗？

第二，在这个时代，一个报馆还应该倚靠那些谈人家庭阴私的黑幕小说来推广销路吗？还是应该努力专向正确快捷的新闻和公正平直的评论上谋发展呢？

第三，在这个时代，一个舆论机关还是应该站在读者的前面做向导呢？还是应该跟在读者背后随顺他们呢？①

显然，这完全是针对吴宓的。

吴宓敏锐地感到自己不能主持《大公报·文学副刊》了。他非常清楚地知

---

① 胡适：《后生可畏》，《胡适文集》11，北京大学出版社 1998 年版。

道胡适与张季鸾和沈从文的关系非同一般。张季鸾是胡适的"好朋友"，且早就在为《大公报》出力，1929 年 1 月 1 日就为该报撰写了《新年的梦》的社论。

1935 年，《大公报》因揭露当局黑暗，遭到打压，胡适立即致函张季鸾，信一开头就赞张为"射雕老手，箭不虚发，一发击中要害，佩服佩服"。接着便以自己的经历予以鼓励支持说：

> 民国十二年，曹锟贿选将成，我在杭州养病，即和北京朋友商量，将《努力周报》停刊。今回此间若有分裂举动出现，《大公报》会无幸免之理。《独立》又岂能苟存？尊函所示，极所同情。我办过三次刊物，《每周评论》出到三十六期被封，《努力》到 75 期停刊，《独立》居然出到 180 期，总算长寿了。[1]

1936 年 6 月 9 日致翁文灏信中写道：

> 但因报纸所载确息太少，故不能作长文痛论此文。本星期日《大公报》论文由我作，拟明日作一文，津、沪同日（十四日）发表。（胡适：《致张季鸾》同上）

胡适极力鼓励张季鸾"不要绝望"，并致信翁文灏为之说项。
从张季鸾逝世后胡适所发的吊唁电，更可以看出两人的关系。吊唁中说：

> 《大公报》主笔张季鸾逝世，我的朋友张季鸾逝世，实在是国家的一大损失，我很难过，特致电慰问。——当时重庆各报。[2]

因为如此非同寻常的关系，所以安插一个自己的亲信去主编《大公报》副刊，可谓轻而易举。更何况胡适辈早就想在报纸办副刊，因此在有影响的《大

---

[1]　胡适：《致张季鸾》，《胡适书信集》中，北京大学出版社 1996 年版，第 693 页。
[2]　胡适：《胡适书信集》中，北京大学出版社 1996 年版。

公报》办副刊，此时安插沈从文去，不正是机会吗？沈从文去《大公报》办副刊是可以发挥胡适们希望的作用的。夏志清作过透彻的论述。他说：

> 沈从文跟那些教授作家（引者：指新月派教授作家）能建立友谊，主要因为意气相投。到 1924 年，左派在文坛上的势力已渐占上风，胡适和他的朋友，面对这种歪风，只有招架之力。在他们的阵营中，论学问渊博的有胡适自己，论新诗才华的有徐志摩，可是在小说方面，除了凌淑华外，就再没有什么出色的人才堪与创造社的作家抗衡了。他们对沈从文感兴趣的原因，不但因为他文笔流畅，最重要的还是他那种天生的保守性和对旧中国不移的信心。他相信要确定中国的前途，非先对中国的弱点和优点实实际际地弄个明白不可。胡适等人看中沈从文的，就是这种务实的保守性。他们觉得，这种保守主义跟他们所倡导的批判的自由主义一样，对当时激进的革命气氛，会发生拨乱反正的作用。①

果然没出吴宓所料。很快，报馆即函告《大公报·文学副刊》紧急停刊。1933 年 8 月张季鸾便邀请杨振声和沈从文编《大公报》文艺副刊。沈从文随即投入全力准备。31 日，沈从文、杨振声一道设午宴，邀请朱自清、林徽音、郑振铎等出席，商讨《大公报》开启文艺副刊事宜；9 月 10 日，沈从文便以《大公报》名义举办茶会，邀请周作人等共商创办《大公报·文艺副刊》；13 日，就向朱自清约稿……9 月 22 日，编委会组成，成员除沈从文，还有杨振声、朱自清、林徽音、邓以蛰、周作人。1934 年 1 月 21 日，又"邀午餐，有饶子离、巴金、闻一多、周安明。此副刊每星期三、六出一次，替代了吴宓的《文学副刊》。副刊的主编为杨今甫与沈从文。从文南归，故今天不在座"。副刊每星期三出版，至 1935 年 8 月 25 日，共出 166 期。虽然暂时没有撤换吴宓，但却由沈从文另起炉灶办起了一个与吴宓主编的《大公报·文学副刊》相对立，同时存在的《大公报·文艺副刊》。这个副刊被司马长风列为文坛大事记。直到 1935 年 9 月 1 日《大公报·文艺副刊》和另一副刊《小公园》合并为《大公报·文艺》，在合并的第一号发表了沈从文的题为《自杀》的小

---

① 夏志清：《中国现代小说史》，台湾东海大学版。

说，给吴宓以讥讽、"训诲"……最终将吴宓赶出《大公报》副刊。从此《大公报·文艺副刊》完全由胡适辈、沈从文所掌管。沈从文是非常得意的。1936年9月24日，便致函哥哥沈云麓，说：

> 《大公报》弟编之副刊已印出，此刊物每星期两次，皆知名之士及大学教授执笔，故将来希望殊大，若能支持一年，此刊物或将大影响北方文学空气，亦意中事也。[①]

由此可以看出沈从文的意图。朱光潜说得更明白。他说：

> 在解放前十几年中我和从文过从颇密，有一段时期我们同住一个宿舍，朝夕生活在一起。他编《大公报·文艺副刊》，我编商务印书馆的《文艺杂志》，把北京的一些文人纠集在一起，占据了这两个文艺阵地，因此博得了所谓"京派文人"的称呼。[②]

《大公报·文艺副刊》虽然由沈从文直接掌管，但其靠山始终是胡适。从沈从文与胡适的互动即可清楚可见。

1934年10月22日，胡适致函沈从文：

> 从文：
> 　我没有法子给你写文字，只好让一篇小说给你。作者姓申，名尚贤，是贵州人，才廿三岁，今年考北大没有取上。《独立》上登过他的几篇文字，有两篇是小说。这篇是他送《独立》的，或因为知道他是很穷的，所以我想让你们收买了去。请你看看，若不合用，请早点还我。
> 　匆匆问双安
> 　　　　　　　　　　　　　　　　　适之　廿三、十、廿二[③]

---

① 《致沈云麓》(1936年9月24日)，《沈从文全集》第18卷，天津人民出版社2006年版，第187页。

② 朱光潜：《从沈从文先生的人格看他的文艺风格》，《花城》1980年第5期。

③ 胡适：《胡适书信集》，北京大学出版社1996年版，第631页。

此前，1934 年 10 月 13 日沈从文致信胡适说：

适之先生：

近来若不甚忙，很想逼您一点文章，增加《文艺》一点生气、增加发稿人一点勇气。送来一张八元支票为九月份《大众语在那儿》的稿费，望查收。

专此敬颂安好。

沈从文　敬启

十月十三日①

17 日又致胡适：

适之先生：

刚从上海归来，想来极累。今天下午六点，《文艺》编辑部在锡拉胡同东"雨花台"请客，大约有十二个人，商量一下"若这个刊物还拟办下去将怎么办"的事情，并且十八为徐志摩先生三周年纪念、《文艺》出个特刊，希望从先生处得到点文章，得点意见。若下午并无其他约会，我同今甫先生很希望您到时能来坐坐。在座的为佩弦、平伯、一多、岂明、上沅、健吾、大雨等。若怕吃酒，戴戒子来就不至于喝醉了。

从文敬启　1934 年 10 月 17 日

十月十七日②

1935 年 1 月 5 日致函胡适希望写文章，说：

适之先生：

《文艺》想热闹一些，希望先生为写点文章，不管什么问题什么文章，都极需要！这刊物着手时，便会有"逼迫能写文章的写文章"的意思，且

---

① 《沈从文全集·书信》第 18 卷，第 211 页。
② 《沈从文全集·书信》第 18 卷，第 213 页。

希望大家能把《新青年》时代的憨气恢复起来，以为对社会也许还有些益
处。如今刊物最缺少的为领头文章，先生又为写领头文章的第一手，莫让
我久等，感谢得很。专颂

日安。

从文　敬启

一月五日

兆和附笔

十月十三日①

　　"这刊物着手时，便会有'逼迫能写文章的写文章'的意思，且希望大家
能把《新青年》时代的憨气恢复起来，以为对社会也许还有些益处。"可见胡
适的作用。

　　1935 年 3 月 15 日，《北平晨报·红缘》副刊发表题为《多产作家沈从文
先生》。沈非常气愤，17 日致函胡适，要求声援，信中说："为社会道德计，
此种毁谤个人风气之不宜存在，实亦极显然之事！先生于此等事，必有意见，
盼作一文章，质之社会。"

　　胡适辈就这样排挤了吴宓，让沈从文主持了《大公报·文艺》。《大公报·
文学副刊》易人，给吴宓以致命的打击，他特别伤感、特别难过。伤感、难过
的是《学衡》杂志、《文学副刊》咸遭破毁，"论究学术，阐求真理，昌明国
粹，融化新知的言论阵地几乎全部被占领；所得诗友诗文佳作，再不能随时刊
登，与世同赏"。这才是吴宓和沈从文结怨的深层原因。

　　沈从文主编《大公报·文艺》至 1936 年 3 月 29 日，出版 119 期后，虽然
由萧乾负责，但其影子仍然在，直到解放。沈从文接手后，便以《大公报·文
艺副刊》作为阵地发起了"京派"与"海派"、"反差不多"、"反对作家从政"、
《看虹摘星录》的论争，一次又一次，宣扬胡适辈的所谓"自由主义"等主
张。……向左翼作家有形无形地进行批评，同时又充分利用"周刊时间短、发
行量远比一般杂志大的优势"，刊登青年人的作品，扩充自己的队伍……

　　有研究者竟然作出这样的评论："沈从文除了写作，还在大学教书，也担

---

① 《沈从文全集·书信》第 18 卷，第 317 页。

任编辑工作，而他一九三四年到一九三七年那个时期主编的天津、上海《大公报·文艺》副刊最有名、贡献也大，成为 20 世纪 30 年代中国北方派作家群作品阵地上起步最早、时间最长具连续性的一面旗帜。"

抗战胜利后，回到北平，沈从文更是大抓《益世报》《北平晨报》等多种报纸的副刊。在主持这些文学副刊时，就充分运用了《大公报·文艺副刊》的经验。他说：

> 副刊从一较新观点起始，是二十三年天津《大公报》的试验，将报纸篇幅让出一部分，由综合性转为专门，每周排定日程分别出史地、思想、文学、艺术各刊，分别由专家负责，配合当时的特约社论，得到新的成功。尤其是《文艺副刊》，由周刊改为三日刊、日刊，国内各报继之而起，副刊又得到新的繁荣。若干新作家的露面，使刊物恢复了过去十年对读者的信托与爱重。①

沈从文主持《大公报·文艺》的工作得到香港及海外不同政见者的吹捧。司马长风在《沈从文编〈大公报·文艺〉》文中说：

> 在沈从文主编大公报文艺的年代，中国的文学正处于一个奇异多变的时代，一方面以中共为背境的左翼作家，正在配合第三国际"人民统一战线"搞国防文艺，另一方面以林语堂为主的一群作家，专提倡幽默小品，而"新月派"作家，自徐志摩死后已风流云散，而大公"文艺"则细水长流，灌溉着一片葱绿的园地。②

夏志清在《中国现代小说史》说："到 1934 年他接编《大公报》文艺副刊时，他已成为左派作家心目中的右派反动中心。"从以上的叙述，不难看出，《大公报·文学副刊》由吴宓主持而易手沈从文主持《大公报·文艺》，实在是一场惊心动魄的斗争，一场争夺舆论阵地，争夺话语领导权，争夺青年的斗

---

① 沈从文：《编者言》，天津《大公报·文学周刊》1946 年 10 月 30 日第 11 期。
② 司马长风：《新文学丛谈》，昭明出版社有限公司 1975 年版。

争，研究者们是否应该多加关注，多加研究，这对认识吴宓、沈从文、胡适……都会有好处的，对研究中国现代文学史也会有益的。

《学衡》《大公报·文学副刊》遭"破毁"后，一时间，吴宓痛不欲生，既伤心恩师白璧德的学说无法传播，"论究学术，阐求真理，昌明国粹，融化新知"的理想将成泡影，又担心亲友和自己的诗文无处刊载。天无绝人之路，幸亏中华书局伸出了援手，建议他编一部自己的诗集。他在刊印自序中写道：

> 癸酉岁暮，予以年届四十，师友凋零，叹逝伤今，忽生异感。念"人生短而艺术长"，即待至百年，造诣亦何足称。况今时危国破，世乱人忙。诸多小事，微足称心适意者。此时不作，或即永无作成之时。故将诗稿重行编订，付托中华书局印行。今兹了此琐屑，余生得暇，另图正业。盖视此事为不足重轻，而坦然径行，异乎昔之审慎谦卑。①

诗集经过一年的艰苦努力编成，1935 年 5 月由中华书局正式推出。② 这是一部异乎寻常的诗集，不但按时间顺序搜集了吴宓的全部诗作，还有友人的唱和，且在卷末"附录"中收录了他的《余生随笔》《英文诗话》《空轩诗话》，以及在《学衡》《大公报·文学副刊》上的介绍外国诗人、作家的部分重要论文。作者自称其诗极庸劣，无价值，但其作为个人数十年生活创作之记录，亲身经历及思想感情变迁均呈现于诗中……使之实际上成为吴宓前半生的传记，后半生的规划，诚如他的《自题诗集^{民国二十三年
十一月}》所说：

> 心迹平生付逝波，更从波上觅纹螺。
> 云烟境过皆同幻，文锦织成便不磨。
> 好梦难圆留碎影，慰情无计剩劳歌。
> 蚕丝蛛网将身隐，脱手一编任诋诃。

---

① 吴宓：《吴宓诗集·刊印自序》，中华书局 1935 年 5 月。
② 2004 年，商务印书馆推出了吴学昭整理的新版《吴宓诗集》，增加 1935 年后的诗作及唱和，删去了原版的"附录"。

> 知人省己情无外，人幻求真道有根。
>
> 哀乐中年陶写尽，人天百事象征存。
>
> 昆冈烈火原燎急，沧海横流世态繁。
>
> 续集如成须变体，香山未到近梅村。①

这是他对自己诗集的概括，也是对自己四十年生涯的小结。从中，读者自然可以清晰地听到痛愤、反思、抗争……的声音：

> 宓平日担任学校教课以尽职资生外，前此曾任《学衡杂志》^{共出七十九期}总编辑十一年，又兼任《大公报·文学副刊》^{共出三百一十三期}编辑六年。劳苦已甚，幸皆被止夺。今后决不再任此类为人之职务，而当以余生短暇从事一己之著作。②

自此，吴宓除讲授《文学与人生》等课外，则很少发表诗文。

沈从文们主持《大公报·文艺副刊》后，为其"振兴京派"构筑了一个新的重要阵地，日后并没放松对吴宓的打压。吴宓1937年的日记中有这样两则记载：

> 一九三七年
>
> 六月二十八日　　星期一
>
> 12：00文学院长冯友兰来。言外国语文系易主任事，以宓欲潜心著作，故未征求及宓，求宓谅解。又言，拟将来聘钱钟书为外国语文系主任云云。宓窃思王退陈升，对宓个人尚无大害。惟钱之来，则不啻为胡适派、即新月新文学派，在清华，占取外国语文系。结果，宓必遭排斥。此则可痛可忧之甚者……

---

① 吴宓：《吴宓诗集·卷首题词》，中华书局1935年5月。

② 吴宓：《吴宓诗集·刊印自序》，中华书局1935年5月。

六月二十九日　　　星期二

12：00 方午餐，文学院长冯友兰君，送来教育部长公函，拟举荐宓至德国 Frankfourt－amMain 之中国学院任教授。月薪仅四百马克，不给旅费。按此职即昔年丁文渊君所任，原属微末，而校中当局乃欲推荐宓前往。此直设计驱逐宓离清华而已。蛛丝马迹，参合此证，则此次系主任易人之事，必有一种较大之阴谋与策划在后，宓一身孤立于此，且不见容，诚可惊可悲矣！

……

8—10 陈寅恪来，其所见与宓同，亦认为胡适新月派之计谋。而德国讲学，实促宓离清华之方术，谓当慎静以观其变云。

在打压吴宓的同时，沈从文以《大公报·文艺副刊》为"阵地"，向左翼发起猛烈"挑战"。1933 年 10 月 23 日，沈从文发表了《文学者的态度》，打响了"振兴京派"的第一枪。1934 年 1 月 10 日，又在《大公报·文艺》上刊发了他的《论"海派"》，招惹起文坛"京派"与"海派"之争……把鲁迅也拖入了其中，先后写了《京派与海派》《南人与北人》等文……1936 年 10 月 25 日《大公报·文艺》副刊 239 期，沈从文发表了更具"挑战"的《作家间需要一种新的运动》，指责作者"记着""时代"，"忘了文艺"，致使作品"千篇一律"，每一部作品"都差不多"，号召开展一个"反差不多运动"："针对本身的弱点，好好各自反省一番，振作自己，改造自己，去庸俗，去虚伪，去人云亦云，去矫揉造作"，更重要的是去"差不多"，写出一些面目各异的作品。其弟子萧乾对文章加了如下按语：

本文发表在文坛上正飘扬着大小各色旗帜的今日，我们觉得它昧于时下障列风气，爽直道来，颇有些孤单老实。惟其如此，于读者它也许更有些真切的意义。这是对中国新文艺前途发了愁的人的一个呼吁。它代表一片焦灼，一股悲哀，一个模糊然而真诚的建议。我们期待它掀起反应。

编者的"期待"没有落空。它在"文坛""掀起"了反应，而且是强烈的"反应"：萧云写了《反差不多运动的根数值》、樊蔷写了《老实话》、彭绍义写

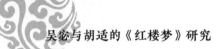

了《文坛上的公式主义》、田庐写了《题材：现实的反映》，一致不赞同沈从文的"反差不多"……于是，沈从文又写了《一封信》，信中说："我那篇《差不多》的文章"引起人们的"十分不平"和"极可笑的谩骂"，是因为"我这句话不是打中了他的脸膛就是触着了他的背脊"。因此，"招惹"了更多人的反对。唐弢、孙伏园、茅盾等文坛老将也迅速地写了回应文章，唐弢写的《提起时代》，孙伏园写的《作品的"差不多"论》、茅盾写的《关于"差不多"》《新文学前途有危机么》，一致指出沈从文在国难当头之际，竟然指责抗战作品千篇一律，要作家起来"反对"，实在是错误地看待"时代"……妄图将文坛引入"京派"的轨道。对此，沈从文们不能不感到压力。他完全知道单是《大公报·文艺》，几乎不能取胜，必须还要有更多的文艺阵地才能达到"振兴京派"的目的，于是，和胡适策划应对。胡适给我们留下了记载：

> 一九三七年
>
> 一月二十二日
>
> 杨今甫、朱孟实、沈从文来谈办文学月报及文学丛书事。①

这里，虽然没有写出商谈的详细内容，但有两点是可以肯定的：（1）决定办一个类似《小说月报》的大型文艺刊物，此即日后出版的《文学杂志》；（2）研讨了如何反击左翼的批评以及吴宓等人的动向……吴宓虽然单枪匹马，但他也有自己的支持者、拥护者。胡适日记中写了这样一件事：

> 一九三七年
>
> 二月十九日
>
> 看陈铨的《中德文学研究》，此书甚劣，吴宓的得意学生竟如此不中用！书中有云：《西游记》（小说）的作者邱长椿——一二〇八——一二八八，他还不知道《西游记》小说不是邱长椿的《西游记》！他记长椿生卒（一一四八——一二七七）都迟六十年，不知根据何种妄书！他又说《聊斋志异》的作者蒲松龄生于一六二二年，（实则生于一六四〇年），山东磁

---

① 《胡适日记》，香港中华书局1985年版，第528页。

州人！真不知何以荒诞如此！①

从这则日记可以清楚地看出胡适等人对待吴宓的态度：轻视。
1937 年 3 月 14 日，胡适日记写道：

> 一九三七年
> 三月十四日
> 《文学杂志》社聚餐，有两桌。②

日记没写出与会者的姓名，想来编委们是一定会参加的。"两桌"，已不少了。

经过胡适、杨今甫、朱光潜、沈从文等一连串紧锣密鼓的准备，刊物很快亮相了。刊物虽然由朱光潜主编，但胡适、沈从文却是后台。5 月 23 日，沈从文致信胡适说：

> 商务刊物已出，上海方面似乎有人说："聚集《新月》《现代评论》《学文》三种余孽来个死灰复燃。"不过既已燃了，骂骂也就完事，对刊物前途似无妨！目前最需要的文章是放在前面的论文（这刊物既不能单独用创作来支持，所以论文尤其重要），很希望您能给刊物一篇文章，壮孟实的胆气不少。③

对于这个大型杂志的兴办，其目的、意义，朱光潜作过多次详细回忆。他说他回国的时候：

> 当时正逢"京派"和"海派"对垒。京派大半是文艺界旧知识分子，海派主要指左联。我由胡适约到北大，自然就成了京派人物，京派在"新月"时期最盛，自从诗人徐志摩死于飞机失事之后，就日渐衰落。胡适和

---

① 《胡适日记》，香港中华书局 1985 年版，第 538 页。
② 《胡适日记》，香港中华书局 1985 年版。
③ 沈从文：《致胡适》（1937 年 5 月 23 日），《沈从文全集》第 18 卷。

杨振声等人想使京派再振作一下，就组织一个八人编委员，筹办一种《文学杂志》。编委会之中有杨振声、沈从文、周作人、俞平伯、朱自清、林徽音等和我。他们看到我初出茅庐，不大为人所注目或容易成为靶子，就推我当主编。由胡适和王云五接洽，把新诞生的《文学杂志》交商务印书馆出版。在第一期我写了一篇发刊词，大意说在诞生中的中国新文化要走的路宜于广阔些，丰富多彩些，不宜过早地窄狭化到只准走一条路。这是我的文艺独立自由的老调。《文学杂志》尽管是京派刊物，发表的稿件并不限于京派，有不同程度左派色彩的作家们如朱自清、闻一多、冯至、李广田、何其芳、卞之琳等人，也经常出现在《文学杂志》上。杂志一出世，就成为最畅销的一种文艺刊物。[①]

他这里所说的"有不同程度左派色彩的作家"，明眼人看，是后来的情况。几十年后，他又一次作过这样的回忆。他说："我编商务印书馆的《文学杂志》，把北京的一些文人纠集在一起，占据了这两个文艺阵地，因而博得了所谓'京派文人'的称呼。"朱光潜的回忆，清楚地告知了我们《大公报·文艺》和《文学杂志》的来龙去脉，以及胡适、沈从文在其中扮演的角色。

1937 年 5 月 1 日，以"振兴京派"为宗旨的《文学杂志》正式亮相，朱光潜不但撰写《我对本刊的意见》（后来收入《朱光潜全集》时改为《理想的文艺刊物》第 3 卷），宣布了"自由生发，自由发展"的八字方针，分析了"为文艺而文艺"和"文以载道"两种文艺观点的"不健全"，提醒反对沈从文的人记住"前车之覆，后车之鉴"。"我们不妨让许多不同的学派思想同时在酝酿、骚动、生展，甚至于冲突斗争。我们用不着喊'铲除'或是'打倒'，没有根的学说不打终会自倒；有根的学说，你就唤'打倒'也是徒然。我们也用不着空谈什么'联合战线'，冲突斗争是思想生发所必须的刺激剂。不过你如果爱自由，就得尊重旁人的自由。在冲突斗争之中，我们还应维持'公平交易'与'君子风度'。造谣，谩骂，断章摘句做罪案，狂叫乱嚷不让旁人说话，以及用低下手腕或凭暴力钳制旁人思想言论的自由——这些都不是'公平交易'，对于旁人是损害，对于你自己也有伤'君子风度'。我们应养成对于这些

---

① 朱光潜：《作者自传》，《朱光潜全集》第 1 卷，安徽教育出版社 1987 年版。

恶劣伎俩的羞恶。"这是"京派作家"理论宣言，也是行动方针，不但反映了沈从文的思想观点，且有补充完善。创刊号安排了胡适和沈从文的作品，且加以特别推荐，称：

胡适之先生对于本刊之发起帮了许多忙，这一期创刊号又得他的一件可宝贵的"贺礼"。《月亮的歌》对于《尝试集》的读者像是一位久别重逢的老友。

沈从文先生在《贵生》里仍在开发那个层出不穷的宝藏——湖南边境的人情风俗。他描写一个人或一个情境，看来很细微而实在很简要；他不用修辞而文笔却很隽永；他所创造的世界是很真实的而同时也是很理想的。贵生是爱情方面"阶级斗争"的牺牲者。金凤的收场不难想象到。乡下小伙子和毛丫头逼死一个两个，只是点滴落到厄运的大海，像莎翁所说的：The rest is silence 沈从文先生的作品常留下这么一点悲剧意识。①

对于沈从文向左翼发起挑战的关于"反差不多"的言论，朱光潜推崇备至，并不遗余力给予支持，宣称要在这"易惹是非的时代"惹是非，敢想敢说敢为，"抱着很大的决心"来实现繁荣新文艺的理想，即"振兴京派"的理想。1938 年 8 月 1 日出版的《文学杂志》第四期再次发表了沈从文的《再谈差不多》，专门回击茅盾的批评。朱光潜在其编后记中这样写道：

一篇针对现实问题的论文所含有的力量大小，往往可以在它所引起的反响上见出。这一年来我们的文坛上许多剧烈辩论都由炯之先生去年在《大公报》所发表的《谈差不多》一文惹起来的。一件值得注意的事实是最不高兴他那番话的人大半是"作者"而不是读者，在这件简单的事实之前，作家的合理的反应应该是自省而不是空口谩骂。《再谈差不多》比《谈差不多》似更苦辣，更切中时弊，也许要引起作者们打更大的喷嚏。站在读者的地位，我们希望他们打过喷嚏之后，会得到一种康健的效果，会明白"事实最雄辩"，他们向炯之先生所能提出的最有力的反证不是空

---

① 朱光潜：《编辑后记》，《文学杂志》1937 年 5 月创刊号。

言而是作品。

沈从文、朱光潜利用《文学杂志》和《大公报·文艺副刊》，一唱一和，互相配合，相互支援，既分工，又合作，为"振兴京派"而效忠尽职。

面对沈从文、朱光潜的所作所为，吴宓当然无可奈何！他只能将自己的不满（对胡适之辈的看法，对时局的想法）——写入1937年的日记里：

三月三十日　星期二

……盖宓服膺白璧德师甚至，以为白师乃今世之苏格拉底、孔子、耶稣、释迦。我得遇白师，受其教诲，既于精神资所感发，复于学术窥其全真，此乃吾生最幸之遭遇。虽谓宓今略具价值，悉由白师所赐予者可也。尝诵耶稣训别门徒之言，谓汝等从吾之教，入世传道，必受世人之凌践荼毒，备罹惨痛。但当勇往直前，坚信不渝云云。白师生前，已身受世人之讥侮。宓从白师受学之日，已极为愤悒，而私心自誓，必当以耶稣所望于门徒者，躬行于吾身，以报本师，以殉真道……

五月十九日　星期三

晨与贺麟对坐用早膳，徐与言探麟，而遁辞知其所穷，始悉麟并不拟电熊、毛或前往，且即见熊、毛亦未肯为宓传书寄语。所以然者，畏毛子水等知之，泄于胡适，而胡怒麟助宓，致有害麟之职业地位也。……

麟上课去后，宓卧床约半小时，中心滋痛，念生平受宓恩惠提携，或所谓志同道合之友生，相率叛我弃我而归于敌方，尤其稍得胡适之沾溉者，则离绝我惟恐不速不坚。如曹葆华日前在学务处遇我，竟不为礼。其他更难悉数。若蒋廷黻、李健吾等，皆以攻讦宓为媚悦胡适之方，不亦冤哉。而女友如彦，不知胡适诋伊之刻毒，而竟违宓意以往访谒胡适。如绚，则嫁与胡适部下之姚君，虽未请宓宴于其家，其必恒与胡适夫妇及毛子水周旋，无疑也。又如薇，其所嫁之椿，与杨振声等亲好，李健吾讥讽宓之材料，未尝不间接由椿处得之。夫以宓之守正而遭困厄，而友、生、爱人如此离叛，更觉难以为怀，此宓今晨伤感之深，非仅因见彦之希望受挫阻也。

七月十四日　星期三

阅报，知战局危迫，大祸将临。今后或则（一）华北沦亡，身为奴辱。或则（二）战争破坏，玉石俱焚。……回计一生，宁非辜负？今后或自杀，或为僧，或抗节，或就义，无论若何结果，终留无穷之悔恨。更伤心者，即宓本为踔厉奋发、慷慨勤勉之人。自 1928 年以来，以婚姻恋爱之失败，生活性欲之不满足，以致身心破毁，性行堕废。故当今国家大变，我亦软弱无力，不克振奋，不能为文天祥，顾亭林，且亦无力为吴梅村。盖才性志气已全澌灭矣！此为我最伤心而不救药之事。如此卑劣，生世亦何益？思及此，但有自杀。别无其途。……

日本帝国主义的侵华战争打乱了胡适、沈从文、朱光潜"振兴京派"的计划：《文学杂志》出到四期就停刊了（直到 1947 年，抗战胜利后两年，才得以复刊）。《大公报》虽然没停刊，但经常变动地址：天津→重庆→香港→桂林……人马也四处分散：胡适出任驻美大使，离开了中国，沈从文、朱光潜先后到了昆明、四川。"反差不多"论争不得不告一段落。吴宓也到了昆明，但失去了一切阵地，只能在西南联合大学讲授他的外国文学。沈从文则不然，《大公报》虽然变换了地址，人马还是他的，仍能充分利用，况且还有其他报刊，有的直接参与，如《战国策》《今日评论》，有的则由他推荐的人去掌管，如昆明《中央日报》副刊《平明》，就由程应镠去编辑。程回忆道："由于先生的推荐，三九年至四〇年，我负责昆明《中央日报》副刊《平明》的编辑工作，西南联大的学生，有不少在这里发表处女作，汪曾祺大概也是的吧。"[①]"反差不多"运动虽然受到影响，沈从文不再在理论上论争，而是用作品继续推进其"理念"：先后创作了《看虹录》《摘星录》……同时，也不忘记斥责文言，打压吴宓。

1940 年 5 月 5 日，西南联大举办"五四"纪念动员会，吴宓未去参加，其原因也是沈从文的文章。1940 年 5 月 4 日香港《大公报·文艺》第 830 期刊发了沈从文的《"五四"二十年》，此文又以《"五四"二十一年》为题刊发

---

① 程应镠：《永恒的怀念》，转引自巴金、黄永玉等著：《长河不尽流——怀念沈从文先生》，湖南文艺出版社 1989 年版。

于 1940 年 5 月 5 日昆明《中央日报·五四青年节特刊》。沈不但将国家的一切分歧弊端归罪于文言文，且极力吹捧胡适，说：

> 对语体文的价值与意义，作过伟大预言的，是胡适之先生。二十年前他就很大胆的说："语体文在社会新陈代谢工作上，将有巨大的作用。二十世纪的中国文学史，语体文必占重要的地位。"这种意见二十年前说出，当时都以为痴人说梦，到如今，却早已成为事实了。但国家的种种分歧、弊端，多是由于"工具"的"滥用"与"误用"，所以纪念五四，最有意义的事，无过于从"工具"的检视入手。

吴宓读后，十分气愤，在 1940 年的日记中写道：

> 五月四日　星期六
> 是日五四运动纪念，放假。上午精神动员会，庆祝五四。宓未往。读沈从文等之文，益增感痛矣。

就在这前后，林同济等人在昆明办起了"以'大政治'为母题"，以"权力意志论"与"历史形态学"为思想理论基础，以"战国重激论"与"尚力政治论"为政治社会观，主张以反理性主义为特征的"民族文学"的《战国策》，约请沈从文参加，沈从文不但参加了，而且成为主要撰稿人之一。新中国成立后，他在给好友施蛰存的信中写道："刊物纯文学办不了，曾与林同济办一个《战国策》，已到十五期，希望重建一个观念。"[①] 该刊出版十七期就夭折了。沈从文在该刊先后发表文章 8 篇之多，有论文，有书信，有作品，可算是发文最多的作者之一。林同济也曾拉吴宓写稿。吴宓在 1940 年的日记中写道：

> 四月二十四日　星期三
> 夕 5—6 林同济来。原允为《战国策》撰稿，顷见其中沈从文诋毁文言及浙大之文，而恶之。遂止。

---

① 沈从文：《复施蛰存》，《沈从文全集》第 18 卷，第 390 页。

"沈从文诋毁文言"，指《战国策》（1940 年 4 月）第 2 期发表的题为《白话文问题——过去当前和未来检视》的长文，后收入 1941 年 8 月上海文化生活出版社出版的《烛虚》，现收入《沈从文全集》十二卷，文字略有改动。文章不但极力"诋毁"文言，而且极力吹捧胡适，说：

> 五四运动虽是普遍的解放与改造运动，要求的方面多，其中最有关系一项，却是工具的改造运动。也就是文学改良运动。这个改良主张当时最引起社会注意的是胡适之先生那篇《文学改良刍议》，提出了八个口号，到后又归纳成四项：去烂调套语、不用典、不模仿古人、言之有物。口号并不新奇，结论却很有意思。他以为从历史进化眼光去看，白话文必然成为文学正宗。文体有新陈代谢，语体文在明日必然占一特别重要位置。他很肯定那么说出这种伟大的预言，这预言在当时可谓十分荒唐，到如今，却成为文学史一种事实了。……

1940 年 10 月，沈从文和吴宓之间发生了另一件令吴宓十分伤感的事：沈从文受托将吴宓给女友毛彦文的信退还给他，并附"劝戒"信一封。吴宓得信后，五味杂陈，立即去找沈从文，未能相遇。回家后，在日记中写道：

> 十一月二十八日　星期四
> 下午 1—2 归舍，按沈从文转来沪函，盖彦托言迁居，命熊甥田学曾将宓致彦之 No.24 函退回。已拆阅。并授意田作函复沈。托沈转告宓请绝，勿再来信。沈从文亦附一函致宓。劝宓休止，言颇委婉（田、沈两函，并存，未录入日记）。当时宓阅之百感交集，不胜悔痛……
> 2—3 至文林街 20 宿舍访沈从文。不遇，留柬……

毛彦文为什么要熊希龄的外甥田学曾找沈从文转交吴宓的信呢？因为沈从文是熊希龄的亲戚（《沈从文自传》中有说明，且撰写过《芷江县的熊公馆》加以歌颂，读者可参阅），又与吴宓有接触，所以才有此请托之事。可惜的是沈从文、田学曾两函未录日记，我们看不到原文。此事，吴宓是相当介意的，

又找好友交谈述说。1940 年的日记中有这样的记载：

十二月十九日　星期四

宓甚郁苦。乃于 1—4 访雪梅于红花巷，不遇。访麟于北门街，同至云南服务社坐谈。宓述彦上月由沈从文处退还宓函事。麟谓此乃彦不能忘宓，且用心苦思，乃行此法，以刺戟宓，使宓仍旧想彦爱彦而已。惟其动机多出于 Vanity（虚荣），盖故意欲沈从文、杨振声等广传"彦不理宓，宓犹爱彦如此"之事。而以宓为牺牲，给宓以痛苦，如玫瑰花之毒刺。故在旁观者之公评，则彦实劣于宓在爱情中之态度矣。云云。

1944 年，吴宓对沈从文的愤懑可以说达到一个新高潮。日记中写道：

一月二十三日　星期日

（按今晨读《中央日报》沈从文撰社论，力斥文言而尊白话，甚痛愤。认为亡国灭种罪大祸极。又闻外事局长戴笠免职，因其主持所杀之中央运输局之贪犯林某为孔二小姐之爱友故！）深为痛心。

吴宓所谓"《中央日报》沈从文撰社论"不确切，应该是"星期论文"，题目叫《文字与青年教育》，刊《中央日报》1944 年 1 月 23 日。这篇论文《沈从文全集》未收录，知道的人实在太少，不妨全文引录：

近年来，从高考，留学考，大一考，高中毕业会考，各方面出的国文题目中，以及指定用的文体上，都让我们好像嗅到一点特别空气。即古文的重视。但事实上却又似是而非。因为从学术立场来看看，是理解古典文字价值和性能的，应当数国内治古文学的专家。这些人的研究报告，即很少还用古文发表。他们且一定明白会不会写古文，对于理解古典接受传统文化实无多大关系，所以近二十年在国内研究中文史贡献最大的北方几个大学，就从不强迫学生作古文。至于从政治立场来看看，当前一切新的政治设计文件，似已不大用古文，即有些地方，禁止中学习、看、作、白话文作品的布告和其他文件，也就常常是用纯粹语体文写的，也可知古文用不通。原来古文的重视，只限于政府各级会考上，与其余完全不相干。因之给人一个奇异印象，觉得这件事近于不可解。这里，笔者愿谈谈这三十年语体文与国家重视的青年教育的关系。

当前四十到五十岁左右的知识分子，谈起二十年前对国家比较进步的思想，对个人比较开明的态度、若"说真话"还可望于这个多数人，多数会承认受影响最大的，实在是梁任公先生那种半文半白的文章。只因为这个工具的运用限于任公先生个人，不能引起一个广泛学习运动，因之辛亥革命成功后，大家就只注意到抽象约法和具体议会，不认识这个工具的重要性，不好好用它，结果是袁世凯做了皇帝。袁世凯的死虽说是因为实力派都掉过头来反对他而气死，但使这些拥兵自卫的都督将军，从默认到否认，从否认到反抗，拒绝了封王封公的爵禄，觉得中国不应当再有皇帝，梁任公的一支笔，重新再用，多少总有点关系！

五四来了，书獃二呆子的对"国家重造"的幻想，起始在年青人行为上有了发现。行为虽留下一个生动活泼印象，可并不能持久。接着还是将文字作"工具重造"运动，广泛试验和研讨，到一年后即得国家认可，国语白话文由部定作国民教育唯一工具。至于这个工具从报章杂志对于一般人（尤其是大中学生）所产生的影响，如何有助于党的重造，有助于北伐前种种便利，随即有身经其事稍微注意这个过程的人，必然明明白白。北伐成功后不久，随即有意见上的分裂，试追究因果，即可知实由"思想"分裂而起。涉及思想，就使我们不能不承认实由于文字上的第二回的疏忽，在民九左右，书呆子用文字所表现的社会重造设计，无从好好配合当时政治设计，即发生分歧。当时无人注意，因之种下恶果，到文字在多数人情感中、生命中、起了作用后，产

生那么一个现象，求补救，已来不及了。

民十八这个问题似乎从痛苦教训中已有了个较新看法，才来着手经营，办刊物，开书店，提出与政治有关的文学运动目标，企图使白话文中的文学部门成为政治之一翼，然而当时许多人理解这个问题实在不够深刻，直到战前一年为止，就依然不免近于点缀。这从当时商业与政治对于这个问题的投资比较也可看出。新出版物的商业投资，已到一万万元时，国家为这个事花的钱，每月就还不到三五万元。这么办文学运动，怎么办？二十年来使用这个工具略有成就的，都可说是从起始即抱定一种宏愿与坚信，充满试验勇气来从事，从商业与政治两种势力挫折困辱中挣扎而出，才有当前情形。这也就是一部分作家觉得在文学运动中，和实际政治不发生关系反可使其健康发展的一个原因。

抗战七年来，政治对这个问题好像有了个较新看法，很花了些钱，然去这个问题所应当得的重视则远甚。因之有希望的年青作家，始终还得不到工作机会，有成就的作家，也还不曾从立法上的帮助，得到应得生活。试举个眼前小例：教部指定国内大学应采用金岳霖先生著的逻辑作教本，还是战前的事，这个书到如今三百元一本，有些地方还不甚容易得到，若有人说，前年所得的版税，是法币九元七角，我们能不能相信？至于国内知名文学作家，一般作品三年中尚不曾得到这个数目的，更比比皆是。在任何报纸上，我们每天都可看到"文化"二字，原来我们就活到这样一种使人痛苦的文化空气中！这且不说，就因为情形再不合理，凡能在工作上有以自见的作家，由于工作上的庄严感，也会紧紧提住那支笔不放松的！

如今试从社会新出版业看看，受战事刺激，投资膨胀已达到百万万元以上，而且这个机构比一般商品不同，即印刷物出版后还有个继续存在性和流通性。另一方面年青人从近二十年社会习惯上，又大部分是用这类出版物取得娱乐和教育。且另外有个心理上情感方面的习惯，一个优秀作家在年青读者间所保有的势力，总似乎永远比有实际权力的人物还大许多。这两件事正说明语体文中的文学作品，与"国家发展""青年问题"如何不可分。过去如此、当前如此、将来还必然如此。善治水者从不过其自然之劳，必因势导之。如何导之？此其一。大约惯持授人之柄者，必伤手，伤手犹小事，或有甚于此者？此又其一。对象同样是青年，从宣传言我们到处都可见语体文在作广泛运用、甚至于民间过年春联也被迫用白话。但从另一方面看，又到处只见古文在起作用，在耗资人的精力。国家对于文字问题实际需要与抽象设计，让我们看出实有点矛盾，觉得对于这个问题有重新注意的必要。能够好好从各方面来检讨一番，也许这方面还有些事情可作。若存在的依然听他存在，这方面的消耗，未免可惜，而且，这方面可能见出的困难，会越来越大。

此文就这样"诋毁文言"（吴宓与沈从文关于文言的争论，都带有极大的片面性，充满形而上的思想）。

此事，沈从文不忘专门致信远在美国的胡适，说：

先生离开了外交职务，真正为中美友谊可尽的力，为人类可作的事，也许更多！今年这里"五四"，学校开了个文学会作纪念，有两千人到场。谈及白话文问题时，大家都觉得当前文学运动与政治上官僚合流的趋势，以及凡事八股趋势时，已到文学运动末路，更加感到当年三五书呆子勇敢天真的企图，可敬可贵。算算时间，廿年中死的死去，变的变质，能守住本来立场的，老将中竟只剩先生一人，还近于半放逐流落国外，真不免使人感慨！所以当时全体一致托金甫先生为向先生转致敬意。[1]

从以上事实可以看出：吴宓与沈从文、胡适们的文言与白话的反复论争，实际是争夺话语权的斗争……沈从文、朱光潜在前台，是演员，胡适是后台，是导演。吴宓始终处于被动挨打的地位，是弱者。虽然是弱者，但他从来没有气馁，而是想方设法，另辟蹊径为"殉道殉情"发声，为争夺话语权而拼搏。这点是十分可贵的。

---

[1]　沈从文：《致胡适》，《沈从文全集》第18卷，第431页。

关于沈从文研究的几个问题①

我从鲁迅研究到郭沫若研究到沈从文研究，又从沈从文研究到吴宓研究，虽然没能像有些朋友出版大作，成就辉煌，但得到一个小小的启示：研究作家，最好从他们的相互关系中去深入；这样可能会更全面、更准确一点。去年，读了一本《乔伊斯传》，传记作者就是用的这种方法，很得好评。这证明这种方法不失为一种好的方法。

沈从文自己说过：

> 任何一个作品上，以及任何一个世界名作作者的传记上，最动人的一章，总是那人与人纠纷藤葛的一章。②

> 二十年写文章得罪人多矣。③

是的，沈从文"与人纠纷藤葛"可谓"多矣"，他和左翼，特别是鲁迅、郭沫若有"纠纷藤葛"，他和会通派吴宓也有"纠纷藤葛"……。当年，他可谓左右开弓，在文坛挑起一次又一次论争。可用右图示意：

（沈从文 / 左翼 / 会通派吴宓 三角关系示意图）

---

① 本部分内容以《关于沈从文研究的几个问题——在"中国现代历史进程中的郭沫若"国际学术研讨会上的发言》为题，发表于《郭沫若学刊》2018年第2期。此次出版有修改。

② 沈从文：《新废邮存底》，《沈从文文集》第12卷，花城出版社，生活·读书·新知三联书店香港分店1984年版，第7页。

③ 沈从文：《四月六日》，《沈从文全集》第19卷，北岳文艺出版社2009年版，第25页。

除此之外，他和他的弟子卞之琳、萧乾有"纠纷藤葛"，和好友丁玲更不用说了……这些纠葛不少都得到胡适的暗示或直接支持，所以勇气十足。

下面，我想谈几个有争议的问题，向诸位请教。

一、怎样看待沈从文"热"

近二十多年来，文艺界流行这样那样的"热"，如徐志摩"热"，梁实秋"热"，沈从文"热"，周作人"热"，张爱玲"热"……有人还曾编辑出版一本《近二十年文化热点人物述评》。

这些"热"里面自然包含了"反思""重评""翻案"……种种内容，于是乎有人给作家重排座次，"除了鲁迅先生，就是从文先生"，其艺术成就"使他在文学史上具有中国现代一流作家的品格……进入了与世界同时代的最优秀的现代主义文学艺术家们同步对话的格局"，使其成为"中国现代文学史最伟大的印象主义者"，"和劳伦斯具有同样未来价值的文学大师"，"中国的乔依斯"……以至于要"重写"文学史。所以这些"热"当中，沈从文"热"尤其引人注目，一些报刊对此专门做过报道或分析。如 1980 年 11 月 7 日《光明日报》发表的《沈从文热》，1981 年 9 月 10 日《羊城晚报》发表的《人和事小品：海外的沈从文热》，1984 年 6 月 1 日《新晚报》发表的《海外的"沈从文热"》……

对于沈从文"热"，一开始就有争议。秦牧曾指出这其中最重要的原因是政治气候。他说：

> 在众多的研究者当中，比较全面和深入进行研究的人固然也有，但是，难免有数量相当可观的一批人，总是尽力避免接触政治色彩鲜明的作品，而老是找一些和现实政治保持距离的文学作品来研究。美国现在就有些文学博士，是由于研究中国二三十年代鸳鸯蝴蝶派的作品而获得博士学位的。这些海外的文学研究者，找来找去，觉得像沈从文这样，近三十多年来在文学上已经搁笔，而前此却留下了大量作品的作家，是最适合的研究对象了。我们可以设想，如果闻一多当年不是拍案而起，挺身斗争，被反动派行刺殒命；如果谢冰心不是早就回到祖国怀抱，并且色彩鲜明地表明了自己的政治立场，那么，海外现在研究闻一多、谢冰心的人也一定会

更多，像"沈从文热"一样。海外现在也会有一股"闻一多热"和"谢冰心热"的。①

对秦牧的这种看法和分析，一位自称"早就跟文学界绝缘了"，且"非常理解他"（沈从文）的乡亲刘祖春给予了反驳，说：

> 从文是个文学家，是个靠自己一大堆作品在国内国外站得住的文学家，一个中国少有的在全世界面前能够代表中国的文学家。我这样评价从文在文学上的成就，不是出于我和他的私交情谊，也不想贬低别的什么人。我知道有人听到这些话会摇头。我很早就跟文学界绝缘了。从文的文学成就在历史上（包括中国文学史和世界文学史）将占什么位置，用不着我这个平凡的人来多嘴。……
>
> ……近几年出现过"沈从文热"，有人就有意见，这能怪沈从文么？这跟沈从文本人有什么相干？难道从文这个十分老实的作家有这份本领能掀起这种"热"么？这是一种社会发展的自然现象。从文冷居中国历史博物馆和故宫博物院已经多年了。早从文学界消失了，无论"沈从文热"，或有意无意冷沈从文，都无损于沈从文，也不能对他增添什么。我相信，是的，我坚信，迟早总会有一天，中国人会认识沈从文，对他的文学成就会作出公正的评价，且为中国有这个文学家而感到自豪。②

对于这种争议，只要冷静地加以分析，是不难得出应有的结论的。梁实秋早先说过一句名言："任何人都不可能脱离政治。"是的，没有人能脱离政治。人们总是会用自己的政治观点，从自己的政治立场去观察问题、说明问题、处理问题。这样"热"，那样"热"，绝不是"一种社会发展的自然现象"，绝对离不开政治，离不开推手。沈从文"热"不正是在当时国内外政治气候下由几个推手鼓动起来的么？如夏志清、金介甫、汪曾祺等。

金介甫在《沈从文传》里说：

---

① 秦牧：《人和事小品：海外的"沈从文热"》，《羊城晚报》1981年9月10日。
② 刘祖春：《忧伤的遐思——怀念沈从文》，《新文学史料》1991年第1辑。

在西方，沈从文热的最忠实读者大多是学术界人士。他们都认为，沈是中国现代文学史上少有的几位伟大作者之一，有些人还说鲁迅如果算主将，那么沈从文可以排在他之后。尽管如此，政治因素仍然会使作家名声湮没不彰。

……

沈从文是他所处时代的解说员。[①]

此人在其序言的注释里加了这样一句话："我把沈从文作为中国现代文学史上可以和鲁迅并列的伟大作家，是我在哈佛大学博士论文里的少数论点之一。然而后来证明，这种论点要么删去，要么改写，不然《沈从文传》就无法出版。"

沈从文的弟子汪曾祺也是一个重要推手，他在为金介甫《沈从文传》全译本所写的序言中说：

他是一个受到极不公平待遇的作家。评论家、文学史家，违背自己的良心，不断地对他加以歪曲和误解。[②]

难道每一个评论沈从文的评论家，每一个撰写中国现代文学史的史学家都"违背自己的良心，不断地对他加以歪曲和误解"吗？如果硬要说受到不公正待遇，吴宓才是一个受到极不公平待遇的教授、诗人、学者。

二、沈从文的"自杀"和"转业"应由谁负责

陈徒手借张兆和之口说：

1949 年 2 月 3 日，沈从文不开心，闹情绪，原因主要是郭沫若在香港发表的那篇《斥反动文艺》，北大学生重抄在大字报上。当时他压力大，受刺激心里紧张，觉得没有大希望。他想用保险片自杀，割脖子上的

---

① 金介甫著，符家钦译：《沈从文传·引言》，国际文化出版公司 2005 年版。
② 同上。

吴宓与胡适的《红楼梦》研究

血管……①

先说"**自杀**"。早在沈从文追求张兆和时用过自杀的话对张恐吓和威胁。他曾经撰写过一篇小说《自杀》，嘲讽吴宓（吴宓失恋后也曾一度叫喊过要自杀）。他的爱徒汪曾祺 1946 年到上海找不到工作，打算自杀，沈从文写了一封长信"大骂他没出息"。看来，沈从文是不赞成"自杀"的……但在批评面前沈从文居然真的"自杀"了两次，岂不是自我"嘲讽"吗？

再说沈从文的"**转业**"，本来没有什么"秘密"，汪曾祺却以写戏的手法，想出了一个博人眼球的《沈从文转业之谜》，"乡亲"刘祖春紧紧跟上，连季羡林也在《悼念沈从文先生》文中这样写道：

> ……可是恶运还是降临到他头上来。一个著名的马列主义文艺理论家，在香港出版的一个进步的文艺刊物上，发表了一篇长文，题目大概是什么《文坛一瞥》之类，前面有一段相当长的修饰语。这一位理论家视觉似乎特别发达，他在文坛上看出了许多颜色。他"一瞥"之下，就把沈先生"瞥"成了粉红色的小生。我没有资格对这一篇文章发表意见。但是，沈先生好像是当头挨了一棒，从此被"瞥"下了文坛，销声匿迹，再也不写小说了。②

从行文看，季先生似乎没有看过郭沫若的这篇文章，不知道郭沫若为什么要写这篇文章，就不自觉当了推手。

推手们就这样把"罪名"归咎于郭沫若，强加于郭沫若。如果沈从文尚在人间，不知道他对这种归咎持何种态度。

对外界的批评，沈从文称之为"扫荡"，向来是蔑视的。他在致私人的通信中反复地驳斥了许杰对他的批评，说：

> 许杰先生的批评（指许杰的《上官碧的〈看虹录〉》）可惜这里不易看

---

① 陈徒手：《午门城下的沈从文》，2013—10—22 11：4。
② 季羡林：《悼念沈从文先生》，《怀旧集》，北京大学出版社 1996 年版。

到，但想想那作家指责处，一定说得很对，极合当前党国需要……

关于批评，我觉得不甚值得注意。因为作家执笔较久，写作动力实在内不在外。弟写作目的，只在用文字处理一种人事过程，一种关系在此一人或彼一人引起的反应与必然的变化，加以处理，加以剪裁，从何种形式即可保留什么印象。一切工作等于用人性人生作试验，写出来的等于数学的演草，因此不仅对批评者毁誉不相干，其实对读者有无也不相干。若只关心流俗社会间的毁誉，当早已搁笔，另寻其他又省事又有出路的事业去了。①

一个人写作的动力，应当由内而发，若靠刊载露面来支持，兴趣恐难持久。②

这里所谓"写作动力实在内不在外"的"内"指的是什么？指的"是从性本能分出加上一种想象的贪心而成的"。（《小说作者和读者》）他在《性与文学》文中便做了明确回答："内"就是"性"。他说：

佛洛伊德谈心理分析，把人类活动的基因，都归纳到一个"性"字上去。以为一切愿望与动力都和"性"相会通，相连结。……佛氏学说一部分证实，政治动物的问题研究离不了性。③

所以他喜欢写男女关系的小说，特别是男女关系中的"短兵相接行为"。性的畅快，性的苦闷，成了他写作的动力，也常是他小说的主题、小说的格调，他分析解释别人行为的理论。他竟然说闻一多投身民主运动是"在性方面有所压抑，所以才对政治发生兴趣"。④这些说法、理解当然会有不同意见。

在《政治与文学》文中，他把不同意见都视为对他的"扫荡"，且在历数

---

① 转引自许杰：《论沈从文的写作目的》，福建永安《民主报·十日谈》1944 年 8 月 4 日，后收许杰：《文艺，批评与人生》，战地图书出版社 1945 年版。

② 沈从文：《职业与事业》，《沈从文全集》第 17 卷，北岳文艺出版社 2009 年版，第 333 页。

③ 沈从文：《性与政治》，《沈从文全集》第 14 卷，北岳文艺出版社 2009 年版。

④ 金介甫著，符家钦译：《沈从文传》，国际文化出版公司 2005 年版，第 270 页。

自己如何被"扫荡"后，非常洋洋自得说：

> 事情也奇怪，二十年已成过去，好些人消失了，或作了官，或作了商。……我倒很希望他们还有兴致，再来批判我新写的一切作品，可是已停笔了。我还是我。①

在给朋友的信中又说：

> 在这里一切还好，只远远的从文坛消息上知道有上海作家在扫荡沈从文而已。想必扫荡得极热闹。惟事实上已扫荡了二十年，换了三四代人了。好些人是从极左到右，又有些人从右到左，有些人又从官到商，从商转政，从政又官，旋转了许多次的。我还是我。在这里整天忙。②

> 一个政治家受无理攻击，他会起诉，会压迫出版者关门歇业，会派军警将人捉去杀头。一个作家呢，他只笑笑，因为一个人的演说，或一千个人的呐喊鼓噪，可以推翻尼罗王国的政权，或一个帝国，可不闻一篇批评或一堆不可靠的文坛消息把托尔斯泰葬送。③

沈从文是这么自信，这样勇敢，曾坚信自己可以赶超契诃夫、高尔基、莫泊桑……所写的作品"实在比当下作家高明"，"是谁也打不倒的，在任何情形下，一定还可以望它价值提起来"。④

他在另一封信中又说：

> 我总若预感到我这工作，在另外一时，是不会为历史所忽略遗忘的，我的作品，在百年内会对于中国文学运动有影响的，我的读者，会从我作

---

① 沈从文：《政治与文学》，《沈从文全集》第14卷，北岳文艺出版社2009年版，第354页。
② 沈从文：《复李霖仙李晨岚》1947年2月初，《沈从文全集》第18卷，北岳文艺出版社2009年版，第465页。
③ 沈从文：《政治与文学》，《沈从文全集》第14卷，北岳文艺出版社2009年版，第252页。
④ 沈从文：《复沈云麓》，《沈从文全集》第18卷，北岳文艺出版社2009年版。

品中取得一点教育的。……眼看到并世许多人都受不住这个困难试验，改了业，<u>或把一支笔用到为三等政客捧场技术上，谋个一官半职，以为得计</u>，唯有我尚能充满骄傲，心怀宏愿与坚信，求从学习上讨经验，死紧捏住这支笔，且预备用这支笔来与流行风气和历史上陈旧习惯、腐败势力作战，虽对面是全个社会，我在俨然孤立中还能平平静静来从事我的事业。我倒很为我自己这点强韧气概慰快满意！①

这么自信的沈从文的"自杀"，原因是相当相当复杂的。既有外因，更有内因，特别是家庭内部和他本人的原因。这里，不可能详细分析、讨论，只转述他最信赖的人的说法，大家可以研究：

马逢华说：据说一位从东北来的某部队的"政委"曾去看过沈（好像是以沈夫人的旧友的身份来的），劝沈把两个孩子送进东北的什么保育院去，让沈夫人到"革大"或"华大"去学习，并且劝沈自己也把思想"搞通"些。详细情形，局外人很不容易知道，但是这件事情，对于沈先生无疑是个很大的打击。此后不久我就听到沈先生自杀的消息。②

《沈从文传》作者金介甫说：

沈在《记丁玲续集》中写了丁玲的脆弱、受骗，但没有把她写成像冯达那样的人，而且只写到传闻丁玲被害为止，在最后几节里对冯达的写法也是极其含蓄的。（因为如果把冯达写得太坏，人家就会问起，丁玲怎么能爱上这样一个投机分子？）丁玲重新和党接上关系后，当然对沈写的书极为恼火。她的态度使沈在40年代后期感到极大痛苦，此后35年间也是如此。

---

① 沈从文：《致沈云麓——给云麓大哥》（1942年9月8日），《沈从文全集》第18卷，北岳文艺出版社2009年版，第410页。

② 马逢华：《怀念沈从文教授》，见《忽值山河政——马逢华回忆文集（增订版）》，红蚂蚁图书有限公司2011年。

金对此加了一条注释：

> 中国朋友都指出：他们认为丁玲对沈的压力是 1949 年企图自杀的原因之一。

应该说是重要原因。沈从文和丁玲往来的信件可以作证。

沈从文自己在给丁玲的信里说："怕中共，怕民盟，怕政治上的术谋作成个人倾覆毁灭。"① ……

> 1948 年，他在给一位作者的退稿信中说："从大处看发展，中国行将进入一个崭新时代，则无可怀疑……人近中年，情绪凝固，又或因性格内向，缺少社交适应能力，用笔方式，二十年三十年统统由一个'思'（思考？）字出发，此时却必须用'信'（信仰？）字起步，或不容易扭转，过不多久，即未被迫搁笔，也终得把笔搁下，这是我们一代若干人必然结果。"②

沈从文只要自己愿意写作，完全可以不"转业"。他自己在给友人的书信中就多次说：

> 你明白，我有的是机会，受主席鼓励，转回原来写作兼教书，生活比在馆中好得多，生活也热闹得多。而事实上说"成就"，在国内外，也比老舍、冰心、巴金、茅盾、丁玲……有更多读者。只要肯写，重新拿笔，肯定也会搞得十分认真，扎实出色。③

在给许杰的信中，沈从文详细谈了《看虹录》的写作后说，"在解放后，肯定吃不开，才放弃了这个并未到时的试探性努力，主动放弃'空头作家'的

---

① 沈从文：《致丁玲》，《沈从文全集》第 19 卷，北岳文艺出版社 2009 年版。
② 转引自沈虎雏：《团聚》，见巴金、黄永玉等著：《长河不尽流——怀念沈从文先生》，湖南文艺出版社 1989 年版。
③ 沈从文：《致陈乔》，《沈从文全集》第 24 卷，北岳文艺出版社 2009 年版，第 111 页。

名分，到午门楼上，去作文物研究"。

事实就是这样雄辩地告知我们：沈从文的"自杀""转业"，怎么能归罪于郭沫若一个人呢？

三、沈从文为什么"非要"去"碰"鲁迅、郭沫若？

关于沈从文非要"碰"鲁迅、郭沫若，我已经将他如何"碰"的，现有能看到的材料做了整理。如果有兴趣可以找来看看。这里，我只念一段：

> 几十年中凡是用各种方式辱骂我的，我都从未不作任何争辩，有些自以为"天下第一"的同行，见到港澳、东南亚及国外，研究我的作品不断增多，似乎别人全无知识，在文章中便经常反映出这种情绪，我也一切置之不理。至于自封的"专家权威"，以吃鲁迅作了文化官的批评家，虽已看出他那种唬人"权威"，过去还起欺骗作用，对新的一代已失去"只此一家"的骗人效果，不免要改改过去的提法，却想出新点子，以为"鲁迅曾称赞过我"。我只觉得十分可笑，事实上我那会以受鲁迅称赞而自得？他生前称赞了不少人，也乱骂过不少人，一切都以自己私人爱憎为中心。我倒觉得最幸运处，是一生从不曾和他发生关系，极好。却丝毫不曾感觉得到他的称赞为荣。①

他一再"碰"鲁迅、郭沫若，到底是因为什么？……这是很值得研究的。应该向人们、特别是青年一代准确的说明。

四、吴宓为什么要视沈从文为"自己的敌人"？

我也写过一篇文章，但没有说完，没有说透！吴宓曾被胡适、沈从文赶出《大公报·文学副刊》，被夺走了他宣传新人文主义、宣传道德救国和抗战到底的阵地，受到种种"精神压迫，与文字相讥诋"。"实不堪受"的亲身经历，让吴宓认定沈从文、胡适是自己的"敌人"。吴宓为此作不屈的斗争，他编辑出

---

① 沈从文：《致沈岳锟》（1983 年 2 月上旬），《沈从文全集》第 26 卷，北岳文艺出版社 2009 年版，第 481 页。

版《吴宓诗集》，开设"文学与人生"课，大讲《石头记》……都是例证。

吴宓在日记中写了这么一则，说：

> 1946 年 11 月 10 日　　星期日
>
> ……按以世中实事论之，宓之求归清华，诚大错误，徒为 F. T 之党所冷笑，谓宓在外受挫折而归耳。即胡适、傅斯年、沈从文辈之精神压迫，与文字相诋，亦将使宓不堪受。……①

吴宓始终把沈从文列入胡适的阵营之中。这不是无根据，无道理的。研究现代小说史的夏志清就是这样认定的。他在其所谓"近百年来最具影响力的一本书"《中国现代小说史》里写道：

> 丁玲在一九五〇年就这么说地："沈从文是一个常处于动摇的人，又反对统治者（沈从文在青年时代的确也有过一些这种情绪），又希望自己也能在上流社会有些地位……沈从文因为一贯与新月社、现代评论派有些友谊，所以他始终有些美慕绅士阶级……他很想能当一位教授。"丁玲的话，当然大错特错，沈从文跟那些教授作家能建立友谊，主要因为意气相投。到了一九二四年，左派在文坛上的势力已渐占上风，胡适和他的朋友，面对这种歪风，只有招架之力。在他们的阵营中，论学问渊博的有胡适自己，论新诗才华的有徐志摩，可是在小说方面，除了凌叔华外，就再没有甚么出色的人才堪与创造社的作家抗衡了。他们对沈从文感兴趣的原因，不但因为他文笔流畅，最重要的还是他那种天生的保守性和对旧中国不移的信心。他相信要确定中国的前途，非先对中国的弱点和优点实实际际的弄个明白不可。胡适等人看中沈从文的，就是这种务实的保守性。他们觉得，这种保守主义跟他所倡导的批判的自由主义一样，对当时激进的革命气氛，会发生拨乱反正的作用。他们对沈从文的信心没有白费，因为胡适后来致力于历史研究和政治活动，徐志摩一九三一年撞机身亡，而陈源退隐文坛——只剩下了沈从文一人，卓然而立，代表着艺术良心和知识

---

① 《吴宓日记》第 10 册，第 184 页。

分子不能淫不能屈的人格。①

夏志清的这番议论颇符合事实，非常清楚地告知我们：胡适是沈从文的"伯乐"，沈从文则是胡适的忠实信徒、代言人，二人"意气相投"。二人自然而然地都被吴宓视作"敌人"。

有人也曾利用沈从文的言论大肆反对无产阶级文艺。他们高叫：

> 在党派文艺需要清算的现文坛，和我们同鸣的沈从文的意见，不祇是毒箭，而是大刀，左翼大将鲁迅之类，试问何以御之？②

弄清楚了沈从文与胡适的关系，再将吴宓主编的《大公报·文学副刊》与沈从文主编的《大公报·文艺》做一个对比，就能清楚地看到两者的不同：

吴宓的抗战到底的言论多，沈几乎没有；

吴宓的介绍外国作家作品多，沈几乎没有；

吴宓倡导传统文化特别是古典诗词，沈几乎没有。

有人曾经对沈从文的《文艺副刊》取代吴宓的《文学副刊》做过这样的评论：

> 这个新的《文艺副刊》，一开始真是有朝气，作者大抵是新月派的一批人马，罗织北方的教授群，阵营是异常坚强的。刊名文艺一直到现在的大公报上还不曾变，用意全在有别于学衡的《文学副刊》，其实里边有涉于艺术者真是少极了。一开始还有林徽因到山西旅行调查古建筑的通讯，董作宾的谈"宝"，凌宴池的说墨，邓叔存的谈艺术音乐……的通讯。后来也就慢慢淡了下来，一直到现在，除了木刻之外，几乎没有一点"艺"的气息。然而一般人动辄说文艺，代替了文学的意思，说起来也是这一段小小掌故的遗译。③

---

① 夏志清：《中国现代小说史》，台湾东海大学版。

② 马儿：《沈从文之党派文学观》，《新垒月刊》1934年第3卷第1期。

③ 方兰汝：《吴雨僧与〈文学副刊〉》，《时与文》周刊第2卷第7期，1947年10月24日。

这个小掌故将两人人生观、世界观、文艺观点，活画了出来。

在"诗哲"徐志摩遇难后，吴宓在自己主编的《大公报·文学副刊》上发表了几篇不同看法的文章，特地在《编者引言》中表明了这样的态度，说：

> 按古今作者之成就及其为人之真价值，每需经数百年而论始定。并世评判，未必悉中毫厘，永久之毁誉，决不系于一人或数人之褒贬。然见仁见智，各应畅其言。苟非恶意之批评，以应一体质示公众。①

这是一条千真万确的真理，很值得注意。

所以，我认为从作家关系入手研究作家很有好处，大家不妨试试看。

---

① 《本刊编者引言》，《大公报·文学副刊》1932 年 1 月 11 日第 209 期。

后　记

　　写书难，出书更难。这本小书好不容易在前辈及相识与不相识的朋友的关心、支持、帮助下才得以面世，真令人感慨万千。这本小书的命运如何？是速朽?！还是生存?！读者的眼睛是雪亮的，时间的判官是严酷的，迟早会得出应有的结论，不管是何种结果，我都会坦然面对。

　　在这里，我要再次向关心、支持、帮助本书写作、出版的前辈及朋友表示由衷的感谢！更盼望得到广大读者的指教！

2024 年 3 月于川大花园寓所